LE VOYAGE DE THÉO

LE SANG DU MONDE

LE VOYAGE DE THÉO

LE SANG DU MONDE

roman

CATHERINE CLÉMENT

ÉDITIONS DU SEUIL
*27, rue Jacob, Paris VIe*

ISBN 2-02-050075-2

www.seuil.com

Pour Marie-Christine C.

Carte

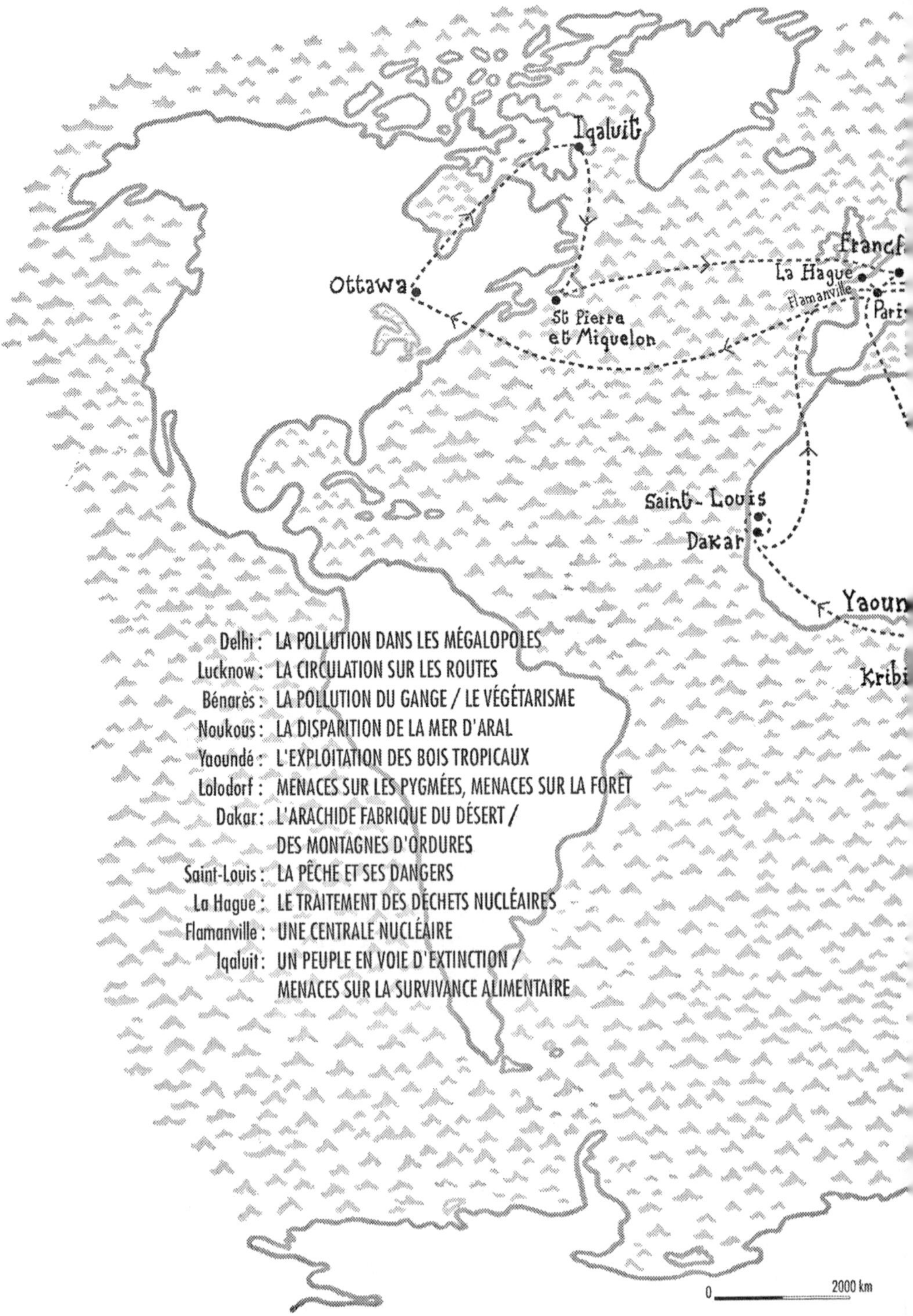

Iqaluit
Ottawa
St Pierre
et Miquelon
La Hague
Flamanville
Pari
Franc
Saint-Louis
Dakar
Yaoun
Kribi
Delhi : LA POLLUTION DANS LES MÉGALOPOLES
Lucknow : LA CIRCULATION SUR LES ROUTES
Bénarès : LA POLLUTION DU GANGE / LE VÉGÉTARISME
Noukous : LA DISPARITION DE LA MER D'ARAL
Yaoundé : L'EXPLOITATION DES BOIS TROPICAUX
Lolodorf : MENACES SUR LES PYGMÉES, MENACES SUR LA FORÊT
Dakar : L'ARACHIDE FABRIQUE DU DÉSERT / DES MONTAGNES D'ORDURES
Saint-Louis : LA PÊCHE ET SES DANGERS
La Hague : LE TRAITEMENT DES DÉCHETS NUCLÉAIRES
Flamanville : UNE CENTRALE NUCLÉAIRE
Iqaluit : UN PEUPLE EN VOIE D'EXTINCTION / MENACES SUR LA SURVIVANCE ALIMENTAIRE
0
2000 km

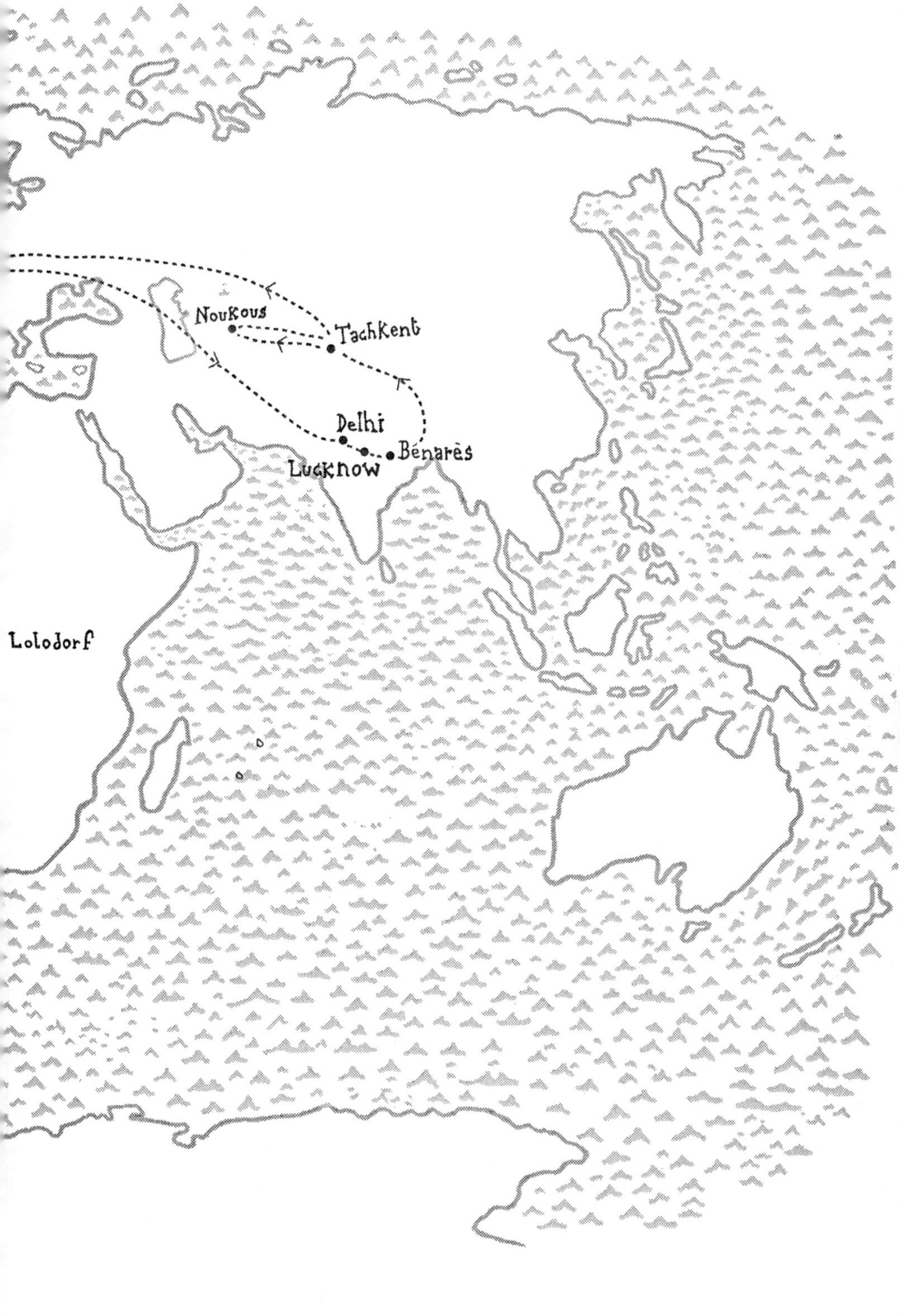
Noukous
Tachkent
Delhi
Bénarès
Lucknow
Lolodorf

Le sang du monde

– Théo ? Est-ce que tu m'entends ?

Serait-elle venue de l'au-delà, je l'aurais reconnue, cette voix. Ma très chère et très folle Tante Marthe.

On dirait qu'elle a bu, mais ce n'est pas son genre et pourtant sa voix tangue ; ou alors – oui ! bien sûr ! – la communication me vient du bout du monde, Sydney, Manille ou Wellington… Embrumé de sommeil, je jette un œil sur le réveil : trois heures du matin.

Pris de panique, je me dresse d'un bond. Tante Marthe est excentrique, mais pas à ce point-là. Me réveiller pour le plaisir ? Non. Elle ne le ferait pas. Trois heures du matin ! Que lui arrive-t-il ? D'où m'appelle-t-elle cette fois ? Bon sang ! Ce foutu téléphone qui ne marche jamais !

– Théo, mon petit… Je suis… Ça ne va… du tout… viens !

– Allô, Marthe ? Je n'entends rien ! Allô ? Parle plus fort !

Le téléphone gargouille, frissonne et puis se tait.

– *Are you misterr Théo* ? dit soudain une voix mâle à l'autre bout du fil. *Yourr aunt is verry ill, verry ill, sirr. You must come. She is in New Delhi Memorrial Hospital, rroom 350.*

Je suis tout à fait éveillé. Tante Marthe se trouve en Inde, malade à en crever.

– *I want to talk to her !*

– *She does not speak any morre, sirr. Do come !*

Si elle est hors d'état de parler, c'est qu'elle va très mal.

Pas un instant à perdre.

Slip, chaussettes, jeans – Marthe aurait-elle attrapé une typhoïde ? Mais cela se guérit – chemise, blouson –, la dengue ? le choléra ? – ma montre, mes baskets, l'ordinateur portable, le passeport. La peste pulmonaire ? Ça traîne en Inde tous les vingt ans. Cling sur l'ordinateur, ouvre-toi, plus vite, souris, voilà, allez, allez ! Connexion Internet. Billet d'avion on line... Prochain vol au départ de Londres, Air-India, 12 h 15. Juste le temps de prendre l'Eurostar pour rejoindre l'aéroport anglais.

J'ai passé quatre coups de fil et laissé trois messages. Un à l'hôpital, un à Médecins sans frontières, mon association, un autre à mon amie Fatou, et un à ma chérie, Bozicka, dite Bozzie. Trouvé trois répondeurs – curieux, pour Bozicka ! Seule Fatou était au bout du fil, et Fatou m'a donné raison. J'ai pris mon sac à dos – mais il est toujours prêt – et compté dix minutes pour me faire un café. À cinq heures du matin, j'enfourche mon fidèle vélo jusqu'à la gare du Nord. Il fait un froid de gueux, c'est normal à la fin de l'hiver.

Depuis qu'elle vit dans le Nordeste, au Brésil, je n'ai pas souvent revu ma tante Marthe. Comme prévu, son nouveau mari l'a immobilisée à Recife, dans sa ville ; la connaissant, j'imaginais un grand papillon exotique épinglé sur une planche de bois, ailes étalées de force, montre comme tu es belle, Marthe ! Quand j'étais gosse, chacune de ses apparitions nous apportait une Marthe vêtue en tibétaine, en chamane yakoute à pelisse poilue, en prêtresse vodun, colliers blancs, turban bleu, elle venait de partout, elle était à ravir et toujours un peu ronde.

Ronde, elle l'est toujours, mais le reste a changé. Depuis son mariage avec le señhor Brutus Carneiro Da Silva, elle porte des tailleurs simili-Chanel, et s'entoure la taille de chaînettes dorées, sans doute pour plaire à son époux. On a vu sur ses yeux fleurir du Rimmel mauve, et des perles à son cou trop grosses pour être vraies. Ce n'est plus tout à fait la Tante Marthe que j'aimais, libre de ses mouvements, mais si elle est heureuse, après tout, pourquoi pas ?

C'est ce que je pensais.

Jusqu'à cette voix mourante au téléphone.

Douze années ont passé depuis qu'elle m'a sauvé en m'entraînant dans un périple fou, alors qu'on me croyait perdu. J'étais présumé mort, condamné à brève échéance. Marthe s'est rebellée. Mort pour mort, voyageons ! Après cinq ans d'études médicales et une spécialisation d'interniste généraliste, j'ai compris à quoi j'ai échappé, injections, chimio, bassiné, transfusé, tuyauté jusqu'aux naseaux, pour rien ! Il faut dire qu'elle a fait fort, ma tante. Au lieu de l'hôpital, Marthe a réenchanté le voyage. Jérusalem, Louxor, Istanbul, Jakarta, Salvador de Bahia, l'Afrique, l'Inde, l'Amérique, et dans ce circuit insensé, la ronde Tante Marthe et son petit Théo allèrent de dieux en djinns pour chercher la santé… L'idée du voyage qui guérit est vieille comme le monde, mais Marthe avait vu juste. Je revins de cette leucémie supposée aussi vif qu'un gardon.

À peine l'avais-je quittée, maman tomba enceinte. J'avais quinze ans quand ma mère accoucha de Zoé et la vie, puits sacré d'où ma sœur tient son nom d'origine grecque, reprit ses droits. Ma guérison, qui tenait du miracle, la grossesse de ma mère, étonnante à son âge, tout ce tohu-bohu où se brouillaient les dieux, leurs temples, leurs églises, nos angoisses, nos secrets de famille… Il y avait de quoi me chambouler l'esprit. Je n'y voyais pas clair. Donc, après le lycée, je commençai médecine. J'avais un vieux compte à régler. Pourquoi m'avait-on déclaré leucémique ? Comment ce type d'erreur est-il possible ?

Je n'y vis pas plus clair. Opacité complète. Comprimés, prises de sang, perfusions, scanner, Doppler, IRM, il n'y avait rien d'humain dans nos façons de faire et je me souvenais de mes vieux guérisseurs qui se servaient de plantes dans de pauvres régions, mais avec un savoir autrement étayé. Ceux qui m'avaient soigné n'avaient pas l'eau courante, mais ils cherchaient d'abord à me comprendre, moi et mes misérables troubles d'enfant gâté. À Darjeeling, la doctoresse tibétaine officiait dans un cabanon ; à Louxor, la maîtresse du rite qui me sauva n'avait pas l'électricité. Et parce qu'en état de maladie j'avais parcouru des pays démunis, je fus vite dégoûté de notre médecine. Soigner, ça, je voulais. Mais pas les riches, pas nous. Marre des spécialités, des grands labos, des analyses. Les vacances venues, je m'engageai dans l'action humanitaire.

Au Sahel, la première fois. Petit village au bord du fleuve Sénégal. On pense, au moins ils ont de l'eau ! Malgré les vents de sable et le désert autour, contempler les femmes qui se baignent tout en lavant le linge au bout de leurs beaux bras, voilà qui réconforte. Perles d'eau ruisselantes sur leur belle peau noire – à cette époque, j'étais follement amoureux de mon amie Fatou – je me suis laissé prendre à cette vision du paradis. Pas longtemps. Le soir même, le patron de l'équipe m'apprit à reconnaître les signes de la bilharziose, une maladie parasitaire causée par un vers, dit bilharzie, de l'ordre des trématodes. Cette vermine d'eau douce, que l'on attrape au bain par contact avec des mollusques contaminés, remonte à la vessie, attaque le génital, se fourre dans l'intestin, se glisse dans les poumons ou dans la conjonctive. Au début, on ne s'en rend pas compte, cela passe par la plante des pieds, à peine un urticaire et c'est fini. Ensuite, c'est terrible. Pour les filles, stérilité, fausses couches, grossesses extra-utérines. Et les garçons pissent le sang abondamment. Deux cent millions de malades. Comprimés et cachets, trop souvent périmés. Et c'était ça, le monde ?

C'était cela, en pire. La guerre dans tous les coins.

J'en avais entendu parler à la maison. Mes grand-parents grecs avaient échappé de justesse aux brutalités de la dictature militaire, et mon grand-père français s'était engagé dans la Résistance à quinze ans. Ça paraissait lointain, irréel, historique. Je ne l'avais jamais vue, jamais subie, la guerre. En m'engageant dans l'humanitaire, j'étais certain de la trouver. Est-ce que je l'ai voulu ? Il me semble que oui. Tous les garçons du monde ont besoin d'être confrontés à la compétition, c'est une idée sournoise, je le sais, mais quoi ! Se mettre en danger vous grandit. Il suffit de pas grand-chose parfois, d'ailleurs, moi aussi, je me suis fait faire un piercing à dix-sept ans, histoire de. Oh, pas méchant, le trou ! Juste de quoi enfiler une boucle à l'oreille. Maman a bien hurlé, mais mon père a compris. « Te faire passer pour mort, ça ne t'a pas suffi, fiston ? »

Bingo ! J'ai réfléchi.

Après cet épisode, j'ai appris à me méfier de moi. Oui, il y a de l'excitation à paqueter son sac pour jouer les héros à l'autre bout du monde. Il n'y a pas de doute. Mais je m'en fous, voilà. La pose, tu peux la tenir pendant que tu voyages, profites-en ! Une fois sur le terrain, personne n'y pense. La pose, ça permet juste de vaincre un peu la peur. Pas le temps, trop de sang, de morve, de diarrhée, trop de mouches, c'est la guerre, c'est le mal.

L'année suivante, j'avais eu de la chance, j'étais en Sierra Leone, en Afrique de l'Ouest, à la sortie de Freetown. Les Casques bleus nous gardaient. Il arrivait des vivants de partout, et quelquefois des morts, des petits dans les bras des parents. J'avais comme tout le monde vu cela à la télévision, mais quand on est dedans, on n'a même plus le temps de voir les grands yeux noirs, ces opacités infinies qui accusent sur l'écran de la télé. Je voyais les veines trop fragiles de l'enfant qu'il fallait perfuser, les moignons qu'il fallait panser, les pieds en moins, arrachés par les mines antipersonnel, minuscules vibrions à trois sous semés sur les chemins tout exprès pour mutiler les faibles. Je voyais les effets mortels du paludisme, l'agent *Plasmodium,* mon ennemi personnel, qui, à force de fièvre, arrache le souffle des bébés. Et la vie brinquebale, cahote et resurgit, les femmes mettent du linge à sécher, l'eau du riz fait des bulles, les bouches s'ouvrent et mangent, les trous du cul fonctionnent, les tuyaux de la vie ne s'arrêtent jamais. Et c'est vrai, oui, j'ai eu de la joie à sauver les gens.

Un soir, j'étais sorti du camp, pas bien loin. Il faisait nuit. Même avec ma lampe de poche, je n'aurais jamais dû prendre ce risque. D'un fourré sont brusquement sorties deux choses avec des armes. Ça portait des tutus de danseuse en tulle rose sur des jambes nues chaussées de Pataugas. Mitraillette pour faire feu, machette pour égorger; sur les têtes, des bonnets de bain très enfoncés. Drogués jusqu'aux yeux, les choses étaient des rebelles qui riaient de bon cœur.

Le soir, à la veillée, on m'a dit que le tutu rose était un élément du vêtement initiatique dans la région. Est-ce qu'ils ne portaient pas aussi des colliers de grigris ? m'a-t-on gravement demandé. En bandoulière, sur la peau nue, mais si ! Souvenez-vous. Je n'en sais fichtre rien, j'avais trop peur pour jouer les ethnologues. Il ne faut pas avoir peur des rituels, m'a-t-on dit. Un rebelle en costume d'initiation, ce n'est pas la même chose qu'un rebelle égaré. N'est-ce pas, docteur ? Avouez que c'est rassurant de comprendre...

Comprendre quoi ? Ces types avaient envie de mort.

Ils m'ont mitraillé, ils ne m'ont pas eu. Je suis rentré en courant, les tripes en débandade. C'était cela, le monde. Joyeusement, elles tiraient, les choses innommables, qui ne sont plus des hommes, et même pas des monstres. Tu peux toujours soigner sous les tentes dans un camp, dès qu'ils en sortiront, tes patients retrouveront ces choses qui les tueront. Je hais la guerre. Je hais ces grandes personnes pondérées qui, la main sur le cœur, se moquent des pacifistes « bêlants ». Invariable, l'adjectif. Un pacifiste bêle. C'est un mouton. Dans le meilleur des cas, c'est peut-être un agneau que l'on va sacrifier, un sans défense, un faible. Mais la plupart du temps, aux yeux des grandes personnes, le mouton pacifiste est simplement dépourvu de virilité. T'as des couilles ? Fais voir si t'aimes la guerre ! Je sais, c'est énervant. Ça m'énerve, moi aussi. Je pense avec les mots à ma disposition, ce qui ne vaut pas grand-chose, mais ça, je n'y peux rien. Je n'ai pas toujours les idées claires, et encore moins les mots dont j'ai besoin.

Il paraît qu'autrefois, Tante Marthe l'affirme, l'avenir des femmes du monde entier s'éclairait. Les libertés du corps, celles de l'enfantement, le droit de travailler, de gagner de l'argent, celui de se défendre, d'accéder au pouvoir politique, c'était lent, disait Marthe, confus, chaotique, mais cela progressait. C'était quand ? C'était avant. Avant quoi, dis, Tante Marthe ?

C'était avant la chute du mur de Berlin, avant le basculement de l'histoire, dit-elle avec ses beaux grands mots. Moi, j'entends ce que me dit Fatou. C'était avant que l'Occident n'accouche d'islamistes acharnés à castrer leurs femmes. Petits monstres biberonnés aux Lumières, et qui, à l'âge adulte, se sont pris de haine pour la moitié du ciel. Voilà ce que me dit Fatou, mon amie d'enfance, sénégalaise et officiellement « enragée ». Ça lui a pris le lendemain du jour où, dans son pays, fut promulguée la première loi d'Afrique interdisant l'excision des fillettes. Réplique des imams : excisions de masse. Trois cent cinquante en un seul jour, ah, vous voulez libérer le clitoris ? Allez vous faire foutre, on coupe. Fatou en a pleuré. Sa rage a commencé. Pas comme j'aurais voulu.

Fatou termine ses études de droit, elle veut devenir spécialiste en droit international – très tôt, elle militait à SOS-Racisme. Un jour, dans sa famille, un gamin a fait le malin. Fatou et moi nous avions dix-huit ans, et lui aussi, ce fou. Il s'est fourré dans le train d'atterrissage d'un Airbus, on l'a retrouvé gelé à Roissy. Fatou ne s'en est pas remise. Du soir au matin, elle récite les litanies des Droits de l'homme, mais ce n'est pas concret, elle y croit en aveugle. Si j'essaye de parler d'énergies renouvelables ou de réchauffement climatique, elle me répond qu'elle n'en a rien à battre, du moins quand elle est polie, parce qu'autrement ! Elle parle très mal, Fatou.

On ne s'entend plus tellement. Fatou se fringue en jeans et en doudoune sur un tee-shirt informe, généralement gris ; avec ça, elle porte une perruque de son pays, des tresses artificielles en fibres synthétiques terminées par des boules dorées, c'est joli, mais ça abîme le crépu de ses cheveux. Quand je le lui ai dit, elle s'est rasé la tête ! On se frite souvent, elle me juge endurci. Mes idées écolo l'horripilent, son idéalisme m'énerve, je la trouve enlaidie, elle dit que je trahis, mais quoi, mais qui ? Elle, sans doute. On était très amoureux autrefois.

On se voit toujours, mais je ne sais pas pourquoi, elle veut rester vierge. Ce n'est pas mon histoire.

La première était plus vieille que moi, la trentaine, c'était bien, elle s'appelait Margaret, elle était comédienne. Rose, Noémie, Alice, Louisa, Judith, j'ai fureté longtemps avant de rencontrer Bozzie. J'étais dans un bistrot un soir d'hiver, avec des copains bruyants. À la table à côté, j'ai vu une petite main relever des cheveux lisses, presque blancs. La peau était veinée de bleue. La main était celle d'une fée diaphane aux yeux clairs, duffle-coat ouvert sur minijupe, pull très court, petits seins. La fille a dû sentir que j'étais scotché et elle m'a regardé sans sourire. Brusquement, j'ai eu envie d'elle – une folle envie de froid.

Bozicka est slovaque, née à Bratislava, et elle était petite pendant la Révolution de Velours. Souvenirs d'enfance : manifs non violentes avec ses parents, la nuit dans la neige, et les rondes éclairées par les torches pour renverser le régime. Ce fut beau, ce mouvement non violent dans les rues de Bratislava. Le feu dans la glace est né là. Ma Reine des Neiges, ma tendre sœur.

Le contraire de Fatou. Blonde, réservée, timide, et folle à l'intérieur. Violemment écolo, étudiante en architecture. C'est une fille à principes. Fourrures synthétiques, alimentation bio, vote vert, végétarienne à fond, limite anorexique… Et la passion des chiens. Le sien est un bâtard mâtiné de teckel, un pauvret recueilli à la SPA. Quand Bozzie l'agrippe par les oreilles et plonge son regard bleu dans les yeux jaunes du chien, elle est irrésistible, si bonne, un tel amour !

Mes copains sont presque tous mariés. Cela ne me dit rien. Bozzie m'enchante au lit, j'épouse ses idées, Bozzie est ma conscience. Et c'est bien suffisant.

Agressive, avec ça. Capable d'ouvrir les cages des oiseaux ou de sauter à la gorge des mémères qui portent vraie fourrure dans la rue. Je ne déteste pas. Une fois, en automne, nous étions en marche dans la campagne et nous avons croisé un chasseur solitaire. Bozzie n'a pas soufflé mot, même pas dit bonjour, mais quand il est passé, elle lui a retourné une paire de claques, vlan ! vlan ! Et j'ai eu bien du mal à empêcher le malheureux chasseur de traîner ma Bozzie au commissariat.

Elle ne l'aurait pas volé. Terrible ! Quand elle parle, les mots glissent de ses lèvres fines comme des lames. Il lui faut du couteau pour purifier le monde. Mais au final, elle est plutôt bonne fille, et le chasseur giflé, elle l'a embrassé pour se faire pardonner. Je le revois encore, si surpris qu'il lui a rendu ses baisers en grommelant : « Ça alors, alors ça ! » Et elle, la coquine, s'est blottie contre moi, qu'est-ce que vous voulez faire ? Rien !

Allez savoir pourquoi elle me plaît tant.

Elle me tient par ce qu'elle a entre les jambes. Elle me cajole quand je reviens crevé. Elle porte des lunettes de soleil irisées bleu turquoise, toutes rondes, cerclées de fer. Elle a de drôles de dents de lapin sur le devant, une lèvre supérieure qui laisse voir la gencive, un peu de chair rose pâle bien fraîche, bien drue… Elle ne se drogue pas, ne boit pas, ne fume pas, pas même un pétard, ce qui, franchement, m'embête. Elle m'injecte de l'idéal à hautes doses. Pour elle, ce ne sont pas des gens qu'il faut sauver, mais la Nature elle-même, ou nous allons mourir.

Il faut dire que Bratislava tire son énergie d'une centrale nucléaire de fabrication soviétique, modèle Tchernobyl, qui fait froid dans le dos.

La Tchécoslovaquie, cela n'a pas duré. Quelques années plus tard, née tchécoslovaque, Bozzie n'était plus que slovaque. Et de quoi vivait la Slovaquie ? Je ne le savais pas, mais elle me l'a décrit assez précisément lorsqu'on s'est connus, il y a presque deux ans. Immenses usines délabrées dont les tuyauteries circulent à travers les prés, dans les airs, dans les champs, qui envahissent tout et fabriquent des armes. Ces mêmes armes au bout des mains des choses ivres de drogue sur les champs de bataille en pleine forêt primaire, ces armes viennent d'Europe, de chez nous. De sa voix glacée qui roule doucement les « r », Bozzie me dit qu'elles détruiront le monde, comme le nucléaire et les pestes chimiques. Que le pouvoir, c'est mal, et que l'homme est mauvais.

À cause d'elle, je me suis engagé dans l'écologie. Le chemin n'était pas bien long. J'avais trop vu les gens s'empoisonner avec de l'eau polluée, j'avais trop vu les arbres que l'on coupe pour faire chauffer le frichti sur du charbon de bois. Je ne suis pas devenu écologiste, je l'étais comme monsieur Jourdain fait de la prose, sans le savoir. J'ai simplement appris, j'ai simplement compris. Et c'est encore à cause de ma Bozzie que je me suis inscrit à ce concours international que Tante Marthe va me faire manquer.

La chance de ma vie ! J'avais douze mois pour construire mon dossier, le présenter, gagner une bourse d'études écologiques pour deux ans et, d'un seul coup, fini ! N'en parlons plus. Adieu concours, cochons, couvées.

J'ai sommeil et j'ai faim. Pas envie de bouger. Pourquoi suis-je parti comme un fou ? Si ça se trouve, Tante Marthe n'a rien ! Une bronchite, une bêtise ! Quel imbécile je fais. Pour tout arranger, j'avais rendez-vous avec ma douce. Elle doit dormir encore, elle est si jeune ! En réalité, non. Elle a vingt ans. Mais comme elle en paraît quatre ou cinq de moins, il m'arrive de penser que je suis carrément dans le détournement de mineure. Peau de lait, œil ado bleu glacier, un bébé, ma Bozzie.

Fatou : « Ta meuf est une tarée. » Je déteste que Fatou parle ainsi. Fatou : « Mais tu ne vois pas qu'elle est zombie ? » Bien sûr que je le vois, mais si cela me plaît ? Fatou : « Écolo, mais je rêve ! Tant qu'il y aura un être humain qui souffre, je me fous des animaux, moi. » Et elle m'envoie au diable, elle se fait du souci, elle bosse comme une malade, elle fume vingt clopes par jour, elle ne sort pas en boîte, elle est sinistre, Fatou.

Je ferais mieux de dormir. J'aurai tout le temps de me nourrir à Londres. Ensuite, dans l'avion… Non ? Je n'ai même pas pensé qu'il fallait un visa ! Bravo, Théo ! On veut faire le gentil neveu et on se précipite, on fait le joli cœur, on rêve à ses amours, allez, coco, sors-toi de là maintenant !

L'avantage dans l'humanitaire, c'est qu'on apprend l'art de la débrouille. En trois coups de téléphone, j'ai réglé l'affaire de mon visa. Le type de l'ambassade en charge de l'humanitaire à Delhi viendra m'attendre à la passerelle de l'avion, et il faudra deux heures pour les formalités. Pas cher payé.

C'était pourtant une belle idée, ce concours. Organisé par la fondation Our World Is One, il récompensera les candidats qui auront rendu compte du maximum de problèmes écologiques analysés sur le terrain en un an. La somme du premier prix est tellement énorme qu'elle permet de s'offrir les meilleures études, ou les meilleurs voyages, ou ce que l'on voudra. Ce n'est pas étonnant : la fondation OWIO est composée de banquiers repentis, conseillés par d'anciens pontes du Fonds Monétaire International et de la Banque Mondiale. Il paraît qu'ils veulent sélectionner les meilleurs écologistes pour faire évoluer le lobbying actuel : désordonné, et parfois excessif. Naturellement, c'est Bozzie qui a repéré le concours. Elle est tout à fait capable de le gagner, mais elle a préféré passer ses examens.

Nous ne sommes pas d'accord sur tout. Parce qu'elle est généreuse, Bozzie endosse l'humanitaire et s'émeut aux récits des horreurs que j'ai vues. Mais elle ne sépare pas la guerre de la Nature et pour elle, l'humanité est la cause du mal. Et comme elle fait aussi des études de philo, elle cite Heidegger ou bien les stoïciens. « La technique, c'est le mal, Heidegger le dit, il avait tout compris, tu sais, l'extermination, elle n'aurait pas été possible sans la technique, le mal, c'est la technique, Théo ! » Bozzie, c'est l'innocence de la pensée. Elle imagine le monde comme un gros animal velu qui souffre en manifestant sa colère. Sa préférence ne va pas aux humains. Elle choisit la Nature au détriment des hommes, sans souci, sans distance. Et ce serait si simple ?

Il m'arrive de penser qu'au contraire de Fatou, c'est l'esprit, chez Bozzie, qui est vierge. Je ne vois pas le monde comme un gros animal. Je le vois misérable, ployant sous le poids des charges que font peser sur lui les pays riches, avec leurs industries, leurs fumées, et leurs Bourses. Les Bourses ou la vie ! Je serais même un peu communiste sur les bords que je n'en serais pas autrement étonné.

Quand je passe une soirée en famille, papa me trouve très excité. Maman lui dit : « Mais non, il est nerveux, il l'a toujours été, c'est son tempérament, ce n'est pas de l'agitation. » Le fait est qu'au retour, je me sens toujours crispé dans mon pays. Le fait est que là-bas, en Afrique, je me roule un pétard tranquille pour me détendre avant de m'endormir, je ne vois pas comment on tiendrait autrement, et d'ailleurs, j'ai une copine qui dit : « Le pétard, ce n'est pas plus important que la ciboulette dans la salade. » Le fait est qu'à Paris, je n'ai plus de ciboulette, à cause de Bozzie. Mais je ne crois pas que ce soit la vraie cause de mon agitation. Je suis un agité du bocal, un cœur en manque.

*

* *

J'ai soulevé une paupière pour regarder le film projeté sur écran. Et j'y ai vu des zigues tirer leurs flingues en vrac pendant une course-poursuite s'achevant, ô surprise, sur une bagnole explosant en feu de joie. Ma voisine lorgne le cinéma en mâchouillant un bâton de réglisse ; le monde est tellement habitué à ce genre de séquences qu'il ne connaît plus la vraie brûlure des flammes. J'ai refermé les yeux. Je crois que j'ai dormi. La lumière s'est brutalement rallumée dans la cabine, j'ai vu passer le chariot qui portait le café, j'en ai avalé en vitesse une tasse, et l'avion a continué sa descente. Deux heures du matin sur l'Inde.

Chaque fois que j'aperçois le champ d'étoiles au sol, lampes tremblantes au sodium et loupiotes minuscules des métropoles de pauvres, j'ai un coup d'émotion. Ce n'est pas comme dans les capitales des pays riches. Pas de vitrines éclairées, peu d'éclairage public, aucun de ces grands shows brillants qui font de New York ou Paris des rivières de diamants perpétuelles.

Il n'y a plus de nuit dans les villes d'Occident. Ça scintille trop, ça scintille blanc. Si fort que les espèces nocturnes s'y perdent, et ne retrouvent plus les cycles biologiques. Rongeurs, reptiles, insectes, toutes sortes d'animaux n'ont plus l'obscurité qui leur est nécessaire pour trouver leur pitance et pour se reproduire. Et nous, on illumine. Ah ça ! Pour être beau, c'est beau ! Qui se soucie des êtres de la nuit que la lumière dérange ?

En Inde, la nuit existe. Les rares étoiles qu'on voit de l'avion ne sont pas des diamants, elles sont jaunes, elles palpitent. Les loupiotes sont souvent les feux des braseros où se chauffent les gens des chantiers. Petits feux, grandes misères. Ce que je vois aussi, c'est l'énorme bouillie qui désigne à coup sûr l'arrivée à Delhi, l'une des six villes les plus polluées du monde.

C'est à cause de Marthe que j'ai fait connaissance avec l'Inde, que je n'ai pas revue depuis presque six ans. En traînant ma carcasse endormie dans le couloir de sortie de l'aéroport Indira Gandhi, je me demande ce que ma chère tante a bien pu attraper. Les médecins indiens sont de bonne qualité, ils savent mieux que nous comment traiter leurs maux, mais qu'est-ce qu'elle a, bon sang ? *Very ill*, très malade, a dit la voix du type au téléphone. Est-ce que j'ai bien pris dans ma trousse le vaccin contre l'encéphalite japonaise ? Parce que si c'était ça...

Pas le temps d'y penser. Juste avant les guichets de police, je suis happé par l'attaché humanitaire qui m'attend. Un poupin, la trentaine, tignasse blonde, cheveu plat. Il entreprend les flics à terrible moustache qui contrôlent les visas, leur tend une lettre officielle de l'ambassade et, soudain, grand sourire, la moustache policière file un coup de tampon sur passeport sans visa, je passe. Reste à s'extraire de la foule, et sortir.

Droit sur l'hôpital où se meurt ma tante Marthe. L'attaché humanitaire m'y conduit dans sa propre voiture. En chemin, il essaie d'engager la conversation, mais il repassera... J'ai la gorge nouée, je ne desserre pas les dents. Il est gentil, ce mec, mais je n'y peux rien. On fonce dans le brouillard en évitant les gens, je ne vois plus de vaches, et j'ai les yeux qui piquent. On n'y voit pas à dix mètres. J'étouffe !

– Les Kleenex sont dans la boîte à gants, dit le poupin en évitant un môme. Ils ont pris des mesures, mais on ne dirait pas. Contrôle des pots d'échappement sur les voitures individuelles, mise au rancart des bus trop vieux, amendes, ils ont tout fait…

– Et alors ? murmuré-je en essuyant mes larmes.

Il jette un œil de côté, histoire de vérifier la nature de mes larmes. Pas la peine de chercher, mon vieux. Mi-chagrin, mi brouillard, à la croisée de la nuit qui s'en va et du jour, qui se lève.

– Il arrive que le ciel soit plus clair, soupire-t-il. Qu'est-ce que tu veux faire quand un parc automobile augmente de cinq à six mille voitures par jour, hein ? Les couches moyennes s'enrichissent à grande vitesse, elles achètent des bagnoles, pour l'Inde, c'est plutôt bien, mais pour la pollution… Est-ce que tu ne serais pas asthmatique, par hasard ? Je trouve que tu tousses de travers. Si tu veux, j'ai de la Ventoline en réserve.

– Et les vaches ? Autrefois, elles erraient dans les rues…

– Ah ! Mais elles sont interdites par la municipalité, mon vieux. Plus de vaches. Elles gênaient la circulation. Tu vas me dire que la tradition se perd. Il paraît que Delhi comprenait autrefois plein de petits villages, eh bien, c'est terminé !

– Il ne leur est pas venu à l'idée d'essayer la circulation alternée ? Est-ce qu'on calcule les pics de pollution ?

Il hausse les épaules. Sur le trottoir, une guenon défend son petit contre une horde de vieux singes. Cela fait attroupement chez le peuple des arbres. Les camions les contournent en lâchant d'énormes fumées noires sorties de pots d'échappement crasseux. Les frondaisons qui font de la ville un jardin sont grises de poussière. Soudain, je réalise que je n'ai pas ôté mon blouson fourré et que, sur leurs scooters, les conducteurs sont emmitouflés de laine jusqu'aux yeux.

– Il a l'air de faire drôlement froid, dis-je en frissonnant.

– À cette heure-ci ? Pas trop, 10 degrés environ. On n'est pas en janvier, quand il fait 2 degrés à neuf heures du matin ! Vers midi, tu auras plus chaud, enfin, si le brouillard se lève, parce que ces temps-ci, on ne voit plus guère le soleil. À la maison, c'est simple, mes enfants dorment avec des chaussettes et des bonnets. Tout cela pour cause de pollution. Je te laisse à penser comment vivent les gens dans les bidonvilles… Au fait, si ta tante va mieux, est-ce que tu viendrais me donner un coup de main sur le terrain ? Théoriquement, ce n'est pas mon boulot, mais j'aimerais bien deux ou trois conseils. Puisque je suis distributeur de subventions, autant utiliser tes connaissances, non ?

Donnant, donnant. Il m'a sorti de mon affaire de visa, je lui dois bien cela. Dieu, qu'il va lentement, ce type !

– Je ne m'y connais guère en matière de pauvreté, lui dis-je prudemment. Est-ce que les gens meurent de faim ?

– Ah non ! dit-il avec un drôle de rire. Non, ici, ce n'est pas la faim. Il n'y a pas eu en Inde une seule véritable famine depuis la fin de l'Empire britannique. Mais il n'y a pas une seule goutte d'eau potable pour les pauvres. C'est enrageant de voir que l'Inde s'enrichit et laisse ses gens malades, faute d'eau. Au fait, j'ai passé un coup de fil à l'hôpital, pour ta tante. Elle est dans le service de pneumologie.

Pneumologie ! Tous les virus du monde se donnent rendez-vous dans les poumons.

Tante Marthe est malade

Tante Marthe est au troisième. L'hôpital est clinquant, sauf pour les ascenseurs, bloqués, comme il se doit. Deux ou trois jeunes Indiennes me sourient gentiment en hochant la tête, l'air de dire « pas si grave », et elles secouent leurs cheveux coupés court. Je grimpe les escaliers à toute allure et j'arrive essoufflé. Chambre 350. Personne autour, j'entre. J'allume. Elle est masquée.

Ses yeux bleu porcelaine me fixent, affolés. Puis ils se plissent et pleurent, et elle me tend les bras. Pour l'embrasser, je soulève le masque qui la gêne et j'entends chuchoter : « Merci, mon Dieu. » Je replace le masque à oxygène, je tâte son front tiède, elle n'a pas trop de fièvre. La peau est d'une pâleur inquiétante. D'une main impérieuse, elle désigne une liasse de papiers sur sa table de nuit. Quand a-t-elle pu l'écrire ? L'écriture est tremblée. Un grognement furieux sort de dessous le masque : j'ai l'ordre de les lire, ces papiers. Compris.

« À transmettre à monsieur Théodore Fournay, 34, rue du Petit-Pont, à Paris. Ceci est mon testament. À mon neveu Théo, qui fit toute ma joie, je lègue… »

Là, j'arrête et je crie. Elle est cinglée, ma tante ! Mais du lit, provient un autre grognement. Il y a aussi une lettre. À lire d'abord, Tante Marthe ? Oui ?

– Oui, font les yeux bleu porcelaine, qui se baissent et se lèvent d'un air suppliant.

« Mon cher enfant, je vais passer. J'ai une double pneumonie et je n'ai plus envie de vivre. Mon médecin se donne bien du mal pour me sortir d'un lieu où je me sens glisser, pour le meilleur ou pour le pire. Je n'aurais jamais dû me remarier. Je suis partie de Recife et j'ai recommencé mon tourbillon, mais j'ai trop de chagrin et je n'ai pas tenu. Alors j'ai décidé de marcher tôt matin dans le froid, histoire d'en finir. J'ai fait cela tous les jours en petite tenue, le cou bien dégagé, avec rien sur le dos. Je voulais à tout prix mourir. J'avais assez bien réussi mon coup quand on m'a hospitalisée. Hier, j'ai arraché le masque à oxygène et je t'ai appelé, je ne sais pas pourquoi, un dernier sursaut, peut-être, avant de m'évanouir. Je te demande pardon, mon petit. Tu m'as manqué. P.S : je dicte cette lettre à une charmante personne qui maîtrise le français et son ordinateur. »

Je replie soigneusement la lettre, je remets le testament dans son enveloppe et je garde le silence. Les yeux bleus me regardent avec crainte. Allons-y, sans douceur.

– Tu as peur, hein, bourrique ? Eh bien, tu as raison. Premièrement, si tu t'imagines que tu vas mourir, c'est manqué. Deuxièmement, tu m'as fait venir pour des prunes et je ne suis pas près de l'oublier. Et madame se suicide pour un chagrin d'amour ? Mais à quoi ça ressemble ! Non, non, n'enlève pas ton masque, tu n'as pas droit à la parole. Alors, écoute-moi bien, je ne te le dirai pas deux fois. Je te pardonne pour une seule raison. Sur le testament, tu as écrit : « À mon neveu Théo, qui fit toute ma joie… » Qui fit, au passé simple ! Oh, Marthe… À mon tour de te demander pardon. Je t'ai beaucoup négligée ces dernières années. Non… Ne t'agite pas. Je t'interdis d'ôter ton masque, non mais qu'est-ce que…

Trop tard. Elle m'envoie balader, jette son masque et se redresse, furax, sur l'oreiller.

– Théo, tu m'emmerdes !

Ressuscitée !

Et elle s'étouffe. Je lui remets son masque, elle m'attrape par le cou et nous voilà partis pour le câlin du siècle. Que cela fait du bien ! Je vois virer ses yeux au gris perle et les larmes jaillir, mais en même temps, elle rit, elle est vivante… D'un même geste, nous nous tournons vers la fenêtre et nous voyons ensemble la première clarté renaître sur le monde.

La porte s'ouvre. Une grosse infirmière nous regarde, indignée.

– Qu'est-ce que c'est que ce *tamasha* ? dit-elle d'une voix flûtée. Qui vous a laissé entrer ?

J'essaie d'expliquer, moi, je suis le neveu, vous savez, son Théo ? Elle n'écoute rien, m'arrache du lit et me plaque au mur. Sous son masque, Tante Marthe pousse des meuglements de vache à laquelle on enlève son veau. L'infirmière se penche sur le lit, tâte le pouls, vérifie la bouteille, soulève le masque, enfonce le thermomètre dans la bouche de Tante Marthe, enfile le tensiomètre, appuie sur la poire avec la dernière énergie, mesure la tension, retire le thermomètre, remet le masque. Puis elle pousse un soupir, me menace du doigt et s'en va en refermant la porte au verrou. Nous voici prisonniers.

Tante Marthe ôte son masque tranquillement.

– Tu vas passer un sale quart d'heure, dit-elle. Pourvu qu'elle trouve le docteur Narayan… Enfin, que je te dise avant qu'elle ne revienne, il paraît que je suis guérie.

– Mais qu'est-ce qui t'a pris de vouloir mourir ?

Elle hoche la tête, remet son masque et chiale.

– Laisse-moi deviner. Ton Brutus t'a trompée, c'est cela ? Oui. Beaucoup ?

Elle lève une main et de l'autre, compte cinq, puis, avec les dix doigts, brandis plusieurs fois, on arrive jusqu'à trente. Le professeur Da Silva, trente maîtresses en douze ans ! Je siffle entre mes dents. Le masque de Marthe s'embue.

– Il n'y a pas de quoi se suicider !

– Mais ce… n'est… pas… pro… blème, dit le masque. La… der… niè… oi… la… fille…

– Cesse de faire l'andouille, ôte ce truc, dis-je d'un ton sec. Tu respires très bien, arrête de te cacher. Alors ?

Alors la dernière fois, la fille était gamine. Morte de honte, Marthe Carneiro Da Silva, née Fournay, a demandé le divorce avant de quitter le Brésil. Et puis elle s'est échouée en Inde, et en janvier.

– Le diagnostic n'a pas traîné. Il a fallu du temps pour trouver les bons antibiotiques, et comme rien n'avait l'air de marcher, j'ai eu l'idée de te téléphoner.

– J'ai une gueule de pénicilline ?

– Plutôt oui, admet-elle. Tu es un médicament efficace, et ça, je m'en doutais. Pardonne-moi de t'avoir fait venir… Je t'en suis très reconnaissante.

– De rien, je bougonne.

– Je sais parfaitement que je suis la coupable. Je me suis fabriqué ma double pneumonie, tu sais, comme l'héroïne de Balzac dans les *Mémoires de deux jeunes mariées* ? Mais si ! Celle des deux qui épouse un poète et meurt de jalousie, se rendant poitrinaire en allant traîner à l'aube au bord d'un lac…

– Tu te payes ma tête ! Et les antibiotiques ?

On s'engueule. Je la croyais heureuse, j'avais ma vie à faire, j'étais au bout du monde. Mais jamais au Brésil, c'est un hasard, ça ? « Tu voulais m'éviter, Théo ! Tu voulais faire ta vie, très bien. J'ai défait la mienne, tu es fier de toi, Théo ? » Etc. L'engueulade aurait duré longtemps si le toubib n'était pas arrivé.

Au premier coup d'œil, je sais qu'on va s'entendre. Longiligne, assez vieux, grosses lunettes cerclées de noire écaille, crâne chauve, un air doux.

– Je vois qu'on va mieux, dit-il. Docteur Narayan, enchanté ! Et vous êtes le neveu, *I presume* ? C'est ce que je pensais. Sans vous, elle n'aurait pas accepté de guérir. Ne vous tracassez pas, elle va beaucoup mieux. *She is much better.* Nous allons la garder encore deux ou trois jours, puis vous pourrez l'emmener en voyage. Enfin, c'est ce qu'elle dit. *Do you agree ?*

En voyage ! J'hallucine ! En voyage, mais où ? Tante Marthe voudrait-elle par hasard refaire tous les pèlerinages qui m'avaient guéri ?

– Ne t'inquiète pas, mon chéri... dit Marthe. J'ai tout prévu.

Ah non ! Ça recommence. Mais je n'ai plus quinze ans, Marthe ! Je suis adulte !

– *I see*, constate le toubib en voyant ma bobine. Mon cher collègue, si nous allions discuter du dossier médical ?

Il rebranche la bouteille d'oxygène prestement. Et d'un même mouvement, de chaque côté du lit, nous reposons le masque sur le mufle courroucé.

*

* *

Elle a bel et bien eu une double pneumonie. Elle pleure beaucoup. Tension de jeune fille, cœur en parfait état. Évidemment, il y a l'asthme familial. Crises répétées, allergies d'origine inconnue, pollution, pollens, il faudra qu'elle prenne le temps de faire des tests. En attendant, elle a pris goût au masque, dont il faut la sortir. Une drogue comme une autre. Le docteur Narayan insiste, un voyage, c'est utile. Il croit savoir que moi-même autrefois, j'en ai fait l'expérience et que...

– Mais vous l'avez entendue, elle a tout prévu ! dis-je sans dissimuler mon agacement. Je la connais. Hôtels cinq étoiles, séjours de luxe, et ça, pour moi, docteur, c'est franchement impossible. Vous a-t-elle dit quelle est ma vocation ? Médecine humanitaire. Vous me voyez en train de me dorer les pieds sur canapé ?

– *I see*, murmure-t-il, l'œil perdu dans le vague. Je comprends. Remarquez, le contact avec la dure réalité lui ferait le plus grand bien. Elle a, disons, un peu trop d'intérêt pour elle-même. Vous n'auriez pas sous le coude une mission adéquate ? Ne prenons pas de risque, évitez les terrains épidémiques. Mais un puits à forer dans un désert, de la formation d'infirmières dans un coin perdu, *something rather hard, with some difficulties*... Non ?

– Vous plaisantez, j'espère...

– Un désert pas trop chaud, poursuit-il comme s'il n'entendait pas, de l'air non pollué, la misère à soigner, ce serait idéal... L'essentiel, c'est de la sortir de sa dépression. Réfléchissez, mon cher. *Take your time.* Je peux vous la garder, disons, une semaine, ensuite, à vous de jouer.

Il me tape gentiment l'épaule, et sort faire ses visites. Je tourne et je retourne le dossier médical. Et soudain, j'ai l'idée.

Simple comme bonjour. J'emmène Marthe avec moi préparer mon concours.

Je suis retourné dans sa chambre, elle dormait. J'ai sorti mon carnet, j'ai aligné les chantiers que j'avais dans la tête pour le concours. Hormis le nucléaire, qui est obligatoire, pour le reste, on a le choix.

Les arbres, les ordures et l'eau, dans n'importe quel ordre, voilà ce que j'ai retenu. La mer d'Aral, aux trois quarts détruite ; une virée au sud du Cameroun avec deux objectifs, la déforestation qui détruit les espèces tropicales et la construction d'un oléoduc qui menace les Pygmées en chemin ; un grand fleuve pour la pollution des eaux douces. Lequel ? je n'ai pas encore choisi. Pour les ordures, ce sera Saint-Louis du Sénégal, ce qui me permettra d'enquêter également sur la pêche et les eaux salées. Et il me manque le plus important.

Je n'ai toujours pas trouvé comment traiter le nucléaire.

L'eau, les ordures et les arbres. Trois de mes chantiers se trouvent en Afrique, où j'ai trop patrouillé pour ne pas m'être fait des amis ; un en Asie centrale, je ne sais même plus dans quelle république j'avais décidé de tomber, parce que la mer d'Aral se partage entre le Kazakhstan et l'Ouzbékistan. Les ordures, les arbres et l'eau. Maintenant, où emmener Tante Marthe pour commencer ? Certainement pas au Cameroun, climat humide et marche à pied, ce n'est pas l'idéal pour une convalescente.

Marthe s'est vaguement éveillée, j'ai posé un baiser sur son front, et je suis sorti sur la pointe des pieds. Trouver une chambre d'hôtel pas trop chère, téléphoner aux parents, s'organiser. Ah ! Il ne faut pas que j'oublie ma Bozzie. Il est presque deux heures, soit huit heures et demi du matin à Paris, comme décalage, c'est bon. Le brouillard ne s'est pas levé. Je chope au passage un rickshaw à moteur et je fonce retrouver mon poupin dans ses bureaux.

– Alors, comment va-t-elle ? Je ne te l'ai pas dit, mais elle a refusé le rapatriement sanitaire proposé par le médecin de l'ambassade. Nous étions très inquiets, parce que c'est une têtue...

– Ça, c'est un euphémisme, je bougonne. Elle sort dans quelques jours, elle ne va pas trop mal. Trouve-moi un hôtel bon marché, dis-moi comment je peux louer un portable... Et aussi quelle température il fait en ce moment en Ouzbékistan, sur le bord de la mer d'Aral.

Son visage s'illumine, il éclate de rire. J'ai rarement vu un homme aussi soulagé. Il se frotte les mains, décroche son téléphone, papote en hindi, fait de grands gestes, raccroche.

– Il ne fait pas très chaud sur ce qui reste de la mer d'Aral, me dit-il. Si tu comptais y emmener Madame en convalescence, il faut attendre quelques semaines. Dis-moi plutôt ce qui s'y passe... Conflit en vue, guérilla, coup d'État ?

– Rien de tel. Je voulais y faire un tour avec ma tante. Elle aurait bien aimé, mais évidemment, s'il gèle...

Ses yeux s'écarquillent. Je lui fais le topo.

– Pour moi, la solution s'impose, dit-il. Tu cherches un fleuve pollué, va donc expertiser le Gange à Bénarès. Ce n'est pas très loin, deux heures d'avion tout au plus, il n'y fait pas trop froid pour une convalescente et côté pollution, tu ne seras pas déçu. Tu bosses peinard sur les eaux douces, ensuite, tu enchaînes sur la mer d'Aral, qu'est-ce que tu dirais d'un beau printemps ouzbek ?

Génial, le poupin ! Je le remercie, de rien, il n'y a pas de quoi, et pas question d'hôtel, il m'héberge. En deux temps trois mouvements, sa secrétaire me dégotte un portable en location, et me voilà parti déposer mon sac à dos dans sa chambre d'amis. Sunder Nagar, 27, tout près du zoo.

C'est un endroit feuillu, paisible, prospère, garni de vigiles à toutes les portes. Des mémères en sari y promènent leurs chiens, un marchand à vélo y fait du porte-à-porte pour vendre des nappes brodées main et de jeunes cadres sup déambulent dans la rue en téléphonant frénétiquement. Moi aussi. J'appelle mes parents et je leur apprends tout, la maladie de Marthe, son divorce, son suicide, sa guérison, la suite…

– Ne me dis pas, coupe maman. Vous allez voyager tous les deux comme il y a six ans… Tu es sûr que ce n'est pas dangereux pour elle, mon grand ?

Toujours à se faire du mouron, ma mère. Parfait ! Cela veut dire que Zoé va très bien. Sinon, j'y aurais droit. « Ta sœur respire mal, mon grand. Avec son asthme, si cela tourne en bronchite, elle ne coupera pas aux antibiotiques, et six jours, ça m'embête, tu n'aurais pas une solution ? » Bien sûr que j'en ai une. Vivre à la campagne, pardi. Pauvre maman.

Papa endure. Mon père a toujours eu d'autres chats à fouetter. En ce moment, il travaille sur la sicklémie, une anémie bizarre avec globules à forme de faucilles franchement anormaux, une dangereuse saloperie. Il m'explique que, dans certains cas, le paludisme protège contre la saloperie, mais je ne suis pas bien sûr d'avoir compris. Il s'énerve beaucoup sur les histoires de propriété du génome humain et prédit qu'on verra des clones après-demain. Il est mûr pour entrer dans un comité d'éthique qui dispensera gravement des oracles que personne n'écoutera. Quant à sa sœur Marthe, elle lui en a tant fait qu'il ne s'étonne plus.

– Elle divorce ? dit-il. Pourvu que ce soit vrai. Brutus m'a toujours fait l'effet d'un zygomar. Bon, soigne-la bien, ramène-nous-la vivante, bon pied bon œil, pauvre Marthe ! Au fait, a-t-elle maigri ? Elle est tellement dodue…

Et la voix de Bozzie, et mon cœur en chamade. Elle émerge à peine. J'adore quand elle s'enroule sous le drap pour ne pas se lever. Juste glisser un bisou, répondre à un « Tu m'aimes ? », affirmer mensongèrement que je reviens demain. En général, cela marche, mais là, manque de chance, un rugissement énorme envahit le téléphone. Nom de Dieu, le zoo !

– Mais c'est quoi ce truc que j'entends ? gémit ma douce.

– C'est un tigre blanc, ma puce. Rendors-toi, il est tôt...

– Oh oui. Il n'est pas en cage au moins, le tigre blanc ?

Clac ! Elle a raccroché.

Voilà, je suis libre. Je rentre à la maison, un Indien moustachu m'accueille les mains jointes, et glisse, traîne-patins, jusqu'à ma chambre. Je sombre dans le sommeil. Je suis vanné.

Un discret frottement à la porte me réveille. C'est le traîne-patins qui m'apporte du thé. Stylé, le mec. « *With milk and sugarr, sirr ?* » Il est six heures du soir, et le soleil se couche. Je ne sais même pas quand il est apparu, celui-là. Mais ses derniers rayons couronnent le bananier derrière la fenêtre, et un perroquet nain me fait de l'œil en rouge sur une branche de frangipanier fleurie. Allons ! Tout n'est pas perdu dans le meilleur des mondes. Je me lève, je sors. Et je retrouve l'Inde.

C'est l'heure où les bébés suffoquent, l'heure où l'on s'enroule dans la laine des châles. C'est l'heure du crépuscule dans un air pollué. Les couchers de soleil y sont toujours très beaux. Irisés comme du mazout dans l'eau.

J'ai été ramasser des galettes sur la plage un jour de pollution pétrolière en Bretagne. Le pire, c'est l'odeur. On oublie toujours ça. Les gens se réveillent le matin et se disent que leur chaudière à fuel a une fuite. Tous, ils le croient. Ils descendent à la cave : rien ne fuit. Alors quoi ? Quand ils sont dans la rue, ils comprennent. Le fuel est dans la mer, où il empeste. Des jours à supporter l'odeur, ils deviennent fous, les gens, eux qui aiment tant la mer. Il faut les voir ramasser le varech à pleines mains pour comprendre l'amour qu'ils portent à l'océan. Et le varech, tu parles ! Mazouté, comme les goélands. Pourquoi ça dure encore, ces dégazages en douce, ces pavillons bidons, ces tankers délabrés, ces trahisons flottantes ? Complicités partout.

Si je suis écolo, c'est pour démazouter le pouvoir quand il pue. Je ne suis pas sûr qu'il existe un pouvoir qui sente bon. Les écolos, les vrais, se méfient du pouvoir, qui rend fou. Parfumé, je veux bien. Répandant des effluves artificiels, des essences synthétiques et des jasmins chimiques, d'accord. Mais propre et qui sente bon ? Impossible. J'en entends tellement qui se vantent de mettre les mains dans le cambouis… Les mains dans le cambouis ? Eh bien, nettoyez ça. Frottez fort au savon, comme les chirurgiens avant d'ouvrir un ventre. Dégagez les tankers de complaisance, évacuez les déchets, allez ouste ! on les rince. Quant aux écologistes de pouvoir, je leur pisse à la raie, comme dirait Zoé. Dire qu'à six ans pile, elle nous a ramené ces mots-là de l'école !

Zoé, ma petite sœur, est née prématurée. À sept mois, ce n'est plus une affaire dans les pays riches, et Zoé s'est gentiment fabriqué en couveuse le tissu pulmonaire qui lui manquait pour respirer toute seule. Mais elle vit à Paris. Les infections qu'elle chope durent longtemps. Qu'est-ce qu'on fait, docteur ? Alors, antibiotiques ? Eh bien non, on ne peut plus. Plus de molécules en réserve. On a tout épuisé. Retour au Moyen Âge, ravages en vue. Quand cette pensée me vient, je fais comme un oiseau qui dort. Je me cache la tête sous l'aile pour oublier.

Dans le ciel de Delhi, des milans décrivent des cercles concentriques. Et plus aucun vautour. Au tournant du millénaire, une maladie mystérieuse les a fait disparaître d'Asie, pour le malheur des populations. Excellents fossoyeurs, diplômés en voirie, les vautours étaient utiles au monde. Pourquoi s'éteignent-ils ? Aucune explication. Combien d'autres espèces en moins chaque année ? On ne sait pas trop. On extrapole. On dit qu'il y aurait en tout dix millions d'espèces vivantes, mais qui le sait vraiment ? Au Sommet de Rio, sur liste rouge, cela donnait 13 % des poissons, 11 % des mammifères, 10 % des amphibiens, 8 % des reptiles, 4 % des oiseaux, espèces menacées d'extinction immédiate. Un peloton de perroquets passe en sifflant très fort. Le rideau de la nuit vient de tomber.

Au Delhi Memorial Hospital, les ascenseurs se sont remis en marche, mais il y a la queue.

À pied et quatre à quatre. Deuxième étage : je suffoque. Souffle coupé. C'est l'asthme. Quel idiot je fais ! Pas pris la Ventoline que me proposait le poupin.

Marche après marche, et en tenant la rampe, je me hisse au troisième étage. Chambre 350. Tante Marthe grignote des pâtes d'amandes. L'œil plus bleu que jamais, elle m'attend.

Ce que pensait Tante Marthe

« Si j'étais Dieu, j'aurais pitié du cœur des hommes… »

Qui a écrit ces mots ? Je ne sais plus. Quand je me suis réveillée tout à l'heure, j'avais cela en tête, et je me sentais mieux. Mieux, ce serait trop dire, mais pour la première fois depuis ma pneumonie, je n'avais plus d'étau autour du cœur. Dire que je respire convenablement serait exagéré, mais je me sens plus libre, en tout cas, moins contrainte. Aucun doute, c'est Théo. Cet enfant me libère, comme il l'a toujours fait.

C'était un têtard misérable, mais qui serrait les poings avec tant d'énergie qu'on y sentait la vie se battre. Il n'était pas beau. Plissé, rouge de colère, on aurait juré qu'il en voulait au monde d'y être né. Il n'aurait pas dû naître seul, il faut dire. Il était le jumeau d'une fille qui ne vécut pas. Par la suite, Théo est devenu un gamin trop studieux, obsédé par la mort, dangereusement rêveur. J'ai commencé à m'inquiéter pour lui : sa mère ne voulait pas lui révéler qu'il avait eu une jumelle morte à la naissance et ce secret est lourd entre une mère et son fils. Et ça n'a pas manqué. À quatorze ans, il a failli mourir.

Je ne l'ai pas sauvé, contrairement à ce qu'il pense. Je me suis contentée de le faire voyager en distrayant son esprit bouillonnant, pendant qu'ici ou là, certains thérapeutes s'occupaient de son mal. Un cheikh soufi à Jérusalem-Est, une amie égyptienne à Louxor, un moine bouddhiste à Darjeeling. Le premier lui a appris à respirer; la deuxième a fait réapparaître le fantôme de sa jumelle morte au moyen d'un poulet dont, en tranchant le cou, elle fit jaillir un sang réparateur; le troisième a soigné son esprit en se servant du rire; la quatrième était une Tibétaine en exil, qui lui a prescrit des minéraux. Chemin faisant, mon Théo a guéri. Je n'y suis pour rien.

Comme je pleure mon ami le cheikh Suleymane ! Il est mort avant la guérison de Théo, explosé par des éclats de bombe. Je n'ai jamais trouvé le courage de raconter à Théo les vraies raisons de sa disparition. J'ai fabriqué à mon ami soufi une agonie bien douce, bien mensongère, et Théo ne sait pas qu'il a eu la moitié de la tête arrachée. Maintenant qu'il n'est plus, à qui raconter les avanies de ma pauvre existence ? Mon ami bouddhiste ? Les chagrins d'amour le font rire. Ma guérisseuse égyptienne ? Je ne crois pas qu'une cérémonie de sang de poulet aurait le moindre effet sur moi. Mon ami grand prêtre du singe divin, à Bénarès ? Je n'oserais pas…

Le cheikh Suleymane, qui connaissait mes affaires de cœur, ne les prenait pas très au sérieux. Lui vivant, j'aurais pris les choses autrement. Lorsque j'allais mal, j'avais pris l'habitude de lui rendre visite dans sa vieille maison de Jérusalem-Est, et il me guérissait à sa façon soufie. Sourire, silence et souffle. Des manières directes aussi, sans précautions. Il m'aurait dit, bien sûr, que Brutus Carneiro Da Silva n'était pas la cause de ma souffrance, et que, de toute façon, je n'avais jamais supporté qu'on vienne fourrer le nez dans mes affaires. Que ma douleur vient de loin et d'ailleurs. Qu'à force de circuler d'un monde l'autre, j'avais eu grand besoin de m'arrêter et que la maladie, pour ça, est excellente. Il m'aurait dit cela et d'autres choses encore.

J'ai choisi de ne pas avoir d'enfants. C'est ce que je me dis, je ne sais pas si c'est vrai. Mon premier mari d'Amérique, mon bien-aimé Tommy, disparu au Vietnam, n'a pas eu le temps d'y penser. Je n'en parle jamais, j'avais à peine vingt ans. Théo n'est même pas au courant de son existence. Est-ce le choc de sa mort qui me revient enfin ? Après lui, je n'ai pas eu envie d'être mère. Cela ne m'a pas déplu, j'ai adoré ma liberté. Suleymane m'a toujours dit qu'être libre étant ma préférence en tout, je n'étais pas faite pour enfanter et qu'ainsi, j'ajoutais au monde une solitude à part, un peu de vent du large à ma façon.

Et il y avait Théo. Tant qu'il était petit, j'ai eu des illusions. Ma belle-sœur étant dévorée d'angoisses, j'ai joué la mère parallèle, solide, réconfortante, ah, comme c'était facile ! Mais Théo est un homme et moi, je ne suis plus rien. Un homme ? C'est ce qu'on dit, mais je n'en suis pas sûre.

Est-on déjà un homme à vingt-six ans ? Non, non. Il reste encore un peu d'enfance dans cet homme-là. Le lait lui sort encore des narines et c'est mon Théo, mon enfant. Pas d'inquiétude.

J'ai préparé pour nous un périple qui va l'enchanter. Un mois au Kerala, car il ne connaît pas ce tout petit État de l'Inde, si parfait. Deux semaines à New York, très bon pour son avenir. Et surtout, je l'emmènerai à Samarkand, il sera si content ! Je le connais, Théo. Il ne résiste pas au goût de la beauté.

À moins qu'il n'ait changé ? Je ne l'ai pas revu depuis mon mariage. De temps en temps, j'ai reçu des cartes postales, au hasard de ses déplacements. Londres, Cotonou, Berlin, Moscou, Athènes, Lagos, Abuja. Elles s'achevaient toutes de la même façon, « Tu me manques, Tante Marthe », mais il n'est pas venu. Je les avais punaisées en face de ma table de travail, et avant de quitter Brutus, je les ai embarquées dans mon sac à main. « Tu me manques, Tante Marthe »… Sale menteur !

Je sais qu'il s'est fourré sur des terrains de guerre, mais je n'ai pas eu peur, il est trop malin pour mourir désormais. Ma belle-sœur me donne peu de nouvelles de son précieux fils. Apparemment, il s'est entiché d'une petite Slovaque qui donne du fil à retordre à toute la famille. Sentimentale comme je suis, j'avais espéré qu'il épouserait Fatou, son amie d'enfance, mais non. Ils ne se voient presque plus. Mon frère me dit que Théo est devenu écologiste, mais ça, comme tout le monde ! D'ailleurs, moi-même, je fais très attention, je ne mange plus de viande, je me méfie de tout, je consomme des fruits et des légumes, je fais un brin de gymnastique tous les matins, donc, je suis écolo. Et j'ai gardé le masque à oxygène qu'on voulait m'enlever, c'est très bien, l'oxygène, cela me fait planer. Autant dire qu'en matière d'écologie, je m'y connais.

Mon neveu chéri, écologiste ! Il y a de quoi rire. Quand nous sommes partis pour notre long voyage, il se croyait savant en religions. Rien ! Il ne savait rien ! Non, non, ce n'est pas à une vieille guenon qu'on apprend à faire la grimace. Nous irons découvrir les champs de poivriers et le Kathakali au Kerala, c'est dit.

A-t-il changé ? Il a pris le premier avion. Ventre à terre pour aider sa tante Marthe. Ce n'est pas mauvais signe, tout de même. Pourtant... Dans l'œil, il a je ne sais quoi d'un peu dur qui m'inquiète. Certes, il s'est aguerri, au sens propre du terme. Il a beaucoup forci, ce n'est plus un ado. Il s'est même coupé ses boucles noires qui le faisait ressembler à un jeune dieu grec. Quand il a fait irruption dans ma chambre, il m'a fait peur ! Ce type aux mâchoires crispées, presque tondu, était-ce vraiment mon charmant Théo ?

Assez de sentiments ! Voilà que cela revient... « Si j'étais Dieu, j'aurais pitié du cœur des hommes. » Cela s'exprime en moi comme une source grossie par les pluies d'orage. Qui a écrit cette phrase, mais qui ?

Réchauffement

À peine suis-je entré dans sa chambre que je flaire un drôle de changement.

Marthe n'a pas l'air contente.

– Va te raser, dit-elle immédiatement. Je ne supporte pas les barbes d'une nuit. C'est affreux, on dirait un bandit.

– Ça va pas, la tête ! Jamais de la vie !

Elle est très étonnée. Petite mise au point.

– Écoute-moi, ma chérie. Je n'ai plus quinze ans, mais vingt-six. Personne, tu m'entends, personne ne me parle plus sur ce ton. Je suis crevé, je n'ai pas trop dormi, et toi, tu veux que je me rase, là, tout de suite ? Et quoi encore ?

Matée, elle se tait. Je la laisse ruminer. Un silence hostile s'installe entre nous. Soudain, elle se met à pleurer et se pose le masque qu'elle avait planqué sous l'oreiller. Laisser faire. Seulement voilà, ça dure... Au bout de trois minutes, je craque. Je lui file un Kleenex, un baiser sur l'oreille et les larmes s'arrêtent. Je lui prends la main, et j'y vais.

– Je voudrais que tu m'écoutes sans m'interrompre. Quand tu m'as appelé au secours, j'étais en train de me préparer pour obtenir le prix de la fondation Our World Is One. Tu as dû en entendre parler ? La fondation OWIO. Je dois présenter quatre études de terrain, en un an. J'ai décidé de t'emmener. Je te préviens, ce sera confort minimal, parce que sur le terrain, quelquefois, c'est très dur. Médicalement, tu es guérie. Encore un peu faiblarde, mais on ne commencera pas par le plus difficile. Je ne te demande pas de me répondre tout de suite, mais d'y réfléchir tranquillement. Tu as deux jours, Tante Marthe. Mais pas plus, sinon, je loupe mon concours, et ça, je ne veux pas. Maintenant, si tu te sens vaillante, ôte ton masque et parle !

Elle ne se le fait pas dire deux fois.

Protestations d'abord, elle avait tout prévu, c'est-à-dire autre chose, tu comprends, à mon âge et avec ma santé, il faudrait annuler les réservations d'hôtel, c'est bien trop compliqué, enfin Théo, sois raisonnable, et piapia, et piapia. Puis c'est un grand soupir. Elle est mûre.

– D'accord, me dit-elle. Mais pas sans conditions. Explique-moi ces chantiers, que je comprenne un peu. C'est de l'écologie ? Parce que je me méfie… Est-ce que tu t'installes dans les arbres pour les protéger de l'abattage ?

– Pourquoi, ça te dérange ? Personnellement, je n'ai rien contre les écobranchistes, même si je préfère d'autres moyens. De vrais moyens !

– Ah mon Dieu, soupire-t-elle. Tu n'es pas devenu un écolo violent ?

– Ça dépend, lui dis-je avec prudence. S'il faut manifester avec des flics en face, sache que je le fais, et plutôt deux fois qu'une. Je suis même capable de vouloir arrêter par la force les convois de transports de déchets nucléaires s'il le faut.

– Mais pas de bombes, quand même ?

– Des bombes ! Tu es folle ! Les écolos sont pacifistes, voyons…

– Tss, siffle Marthe entre ses dents. Et ces Anglais qui font des attentats pour protéger la vie des animaux ?

– Des extrémistes ! Il y en a toujours. C'est comme l'islam, chez nous, on a nos intégristes. Protéger la vie des animaux, je suis pour, mais les attentats, non. Cela dit, attention, sur le principe, ils ont raison ! Ce sont juste les moyens qui ne vont pas.

– « Juste les moyens », lâche-t-elle en me singeant. C'est du propre ! Est-ce que j'ai le droit de contester ? Sinon, je ne viens pas. Première condition. Alors ?

Alors personne au monde ne l'en empêchera. J'opine.

– Très bien. Je commence. Sur le principe, Théo, je n'approuve pas l'entière protection des animaux. Je leur préfère les hommes, vois-tu. Tant que sur la planète existera un pauvre, tes animaux ne m'intéressent pas. À la fin des fins, la mission de l'humanité concerne le progrès pour elle, nom d'un petit bonhomme !

– Du calme ! Je vais te poser trois questions. Es-tu sûre d'avoir compris le rôle exact des espèces animales dans la Nature ? Leur interaction, leur régulation ? Voilà pour la première question. As-tu bien réfléchi à la question de l'intelligence animale ? Comment s'orientent les dauphins, comment volent les oies sauvages ? Non ! Je n'ai pas fini. Troisième question. Connais-tu les liens entre les sociétés animales et la société humaine ? Je suis certain que non.

– Tu ne vas pas me dire que l'espèce humaine est inférieure aux espèces animales ! Enfin, Théo !

Et là, soudainement, je me prends pour Bozzie. Tirade.

– Et sais-tu ce qu'elle fait, ton espèce humaine ? Elle n'est bonne qu'à détruire les autres espèces, les animaux surtout ! Elle les chasse, elle les pêche, elle les bouffe, et pour les élever, elle les met en batterie, comme des galériens à la chaîne autrefois ! Tu t'imagines, toi, sans voir le soleil, sans pouvoir bouger, à manger de la farine artificielle, après qu'on t'a coupé les cornes parce qu'elles encombrent ?

– Merci pour l'allusion ! dit Marthe. Je suis cocue, je sais, pas besoin d'insister !

Imiter Bozzie ne me réussit pas.

– Et puis je te signale que je ne suis pas une vache, mais une femelle de l'espèce humaine, ce qui s'appelle une femme. Comment oses-tu comparer ? Ces histoires d'espèces à protéger m'agacent à un point ! Tiens, les loups, par exemple. Pendant des siècles, ils ont ravagé les troupeaux, attaqué les humains, on a fini par s'en débarrasser et voilà qu'au nom de ces satanées croyances écologistes, on remet des loups dans les forêts, et qu'est-ce qu'ils font ? La même chose qu'avant, ils dévorent les moutons, pardi...

– Est-ce que tu réalises combien d'espèces animales disparaissent chaque jour ?

– Est-ce que tu sais combien de langues parlées disparaissent chaque jour ?

Du tac au tac. Ça commence mal. Il est temps de lui faire la leçon. Mais par où prendre une femme qui porte de vraies fourrures, qui fume comme un sapeur, qui a soixante-cinq ans ? Elle n'est pas dans le coup...

– Je me lance, lui dis-je. Tu es prête ? Lorsqu'un habitat est détruit – une zone marécageuse asséchée, une forêt qui brûle, une île inondée, des terres bombardées, par exemple –, il suffit que 50 % de ce territoire disparaisse pour que 90 % des espèces meurent aussi. Tu n'en savais rien, je parie ? C'est le principe d'Olaf Arrhenius et Edward O. Wilson, selon lequel...

– Arrête ! dit-elle d'une voix mourante. Je ne supporte pas cette rhétorique. Des chiffres, des principes qu'on t'assène, un jargon, comment veux-tu convaincre avec ce langage-là ? On dirait les médecins de Molière ânonnant leur latin sans en comprendre un mot. Tu comprends, toi ?

J'ai appris, mais ce n'est pas ma tasse de thé, j'avoue. Je vais la prendre par les sentiments.

– Plus de chiffres, c'est d'accord. Écoute. Comme tu sais, Zoé est née prématurée. Mais ce que tu n'as pas su, dans ton Brésil au diable, c'est qu'à cause de la pollution à Paris, elle a des bronchites tous les deux mois. Bronches, tympans, sinus, toute la sphère ORL s'infecte régulièrement. Et Zoé ne fume pas, elle. Je ne vais pas t'embêter avec la cigarette, mais simplement te dire pourquoi tu es malade. Tu as pris froid dans une ville polluée, où un rhume banal devient une pneumonie.

– Double ! dit-elle. J'y tiens.

– N'importe quoi pour se faire remarquer ! Moi aussi, je préfère les hommes aux animaux. Je les préfère si bien que je vais les soigner lorsqu'ils s'entre-tuent.

– Dans ce cas, tout va bien, Théo. Il n'y a pas de débat !

– Mais si ! Je ne peux plus soigner les gens ! Laisse-moi t'expliquer, tu ne me laisses pas parler... Donc, si tu veux bien, on commence par la pollution qui abîme les poumons de Zoé. On ajoute que les molécules d'antibiotiques sont en voie d'épuisement, que, bientôt, on ne pourra plus traiter les infections, et qu'on retournera à des âges oubliés, les époques où les gens crevaient d'un rien. Sais-tu pourquoi ? Parce que ces abrutis d'éleveurs ont donné des antibiotiques à leurs bêtes pour les faire plus grosses, plus vite, industrielles. Comment je soigne ma petite sœur, moi ?

– Tu ne vas pas me dire qu'avec le progrès médical, on est incapable de trouver d'autres antibiotiques !

– C'est exactement ça, ma vieille. On ne trouve pas. Bien entendu, à ce problème de santé qui concerne les pauvres comme les riches, s'ajoute le réchauffement climatique, je pense que tu en as entendu parler, non ?

– Ah, ça ? Je n'y crois pas.

Elle dit « ça » tranquillement, en lissant le drap de son lit d'hôpital, à peu près comme si je lui parlais d'astrologie. Simple question de croyance, à ne pas discuter, domaine privé, en somme. Marthe Fournay ne croit pas au réchauffement climatique !

– Donne-moi des preuves irréfutables ! dit-elle. Bien sûr que je n'y crois pas. Ce sont des « probablement », des « peut-être », des « il est possible »... Ah ! Bien sûr, en Europe, on a eu chaud en août 2003. Comme si c'était la première fois ! Des canicules, j'en ai connues, tiens, l'été 76, je m'en souviens très bien !

– Sois raisonnable, Marthe. Voilà au moins dix ans que toutes les communautés scientifiques admettent l'évidence d'un réchauffement climatique accéléré au XXe siècle.

– L'évidence, parlons-en ! J'entends des fanatiques qui rendent l'humanité entièrement responsable de l'effet de serre, et patati, et patala, et l'apocalypse au bout du chemin ! Je n'aime pas les prophètes, même s'ils sont écolo. Il n'y a aucune certitude scientifique sur les causes du réchauffement climatique. On croit que… On pense que… Mais qu'est-ce qu'on sait vraiment ?

– Chaque jour un peu plus et chaque jour, c'est pire. Que l'homme soit la seule cause du phénomène, on n'en est pas certain, d'accord. Mais qu'un réchauffement climatique soit en cours, ce n'est pas discutable ! Tu as certainement pu comparer les photos des glaciers prises il y a vingt ans et aujourd'hui. Non ?

– Si, bougonne-t-elle. Admettons.

– Alors admets aussi que les substances émises par l'humanité moderne aggravent le réchauffement. Ce n'est pourtant pas compliqué à comprendre ! L'essence qui brûle dans les voitures, le gaz qui s'échappe, les substances réfrigérantes qu'on met dans les climatiseurs, le bois et le charbon qu'on carbonise…

– Produisent du dioxyde de carbone, je sais. À t'entendre, on dirait que la planète est en train de se suicider en se fourrant la tête dans un four allumé au gaz !

– Bien vu, ma vieille. On en est là.

– C'est à peu près ce qu'on disait des chemins de fer quand sont apparus les premiers trains ! Ce refus du progrès m'exaspère. Tu voudrais revenir à l'âge de pierre ! Dis-moi si je me trompe, tu te sers d'un ordinateur portable et tu as un téléphone cellulaire, non ?

– Je ne refuse pas le progrès, Tante Marthe ! Je veux qu'il soit régulé. Sais-tu que l'ONU a fait adopter une convention pour réduire les émissions de gaz à effet de serre ?

– Très bien ! Que les pays riches s'y collent les premiers ! Comme tu sais, les pays pauvres, où l'électricité n'est pas arrivée partout, ne sont pas disposés à renoncer au progrès ! Ose dire le contraire…

Non, je n'oserai pas.

Qui a pollué le monde ? Nous d'abord, nous les riches. Et qui donne les leçons ? Nous d'abord, nous les riches. Que disons-nous aux autres ? Ah ! Vous croyez être arrivés au bout de vos peines, eh bien, pas du tout ! Dépolluez, s'il vous plaît. Il y va de la santé du monde. Et que répondent-ils ? Qu'ils sont libres. Que l'ère coloniale est révolue. Qu'ils connaissent nos ruses et qu'ils ont l'habitude. Il n'y a qu'à voir comment Thabo Mbeki, le président d'Afrique du Sud, a refusé d'admettre la nécessité des trithérapies pour les malades du sida, tout juste s'il ne reprenait pas le tout premier refrain des années quatre-vingt, le sida, une maladie de l'Occident, apportée par l'Occident, et qui ne frappe que l'Occident.

Combien de temps pour convaincre le président d'Afrique du Sud, Thabo Mbeki, le successeur de Nelson Mandela ? Plusieurs années. Le temps de la fierté retrouvée est très long.

– Ah ! Tu vois, dit Marthe, triomphante. Je t'ai cloué le bec !

J'ai été très patient jusque-là, mais cette fois, je m'emporte.

– Alors, tu refuserais d'appliquer la convention de Kyoto ? Tu n'es pas d'accord pour réduire les émissions de gaz carbonique ? Tu préfères les bonnes vieilles fumées du charbon qui dégagent un maximum de molécules de carbone ? Pour ton information, le désert progresse à pas de géants en Chine, le sable d'Algérie souffle sur les côtes du golfe de Guinée, et les glaces fondent sur la banquise à toute vitesse ! Mais quand la température de l'eau augmente, l'eau se dilate, le niveau monte, et les terres sont inondées, c'est fatal. Juste ce qu'il faut pour noyer sous peu les côtes du Bengladesh. Sais-tu que le Gulf Stream est menacé de mort ? Si l'eau froide se réchauffe, elle ne pourra plus passer sous les courants d'eau chaude, et le vaste circuit qui assure le climat tempéré en Europe s'arrêtera tout net. On crèvera de froid ! Et si tu as une double pneumonie, c'est parce que tu as respiré de l'air pollué, idiote !

– Tu as toujours été très excessif, dit-elle en hochant la tête. Je suis malade parce que je suis malheureuse, Théo. Ce n'est ni le tabac ni la pollution, mais la trahison. La trahison est la pollution de l'amour, je te l'accorde. Mais l'air ? Non, non. Trop facile. Il y a mille moyens d'arranger ça. Le plus simple, il me semble, c'est d'accepter temporairement l'énergie nucléaire, parce qu'elle ne produit pas de dioxyde de carbone.

– Tu plaisantes ! Si tu veux que cette solution s'étende à l'univers, il faudrait former un corps d'ingénieurs pour la maintenance, et ça ! Tu te souviens de l'horreur de Bhopal en Inde ? Des milliers de morts franchement gazés !

– Parce que la boîte américaine, Union Carbide, n'a pas fait son travail ! Bien sûr, je me souviens. Union Carbide n'a même pas correctement dédommagé. Mais si on surveille bien. Suppose qu'on progresse en matière de maintenance. Qu'on fasse un peu confiance à l'humanité. Est-ce que le nucléaire n'est pas la solution ? Je dis cela sans provocation, Théo. Je le dis parce que c'est vrai.

– On voit bien que tu n'as pas d'enfants !

Les yeux bleus vacillent sous le choc.

J'ai mis le doigt dans la blessure de Marthe. Merde. Je l'ai dit.

Débrider la plaie.

– Si tu avais des enfants, ma chérie, je crois que tu voudrais – mais ne pleure pas, bon sang ! –, enfin, tu aimerais leur léguer un monde sans danger. Nous refusons le nucléaire parce qu'il enfouit sous terre un danger extrême et imprévisible, sous forme de déchets. Nous le haïssons à cause de nos enfants. Le nucléaire est égoïste.

– Et moi aussi, souffle Tante Marthe. C'est vrai, la vie est courte, j'aime à en profiter. Je secours mon prochain pour ne pas affronter ses souffrances. Je n'ai pas d'enfants, je t'ai, toi. Pour cette vie, tu me suffis amplement. Quant à calculer l'avenir dans mille ans, excuse-moi, Théo, mais c'est mégalomane. Maintenant, laisse-moi, je suis très fatiguée.

Je me tais. Il y aurait trop à dire.

Elle a le mufle obstiné du chien fidèle. Et l'œil à l'avenant, humide de larmes. Là-dessus, elle me fait une belle quinte de toux, ferme les yeux et remet son masque pour m'éviter.

*
* *

Le docteur Narayan m'attend dans le couloir. Je ne suis pas fier de moi, et il s'en aperçoit.

– Vous ne l'avez pas trop secouée, j'espère ? dit-il d'un air inquiet.

– J'ai peur que si, docteur. Mais elle m'a provoqué !

Son visage sensible s'assombrit. Je me sens tout petit, minuscule.

– Faites attention, *young man*. Pour avoir un peu vécu en Occident, j'ai constaté, à ma grande surprise, que les chagrins d'amour y étaient meurtriers. Ici, c'est différent. Les familles sont énormes, et elles font le travail, vous savez, ce travail que chez vous on appelle le « holding ». Les familles nous tiennent, bon gré mal gré. Mais votre tante est seule, et c'est le désespoir.

– Vous pensez qu'elle pourrait… recommencer ?

– Se suicider ? Elle en est tout à fait capable. Savez-vous qu'elle refuse les antidépresseurs ? Avez-vous une formation de thérapeute ?

– Vous voulez dire, psychothérapeute ? Je suis bien trop jeune !

– Ah oui, ronchonne-t-il. Oui bien sûr, j'oubliais. Vous sentez-vous de taille à l'écouter ?

– Mais elle parle tout le temps, on est bien obligé !

Les mots ont fusé de ma bouche, c'est trop tard. Le docteur Narayan m'accable de sa pitié. Je murmure, je marmonne, je m'écrase.

– Non, dis-je en contemplant mes baskets. Je crois que je ne saurais pas l'écouter, comme vous dites. Elle est trop près de moi, je la connais trop bien.

– *Very bad, very bad.* Voyons. Pouvez-vous l'emmener demain chez un ami ?

Il va me sortir un gourou de ses poches !

– Ne faites pas cette tête ! Je ne vais pas la confier à un ashram ! Mon ami est un psychanalyste indien formé en Allemagne.

Il s'agit d'une consultation. Si vous voulez bien l'y conduire, je prends le rendez-vous. *Do you agree ?*

– Est-ce qu'elle va accepter ?

– Vous ne lui direz rien. Vous vous tairez. *Not a single word !* C'est un ordre.

À ma grande stupeur, Tante Marthe a bien voulu. J'ai rangé mes répliques, bouclé mes réparties, je me suis fait nounours, très gentil, silencieux, et j'ai conduit ma tante chez le psychanalyste. On ne peut plus indien, on ne peut plus freudien. Superbe, visage ouvert, cheveux bouclés et blancs, habillé à l'indienne, longue tunique Nehru en soie sauvage. Mais ces yeux !

Je connais ces yeux-là. Cette intense lumière, ce brillant noir de feu, ce sont les yeux d'un sage, d'un cheikh, d'un grand maître. Lorsque j'étais malade, mes thérapeutes avaient ce même regard. Toute ma colère fond et je retrouve l'état d'abandon bienheureux qui m'a sauvé. Je me prends à sourire, je suis heureux… Mais elle ?

Fermée, furieuse, mufle obstiné. Le beau regard me quitte et l'enveloppe ; elle se met à tousser. Alors, sans brusquerie, le bel Indien me vire et la garde pour lui. Porte close. Je suis seul.

Ce n'est plus moi qui suis malade, c'est elle. Moi qui me suis occupé de mourants, de blessés, moi qui aime en Bozzie sa part d'enfance, j'ai charge d'âme ! Une vieille âme couturée, meurtrie, une âme en sang… Est-ce que je la connais ? Non. Tante Marthe a toujours pris soin de moi. Voilà que c'est mon tour. J'ai terriblement peur.

Recoudre une plaie ouverte, poser un drain, une sonde, alimenter un bébé dénutri, c'est une chose. Je sais à peu près faire. Discuter à perte de vue, reconstruire le monde, guerroyer contre la mondialisation, c'est une chose. Je connais. Mais guérir les blessures d'un vieux cœur ?

Si elle avait raison ? Et si la protection des animaux n'était rien au regard des douleurs psychiques ? Que l'humanitaire est commode ! Pas le temps de penser, pas le temps d'écouter, trop à faire, trop de vies à sauver. Tu les soignes, tu t'en vas. Et de retour chez toi, tu prêches une vie nouvelle, pauvre type…

La voilà !

Elle ressort de la pièce à pas comptés. Elle a beau me foudroyer du regard, elle sourit. Lui aussi, ce blaireau. Ils ne font pas attention à moi. Ils se sont trouvés, c'est le deal !

Elle m'a pris le bras, nous partons.

Fidèle à ses principes, Tante Marthe s'est habillée à l'indienne, large tunique sur pantalon bouffant, écharpe autour du cou, mousseline chiffonnée. Sur le large trottoir chaotique, elle trébuche. Je la rattrape, elle s'affale dans mes bras, elle est frêle et toute molle, sans aucune énergie. Nous tanguons dans la houle innombrable qui, comme partout en Inde, avance sans se lasser, humanité en marche armée de téléphones portables. Une vilaine brise souffle dans les saris, bouscule les vieilles dames aux mauvaises jambes, glisse des cailloux sous les tongs, soulève les grands châles d'hiver en laine brodée. Tante Marthe suffoque. Je hèle un véhicule à trois roues, pétaradant comme dans l'ancien temps, et noir ! Comme dans un four. Je la hisse, je grimpe, elle protège sa bouche, respirant la fumée à travers sa mousseline. Ce n'est pas épatant, j'en conviens. Pourtant, elle est tranquille.

Je brûle d'impatience. Vas-y, Tante Marthe, raconte !

– Es-tu à ce point ignorant, mon neveu ? Jamais, au grand jamais on ne doit raconter une séance !

C'est trop fort ! Voilà une femme qui m'a traîné chez tous les thérapeutes et je ne saurais rien ?

– Mais tu dois raconter. C'est obligé, Tante Marthe. Et d'abord, ce type n'est pas un vrai psychanalyste !

– Ah bon ? Et pourquoi donc ? Parce qu'on est en Inde, on ne devrait trouver que des gourous ? Tu crois qu'il m'a envoûtée, magnétisée, fait asseoir à ses pieds pour l'adorer ?

– Et tu vas le revoir ?

– Demain, à la même heure, et cela tous les jours.

- Tous les jours jusqu'à quand ?

Élle se ferme. Baleine sous caillou. Que mijote ma tante Marthe ? Je n'aime pas cela.

Balancer quelques précisions.

– Tu ne veux pas répondre ? Parfait ! Je te signale que nous partons dans huit jours, ma vieille. À Bénarès.

Pas une protestation.

– Tu ne me demandes pas pourquoi ?

– Je m'en doute ! C'est à cause de l'eau. À propos, tu seras gentil de me donner par écrit la liste des chantiers que tu as retenus. J'aime bien prévoir.

– Tu ne t'occupes pas des hôtels ! Cette fois, c'est moi.

– J'avais compris, Théo. Je te préviens quand même qu'on sera trois.

La baleine est sortie de sous son gros caillou. Le troisième, c'est lui. C'est le psychanalyste.

J'ai failli tout casser – c'est une façon de parler. La coquine l'a vu, elle riait dans sa barbe, enfin, si l'on peut dire. Le teuf-teuf se faufile dans les encombrements, longeant les Maruti flambant neuves, lâchant ses fumées sombres et ses puanteurs d'essence à tout vent. On arrive. Tante Marthe retourne à l'hôpital et s'affale sur son lit. Le temps de redresser ses oreillers, elle pionce.

Tiens ? Elle n'a pas demandé son oxygène…

Trouver le docteur Narayan. Attendre qu'il sorte d'une chambre où, manifestement, ça va mal.

Infirmières fébriles masquées de blanc, petit attroupement, la famille affolée, gémissements, un souffle est en souffrance. Je reconnais l'instant où la mort va passer. C'est un certain silence rempli d'agitation, on ne peut plus rien faire, alors on fait quand même. Je ne sais pas pourquoi j'aurai toujours une relation particulière avec la mort, un peu comme une amie qu'on aurait bien connue, avec une bouille d'enfant, une fille souriante et dont je tiens la main. Trop souvent, je le sais. Mauvaise fréquentation. Je devrais la plaquer. Allez, passe, fillette !

Je m'accroupis au fond du couloir.

Plus tard, quand Narayan aura purgé son chagrin, il me dira.

C'était un tout-petit, et qui n'a pas tenu. Pneumopathie virale. Parler de Tante Marthe me paraît difficile…

– *Not at all.* Au contraire ! Au moins, elle est sauvée… Vous savez comme on a besoin de ces victoires. Alors, ce psychanalyste ?

J'éructe, il m'explique.

Car je ne sais pas tout. Cet intrus est une vieille connaissance de Tante Marthe. Il l'a reçue en consultation, c'est vrai, mais en terrain conquis, et en bonne amitié. Ce n'est pas régulier pour un psychanalyste ? En Europe, peut-être, mais en Inde, on s'en fout. Est-ce qu'il l'a soignée ? Oui. En ami ? Et alors ? Vous autres d'Occident, vous êtes compliqués. Il fallait bien quelqu'un ! Pourquoi pas lui ?

– Il mettra entre vous quelque chose qui manque. Une distance, jeune homme. Un peu de lointain. Vous n'aurez plus tout seul la charge de votre tante, vous la partagerez. Vous ne serez plus deux, mais trois. Trois ! Réfléchissez ! Un début de famille, un chiffre sacré, le trio d'où viennent tous nos dieux, la Trimurti…

– Tri quoi ?

– Vous devriez savoir. La Trimurti, trois dieux : Brahma, Vishnou, Shiva. Créer, tenir, détruire. Mais c'est toute la vie, sir ! *Such a love for life* !

Je grogne encore un peu. Gros comme une maison, je vois ce qui m'attend : papa, maman et moi. Un début de famille, m'a dit le bon docteur. Et moi, l'Enfant Jésus sage comme une image ?

– Dites-moi si je me trompe, *dear* Théo. N'avez-vous pas des recherches en cours ? Si votre tante et son ami indien sont ensemble, vous aurez plus de temps…

Je cède.

Somme toute, il n'est pas mal, ce type. C'est quoi son nom, déjà ?

La Terre est fatiguée

Il s'appelle Prem Chandra Mukherjee.

Bengali authentique, originaire de Calcutta, l'ancienne capitale de l'Empire, célèbre pour ses intellectuels, ses musiciens, ses bidonvilles et sa Mère Teresa. Études de sociologie et de psychiatrie, formation de psychanalyste à Berlin et Paris. Il s'est installé à Delhi parce que la clientèle y est féconde. Filles de nouveaux riches à problèmes, étudiantes de retour d'Occident, donc paumées, bourgeoises désabusées, des riches, forcément. En Inde, les pauvres consultent leurs gourous, et à Calcutta, les déesses, la souriante Dourga et Kâli la féroce. Mais les riches ont de quoi, d'où les psychanalystes. Enfin, c'est ce qu'il dit. Je crois qu'il a raison.

Prem a l'air bien honnête, il ne la ramène pas. Il veut prendre sa retraite, et par-dessus le marché, il est veuf. Un parfait candidat. Va falloir ouvrir l'œil.

Pour la première vraie sortie de Tante Marthe, nous avons cherché un jardin dans la ville. Avec des monuments, dit Marthe.

En hauteur, selon moi. Et avec une vue, dit le psychanalyste. Résultat : le Vieux Fort, en sanscrit *Purana Qila*.

La hauteur est menue, à peine une colline ; les monuments sont légion, mosquée et pavillons ; la vue serait parfaite, sans la poussière en fine couche sur les feuilles des arbres. Mais bon !

Ils sont assez charmants, mes deux vieux. Assis sur l'herbe jaune – en hiver, il ne pleut pas – ils ont une allure de miniature persane, un peu princière, un peu pique-nique. Marthe est en tenue rose, sur fond de mosquée rouge ; il est en coton fauve, juste sous un palmier. Pas n'importe lequel ! Impérial, ancien, doté d'un fût immense, bien droit, avec une peau d'éléphant. Palmes en désordre, tropiques. C'est un jardin moghol : il est plein de rosiers. Chétifs, mais vaillants, poussant de maigres roses blanches. On fait semblant de croire que l'air est vif, on ne veut pas entendre le grondement des automobiles dans les rues. C'est le milieu du jour, le soleil chauffe bien. Il y a des fleurs aux arbres, orangées, ou bien jaunes. L'illusion est jolie, mais moi, je n'oublie pas la ville autour de nous.

Quatorze millions d'habitants, cinq mille voitures neuves par jour, une naissance par seconde, et dans moins de vingt ans, deux milliards de citoyens indiens.

Il n'y a pas grand monde, à part des écolières, longues nattes piquées de rubans rouges et tabliers.

– Tu vois, Théo, commence Marthe de son ton sentencieux, quand il n'y a pas trop de monde, je respire mieux. Veux-tu que je te dise ? Le vrai problème n'est pas la pollution. C'est la démographie ! Le mal qui détruit l'univers, c'est la surpopulation du monde.

– Mais justement, Tante Marthe. Comme si le nombre d'humains sur terre n'entraînait pas sa destruction ! Pour les nourrir, on flanque de l'engrais industriel, pour les éclairer, on dépense une énergie folle, et je ne te parle pas des moyens de transport ! Tu crois respirer un bon air ici, dans ce Vieux Fort ? Tu te trompes ! Il est pourri, ton air !

– Eh bien ! Il suffit de réduire les naissances, nous sommes d'accord ! Rien de plus simple. Quand les gens s'enrichissent, ils font moins d'enfants, c'est une règle absolue. Il suffit d'aider les pays pauvres suffisamment ! Et puis, pour commencer, il n'y a qu'à leur apprendre la contraception.

– Il n'y a qu'à, dit Prem. La volonté politique suffira, n'est-ce pas ? C'est bien de vous, ma chère. Nous avons essayé ici, en Inde, il y a longtemps. Dans les années soixante-dix, quand Indira Gandhi était Premier ministre, son fils Sanjay a pris la tête des campagnes de contraception. Pour appâter les paysans, il leur promettait des transistors. Le pauvre diable passait sous une tente, on l'anesthésiait en vitesse, on taillait là-dedans, il ressortait stérile et ne le savait pas. Vasectomie forcée. Un jour, les paysans ont compris. La colère de l'Inde dans ce temps-là ! Indira a perdu le pouvoir. Les Indiens l'ont jetée en prison. C'était juste. On ne peut pas forcer les gens à se priver d'enfants, même quand ils sont pauvres.

– Surtout quand ils sont pauvres ! dit Tante Marthe. On disait « prolétaires » autrefois. Ceux qui n'ont comme ressources que leurs enfants. C'est leur seule force de travail. Le comble de la pauvreté. Fabriquez-nous des nouveaux riches, ils auront moins d'enfants.

– Ce n'est pas cela dont je voulais parler, dit Prem avec douceur. Un Indien sans famille n'existe pas. Il perd sa raison d'être, sa vie n'a plus de sens. La structure du monde s'efface, et le fanatisme n'est pas loin. Depuis les crimes de Sanjay Gandhi, on n'arrête plus les naissances. Avez-vous vu la grande horloge sur la place ronde ? Chaque seconde voit naître un Indien. Chaque seconde. Ce n'est pas une faiblesse, c'est une force !

Qu'ils sont calmes ! On ne fait pas plus paisible que leurs débats. Ils n'auront plus d'enfants, ils ont passé l'âge et j'entends cela, mon Dieu, comme un naufrage. Une force, la surpopulation de l'Inde ? Une force, les milliards d'êtres humains malades de pollution, ces millions de voitures consommant de l'essence, et ces milliards de gens qui bouffent, digèrent, baisent, fument, gaspillent ? Ah non !

– En 2020, nous serons huit milliards sur la planète ! je crie. Et savez-vous combien vivront dans les villes ? Quatre milliards ! La moitié de l'humanité, en cage ! Et vous appelez cela une force, vous ?

Ce n'est pas l'Italie, ici, on parle bas. Les écolières se retournent et chuchotent. Prem et Tante Marthe me fixent, médusés. On dirait qu'en criant, j'ai détruit le jardin, son bel ordre, les perroquets, les singes et même les cobras qui somnolent au pied des rosiers.

– C'est vrai, quoi, dis-je dans un murmure. Comment allez-vous les nourrir, tous ces gens ? Les loger ? Quel air vont-ils respirer ? Comment les empêcher de s'entre-tuer ?

Sur le beau visage du docteur Prem apparaît une compassion profonde. Il me plaint, cet homme-là.

– Il me semble que vous mélangez tout, me dit-il. Prenons les éléments un par un. Je crois savoir que le rythme de l'augmentation de la population mondiale s'infléchit depuis quelques années. Non ?

Exact, toubib. On aurait dû être dix milliards en 2020, on ne sera que huit. Cela n'en constitue pas moins une accélération phénoménale, aggravée par le vieillissement. En Chine, où la stratégie de la contraception a obligé les gens à n'avoir qu'un enfant unique, comment les vieux seront-ils pris en charge ? Saut dans l'inconnu. Comment accommoder les villes quand la moitié de l'humanité s'y trouvera logée ? Saut dans l'inconnu. Depuis une cinquantaine d'années, l'espèce humaine ne se contente plus de gratouiller la terre, elle a troué le derme, on est dans la chair vive, et personne ne connaît la suite du devenir.

– Ne soyez pas si pessimiste, dit Prem. Prenez la nourriture. Suffisante pour toute l'humanité, ou bien insuffisante ? Il m'arrive encore de lire par-ci, par-là qu'en Inde, les famines sont fréquentes. C'est entièrement faux ! Depuis l'Indépendance, ce n'est plus un problème et c'est ici qu'on en a fait la démonstration à l'échelle du monde. Figurez-vous qu'un jour, Indira Gandhi s'est rendue en visite officielle aux États-Unis d'Amérique. On était en pleine guerre froide, et les Américains savaient anticiper la teneur des récoltes en Union soviétique. Cette année-là, les récoltes soviétiques seraient très mauvaises, et le président Johnson n'en ignorait rien. Dans ce cas, l'Inde, alliée et cliente de l'Union soviétique, allait forcément souffrir, et la famine menacerait. Voilà pourquoi le Premier ministre de l'Inde venait solliciter une aide alimentaire auprès du président des États-Unis. C'est alors que les choses se gâtèrent. Je ne sais plus pour quelle raison, la guerre du Vietnam sans doute, Lyndon Johnson avait besoin de la voix de l'Inde à l'Assemblée générale des Nations unies. Indira a dit non. L'Américain l'a faite chanter. Ce n'était pas « pétrole contre nourriture », mais « votre voix à l'ONU contre l'aide alimentaire que vous me demandez ».

– Ce sont des procédés encore utilisés, et toujours pour la guerre, dit Marthe. Les énormes pressions exercées sur les pays les plus pauvres. Votez pour notre guerre, vous aurez notre argent. Quelle humiliation... Il ne faut pas s'étonner que les pays africains le prennent de travers !

– Indira ne l'a pas bien pris non plus. Elle est repartie immédiatement. Au retour, elle a convoqué un de nos grands savants, et lui a demandé, là, tout de suite, d'inventer des graines qui pourraient produire plus, et plus vite. Il s'est exécuté. C'est un généticien. Il a fabriqué des graines hybrides pour le blé, pour le riz. Il n'y avait qu'une seule récolte, il y en eut plusieurs. En quelques années, c'était fait : nous avions atteint l'autosuffisance alimentaire. Le chantage ? Plus jamais. À compter de 1986, par exemple, nous avons eu trois années sans mousson dans l'Inde du Nord. On aurait dû mourir de faim. On s'inquiétait de l'humidité, des rongeurs grignotant dans les silos... Eh bien, pas du tout ! Nous avons su gérer les stocks de graines. Cela s'est appelé la « Révolution verte ». Et partout dans le monde, on sait faire.

– C'est-à-dire que le généticien d'Indira a fabriqué des OGM !

Non ! Prem ne va pas laisser Marthe confondre les organismes génétiquement modifiés avec un procédé d'hybridation ! Ce serait d'une ânerie...

– Si vous voulez, grogne Prem.

Il grogne, l'ami Prem. La vérité lui reste en travers du gosier. Va-t-il la cracher, oui ou non ?

– Qu'est-ce qu'il y a, Prem ? Vous, vous savez, bien sûr, que le génial généticien n'a pas du tout trempé dans les OGM ?

– Oui, mais ce n'est pas cela qui me gêne, dit-il.

– Ah bon ? Est-ce que par hasard, vous auriez des doutes sur l'efficacité de la Révolution verte ?

– Sur l'efficacité, oh non ! Elle est totale. Cependant, il est vrai que les sols travaillent trop, qu'ils s'épuisent, qu'on a utilisé beaucoup d'engrais chimiques, et que la diversité des espèces de riz s'est considérablement réduite...

– Ah, vous voyez ! J'avais raison !

J'ai dû faire un peu trop le malin. Tante Marthe bondit, toutes griffes dehors.

– Tu préfères voir mourir les gens de faim ! Mais tu es monstrueux, Théo ! Et s'il fallait des OGM pour prévenir les famines, qu'est-ce que tu penserais, hein? Tu choisirais la pureté des graines !

– Il y a une différence entre ce procédé et ce qu'on fait en manipulant les gènes, Tante Marthe ! Les hommes ont toujours trafiqué la Nature, c'est vrai. Prends un brugnon : pour l'obtenir, il a fallu greffer un abricotier sur un pêcher. Entre espèces cousines, cela relève de la greffe. On a le droit de travailler sur les différences variétales et de susciter des fraises de longue durée capables de voyager d'ouest en est aux États-Unis, ça n'a pas de goût, mais c'est sans danger. La Nature l'accepte, elle est plutôt bonne fille. D'ailleurs, elle est capable de se trafiquer toute seule assez souvent. Mais depuis qu'on touche à l'ADN, c'est une autre affaire ! On prend un caractère dans une espèce et on le greffe sur une autre espèce qui ne relève plus du cousinage. On peut tout à fait accoupler une ânesse avec un cheval, mais cette fois, on en est à mettre des dents aux poules ou des ailes à l'ânesse !

– Intéressant, dit Marthe. Dans la mythologie de la Grèce antique, les dieux s'amusaient à ce genre de jeu. Accoupler une femme avec un taureau, par exemple. Ou bien une femme et un cygne. Pourquoi pas ?

– Dis-moi si je me trompe, Marthe, la femme et le taureau, c'est l'histoire de Pasiphaé ?

– Oui ! J'adore cette histoire. Les dieux ont réussi un tour merveilleux ! Elle est tombée amoureuse du taureau et pour l'attirer, elle s'est glissée dans une forme de vache façonnée tout exprès, avec un trou au bon endroit. Le taureau s'y est laissé prendre, et Pasiphaé fut saillie. C'est très excitant, non ?

– Et le résultat fut un monstre, dit Prem. Le Minotaure était une bête assassine, dévoreuse de jeunes gens. Pas convaincante, votre mythologie.

– Ce n'est pas toujours le cas, dit Marthe avec vivacité. Léda, la femme au cygne, a donné naissance à des humaines, et pas n'importe lesquelles ! Hélène et Clytemnestre. La plus belle des femmes d'un côté, l'épouse d'Agamemnon, de l'autre. Évidemment, elles sortaient un peu de l'ordinaire. Hélène a été le prétexte de la guerre de Troie, Clytemnestre a tué son époux.

– Des monstresses !

Marthe hausse les épaules.

– Écoute, Marthe, si les dieux ont eu besoin de fabriquer des monstres pour fomenter leurs guerres, il s'agit de détruire l'humanité, oui ou non ?

– C'est idiot ! Je m'insurge contre toutes les sottises qu'on dit pour refuser le progrès.

C'est cela, cocotte, insurge-toi.

Je hausse les épaules. Pas envie d'expliquer, pas maintenant. Parler des grosses firmes américaines qui pillent les végétaux chez les autres, en tirent des brevets, et cherchent à faire pousser des plantes antibiotiques, ou du plastique en herbe, au risque de contaminer la terre entière ? Trop tôt.

– Vous n'avez pas l'air de m'approuver, Prem, dit Marthe.

– C'est-à-dire que Théo n'est pas le seul de son avis, dit Prem. À Bangalore, dans l'État du Karnataka, des paysans se sont organisés pour résister à la Révolution verte.

– Tiens donc !

– C'est indéniable. Ils se réclament du Mahatma Gandhi parce qu'ils sont non violents, parce qu'ils refusent l'industrialisation sous toutes ses formes, parce qu'ils sont hostiles au progrès, et plus encore aux engrais chimiques. Ils préfèrent le compost à l'ancienne, qui leur donne d'aussi bonnes récoltes, disent-ils. Mais ils ne suivent pas tous les enseignements du Mahatma Gandhi. Curieusement, ces paysans révoltés se définissent comme gandhiens hérétiques, sans doute parce qu'au lieu du coton blanc, leur signe de ralliement est une écharpe verte, couleur de Via Campesina, le vert des paysans du Nordeste, vous connaissez, Marthe. Leur plus grand ennemi, c'est la firme américaine Monsanto, numéro un des OGM, qui a tous les moyens de trafiquer les graines au détriment des paysans du monde entier.

– Eux aussi ! Même les paysans du Karnataka !

– Ils se racontent des scénarios-catastrophes qui vont vous plaire, Théo. Par exemple, l'ennemi américain vendrait des graines stériles, qu'il serait impossible de resemer. Parce qu'il faudrait en racheter chaque année et que cela coûte cher, le paysan deviendrait le salarié du semencier,

– Mais ce n'est pas un scénario-catastrophe ! Cette graine a existé, Prem, réveillez-vous ! Monsanto l'appelait Terminator... Et savez-vous le pire ? La firme avait colonisé les conseillers du président Clinton et du vice-président, Al Gore. On a eu chaud ! Ils ont arrêté parce que l'image des OGM polluait un peu trop leur commerce. Vos gandhiens ont raison !

– Mais ils sont une minorité, dit Prem avec un soupir. Ils filent pieusement le rouet pour fabriquer de l'authentique coton, ils chantent les cantiques qu'aimait le Mahatma, ils éduquent à la dure de petits intouchables, ils sont dogmatiques, ossifiés... De Gandhi, qu'est-ce qu'ils ont retenu ? Sa farouche hostilité au monde moderne, sa préférence pour les villages, sa détestation des villes, et là, je me méfie !

– Ah bon ? Je ne vois pas pourquoi.

– Vous êtes trop jeune, Théo. Affaire de génocides.

– Je n'y comprends rien, Prem ! La pensée des villes ?

– C'est très simple. Déjà, sous le nazisme, l'exaltation de la campagne allait de pair avec la condamnation des villes. Cosmopolites, souillées, impures. Chaque fois qu'on chante la rénovation d'un monde, il faut abominer cette chanson, car depuis le génocide commis par les Khmers rouges, on sait ce que signifie l'horreur des villes. Tous les citadins à la terre, on vide les villes, résultat, deux millions de morts. Et l'on ne sait pas encore le nombre des victimes pendant la Révolution culturelle en Chine, quand les Gardes rouges, ivres d'une jeunesse célébrée par Mao, ont détruit les racines du passé, expédié les élites aux champs, révoqué les vieux, massacré leurs parents... Ah non ! Théo, je ne peux pas approuver ces gens-là. Les gandhiens qui détestent les villes me feraient vraiment peur s'ils étaient plus nombreux. Horreur des villes ? Méfiance. La Révolution verte aura peut-être usé les sols, mais elle aura sauvé des milliers d'Indiens de la famine. Au bout du compte, il n'y a pas de débat.

Je ne sais pas pourquoi, mais je pense à Bozzie. Sa jeunesse m'effraie, son innocence, aussi. Avons-nous un avenir, elle et moi ? Je ne crois pas. Pourquoi cette pensée ? Parce que j'ai très peur. Et si je me trompais avec l'écologie ?

Arrête, Théo. La Terre est en danger. Cède sur la nourriture, mais c'est tout. Avance !

– D'accord. Mais pour loger les gens ? Quatre milliards dans les villes, Prem ! Qu'est-ce qu'il faut faire ?

– Là, vous avez raison, dit Prem. Je vous emmènerai chez moi à Calcutta, dans la fameuse Cité de la Joie. C'est notre plaie. Après la guerre du Bengladesh, en quelques jours, six à sept millions de réfugiés se sont abattus sur la ville, doublant le nombre d'habitants. Le résultat, vous le connaissez. Bidonvilles et cloaque. Il se serait passé la même chose partout au monde. Oh ! Le quartier s'est bien amélioré. Les rues sont goudronnées ; il y a l'électricité. Mais la situation de base n'a pas varié : non loin du pont d'Howrah, à l'endroit où s'entassent les fumées des usines, et celles des voitures, on voit des bébés racornis, des mères rabougries à vingt ans, et pourtant ! Ce n'est pas le plus grave.

– Écoute-le, me dit Marthe. Oublie un peu tes guerres.

Comme si je n'avais jamais vu de bidonvilles !

– Vous avez certainement vu l'équivalent en Afrique, poursuit Prem. Tout le monde sait que l'entassement dans les bidonvilles est une source infaillible de violence. Il se trouve que j'ai beaucoup travaillé sur les racines des fanatismes en Inde. Hindou, musulman. Eh bien, quand il n'y a pas assez de place autour de soi, les humains sont privés de niches écologiques.

– Niches écologiques ? Qu'est-ce que c'est ?

Prem sourit, et enchaîne.

– D'où ils viennent, chez eux, les paysans déracinés qui vont chercher un emploi en ville avaient de quoi placer leurs dieux, quels qu'ils soient. Leurs rituels étaient balisés dans l'espace, en passant par l'étang, le chemin allait à la mosquée, ou il allait au temple. Là, plus rien. Quatre murs de carton couverts de toile de jute. À peine un poster de dieux punaisé sur une planche. Leur détresse psychique est terrible. Passe un bienfaiteur très organisé qui leur propose un ordre, une discipline et, surtout, qui leur donne des solutions pour honorer leurs dieux… C'est un tel appel d'air ! Un tel espoir ! Ils auront des slogans, des chaussures, un uniforme, des armes. S'ils veulent appartenir à une communauté, et retrouver le sens qui fait défaut, il suffit de leur désigner l'ennemi…

– L'autre, dit Tante Marthe. Le voisin qui fait trop d'enfants.

– Non, dit Prem doucement. Qui menace le nouvel espace qu'on leur propose. Ce n'est pas d'espace physique qu'il s'agit, mais d'espace spirituel.

– Je n'ai toujours pas saisi, c'est quoi, au juste, une niche écologique ?

Prem ne répond pas, et me laisse en carafe, l'air de dire « Débrouille-toi ! Tu es assez grand. » Je pense à ma chambre d'enfant. À mon studio foutoir, à la façon que j'ai de prendre possession d'une chambre d'hôtel, ou d'une tente, ou d'un morceau de plage, poser son sac, ses fesses, sa serviette, sa montre, c'est à moi ! Déposer ses objets dans un ordre donné. L'espace spirituel ? Je ne vois pas.

J'ai surtout l'impression que dans ces niches-là, le dieu, c'est moi.

– N'oubliez pas qu'en Inde, la notion d'individu n'existe pas, dit Prem. Nous ne cherchons pas à faire émerger l'*ego*, au contraire, nous ne l'aimons pas... Le collectif emporte tout. Pour vous, Occidentaux, c'est facile ! Où vous êtes, là est votre espace psychique. Vous le trimbalez avec vous, et il est très petit, très réduit. C'est une seule entité nommée « individu », dont vous considérez qu'il est indépendant, libre et, surtout, autonome. Mais personne n'est libre ! À l'extrême rigueur, vous tolérez l'existence d'un père et d'une mère inscrits dans l'Inconscient, le minimum vital, en somme. Quelle pâle concession aux liens du collectif ! Une fois cela posé, vous criez victoire. Vive le petit espace de ma liberté personnelle ! Voilà comment vous évoluez. Mais chez nous, impossible... La niche écologique comprend la famille, les dieux, le prêtre, le gourou, le *pîr*, le guérisseur, les voisins, le quartier, le village, un millier de personnes, guère moins.

C'est la première fois que j'entends parler d'une écologie de l'espace psychique. Cela ne me plaît pas, mais je ne sais pas pourquoi. Ah si ! Je vois. Je n'aime guère ce qui rappelle l'infâme théorie nazie du *Lebensraum*, l'espace vital requis pour l'Allemagne, et interdit aux juifs.

– Vous pensez à Hitler et vous avez raison, dit Prem.

Cet homme-là est le diable ! Il lit dans les pensées !

– Songez que je travaillais sur l'origine des fanatismes, Théo. Pour éviter le pire, il faut se débrouiller pour préserver cet espace qui n'est pas « vital », qui ne se calcule pas en mètres carrés, ni en *inches*, mais en appartenance. Savez-vous ce que je trouve intéressant ? Nous avons en Inde deux ou trois architectes qui travaillent sur l'aménagement des bidonvilles.

– Voyez-vous ça ! Aménager au lieu de reloger... C'est plus économique ! Une vraie crapulerie !

J'ai gueulé. Il m'énerve avec ces airs de sage. Et comme d'habitude, il éclate de rire...

– Heureusement que Marthe m'a prévenu, dit-il quand il a fini de rire. Je savais que vous vous emportiez pour un rien. Voulez-vous qu'on reprenne l'histoire des bidonvilles ? C'est très intéressant. Comparons. Chez vous, les bidonvilles se sont répandus avec l'embauche des immigrés maghrébins, il me semble, dans les années soixante, j'avais été voir ça du côté de Nanterre quand je finissais mes études à Paris. Ni eau, ni électricité, ni rues goudronnées, c'était une Cité de la Joie à la française. Ensuite, il y a déjà longtemps, on a rasé les bidonvilles pour construire des barres qu'ensuite, on dynamite parce qu'elles sont invivables, je me trompe ?

– Comment voulez-vous vivre dans des barres de béton sans commerces, avec des ascenseurs qui ne marchent pas, des murs crades ? Il faut les faire sauter, évidemment !

– Mais en amont, Théo. En amont... Qu'est-ce que ça veut dire, aménager un bidonville ? Ceux qui financent apportent l'eau et l'électricité, s'occupent de l'installation de latrines, mais confient aux malheureux qui s'y sont réfugiés la conception de leur environnement. J'ai vu à Delhi des *Gypsies* venus du Rajasthan, tous artistes de rues contraints par un décret de se sédentariser au plus vite, et qui ont rebâti leurs maisons en terre crue, choisi leurs toits, du chaume, tracé leurs rues sablées, dégagé les espaces pour étables à côté des maisons, construit leurs petits temples en argile, et le tout est devenu un village indien en pleine cité.

– Pourquoi dites-vous « ceux qui financent » ?

– Parce que ce sont des mécènes visionnaires, qui devancent les pouvoirs publics. Alors, oui, il ne faut pas laisser s'entasser les personnes dans les villes. La pollution n'y est pour rien. Non, c'est autre chose. La privation d'espace psychique est inhumaine. Mais personne ne s'occupe de l'écologie de l'esprit.

Je me lève, je m'étire. Ce bonhomme me fait froid dans le dos. Je sors de mon sac une bouteille et j'avale l'eau cul sec, pour me laver l'esprit.

– Faut que je téléphone, je marmonne en prenant le large.

C'est vrai, quoi ! J'ai besoin d'être relié à qui j'aime. Les parents – sans réponse. Angoisse. À cette heure, ils devraient être à la maison. Où sont-ils ? Zoé à l'hôpital ?

Alors, Bozzie. Son « Oui ? » un peu traînant. Les silences qu'elle met entre ses mots. Son indolence. L'insistance qu'elle met à sécher la fac. Pour quelle raison ? Un rendez-vous avec un type de Greenpeace, qui ça ? Stanislas, c'est qui ce blaireau ? Connais pas. Pour fonder un Comité du développement durable à l'université ? Encore un comité Théodule inutile ! Stanislas dit que non. Quel âge il a, ce type ? Vingt balais ? Non, je ne suis pas jaloux, quelle idée. Mais… Non ! S'il te plaît, Bozzie, non !

Cette sale manie qu'elle a de raccrocher quand elle n'est pas contente.

Je reviens à pas lents vers mes vieux. Une huppe fasciée aux ailes bleues fouille frénétiquement la terre au pied des rosiers. Sa crête tremble, son bec pique, son ventre terre de Sienne frémit, elle est tout entière à sa quête, l'oiselle. On dirait Bozicka.

– Alors, elle va bien ? dit Tante Marthe.

J'assomme un caillou d'un coup de Nike.

– Les parents ne sont pas à la maison, dis-je dans un grognement.

– Et vous vous inquiétez, dit Prem. Vous voyez ! Même le plus libre des Théo veut savoir comment va sa famille. J'ai un peu titillé votre précieux espace psychique individuel… Et vous voilà relié, comme par hasard.

– Pas du tout ! C'est ma petite sœur Zoé. Elle est très fragile, voilà pourquoi.

Ils se taisent. Je suis pris. Furieux, je me rassieds.

– D'accord. Puisque vous savez tout, camarade Mukherjee, quelles sont vos solutions pour éviter l'entassement dans les villes ? Vous êtes un vieux singe, vous avez bien un truc, un grigri, une recette pour répartir l'espace psychique ? Parce que sinon…

– Théo, je t'interdis ! crie Tante Marthe. Sois poli !

Prem caresse l'herbe sèche et médite.

– Dans les temps très anciens, commence-t-il à voix basse, les dieux eurent du souci à se faire pour la Terre. Elle se plaignait. Elle était fatiguée. Elle portait sur son dos trop de gens. Et ces humains qui pesaient sur elle sans relâche l'épuisaient. Les dieux ne pouvaient pas l'abandonner. Et la solution s'imposa. Pour alléger le poids qui pesait sur la Terre, les dieux manigancèrent la plus grande des guerres. Pas une petite guerre à la va-vite, non, il leur fallait des mois et des années de guerre, bien sanglante, suffisamment pour tuer en grand nombre. Ils dépêchèrent en bas l'un des leurs, un dieu pour attiser la haine, mener la propagande, mentir, jurer, trahir. Ce fut le dieu Krishna. Il sema la discorde dans une famille unie, cousins contre cousins. Un seul ferment suffit. Les dieux attribuèrent aux uns le rôle des méchants, aux autres, celui du Bien. L'espace spirituel de la grande famille s'ébranla lentement et se mit en ordre de bataille, les oncles, les alliés, serviteurs et gourous, maîtres en arts martiaux, et les femmes. Il fallut des années avant d'en arriver au fameux champ de bataille dont on visite les vestiges aujourd'hui.

– Kurukshetra, dit Tante Marthe. Un simple champ, et qui n'est pas immense.

– Mais toute l'Inde de l'époque s'y trouvait. Deux armées face à face, deux généraux. Arjuna, le plus jeune, refusa de se battre contre le plus vieux, son grand-oncle, qu'il vénérait. L'idée de le tuer lui répugnait. Arjuna était debout sur son char, tremblant d'angoisse, il refusait le combat, la guerre allait échapper aux dieux... Mais pour diriger les chevaux d'Arjuna, il y avait un cocher. Krishna. Le dieu força le destin, sermonna le guerrier récalcitrant, et lui intima l'ordre de combattre. Et la guerre put enfin soulager la Terre fatiguée.

– Sais-tu ce que Prem vient de te raconter ? intervient Tante Marthe. La plus longue épopée de l'Inde ancienne, le *Mahabharata*. Un très grand mythe, très sanguinaire.

– *Mahabharata*, c'est-à-dire la Grande Inde. C'est choquant. Mais vous aurez du mal à trouver un pays qui ne soit pas né dans le sang, Théo. D'ailleurs, chez vous – dites-moi si je me trompe – on parle de « saignées » pour les deux guerres mondiales, non ? Est-ce que l'Europe unie aurait existé sans tout ce sang versé ?

– Si c'est cela, le mythe, vous pouvez vous le garder !

– Parce que, naturellement, tu es pacifiste, toi, dit Tante Marthe. Libérer un pays asservi par un autre ou par un dictateur, tu n'admets pas, bien sûr. Aucune guerre ne trouve grâce à tes yeux.

– Aucune, Tante Marthe ! On doit être capable de régler les conflits autrement. Je vais t'expliquer, depuis la Société des Nations, tu sais, celle d'avant l'ONU.

– Tu connais ça, toi ? dit-elle.

– Dans les camps de réfugiés, on rencontre des gens, on apprend des tas de choses, et si cela se trouve, on les retient, Tante Marthe. Au Liberia, j'ai rencontré un type du Haut Commissariat pour les réfugiés. Il appelait ça « la généalogie de la paix ». Tu vas voir comme je suis calé. Pendant ta dernière guerre, la deuxième, la mondiale, Roosevelt et Churchill ont décidé de l'existence de l'ONU. Et sais-tu quand ? En 1942, sur un bateau de guerre au large de Terre-Neuve. Avant l'Union européenne – bien avant ! – les États du monde entier ont accouché des institutions internationales. Attends ! Pas seulement l'ONU. En 1944, oui, en pleine guerre, sont nées les organisations de Bretton Woods, le Fonds monétaire international et la Banque mondiale. Je ne dis pas qu'elles n'ont pas dégénéré, mais j'approuve l'idée. Votre type, là, comment l'appelez-vous ? Arjuna. Il ne voulait pas se battre ! Personne n'est forcé de se battre !

– Il y a pire encore, dit Marthe. Prem ne t'a pas dit comment le dieu Krishna l'a convaincu. Il s'est brutalement dissous dans l'atmosphère, pour apparaître sous son vrai visage, le cosmos, les atomes, le ciel et les étoiles, l'océan et les arbres, les poulpes, les méduses, l'Absolu, et il s'est mis à faire tournoyer l'ensemble des éléments du monde, comme un feu d'artifice aveuglant. Il lui a fait le coup du divin. Pris de vertige, Arjuna a cédé en priant devant la grandeur de l'univers. Et c'est cette prière que tous les hindous récitent chaque matin.

– Tu veux dire que tous les jours, des millions d'Indiens se préparent à la guerre ? Je rêve !

– Non, dit Prem. Les millions d'Indiens de confession hindoue vénèrent chaque matin au lever du soleil l'équilibre de la création, c'est différent. Le Mahatma Gandhi en personne récitait la prière d'Arjuna sur le champ de bataille. Cela s'appelle la Bhagavad-Gîta. Il n'y voyait aucun mal.

– En cas de surpopulation, une bonne guerre mondiale, c'est ça, la solution ?

– Et par-dessus le marché, dit tranquillement Prem, nous avons vécu, nous, des guerres, Marthe et moi. Des vraies, sur notre sol. Marthe en Europe, et moi au Bengale, quand nous avons été en guerre avec le Pakistan à propos de la naissance du Bengladesh. Nous connaissons le bruit des bombes quand elles tombent, c'est très étrange, Théo, un sifflement, puis rien, et le souffle géant, le tremblement. Vous n'êtes plus.

– N'oubliez pas l'odeur, dit Marthe. De la poussière d'acier qui brûle.

Envie de leur casser la gueule. De les aplatir sur-le-champ, là, tout de suite.

– Aide-moi, Tante Marthe ! C'est toi qui m'as montré le danger que contient toute vraie religion ! Toi qui m'as expliqué qu'aucune religion n'était innocente ! Toutes font couler le sang !

– Est-ce qu'on te dit le contraire ? répond-elle. À ton avis, pourquoi t'ai-je parlé du « coup du divin » ?

– Ah d'accord. Je préfère ! Mais lui, ton copain, que pense-t-il ?

– Lui ? dit-elle en enveloppant Prem d'un regard affectueux, il essaie de te dire que la guerre fait partie de l'homme. Qu'ils se servent des dieux pour la faire. N'oublie pas que Prem pense comme Sigmund Freud. Ce n'est jamais très gai, Freud. Il parle du réel.

– Vous ne voulez donc pas changer le monde !

Ils me regardent avec attendrissement.

– Bande de vieux cons, je lâche.

– Tout à fait ! dit Tante Marthe. Mais on a essayé.

– On a même réussi, dans une certaine mesure, dit Prem. Une toute petite mesure. À nous deux, nous avons évité des suicides ou des crimes. Nous avons férocement combattu la souffrance. On a changé des gens, et pas le monde, c'est vrai.

– Mais ça, c'est ton boulot, dit Tante Marthe. À toi le dé !

Et la voilà qui tousse. Bordel ! J'avais oublié sa pneumonie.

– Double ! souffle-t-elle entre deux étouffements. Tu sais comme j'y tiens. Ma double pneumonie.

– La frime, c'est terminé ! Tu as dû avaler un moustique.

Moyennant quoi, on rentre. Il ne faut rien exagérer.

Et chemin faisant, je rumine.

Penser que moi, Théo, j'ai fait l'éloge des États ! J'en ai vu les effets sur les terrains de guerre. Vus de loin, les États ont l'air de patriarches délibérant sur le sort des nations. Ils sont vachement sérieux à l'ONU, surtout ceux du Conseil de sécurité, quinze en tout, dont cinq vrais, ceux du droit de veto – les autres sont transitoires. Vu de près, un État, ce sont des soldats apeurés qui font n'importe quoi parce qu'ils sont excités, ce sont des flingues qui tirent presque tout seuls. Vus de près, les effets d'un État, ça vous mazoute le cœur, ça vous englue.

Nous autres écologistes, nous n'aimons pas les États. Nous voulons un gouvernement mondial reposant sur le droit des peuples, et il n'y a pas à dire, pour l'instant, c'est l'Organisation des Nations unies. On n'aime pas trop non plus l'idée de nation, cette machinerie agressive qui défend les frontières et sécrète des guerres, mais puisqu'il s'agit des séquelles historiques de *World War Two*, on passe là-dessus. Après avoir massacré soixante millions d'êtres humains en cinq ans, ce n'était pas si mal d'avoir échafaudé ce grand rassemblement, divisé, mal fichu, anarchique, impuissant, mais quoi, vous avez mieux à proposer ? Là, les peuples se parlent. Ils s'empaillent, complotent, chuchotent, se jouent des tours, mais ils causent dans le même bâtiment. C'est énorme !

Brusquement, je pense à Fatou. Un jour, elle sera dans ce gratte-ciel vert d'eau, le flanc orné d'un badge, elle sera officielle, affairée. Moi, je m'échinerai à suturer les ventres dans des déserts saignants, et elle, avec sérieux, ajoutera une virgule sur la résolution numéro 36 000, condamnant fermement cette guerre inutile entre les Zaougars d'Istrie et les Touraches, les premiers, musulmans sunnites, et les seconds, chrétiens orthodoxes, vieille histoire. La Terre est fatiguée.

– Arrête de rêver, Théo ! gronde Tante Marthe. Aide-moi à descendre ces degrés. C'est plein de chauve-souris là-dedans, et ça pue.

L'eau est malade

Un grand soleil brillait ce matin-là. Les gens faisaient semblant de croire au beau temps, mais le bleu du ciel était pâle, presque blanc. Beau, ce ciel ? Quelle question ! Pollution et beauté font souvent bon ménage, deux vieilles putes maquillées, approchez, approchez ! C'est de près qu'on voit le mascara. J'exagère ?

C'est mon plus gros défaut. J'exagère, je ne peux pas m'en empêcher. Il me semble que si j'arrêtais, je n'aurais plus l'énergie nécessaire pour débarbouiller le monde de ses saletés. On se le dit souvent entre nous, être écologiste, c'est être en colère. Pas le choix ! Baissez la garde, l'industrialisation vous aura par traîtrise. Exagérer devient un devoir militant, et la paranoïa, une vertu. C'est comme ça.

L'heure était venue du grand départ. J'avais réservé, eh oui ! deux belles Ambassador, ces automobiles qui restent la fierté de l'Inde indépendante. Massives, démodées, increvables. Prudemment, j'avais fait valider par le bon docteur Narayan l'ensemble de mon dispositif de voyage pour Bénarès. Deux jours de route au petit trot. Il ne s'est pas laissé faire si facilement.

– Mais pourquoi voyager par la route ? *It's such a tamasha !*

Justement. Pour mon premier chantier, j'ai besoin d'un trajet routier très encombré. *Tamasha*, en hindi, signifie « grand désordre », communément appelé « bordel » dans nos contrées. Avais-je tort de penser que Delhi-Bénarès, par la route, c'était le *tamasha* intégral ?

– Ah, c'est sûr ! Alors, faites des étapes. Nos Ambassador sont solides, mais elles secouent le dos. Au fait, pourquoi deux ?

J'ai beau être casse-cou, docteur, si l'une tombe en panne, reste l'autre.

Elles sont là. Blanches, laquées, superbes, bichonnées par Khushwant et Baldir, leurs chauffeurs. Deux gaillards à l'ancienne, barbe dans le filet, chignon sous le turban, d'obédience sikh, l'œil éveillé, sourire malin. Les bagages de Tante Marthe encombrent une voiture ; reste l'autre pour nous, pauvres humains. Tout ce que je trimballe tient dans un sac, Prem n'a apporté qu'une petite valise et elle ! Mais je ne dis rien. D'expérience, je sais que c'est un point sensible. Depuis toujours Marthe souffre d'être encombrée.

– J'ai peur d'avoir froid, me dit-elle en douce. Alors j'ai tous mes châles, et des doudounes. Tu comprends ça, Théo, j'espère ? Ça ne t'ennuie pas ?

La détacher de ses biens matériels ne sera pas une petite affaire.

Pour sillonner l'Inde, Tante Marthe circule en train ou en avion. Elle n'a presque jamais voyagé par la route. Trop dangereux. Accidents en pagaille, et pour cause ! Avant de s'embarquer pour un long parcours, les chauffeurs des poids-lourds se tapent une bonne rasade de boisson au haschisch, ça apaise. Rien de tel pour zigzaguer tranquille. Dire que je suis d'un calme olympien serait mentir. Comme je me ronge un ongle sans m'en apercevoir, Prem me prend à part.

– Il arrive que, pour soigner ceux qu'on aime, on soit obligé de les mettre en danger. Trop tard pour reculer, *dear boy !*

– Inch' Allah ! soupire Tante Marthe en se hissant sur les coussins.

Avec une exactitude militaire, Khushwant et Baldir démarrent au quart de tour. Sortie de Delhi, direction Lucknow, capitale de l'Uttar Pradesh. Départ sur autoroute, banlieues interminables bordées de peupliers, de temples, de margousiers et de villas. Statue géante d'un dieu de béton gris dominant le goudron. Tranchées ouvertes, réfection de chaussée et comme à l'ordinaire, des femmes transportent sur la tête des paniers de cailloux. Sur le talus, échoppes de galettes, boutiques de thé au lait en plein vent, vendeurs d'à peu près tout en ordre dispersé. Petites mosquées blanches couronnées de vert Nil. Jusque-là tout va bien. À mesure qu'on s'éloigne de la mégapole, le ciel prend des couleurs. Une heure et demie plus tard, il est d'un bleu intense. Nous venons de quitter le nuage de pollution.

Lorsque le ciel est clair, on voit mieux les pets noirs aux culs des camions. Ce n'est rien. Le derrière enfumé n'est pas la cause de la terreur. Non, ce sont les chauffeurs à l'avant. Hilares, le pied sur le champignon, la main sur le klaxon, à toute berzingue, ils foncent. Non ! Ils ne foncent pas, ils s'envolent, ils s'éclatent en faisant crisser leurs pneus usés, ils font la course, ils doublent, ne laissent rien passer, c'est la joie ! La route est leur terrain de jeu. Ils parient qu'il n'y a personne dans l'autre sens. Et lorsque l'adversaire apparaît, bien en face, ils braquent sans regarder, se replient en désordre. Ils n'ont qu'une seule défense, le klaxon. Ils n'ont qu'un seul but, la gagne. C'est à cela que servent les amulettes peintes sur les portes arrière, l'œil de Shiva, vertical, dressé entre les sourcils noirs, l'arc du dieu Ram, et un lotus, parfois, symbole nationaliste du parti d'extrême droite. Les camions de terreur doivent leur protection aux dieux.

Une seule solution : fermer les yeux, s'involuer sur un plus petit théâtre, s'endormir si possible. Ne pas voir.

– C'est joli, ces décorations jaunes et roses, vous ne trouvez pas, Prem ? dit Tante Marthe, impavide.

Il grogne sans répondre. La solide carrosserie des vieilles Ambassador ne vaut rien sur la route. Nos chauffeurs le savent : ils se terrent. Parfois, il arrive qu'un camion mieux luné se serve du dispositif préparé tout exprès pour les petites voitures : une lanterne verte, vous pouvez doubler ; une lanterne rouge, attention, camion dans l'autre sens. Un bras sort de la cabine et fait signe, avec un grand geste noble de la main, allez-y ! Peut-on croire ? C'est selon. Lanterne verte ? Gestes d'homme ? Seul le destin commande.

J'avais des souvenirs de la circulation sur les routes indiennes. Mais pas sur celle-ci : construite par les Anglais à l'époque coloniale, la Grand Trunk Road traverse l'Inde en son milieu par la partie mafflue, Bombay-Calcutta, 3 000 kilomètres. Vitesse de croisière, 60 km/h, encore, quand tout va bien. À cause des camions ? Ils ne sont pas les seuls occupants de la route. Je passe les voitures individuelles, microbes de peu d'importance. Laissons de côté les cyclistes divaguant entre les écueils. Restent deux catégories d'usagers susceptibles de gêner les camions : les charrettes et les animaux.

Chez nous, en France, s'il y a eu des charrettes, je n'en ai jamais vu, ce n'est pas de mon âge. En Afrique, elles sont si petites qu'un âne peut les tirer, ou bien un canasson d'une maigreur effrayante. Mais en Inde, les charrettes sont à la taille du pays. Démesurées, énormes, elles transportent des balles de céréales, du foin, de l'herbe, à vrai dire, on ne voit rien, sinon les toiles débordantes qui les retiennent. On dirait des mamelles de géante, gonflées d'un lait tout près à se répandre. Comment ça tient ? Mystère. Ça brinquebale, les montants vacillent, les toiles sont sur le point de craquer, on va recevoir sur la tronche des montagnes de paille, des himalayas de foin, et pourtant non. Qui les tire ? Des zébus. Nombreux, robustes, pas pressés. On ne double pas les charrettes. On ne peut pas. De chaque côté des montants, les mamelles gonflées bouchent la vue. Priorité aux zébus.

– Ça me rappelle la charrette de mon oncle, dit Tante Marthe, rêveuse. Sa jument s'appelait Pompette.

Et que tirait Pompette ? Trois barriques en tout. Pleines une fois par an. Des paniers de vendange, une vingtaine. La récolte d'oignons, ou celle de tabac. Une misère, quoi.

– Une misère si tu veux, c'était une charrette, dit Marthe. À l'époque, il y avait des chevaux de trait dans les rues !

C'était quoi, cette époque ? Les chevaux de trait ont disparu dans les années soixante. Quels animaux trouve-t-on dans nos villes ? À Paris, des poneys, pour promener les enfants. Un chat parfois, perdu. Avec un peu de chance, on verra dans le ciel voler des martinets. Pigeons dans les jardins, merles et moineaux, pinsons. Mais le peuple des chiens triomphe. En laisse. Est-ce mieux dans les campagnes ? Croiser un faisan affolé, une biche qui traverse la route, un sanglier qui court tête baissée, un lapin de garenne égaré, quel événement ! On réveille les enfants, on s'émeut, on a peur d'écraser la bête sortie du bois. Tout est civilisé.

Sur la Grand Trunk Road, il y a des garages où travaillent des enfants noirs d'huile de vidange et de graisse d'essieu. Les espèces animales sont plutôt mieux loties. Je contemple le spectacle infini des bêtes qui défilent. Massifs, incontrôlables, les troupeaux. Quand ce sont des moutons, la file des camions klaxonne. Allez les moutons, on dégage ! Ça bêle de frayeur, mais ça fait des efforts. Mais pour les bovidés, attention ! C'est sacré. Qu'une jeune vache sans cornes titube sur la voie ferrée, on attendra qu'elle ait rejoint son troupeau. Jusqu'à ce qu'elle ait fini de secouer ses pattes graciles, parce qu'elle marche à peine et qu'elle est toute petite. Les grands bœufs de Nagaur aux cornes en forme de lyre tournent un peu la tête sans bouger d'un iota, laissant voir un œil mélancolique, investis d'un droit inaliénable, supérieur à l'ordre des hommes.

Par-ci, par-là, un ours de cocotier muselé, tenu en laisse par son dresseur, et qui danse, quémande de l'argent dans les embouteillages. Les singes – Bandar-Log ! – issus de n'importe où, tombent de nulle part, disparus aussitôt, ou bien méditent au pied d'un arbre. Quelques vautours survivants s'attroupent autour d'une charogne. Une file de chameaux longe lentement la route. Et, dominant l'espace de leur énorme cul, les éléphants au travail transportent des troncs d'arbres. Formidable univers ! J'approuve qu'ici, en Inde, les animaux puissent avoir le pas sur l'homme. C'est bien.

– Parce que tu t'imagines qu'on ne chasse pas en Inde ? dit Marthe.

– Mais ce n'est pas bien vu, dit Prem. Nous sommes très attachés à la protection des espèces. Nous avons perdu énormément de lions, quant aux tigres…

– Je croyais qu'au Bengale, dans les marécages, il y en avait tellement que les femmes de pêcheurs ont constitué une association de futures veuves de pêcheurs mangés par les tigres !

– Vous êtes sûre ? grogne Prem. On raconte tellement de choses au Bengale, vous savez… Les Occidentaux ne sont pas méfiants. Moi-même, j'ai souvent raconté des bobards, pour tester leur crédulité. C'est très amusant !

– Traitez-moi d'imbécile pendant que vous y êtes ! dit Marthe.

– Crédule, ma chère amie. C'est différent…

Pendant qu'ils se chamaillent sur les tigres au Bengale, j'aperçois sur la route une créature étrange. Emmaillotée de blanc jusqu'au sommet du crâne, c'est une femme, qui marche à petit pas sur le bas-côté. Elle tient à la main un chasse-mouches, mais que fait-elle ? Au lieu de l'agiter pour chasser les insectes, voilà qu'elle balaye la route !

– Et ne me dites pas que… s'écrie Marthe.

– Chut ! l'interrompt Prem. Regardez plutôt. Une nonne jaïn. Pour ne pas risquer de marcher sur un être vivant, elle balaye devant elle. La balayette est en fibres de pur coton tressé, particulièrement doux, pour ne pas faire de mal. Est-ce que ce n'est pas le comble de la non-violence ?

Je scanne ma mémoire à toute allure. Les jaïns, je connais. Apparus en même temps que le bouddhisme, ils n'ont survécu qu'en Inde, où ils sont des millions. Végétariens complets – ni œufs ni racines, au cas, sait-on jamais, où les racines cacheraient des parasites... Peur panique à l'idée de tuer du vivant. Portent sur la bouche un masque de tissu fin pour éviter d'avaler un microbe, ou une bactérie. Quelquefois, se promènent entièrement nus, vêtus d'espace. Grands entrepreneurs, très commerçants, austères, caritatifs. Les seuls au monde à pratiquer une non-violence absolue.

– Qu'en pensez-vous, Théo ? demande le psy d'un air psy.

Il est bien embêté, Théo. D'un côté, il respecte et, de l'autre, il renâcle. Ne pas avaler une bactérie ? Que c'est bête ! La vie même en dépend. Nous fourmillons de ces petites gens qui peuplent notre corps, et qui nous colonisent. Balayer devant soi pour ne pas tuer qui ? Un vermisseau ? Une fourmi ? Comme s'ils allaient se priver de nous bouffer tout crus quand on sera cadavre !

– Je vous rappelle qu'ici, on brûle les morts, dit Prem. Nous autres en Inde, nous sommes infiniment cohérents. Si vous êtes écologiste, vous êtes partisan de la non-violence, par définition. Eh bien, regardez-la dans toute sa splendeur ! C'est une femme qui balaye devant elle de peur de donner la mort. Elle mérite d'être prise au sérieux. Tenez, par exemple, Gandhi. Ce n'est certainement pas dans l'hindouisme qu'il a puisé la source de sa non-violence. L'hindouisme ne refuse pas la guerre. Mais la mère du futur Mahatma appartenait au mouvement jaïn. C'est là qu'il a trouvé l'*ahimsa*, de *Himsa,* en sanscrit, violence, et *a* privatif : *a-himsa*, non-violence.

– Et il n'a rien trouvé dans le bouddhisme ? dit Marthe.

– Si, mais à Londres, quand il était étudiant, en lisant un bouquin écrit par un Anglais. Éduqué dans une toute petite ville de province, Gandhi n'avait aucune chance d'étudier le bouddhisme. Ne croyez pas qu'en Inde, on croise le bouddhisme souvent sur son chemin ! Hormis quelques érudits, les bouddhistes sont des intouchables que leurs leaders ont appelés à des conversions politiques.

– Politiques ? dit Marthe. C'est du propre ! Rien n'est plus contraire aux principes du Bouddha…

– Je ne vous savais pas gardienne du bouddhisme, ma chère. Vous êtes étonnante ! Les conversions au bouddhisme sortent les intouchables de l'inégalité du système des castes, puisque tous les êtres sont égaux selon les principes du Bouddha. Voilà le politique !

– Je ne savais pas, dit Marthe. Mais êtes-vous sûr que le mot « politique » est le bon ?

– Jugez vous-même. Le docteur Ambedkar, leader des intouchables à l'époque de l'indépendance, avait lancé un large mot d'ordre de conversion au bouddhisme. C'est lui que Nehru a choisi pour rédiger notre constitution… Est-ce assez politique ? Il me semble que oui. Encore récemment, une jeune femme intouchable élue *Chief Minister* dans son État a lancé un mot d'ordre de conversion. Des milliers d'intouchables l'ont suivie. C'est une bonne solution.

– Le Mahatma Gandhi aurait approuvé, dit Marthe.

– Avec lui, on ne sait jamais. C'était un homme contradictoire et, sur la non-violence, il y a beaucoup à dire… Il était lui-même assez violent.

Gandhi, violent ? C'est une blague !

– L'Occident n'aime pas qu'on rappelle cela, dit Prem. Jeune marié – il avait quatorze ans ! –, le petit Mohandas Gandhi gourmandait son épouse. Il a parfois piqué des colères homériques qu'il a décidé un jour de surmonter, oui, le futur Mahatma a été profondément violent.

– Je trouve que c'est mieux, dit Tante Marthe. Quel beau combat !

– Sublime pour une idéaliste comme vous, ma chère ! Tous les jours, heure par heure, interdit de colère ? J'admire, mais je ne peux pas. Et je peux d'autant moins que j'entends tous les jours la violence parler dans les propos de mes patients. Je suis même payé pour la laisser s'exprimer. Alors, la refouler ? Merci bien ! Une violence qui ne s'exprime pas rend malade.

– Ne soyez pas triste, lui dit Marthe. Au moins, vous tenez les deux bouts de la chaîne. Chez nous, la non-violence est méprisée. Les gens se moquent ! C'est mal.

Bravo, ma vieille ! Tu es trop loin pour que je t'embrasse, mais tu ne perds rien pour attendre. Je vais en profiter, tiens. Et je parle de Bozzie, je me lâche. Je parle du mouvement non violent en Slovaquie.

– Quel âge elle a, cette fille ? dit Tante Marthe d'un ton sec.

J'aurais dû fermer ma grande gueule. Marthe n'aime pas Bozzie qu'elle n'a jamais vue. Pourquoi ? Allez savoir. Jalouse ?

– Tu ne m'as pas répondu, Théo. Alors ?

Baaooum ! Hurlements. Silence.

Un camion vient de verser dans le fossé. Je saute de la voiture. Le chauffeur a le visage couvert de sang. J'enlève ma chemise, j'étanche, c'est le cuir chevelu. Les gens accourent en nombre, on le sort en douceur, on l'étend, on veut le retourner, je crie, on me le laisse, je le palpe… Il n'a rien. La foule autour de nous prend les secours en main. On m'écarte, je crie, *« Doctor, French doctor »*, personne ne m'entend. Je cours chercher ma trousse, et je sors mes outils.

Là, soudain, on me voit. Il y a toujours dans ces cas-là un zigue pour écarter les gens et faire la police. Des centaines d'yeux me regardent panser la plaie ouverte, nettoyer à l'alcool, poser une compresse, placer un large pansement sur le crâne. J'entends des *« Atcha »* bizarres, qui ressemblent à des éternuements, mais je poursuis ma tâche. Je déchire ma chemise et j'entoure la tête du blessé d'un bandage de fortune. Il a même la force de me faire cadeau d'un sourire, un minuscule sourire de vivant.

Quelqu'un pose sur mes épaules une étoffe, et m'enroule dedans. J'ai perdu la conscience du temps. Quand la tension retombe, je ne suis plus moi-même. C'est le meilleur moment – salaud de Théo ! Profiteur d'accidents ! Des mains me pressent, me tirent, m'étreignent, m'entourent. Un verre se tend, rempli de thé au lait très chaud. On m'offre une cigarette – non merci, je ne fume pas. Je dormirais bien un coup sur le talus, mais ce ne serait pas conforme à mes idées. Alors je me redresse et je fais le faraud.

– Ne le bousculez pas ! Laissez-le allongé ! Appelez une ambulance ! Que fait la police ?

J'ai beau être hébété, je vois que ça ne plaît pas. On marmonne, on s'éloigne. Gentiment, un camionneur m'explique que la police mettra très longtemps à venir. Ambulance ? Où ça ? Il va bien, le chauffeur ! Que je ne m'inquiète pas, surtout. Je suis sur le point de craquer lorsque Prem, le cher homme, m'empoigne fermement et m'entraîne.

– Ce que vous avez fait est très bien, murmure-t-il. Maintenant, arrêtez. Ne vous mêlez pas de la suite, je vous prie.

Il me pousse dans la blanche Ambassador. Les gens sont partis chercher de grosses pierres, qu'ils disposent soigneusement tout autour du camion renversé. Le chauffeur s'est assis, il boit du thé. Surgie de nulle part, une couverture se pose sur son dos. Et c'est à cet instant que j'aperçois la mienne. Verte à carreaux bruns, rêche et chaude sur ma peau.

– Elle n'est pas à moi ! Je vais la rendre !

Je veux descendre, mais Prem me maintient.

– Quelqu'un vous l'a donnée, dit-il. On ne rend pas un don. Allez, on repart.

– Mais qu'est-ce qui va se passer ?

Rien. L'attente. Il y aura toujours des gens autour du chauffeur blessé. On ne le laissera pas seul, ça peut durer des jours. Il dormira sur place, gardien de son camion. Un de ces quatre matins viendront les dépanneurs. La cargaison ? Ah, elle repartira. Sans son camion, sans lui. Les pierres le protégeront, les grosses pierres des champs qui bornent l'accident.

– Nous en verrons d'autres, vous savez, dit Prem. C'est normal ! Ainsi va la vie sur la route. Vous feriez mieux de dormir.

Mais je ne peux pas. J'ai ces drôles d'éternuements dans l'oreille, *Atcha, Attccha*…

– Quand on éternue en Inde, c'est quoi ? je murmure dans un demi-sommeil. Ils disaient tous « *Atcha !* ».

– Très bien, répond Prem. Cela veut dire « très bien ».

– Et ça s'écrit *Accha*, poursuit Marthe. Je suis fière de toi.

J'ai dormi au son des klaxons. Nos chauffeurs se sont arrêtés sur le bord de la route, thé ou pipi, peut-être, moi, je dormais toujours. Quand j'ai ouvert l'œil, le crépuscule tombait. On entrait dans Lucknow, aussi noire que la nuit. J'ai cru voir des ruines de bulbes majestueux, des palais juchés sur de grands escaliers, l'ombre d'un minaret immense, une ville fantôme. Ils ont trouvé l'hôtel, un machin lumineux, je me suis réveillé tout à fait.

Juste à temps pour un plat de lentilles et un brin de curry de mouton. Je dévore – non, je lape sans lever le museau, tant j'ai faim. Et lorsque j'ai fini, je vois le pauvre visage de Marthe. Traits tirés, bouche ouverte, haletante, respiration sifflante. En pleine crise.

– Ventoline ! je hurle en lui sautant dessus.

Elle n'y a pas pensé. Trop fatiguée. Et ce Prem de malheur n'a rien fait ! Je trouve l'inhalateur, je le lui mets dans le bec, elle inspire, je compte jusqu'à dix avec elle, je repose l'objet, j'attends. Elle reprend des couleurs. Nous soufflons. Putain de route !

– Et vous pensez vraiment, dit Prem, qu'en Inde on pourrait pratiquer le ferroutage, éviter ça ?

Mais je m'en fous, mon vieux ! Toi et ta gueule mine de rien, même pas capable de voir que ta voisine s'étouffe ! Si tu t'imagines que tu vas me ramener à la raison, tu te trompes !

– Les voies ferrées sont bonnes, poursuit-il, mais les trains sont bondés ! C'est à peine s'ils arrivent à intégrer le monde, alors les camions, vous pensez !

Je me tais. Pas envie de parler ferroutage avec un abruti de psy. J'aperçois l'œil inquiet de Marthe, qui pressent l'engueulade du siècle. Elle lui pose une main sur le bras, lui murmure dans l'oreille, il sourit. Un signe, le serveur rapplique, *Yesse Sir* ? Je ne sais pas ce qu'il veut, mais cela ne traîne pas. Le serveur apporte des feuilles sur un plat, et plein de petits pots. Très vertes, les feuilles. Fraîchement lavées.

– Tu vas voir, Théo, dit Tante Marthe. C'est une surprise.

Avec des gestes étudiés, Prem puise dans les pots et étale sur une feuille une pâte blanche, de la girofle en clous, des éclats de sucre candi, trois morceaux craquants. Puis il roule la feuille sur elle-même, et la tend à Tante Marthe.

– Minute, dis-je en l'arrêtant tout net. C'est quoi ?

– Du *pân*, répond-elle. C'est délicieux ! Goûte…

Je prends la feuille, je croque, et les saveurs explosent. Le sucré, la girofle, une étrange amertume, un drôle de goût d'encens, le larynx en est plein, les joues se liquéfient, ce n'est ni doux ni piquant, ça brûle et c'est très frais, mes poumons se déplissent, et j'ai les larmes aux yeux.

– Digestif, dit Prem. Incomparablement plus efficace que le café. Excitant et tonique, est-ce que cela vous plaît ?

Je maugrée. J'aime savoir ce que je mange. La feuille est du bétel. La noix est de l'arec, qu'il faut mâcher longtemps, ce que je n'ai pas fait. La pâte est de la chaux – le calcaire, c'est très bon ! À les entendre, je viens de déguster la panacée du système digestif universel.

– Il y a deux petits inconvénients, dit Prem. Le jus de la noix d'arec rend la salive rouge. Comme le *pân* fait cracher, vous verrez que les gens expectorent des jets qui ressemblent à du sang. C'est un inconvénient mineur.

– Et l'autre ?

– Il a été prouvé que le *pân* est lourdement cancérigène, dit-il. Mais il faut bien mourir de quelque chose.

– Ne touche plus à ça, Marthe ! S'il te plaît…

– Tu me fatigues, Théo, dit-elle d'un air las. S'il fallait éviter tout le cancérigène, la vie serait sinistre. Ni tabac, ni alcool, ni *pân,* ni beurre, et quoi ? Je mangerai ce *pân*. Fiche-moi la paix. Donne !

– Marthe, lui dis-je les yeux dans les yeux. Tu sors d'une pneumonie…

– Double !

– D'accord. Double, et tu viens d'avoir une crise d'asthme. C'est moi ton médecin, et je dis non.

– Si je peux me permettre, dit Prem. Le *pân* est absolument cancérigène. Et si Marthe préfère le plaisir à une vie sinistre, est-ce qu'elle n'a pas le droit ? Vous autres écologistes, vous voulez tout réglementer. Vous voyez le danger partout, l'air, le sol, l'eau, les aliments, et vous prétendez nous protéger.

– Mais… Mais c'est pour le bien de l'humanité !

– Et le plaisir du danger, qu'en faites-vous ? Je ne crois pas qu'il existe une seule culture au monde sans consommation d'excitant. Pas une. Tabac, haschisch, opium, mescaline, champignons, alcool, cocaïne, caféine, et les médicaments ! Nous sommes tous des drogués. Alors, le *pân*, n'est-ce pas, c'est une toute petite excitation, un tout petit danger… Si Marthe y prenait goût, je ne dis pas. Mais une feuille de temps en temps…

– Est-ce que je me drogue, moi ?

C'est moi qui dis cela ? Vendeur de mensonges ! Théo le truqueur, le fumeur de pétards en douce…

– C'est vrai, quoi – j'insiste – je ne suis pas drogué !

– Oh si ! dit Marthe. Tu te drogues au danger de mort. Ne nous raconte pas d'histoires. Tiens, faisons un marché. Je renonce à tous les aliments cancérigènes si tu renonces à tes terrains de guerre. Ça marche ?

Je lui tends son bétel.

– Et tu ne t'étonneras pas d'attraper des amibes. On n'a pas vérifié l'eau de lavage.

*

* *

Demain, à l'aube, on va visiter un tombeau soufi. La ville de Lucknow est l'une des principales capitales musulmanes de l'Inde. Le tourisme, très peu pour moi, mais il y en pour dix minutes, disent-ils. Nous ne vivons plus dans le même univers. Marthe, on dirait qu'elle a tout le temps. Prem, n'en parlons pas, il a l'éternité. Mais moi, je suis pressé. J'ai mon dossier à constituer, j'ai des engagements. Sauver la Nature, c'est une telle urgence ! Comment peut-on rester indifférent ?

C'est une très grande tombe, celle d'un maître soufi. Blanche, à peine noircie par les traînées des moussons. Large, et très ornée de guirlandes peintes en jaune pour honorer le saint capable d'avoir vu Dieu. À cette heure matinale, il n'y a qu'un gardien balayant le carrelage. Presque personne. Mais quand il n'y a personne en Inde, il y aura toujours l'éternel balayeur, maigre, discret, fuyant le regard et pour cause ! Même musulman, il garde comme un reflet de sa caste d'origine – balayeur, c'est très bas, cela n'existe pas. C'est le cas ce matin, il est là sans y être. Et cela broie le cœur.

Il a fait un petit tas de feuilles mortes, auquel il met le feu. La fumée est amère et lourde, comme si un corps brûlait. C'est un très grand jardin triste et beau. L'islam y respire l'humble et le simple, semblable à un sourire qui naît avec le jour. Je n'ai plus envie de partir. L'urgence n'a pas sa place ici. Quelque chose me retient, que je ne comprends pas.

– Alors, Théo, tu viens ? dit Tante Marthe. Si tu veux arriver ce soir à Bénarès…

Ça va, il n'y a pas le feu ! Dire que j'étais pressé tout à l'heure.

Je n'aime pas les matins. Je les trouve angoissants. L'idée de reconstruire le monde tous les jours a quelque chose d'insupportable. Quand je dors sous la tente sur un terrain pourri, les réveils sont meilleurs, il y a de la souffrance à traiter en vitesse. Mais dans un monde en paix, qu'est-ce que j'ai à faire ? Écouter les nouvelles, la Bourse, le CAC 40 ? Aller suivre les cours à la fac ? C'est grisant ! Il ne se passe pas un seul jour à Paris sans que l'angoisse me serre le cœur au matin.

Mais ici, rien de tel. Mon cœur s'est desserré. Je me souviens de ce si long voyage qui m'a guéri le corps en desserrant l'esprit. J'avais complètement oublié.

Je rejoins mes oiseaux dans les blanches bagnoles. Marthe s'est arrangé un petit oreiller, Prem mâchonne un *pân* qui fait les lèvres rouges. La route ne me fait plus peur du tout. Camions, klaxons, troupeaux, furie, pfft ! Je ne suis plus en colère. Pas sûr que ce soit bien.

On a roulé aujourd'hui comme hier, mais on n'a pas vu d'accident. Ici ou là, on a croisé de vieilles carcasses de camions entièrement pillés, avec les pierres autour. Il suffit de les contourner. On s'y fait. On a vu apparaître des campagnes très vertes, des champs d'un jaune vif – la moutarde –, on a vu des villages tranquilles, avec, autour du puits cimenté, ces images qui ne m'ont jamais quitté : des femmes en sari de coton transparent descendent les degrés en portant sur la tête leurs amphores. Le soleil est si clair, les couleurs si tranchées, le rose, l'orange, le rouge claquent si bravement qu'on est pris pour toujours.

Prem a ouvert un œil comme s'il me surveillait. Je l'ai regardé, surpris.

– D'habitude, me dit-il avec un grand sourire, les Occidentaux prennent leur appareil photo et clic ! Capture. Ils disent que ces scènes sont bibliques. Une rengaine. Vous au moins, vous nous dispensez de l'appareil photo. Vous n'essayez pas de nous voler nos êtres pour les montrer au retour sur écran.

– C'est quand même très beau, dis-je dans un murmure.

– J'appelle ça une pollution du regard, dit-il. Nous ne sommes pas des bêtes à images.

Il y va fort, le Prem ! Pollution du regard ? On ne m'avait jamais fait ce coup-là ! Ça veut dire quoi au juste ? Qu'on est colonialiste quand on photographie ? Il est vrai qu'en Afrique, les femmes sont si furieuses d'être photographiées qu'elles se font payer, et il faut les entendre ! Tu as intérêt à débourser très vite, sinon, tu reçois des cailloux… Et s'il avait raison ?

J'ai lorgné la beauté en douce. Il y a eu d'autres puits, d'autres scènes bibliques, des gamins accrochés sur le dos d'un buffle, des barbus, des bizarres, des enrubannés, des ascètes en haillons, des patriarches, pieds nus, canne à la main. Et puis nous sommes entrés dans Bénarès. Les clochettes des vélos qui tintent à toute berzingue, les rickshaws tirés par des types épuisés, les mémères entassées dedans, les tongas tirées par des canassons maigres, les autos, les klaxons, les flics en uniforme blanc aux carrefours, les processions qui dansent, le bordel, quoi. Joyeux. Ça, je m'en souvenais.

J'ai réservé un petit hôtel sur les quais. Autrefois, pendant mon voyage, j'avais mal supporté les grands hôtels luxueux qui sont à l'extérieur de la ville.

– Mais tu étais très malade, Théo, dit Tante Marthe.

Justement. Cette fois, on sera sur ces gradins immenses qui s'appellent les *ghâts*, tout en haut des volées de marches au bord du Gange.

– Il n'y a pas d'hôtel sur les *ghâts*, dit Tante Marthe, cul serré.

Mais il y a des auberges, ou alors des ashrams, enfin, des trucs où on peut poser son baluchon.

– J'espère qu'il y a des douches, soupire-t-elle.

On a mis des heures pour arriver. Au bout d'une étroite venelle, c'est là. Il est presque trois heures, la ville fait la sieste. Personne sur les marches, excepté les gros buffles. Sur un plan incliné, la lessive sèche en grand, les draps et les chemises. Il y a des restaurants simili-italiens, des enseignes au néon, ça a beaucoup changé. Le soleil tape dur, on entre dans l'hôtel. Il y fait frais, c'est sombre.

Un cube de béton sans grâce, sol de ciment lavé en permanence, chambres du genre cellule, toilettes et douche collectives. Les lits sont ascétiques : montants de bois, large tressage de sangles, un tas de couvertures, pas d'oreillers. Moustiquaire tombant d'un crochet au plafond. Une chaise d'osier tressé. Marthe passe le doigt sur les vitres.

– Au moins, c'est propre, dit-elle avec une moue. Mais les lits !

– Des *tcharpoï* ! dit Prem. Ce sont les lits traditionnels. On dort très bien dessus, vous verrez.

– Il n'y a pas de tapis.

– Pour quoi faire ? dit Prem. Un tapis, c'est trop chaud.

– Je n'ai pas l'habitude, dit-elle, les larmes aux yeux. C'est affreux ! Je suis une vieille snob incurable…

Je m'éclipse, et je file demander un tapis. Le type de la réception s'agite un brin, et me tend une carte de visite. Là, je pourrai acheter tous les tapis du monde, les plus beaux, les moins chers. Savez-vous la meilleure ? Eh bien, j'y suis allé.

Pas loin, dans le bazar appelé Chandi Chowk, au fond d'une caverne illuminée, j'ai trouvé un tapis couvert d'oiseaux, et je l'ai rapporté, bien roulé sous le bras. N'importe quoi pour consoler Tante Marthe. Je fonce dans sa chambre et que vois-je ? Sur le plus beau tapis du monde, couvert d'oiseaux, Marthe et Prem prennent gentiment le thé, le dos calé sur des coussins blancs.

– Un autre tapis ? dit ma tante. Il ne fallait pas, Théo, c'est trop !

Je déroule mon tapis d'un coup sec. Je m'installe, je respire un bon coup. Et comme je fais la tronche, Prem me sert du thé dans sa propre tasse.

– L'homme à la réception ne parle pas bien l'anglais, me dit-il. Je lui ai expliqué qui était votre tante et j'ai eu le tapis, ce n'est pas compliqué.

– Et maintenant, Théo, au travail ! dit Tante Marthe.

Lorsque j'étais malade, j'ai rencontré ici un ami de Tante Marthe. À l'époque, j'étais très excité à l'idée de côtoyer un grand prêtre hindou de haut rang, titulaire de la charge du temple du singe divin, attribuée à sa famille depuis le XVIe siècle. Un singe divin ! Un temple ! Une charge héréditaire ! C'était une chance inouïe…

J'avais trouvé un homme exceptionnel, dont la bonté m'avait subjugué. Il avait un pied-bot qui le rendait infirme, mais, parce qu'il boitait, cet homme avait une allure formidable. J'étais bouleversé par sa simplicité. Il m'avait transmis en anglais quelques enseignements de base : comment trouver la paix en respirant, comment se désintéresser, pour mieux trouver le monde, comment se quitter, soi, et ses ténèbres. On l'appelait *Mahantji*, vénérable grand prêtre, tout le monde l'adorait. Moi aussi.

Cet homme avait également un métier. Il était ingénieur en dépollution des eaux, chargé d'enseignement à l'université de Bénarès, la plus vieille de l'Inde, fondée – c'est un comble ! – par l'Anglaise Annie Besant, qui fut un temps présidente du parti indien pour l'indépendance, au début du siècle précédent. Dès que je m'étais engagé en écologie, j'avais entendu parler de mon grand prêtre. Convié par le président Bill Clinton à un congrès mondial sur la protection des eaux, invité par le gouvernement français en visite officielle, mon copain du singe divin était devenu le héros écologique indien par excellence.

Je lui ai envoyé un mail en quittant Delhi, et il a répondu. Quelque chose comme « *Welcome*, mon jeune ami » ! Il ne m'avait pas oublié. Enfin, c'est ce qu'il dit. Faut voir et j'ai le trac. Tant d'années ont passé ! Et il n'était pas jeune…

Le moment est venu. Je veux y aller seul. J'irai par les *ghâts*, sans me presser.

J'avais oublié que c'était un théâtre. Marchands de posters divins et d'amulettes, de thé sucré au cannabis et au lait, érudits qui vendent la lecture de faux textes en sanscrit, drogués de l'Occident en kurta-pyjama, gamins qui vous proposent des guirlandes d'œillets d'Inde, vaches arrogantes, bébés qui apprennent à marcher, mères qui font sécher leur sari sur les marches, prêtre de l'hindouisme offrant des sacrifices, – « pas grand-chose, *Sirr* –, trois feuilles, une banane et deux fleurs là, sur le bord du Gange, pour votre éternité… Non ? »

Non. C'est loin, il fait chaud et les marches sont sales. J'ai beau me concentrer sur le Gange, me dire sans y croire qu'il est là, devant moi, irradié de soleil et de lumière d'argent, paisible en plein jour, sans bûchers, bref, un fleuve, je dois baisser les yeux tant les degrés sont crades.

Bien sûr, il y a des bouses, mais dès qu'elles ont séché, des femmes les ramassent, car c'est du combustible. J'en vois, un peu plus haut, qui étalent à la main les bouses un peu humides, collées sur la paroi. Gracieuses, en forme de fleurs, renouvelables, énergie sans danger. Récupérer l'excrément des vaches pour faire du combustible, quelle trouvaille ! Rien à dire. Une bouse de vache n'est pas sale.

Mais les marches, elles, sont sales et pour tout dire, merdeuses. En Inde, on ne récupère pas l'excrément humain comme celui de la vache, on se contente de le laisser traîner. Ce ne sont plus les quais sacrés de Bénarès, c'est Caca Square. Personne ne nettoie, personne ne ramasse, j'en vois même qui défèquent dans le fleuve. On ne peut plus naturels, les mecs. Pas gênés. Il faut croire que c'est dans la culture, voilà comme nous disons, nous autres écologistes. Car nous sommes respectueux des cultures, nous vénérons les différences.

Je me raisonne. Je me dis qu'en Chine, l'excrément humain sert d'engrais dans les champs. Je me force à penser qu'ici, à Bénarès, même la merde est sacrée. Y toucher doit être interdit, ou alors, ça sert aux oiseaux, il y a forcément une explication. Avance, Théo ! Ton homme habite à Tulsi Ghât, il reste un kilomètre et le fleuve est sublime.

À mesure que j'approche, les cacas disparaissent. Plus un seul papier gras, plus un sac en plastique. Je passe sous un grand bâtiment très en hauteur, avec d'étranges tuyauteries peintes au minium. Sous un tout petit temple, un yogi nu fume un pétard gigantesque. Juste à côté, des gens fourgonnent un brasier. C'est drôle, ce brasier sur une plate-forme. Comme je ne vois pas bien, je descends quelques marches… Et les gens, des gaillards tout noirs, me font signe de partir. *Forbidden* ! Interdit ! Des chiens hurlent, on les chasse à coups de pied, ça trotte derrière moi, je m'écarte et je vois.

Ce qui trotte si vite et passe à toute allure, c'est le cortège d'un mort qui va sur le bûcher. Les fourgonneurs de brasier récupèrent les bijoux, l'or des dents – c'est leur dû. Tout me revient d'un coup, l'horreur sacrée, la simplicité magnifique du traitement des morts qu'on brûle sur le fleuve. J'ai envie de prier, je suis ravi. La mort m'a rattrapé, ma fillette, mon amie. Viens voir ! dit-elle. Mais oui !

Ligoté sur une simple civière, le mort va tremper ses pieds au bord du fleuve. Linceul rouge, c'est une femme. Des fleurs sur le tissu. Pas grand monde. Elle attendra son tour, le bûcher n'est pas prêt. Je m'incline, mains jointes à hauteur de la tête. Et quand j'ai salué l'inconnue, je repars. Légèrement déglingué, pourtant, j'ai vu des morts ! Mais pas comme ça. Jamais tout préparé pour rôtir sur un feu, avec les pieds qui font trempette dans l'eau sacrée.

Tulsi Ghât ! J'y suis. D'en bas, je reconnais la maison. Un cube blanc très simple sous un banyan. Je me hisse sur les dernières marches – il avait tant de mal à les gravir, mon vieil ami ! – et me voici en haut, devant sa porte. Quatre temples nains chaulés de blanc bleuté, quatre statues miniatures, dont le taureau divin, l'animal qui servit de monture à Shiva. Tout ! Je retrouve tout jusqu'au moindre détail. La cage d'oiseau suspendue aux fils électriques, la terrasse sur le Gange, les feuilles rondes du pipal niché sur le toit d'un temple, les singes qui furètent.

Et comme par miracle, le voici qui sort de sa maison.

Ses cheveux ont blanchi, son corps s'est alourdi, il boite davantage, il peine à descendre. Il s'appuie sur les épaules de deux filles en sari, comme le Mahatma à la fin de sa vie. Il me voit, ses yeux clignent, je m'avance, il s'arrête. Il ne peut pas me reconnaître. Les filles me font des signes désespérés, désignant les sandales du grand prêtre, un type surgit, qui m'ordonne quelque chose. « À terre ! »

À terre ?

Cela aussi revient. La prosternation rituelle devant le gourou. « Prendre la poussière de ses pieds », disent-ils. Je lui touche les pieds, je m'allonge devant lui et j'entends qu'il engueule ses suivantes : « Vous savez que j'ai horreur de ça ! » Sa voix n'a pas changé. Éraillée, mais très douce. Il avait de sérieux problèmes de cordes vocales, la voix d'une mezzo, ça l'agaçait.

Le moment est venu. Je me relève, je débite un petit discours que j'ai bien préparé, je suis venu vous voir avec ma tante, Marthe Fournay, et j'étais condamné, une maladie du sang, est-ce que vous vous souvenez ? Il écoute, la main en cornet, et ses yeux clignent sous l'effort. J'avais quatorze ans, Mahantji, j'étais encore petit et j'ai beaucoup changé, vous m'avez emmené derrière votre maison, là-bas, sur la terrasse, et vous m'avez parlé, bon sang, vous ne pouvez pas m'avoir oublié ! Il y a douze ans de cela, qu'est-ce que c'est, douze ans pour un sage comme vous, faites un effort !

C'est cuit. Je reste les bras ballants, les yeux baissés.

Alors je sens sa main sur mon épaule et je l'entends qui dit : *« Are you Théo ? »*

Je me jette dans ses bras comme un gosse. C'est fou comme je suis attaché à ce bonhomme. Et puis voilà, c'est tout. Il me demande si Marthe est avec moi – « tout à fait, Mahantji, demain, vous la verrez » –, il me dit qu'il n'a guère le temps, qu'il va célébrer l'office du singe divin au temple et si je veux l'attendre une ou deux heures… – « tout à fait, Mahantji, j'attendrai » –, dans ce cas, je peux attendre à l'intérieur ou bien sur la terrasse – « tout à fait, Mahantji, où vous voudrez » – « alors à tout à l'heure, Théo ».

J'ai regardé le fleuve, ça s'animait un peu, des bateaux sont venus, la rumeur est montée sur les quais, des voix fortes, des murmures, des cris d'enfants au loin, des engueulades. Les blanchisseurs ont ramassé les draps et les chemises, il les ont pliés prestement, on a hissé la morte sur ses bûches, des enfants éclaboussent leurs mères, des types passent avec l'air de dominer le monde, une serviette sur l'épaule, croisant le marchand de barbes à papa. On ne prie pas encore à cette heure-là. Trop tôt. On se prépare. Il faut surveiller le soleil qui descend, illuminant le Gange. Ça ne va plus tarder. Les oiseaux tiennent meeting dans les branches du banyan, ils papotent à tue-tête, c'est le signe. Le ciel devient bleu roi, et les gongs retentissent. Au bout de la terrasse, une ombre féminine s'assied à contre-jour, puis s'efface, aussi vive qu'une souris. Au bord de l'eau, des fidèles font tourner l'*arati*, le lampadaire cerclé de bougies enflammées qui saluent le coucher du soleil. Très vite, c'est terminé. Il fait nuit. Le léger tapotis d'un tabla signale que l'heure de la musique est venue. Tout est bien.

Je me suis installé sur les banquettes tendues de coton blanc, dans la pièce où le grand prêtre donne audience. J'ai brusquement retrouvé le nom du singe divin, Hanuman, un brave zigue si dévoué à son maître, le dieu Ram, que, sur ses posters, on le voit s'ouvrir la poitrine et découvrir un cœur rouge et qui saigne, comme le cœur de Jésus. C'est un singe qui sourit, un singe plein de bonté. Un peu comme Mahantji, dévoué jusqu'à l'os.

La pièce est tranquille. Des gens passent dans les couloirs, pieds nus, en toussant. La rumeur du fleuve s'est éteinte. On se couche tôt en Inde, surtout à Bénarès. Mahantji est rentré, un peu las. Comme autrefois, il m'a tendu un petit paquet de feuilles entourant la nourriture du singe divin, pâtes d'amandes, une pomme, un peu de riz au safran. Il m'a fait servir de l'eau bouillie très chaude dans un gobelet d'étain. Il a veillé à tout, donné ses instructions d'une voix douce. Il a pieusement écouté la liste des rendez-vous du lendemain, en lissant sa moustache jaunie. Enfin, il s'est assis en tailleur sur le coton, et il m'a fait signe de parler.

Alors voilà, c'est simple, je fais des études de médecine à Paris, je me suis engagé sur les champs de bataille, je suis venu vous voir pour étudier la pollution du Gange, on m'a dit que vous étiez le spécialiste…

– Je ne comprends pas, coupe-t-il gentiment. Vous êtes médecin ou soldat, Théo ?

C'est-à-dire, Mahantji, un peu les deux, je voudrais être un *French doctor,* vous savez, ceux qui font de la médecine humanitaire, là où les hommes se tuent, en période de guerre…

– *I see*, dit-il. Mais la pollution des fleuves, là-dedans ?

C'est vrai, j'ai oublié de vous dire, Mahantji, je suis devenu écologiste, je prépare un concours, il me faut des dossiers, et j'ai choisi le Gange…

– Vous voulez enseigner l'écologie ?

Je ne crois pas, non, lui dis-je, mais il s'agit du chantier de l'eau, nous savons tous que dans quelques années, l'eau potable manquera dans de nombreux pays, qu'on parle de pomper les nappes souterraines à cent mètres sous terre, sans précautions, sans rien savoir, comme d'habitude on pompe et qu'arrivera-t-il à la Terre ? Au moins, si l'on préservait les eaux douces, on aurait moins de mal pour abreuver les gens, alors je me suis dit qu'ici, en Inde, vous aviez à la fois des fleuves pollués, des inondations de mousson en été, de grandes sécheresses et que vous saviez comment faire, mais peut-être je me trompe, je ne sais pas m'expliquer, je suis nul, j'ai besoin de vous, Mahantji, vous comprenez…

– *Accha*, coupe-t-il en dépliant ses jambes. Avec l'aide des dieux, je crois que je suis l'homme qu'il vous faut. Nous verrons ça demain, si vous voulez. Rendez-vous à cinq heures au bas des marches. Dites à mon amie Marthe que je l'attends.

Il se lève, joint les mains, me bénit et s'en va en boitant.

Je rentre par les quais, pas très rassuré. Il fait noir. La lune est en croissant, la nuit est très profonde et les chiens sont mauvais. Sur le petit champ de crémation, la dame brûle encore. Les gaillards la fourgonnent avec de grands crocs, elle fait des étincelles. Il n'y a presque pas de lumières aux fenêtres. J'ai hâte de rentrer, cette ville est terrible avec ces morts qui crament et ses chiens carnassiers. Ils iraient bouffer les petons de ma morte, je n'en serais pas autrement surpris. Quelle idée de partir tout seul, à l'aveuglette ! J'aurais pu revenir tranquillement par les rues, j'aurais dû…

Je suis rentré fourbu. Marthe et Prem dormaient. J'ai glissé sous la porte de Marthe un Post-it, puisque j'ai rendez-vous avec Mahantji. J'ai réglé ma montre-réveil à quatre heures, je me suis étendu sur le *tcharpoï* indien, et j'ai sombré. Tout est bien.

*

* *

On caille sur les *ghâts* à cinq heures, j'ai pris ma couverture, celle de l'accident. Spontanément, je m'accroupis sur les marches, enroulé dans la laine et j'ai l'air d'un hindou qui va faire ses prières. Ils ne sont pas nombreux à cette heure. Un zélé s'immerge bruyamment, neuf fois, crachant de l'eau dans la nuit noire. Je fixe l'autre rive du Gange, celle où le soleil renaît chaque matin. À force d'écarquiller les yeux dans l'obscurité, j'ai du mal, je ne distingue plus rien, je me frotte les paupières. Ai-je rêvé ? J'ai vu une bande de clarté sur les arbres.

Le mugissement des grandes coquilles sacrées par où les prêtres donnent le signal de l'aube met en branle l'univers. L'astre naissant est rose, voilé de brume. À l'aube, le bruit commence, les gongs, les clochettes des vélos, la rumeur, tout le toutim. Et voilà Mahantji qui descend, drapé dans un immense châle.

Il n'est pas seul. Deux assistants le soutiennent par les bras. Son pied-bot, forcément. Il me salue, paumes jointes, en silence. Car ce n'est pas mon tour. Sa grande affaire, c'est la prière du matin. Un grand prêtre se doit de la faire décemment. L'un de ses aides le dépouille de son châle, il est en pagne, torse nu, costaud sous son air fragile. Il se tourne vers les *ghâts*, il attend et voici que déboule un gosse mal réveillé, dégringolant les marches sans précautions. Il a la tête rasée, à l'exception d'une mèche qui part du haut du crâne, c'est étrange, il ressemble à ces statues d'Horus enfant qu'on voit dans les musées d'Égypte, grands yeux noirs, lèvres closes, et la mèche tombant sur le côté du cou.

Mahantji le prend dans ses bras, lui parle à l'oreille, l'installe sur une marche et s'avance dans l'eau. Quand elle lui arrive aux genoux, il prie face au soleil. Ses lèvres remuent, ses yeux sont clos, il offre ses deux paumes au jour qui vient. Puis il plonge dans le fleuve. Sept fois à toute allure, il s'immerge, bouche fermée. Il ressort et ses deux assistants l'enroulent prestement, essuient ses cheveux blancs. Il s'assied près du petit, lui ôte la tunique qu'il porte sur le dos, vérifie l'ajustement du cordon des brahmanes en travers du buste. Il le pousse dans l'eau, lui tient les mains, l'immerge avec douceur, l'enfant résiste un peu, il a froid. Mahantji le maintient debout en position, paumes offertes au soleil, le petit s'est calmé. Les assistants étendent la serviette qui va le bouchonner à la sortie. Vite ! Il claque des dents, ce petit...

– C'est mon petit-fils, me dit Mahantji avec un grand sourire.

Il a reçu son cordon il n'y a pas longtemps. Son cordon de la deuxième naissance, le jour de ses sept ans. C'est un grand, deux fois né. Allez, file !

Le nouveau deux fois né ne demande pas son reste. Les assistants remontent, et nous voilà tous deux assis au bord du Gange.

– Je voulais que vous voyiez le fleuve à cette heure, commence-t-il. Ce n'est pas un simple fleuve. C'est Ganga, notre Mère à tous.

Encore une mère ! En Inde, il n'y a que ça. Notre Mère Kâli, notre Mère Dourga, notre Mère l'Inde – *Mother India.*

– Oui, nous aimons la mère, dit-il en souriant. Sous toutes ses formes. Nous vénérons l'énergie féminine en elle-même. Alors, pourquoi Ganga ? À cause de l'eau. Ganga est la mère de toutes les eaux douces. La prière du matin, que vous venez de voir, rend hommage au soleil, mais aussi à la Mère qui nous donne son eau. L'eau, c'est la vie.

Dis donc, mon vieux, je ne suis pas venu pour entendre un sermon ! Je n'ai rien avalé, j'ai sommeil, je gèle et lui, mon vieil ami, m'assomme de religion, mais ça ne va pas du tout !

– Patience, dit-il en voyant ma déception. Je ne vous demande pas de croire à l'hindouisme, mais de considérer que pour tous les Indiens, ce fleuve est une mère qu'ils respectent. Maintenant, dites-moi. Avez-vous vu sur les marches des excréments ?

Caca Square ! On n'y échappe pas, Mahantji !

– Et voilà ! gémit-il. Les Indiens d'aujourd'hui défèquent sur leur mère ! Car ils ne se contentent pas des escaliers, non, ils défèquent dans l'eau, les misérables ! Autrefois, on avait l'habitude de répondre à l'appel de la Nature dans les champs. La terre labourée, c'est autre chose. Ce sont des latrines naturelles biodégradables. Mais dans l'eau sacrée ! La même qu'ils avalent en priant ! Et ils sont des milliers à déféquer dans le giron de leur mère Ganga !

J'imagine la suite : dysenterie, choléra. Tous les ferments contenus dans la merde se déploient dans le bain des hommes quand ils prient.

– Avec l'aide des pays scandinaves, j'ai installé là-haut un laboratoire qui mesure chaque jour la pollution du Gange. Les éléments dangereux s'y multiplient. S'il n'y avait que les défécations ! Mais il y a les bûchers. Avez-vous vu un champ de crémation ?

De loin, un petit peu. Pas beaucoup, Mahantji.

– Autrefois, les morts étaient brûlés à peu près complètement. La tradition exige que la caste des Doms, chargée des incinérations, achève la crémation en tassant le mélange des bûches et de la chair calcinée, enfin, ce qu'il en reste. Mais le bois de santal commence à manquer, les gens sont pressés, et les Doms tassent les bûchers trop tôt... Que font-ils de la chair qui n'est pas consumée ? Ils la jettent au fleuve, avec les cendres. Nous avons maintenant dans le Gange du cadavre en surplus.

Comme il me dit cela ! Du cadavre en surplus, on dirait des ordures !

– Ce n'est pas tout, dit-il – et cette fois, il m'attrape les yeux dans son regard. Il faut savoir qu'en Inde, on ne brûle ni les enfants de moins de sept ans, ni les femmes mortes de la variole, ni les yogis, je ne parle même pas des vaches, qui sont sacrées. Pour finir, vous ajouterez les eaux usées, que depuis toute la ville, on déverse ici. Voilà la catastrophe, Théo. Cendres, excréments et cadavres, c'est la pureté du Gange.

– Mais vous êtes ingénieur en dépollution ! Vous avez les moyens scientifiques...

– Je suis une contradiction vivante, dit-il. Je connais les dangers, je connais les remèdes, mais je suis un grand prêtre, n'oubliez pas cela ! Ici, les grands prêtres sont garants de la pureté du Gange. Si je me comporte en scientifique, je trahis ma religion. L'eau du Gange est pure à Bénarès, c'est un acte de foi. Pensez donc ! C'est ici qu'avec un *mantra*, le grand dieu Shiva a choisi de délivrer les âmes du cycle des réincarnations. Comment ? En versant une goutte d'eau du fleuve sur les lèvres à l'instant du dernier soupir, si on a de la chance. Pour des millions d'hindous, boire l'eau du Gange à Bénarès, c'est assurer le salut de son âme, sa future délivrance, l'accès au Nirvana, le bienheureux Néant. Et vous voudriez qu'un grand prêtre lance un avertissement sur la pollution de l'eau du dieu Shiva ?

J'imagine Mahantji dans sa proclamation : « Attention, vous autres, ne buvez pas ! L'eau que vous croyez sacrée est infecte, empoisonneuse, impure… »

– Prononcez avec moi le mot « impur », Théo. Songez aux sous-hommes que sont les intouchables impurs dans le système des castes, pensez aux milliers d'années que les brahmanes de l'Inde auront passées à se préserver de toute impureté, représentez-vous qu'un brahmane comme moi est souillé, si on en croit les textes, par l'ombre d'un intouchable frôlant la sienne et dites-moi si je peux interdire de boire l'eau du Gange parce qu'elle est impure. L'eau du Gange est la seule chose qu'un hindou croira toute sa vie être absolument pure.

– Mais l'Inde moderne a les meilleurs savants du monde ! Il paraît que les Américains les achètent à prix d'or… Que faites-vous du savoir, de la science ?

– C'est l'un des problèmes, soupire-t-il. Vous lirez dans de nombreux documents que l'eau du Gange est antibactérienne, que sa composition chimique la préserve de toute contamination, il s'est même trouvé des Occidentaux imbéciles pour trouver dans le Gange, croient-ils, assez de radioactivité pour purifier l'eau. À mes yeux, la pureté du Gange n'est pas matérielle. Ce sont les intentions qui comptent, la pureté du cœur, l'adoration de la mère des fleuves, enfin, c'est assez simple. Mais les hindous qui viennent prier ici sont des petites gens qu'on ne peut pas convaincre. En France, vous avez une belle expression pour désigner ces croyances indéracinables, la foi du tisserand ?

– La foi du charbonnier. Ça se fait rare, chez nous.

– Nous avons de grands sages à l'esprit éduqué, mais la politique s'en mêle en ce moment. Les nationalistes. Pas question de céder sur l'hindouisme ! Ils ont fait de ma religion un slogan. Mettre en cause l'eau du Gange ? Il y aurait des émeutes ! Je ne peux pas procéder ainsi.

C'est donc qu'il procède autrement !

– Oui, dit-il, et ses yeux pétillent de malice. J'ai inventé toutes sortes de systèmes pour dépolluer le Gange sans parler de son eau. D'abord, je recrute en masse des gamins qui, dès la sortie de l'école, vont faire la police des excréments sur les quais. Lorsque quelqu'un pose culotte, le gamin le gronde : « Vous n'avez pas honte de déféquer sur le corps de votre mère Ganga ? » Dans la bouche d'un enfant, la phrase est efficace. Je ne dis pas que les *ghâts* sont propres, mais il y a nettement moins de crottes qu'auparavant. Vous auriez vu les gradins il y a vingt ans ! Naturellement, c'est long. Les gens ne sont jamais les mêmes, il vient des pèlerins tous les jours, c'est un travail quotidien. Ensuite, j'ai réussi – sans me mettre en avant – à faire installer près d'ici un incinérateur électrique. Si vous êtes venu par les quais, vous êtes passé dessous.

– Ce vilain bâtiment moderne peint au minium ?

– Vilain ? s'étonne-t-il. Je ne vois pas ce que la beauté a à faire là-dedans. Ce qui nous intéresse, c'est qu'il soit utile ! Plus de bûchers bâclés, moins de chair à jeter dans l'eau. Et moins de bûches coupées sur les arbres, c'est excellent pour arrêter la déforestation. L'Inde entière souffre du bois qu'on coupe pour les bûchers ! Ce n'était pas facile, vous savez, de faire admettre qu'un corps brûle aussi bien dans un four électrique que sur des bûches.

Mais les rituels, voyons ! Comment les faire passer du bûcher en plein air au bord de l'eau à ce machin qui crame sans fumée ?

– En argumentant, répond-il. Le principe de la crémation est simple. Dès que le vivant a rendu son dernier souffle, le corps s'apparente au déchet. Mais parce que l'âme est encore prisonnière de la dépouille, on ne jette pas un cadavre au rebut. Pourquoi le brûle-t-on ? Pour faire sacrifice. Et puis, au bout d'un certain temps, sous l'effet des flammes, le crâne éclate, et alors l'âme s'échappe, immortelle. À compter de cet instant, le cadavre peut être tisonné comme on voudra. Vous voyez que très peu de chose s'oppose à une crémation électrique.

– Mais les dieux ne profitent plus de la fumée !

– Ne nous confondez pas avec la Grèce antique ! Ses dieux sont morts, les nôtres sont vivants ! Que le corps soit offert en sacrifice dans un four électrique ne change rien à l'essence du rite. Le crâne éclatera de la même façon, on ne le verra pas, on le saura. Le bord de l'eau fait partie des commandements religieux, c'est pourquoi l'incinérateur est situé au beau milieu des *ghâts*. Les cendres vont au fleuve – c'est une obligation – mais la question des cadavres ne se pose plus. Certes, comme vous l'avez vu, les deux grands champs de crémation fonctionnent à plein régime, et ça, je n'y peux rien. Ces champs sont si sacrés que les riches hindous viennent s'y faire brûler de toute l'Inde. La légende veut que si le corps brûle à Bénarès, la délivrance est assurée. C'est la tradition, mais est-ce vrai ? Je ne crois pas. Que la dépouille brûle là ou ailleurs, ce qui se passe ensuite est indifférent. Allez donc contrarier la coutume ! Il a fallu trouver d'autres idées.

Il se tait, il sourit. Qu'a-t-il pu inventer ?

– J'ai convaincu la municipalité de réintroduire des tortues carnivores dans le Gange. Elles avaient disparu, on s'en remettait aux poissons, mais les poissons ne suffisent plus. Nous avons les gros dauphins gangétiques, mais ils ne sont pas assez nombreux. J'avais imaginé remettre des crocodiles, mais ils auraient dévoré les pieds des fidèles. Je reste convaincu qu'en utilisant intelligemment les ressources de la faune, on pourrait dépolluer le Gange de ses cadavres.

– C'est ce que font les chiens jaunes sur les *ghâts*, je me trompe ?

– Les chiens sont la réincarnation des âmes des voleurs, grogne-t-il. Ce sont des carnivores, je ne les aime pas. Nulle part il n'est écrit que les chiens ont le droit d'emporter un bout de corps mort à dévorer. Pas les chiens, s'il vous plaît. Je sais, j'ai vu que chez vous, rien n'est plus précieux que ces animaux-là, mais vous ne brûlez pas vos morts, vous, c'est différent.

Mais pour les eaux usées, tout de même ?

– Certes oui ! Aucun commandement religieux ne s'oppose à la purification des eaux usées. Ici, à Bénarès, nous avons subi de nombreux projets, dont un qui venait de la France, mais chaque fois, j'ai vu arriver ici des ingénieurs qui ne voulaient rien entendre du religieux. Strictement rien, Théo ! Ils n'ont pas réussi. Il y a bien quelques bassins pour purifier l'eau, comme partout en Inde, mais, comme partout en Inde, tout le monde s'en moque. Pourtant, la question de l'eau ne se pose pas qu'à Bénarès, toute l'Inde en est malade, l'eau est polluée partout !

Je ne vois qu'une seule solution. D'abord, nettoyer l'idée de pureté, la distinguer de l'eau matérielle que l'on boit, la récurer de fond en comble, un énorme chantier d'éducation. Chambouler les cerveaux, bousculer les rites.

– Oui, c'est ce que je fais, murmure-t-il. À ma façon. En Chine, souvenez-vous, Mao a essayé de chambouler les cerveaux, comme vous dites. Il y a eu des millions de morts. Je ne veux pas de révolution culturelle. Chaque soir, je conduis la prière à mon dieu, Hanuman. Chaque matin à l'aube, je vénère ma mère Ganga, la déesse. Je suis absolument croyant, je sais d'un côté qu'au-dessus de nous, la transcendance déborde les pollutions des humains, mais de l'autre, je sais que, même si la courbe démographique a fléchi, le nombre de mes concitoyens augmente encore sensiblement. Ils auront besoin d'eau pour vivre. Je rêve d'un gouvernement central dont l'unique programme serait de procurer enfin l'eau potable pour tous. Il faut des politiques qui ne s'occupent pas de religion ! Je n'aime guère les slogans nationalistes qui veulent restaurer un État pur, comme ils disent. Pas de ça ! Si l'idée de pureté doit détruire la fabrique sociale de mon pays, alors il faut y renoncer. Moi, je veux simplement de l'eau propre, qu'on peut boire au robinet, comme chez vous.

Il demeure serein, il me fixe de ses yeux merveilleux, mais la colère gronde dans ce vieux corps.

– Savez-vous ce que je crois ? dit-il en retrouvant son calme. Je crois que la propreté de l'eau divise le monde en deux camps.

Les riches ont l'eau potable, les pauvres ne l'ont pas. Il n'y a rien de plus important. On s'est déjà battu pour des trous d'eau, mais je crois qu'aujourd'hui, le partage de l'eau propre peut générer des guerres effroyables.

Le soleil tape dur, Mahantji cligne des yeux. Les gens sont arrivés, ils posent leurs affaires, sortent le savon, la serviette, et font leur toilette dans le fleuve. Les mères font pisser leurs petits dans l'eau, torchent les trous du cul. Ceux qui ne se lavent pas s'immergent pour prier, avalent l'eau, l'œil sombre, méprisant les autres qui s'astiquent, je vous demande un peu, du savon dans le Gange ! Puisque l'eau est pure, à quoi bon ? À l'écart, un tout petit corps vert dérive lentement. C'est un bébé cadavre. Mahantji le désigne du doigt et soupire.

– Il est temps de monter maintenant, me dit-il. Pouvez-vous m'aider à gravir les marches ? Je ne rajeunis pas.

Personne n'a le droit de toucher l'enfant mort. Quand le courant l'approche des baigneurs, ils l'écartent avec un bâton. Les tortues carnivores sont en grève ou quoi ?

Ce que pensait Tante Marthe

Prem m'a convaincue de laisser Théo se rendre seul à son rendez-vous avec Mahantji. J'étais très réticente, car enfin, le grand prêtre est d'abord mon ami, pourquoi me priver de le voir avec lui ? C'est injuste !

– Parfaitement injuste, m'a dit Prem. Mais si vous voulez voir Théo accomplir son métier d'adulte, il le faut. Frustrez-vous !

Et moi, à quoi j'ai droit ? Déjà, j'accepte de dormir sur un *tcharpoï*, d'aller dans le couloir avec ma serviette et mon savon à la douche collective où ne coule que l'eau froide, je supporte une chambre sans penderie et sans télévision, et il faudrait que j'attende mon tour ?

– Mahantji saura que vous êtes ici et il vous attendra, dit Prem. Vous serez tous les deux encore plus heureux de vous revoir. Laissez mijoter !

Je n'ai jamais été patiente. J'en ai toujours fait à ma tête. J'ai toujours été libre de mes mouvements, assez riche pour voyager comme je voulais, et j'ai eu des amours à ma guise. Maintenant que je suis affaiblie, malade, ne voilà-t-il pas que mon neveu chéri entreprend de me rééduquer ! Je rêvais d'être entourée de douceur et de luxe, eh bien, c'est réussi ! Douche froide et collective.

Cela fait rire Prem.

Comme nous nous promenions sur les quais, tous les deux, j'ai vu qu'il humait l'air avec gourmandise, comme les enfants qu'on emmène voir la mer pour la première fois. Nous nous sommes assis sur une marche un peu haute, il était accroché au coucher du soleil et j'ai vu que Prem avait les larmes aux yeux.

– Je ne pensais pas que c'était si beau, m'a-t-il dit. Je suis content d'être ici.

Alors seulement, j'ai compris qu'il n'était jamais venu à Bénarès.

Je me serais flanqué des coups ! Je le sais, pourtant. Les Indiens voyagent beaucoup à l'intérieur de l'Inde, mais c'est presque toujours pour raisons familiales. Le revenu moyen n'est pas suffisant pour le tourisme, et mon ami Prem a beau appartenir à la bourgeoisie aisée, il n'est pas riche. J'ai terriblement honte. Je suis une égoïste. Je l'ai toujours su.

– Marthe, cela suffit ! Il faudrait arrêter de larmoyer, me dit-il. Je vous ai déjà dit qu'il fallait approfondir votre échec. C'est très bien, un échec. Cela donne du sens à l'existence.

Toute ma vie, j'ai cherché la spiritualité, et je croyais avoir à peu près réussi. « Ta façon d'être bouddho-soufie, ton aspect calotin, est-ce que tu sais que c'est de l'indifférence ? » me dit souvent mon frère, le papa de Théo. J'ai toujours contesté ce jugement. Indifférente, moi ? Attachée à l'élévation de l'esprit, oui ! En quête de tolérance entre les hommes, acharnée à les empêcher de se battre, oui ! Indifférente, pourquoi dit-il cela ? « En quoi as-tu agi sur le monde, dis-moi ? L'élévation de l'esprit, ça nous fait une belle jambe ! Je te trouve arriérée ! »

Peut-être que c'est vrai. Quand je vois l'ardeur que Théo met à vouloir changer la Terre, je me dis que j'ai perdu mon temps. C'est lui qui a raison.

Malheureusement, j'ai les écologistes en horreur. Pour moi, l'homme est ce qu'il y a de plus grand dans le monde. Guerrier, féroce, cruel, l'homme n'en reste pas moins la seule espèce capable d'évoluer. Pourquoi ? Parce qu'il pense. Les animaux ne pensent pas de la même façon. Ils répètent, et même s'ils inventent, ce n'est rien au regard de la grandeur de l'invention humaine. Cela semble évident, n'est-ce pas ? Eh bien non. Pour les écolos, ne pas penser, c'est bien. Nous autres des civilisations industrielles, nous sommes pervers. Comment disent-ils déjà ? « L'activité humaine. » Autant dire le mal à l'état pur. L'activité humaine, cause de tous les désordres. L'humanité, ce parasite sur la peau de la Nature, ils aimeraient tellement l'éradiquer !

Ces gens-là en veulent à la pensée, qu'ils méprisent. Bon ! Je ne nie pas les guerres, ni la bombe atomique, ni les aberrations industrielles, ni le danger du nucléaire. De là à déclasser l'humanité au profit de la Nature elle-même, il y a une marge !

En rentrant à l'auberge, Prem fait l'aumône aux mendiants. Ils sont groupés sur les gradins, en haillons, la main tendue, lépreux sans doigts, aveugles, infirmes, ou bien simplement vieux. Je lui fais observer que, pour ma part, je n'ai jamais voulu céder à cette coutume indienne.

– Vous savez qu'ils sont dans la piété en mendiant ? me dit Prem.

Naturellement. Je sais aussi qu'un Indien pieux se doit de leur faire l'aumône. Ce ne sont pas mes idées. J'ai toujours préféré la justice à la charité.

– Alors en attendant la justice idéale, vous ne donnez rien ? dit Prem, courroucé. Vous ne voulez donc pas partager ?

J'ai répondu que si et j'ai fait mes aumônes. Je n'en menais pas large. D'habitude, je ne cède rien, je réplique, j'argumente, on n'a jamais pu me river mon clou. Ici, c'est le contraire, j'obéis, je suis humble. Tout le monde a raison sauf moi.

– Voilà la dépression qui vous reprend, dit Prem. Si je ne peux même plus discuter avec vous, où allons-nous, Marthe ? Où allons-nous ?

Au fleuve, pour s'y noyer. Au fond, j'aimerais bien. Mais pour faire illusion, j'ai lâché une phrase, histoire d'impressionner Prem.

– Vous ne savez pas ce que c'est que l'âme, lui ai-je dit d'un air pénétré. Si j'étais Dieu, j'aurais pitié du cœur des hommes.

Il m'a lorgnée d'un air soupçonneux – c'est un malin.

– C'est de vous, cette phrase ? m'a-t-il dit.

J'ai avoué que non. Que j'ignore l'auteur et que ces mots me hantent. Il s'est lancé dans un discours comme je les aime, sur la nature de l'âme dans l'hindouisme, le Brahman qui n'est ni ceci, ni cela, ni Moi ni l'Autre… J'aurais dû apprécier, mais non. J'ai bâillé.

– Je vous ennuie ? a dit Prem. Parfait. Je préfère. Vous avez suffisamment trafiqué avec l'âme pour aujourd'hui.

Curieusement, j'ai fort bien dormi, enroulée dans les plis de la moustiquaire. Comme elle était trouée, j'avais par précaution vaporisé de l'insecticide avec une bombe locale, car je ne suis pas une nonne jaïne, moi.

Pas question de me laisser dévorer par des hordes d'insectes sous prétexte que ces monstres ailés sont mes frères et sœurs dans l'ordre naturel.

Théo

J'aide Mahantji à escalader les gradins, quand j'aperçois le couple infernal. Marthe et son psy. Mahantji les a vus, il s'appuie plus fort sur mes avant-bras, l'émotion, peut-être. Lorsqu'il arrive en haut des marches, il lève au-dessus de sa tête ses paumes jointes dans un salut immense, et Marthe, comme il se doit, se baisse jusqu'à toucher les pieds de son ami. Mais ça, c'est le début. Ensuite, ils s'agrippent par les mains, ils se sourient, ils se caressent du regard en silence et s'ils ne s'embrassent pas, c'est qu'il n'est pas séant qu'un grand prêtre baise la joue d'une femme en public. Ça dure. Personne ne moufte. Prem s'écarte discrètement. Jusqu'à quand vont-ils se bécoter des yeux ?

Quand il est rassasié d'amitié, Mahantji me fait signe et m'enlace.

– Votre neveu et moi nous avons travaillé, dit-il. Je n'imaginais pas qu'un jour, je reverrais l'enfant sous les traits d'un médecin écologiste ! C'est une heureuse surprise, ma chère Marthe. Je reconnais bien là votre influence…

– Je n'y suis pour rien ! se défend-elle. Au contraire ! Je n'ai pas de tendresse pour les écologistes ! Ils m'exaspèrent !

Il la fixe avec un tel étonnement qu'elle rougit.

– Excepté vous, bien sûr, dit-elle précipitamment. Mais vous, ce n'est pas pareil. Vous êtes d'abord un grand prêtre, un brahmane, et puis, un grand vivant…

– Un grand vivant ? Qu'est-ce que cela veut dire ? demande Mahantji, les yeux écarquillés.

– Oh, je ne sais plus, soupire Marthe en se cachant le visage dans son châle. Ne faites pas attention, Mahantji. Je ne vais pas très bien.

Il fronce le sourcil, il lui reprend la main. Et sans plus de précautions, il l'entraîne à l'intérieur de sa maison.

– Je crois qu'il a compris la détresse de Marthe, dit Prem. Nous n'allons pas les revoir de sitôt. Et si nous allions visiter ce laboratoire de dépollution si fameux ? Depuis le temps qu'on nous le montre à la télé…

Le bâtiment est minuscule, une simple pièce en longueur remplie d'ordinateurs et de dossiers. Sur un panneau blanc à l'extérieur, une fille en blanc écrit les résultats du prélèvement du jour. Typhus, choléra, résidus d'excréments, rien n'y manque. Je la vois de profil, elle a un joli nez.

Avec un feutre rouge, elle écrit à la main la mort sur un panneau, en se mordant les lèvres dans l'effort. Ce n'est pas une Indienne. Mains trop blanches, nattes rousses. Je me tiens derrière elle, elle transpire un peu. Elle sent bon.

– Attention ! crie Prem, garez-vous !

Et une vache déboule au galop. Maigre, haute au garrot, et rouquine, comme la fille, que je plaque au mur, qui tremble dans mes bras. Le sable gicle, la terre frémit, les sabots glissent, le pelage bouseux tache la fille en blanc, toutes cornes devant, elle passe, la vache, et je lui flanque une tape sur le cul.

Blottie contre moi, la fille se retourne et je vois ses yeux rire. Deux éclairs vert-orange à me tourner la tête.

– *Mera nam Renate hè,* me dit-elle en hindi. *My name is Renate,* je m'appelle Renate, *Ich bin Renate,* quelle langue parlez-vous ?

Raide dingue d'elle, je suis, dans toutes ses langues. Elle m'écarte gentiment, époussette la bouse, contemple les dégâts, secoue sa natte. Elle a des taches de rousseur sur les pommettes, et un petit diamant sur l'aile du nez. Puis elle me sourit, se sauve et disparaît au fond de la ruelle, sous la cage aux oiseaux.

Prem, qui n'en a pas perdu une miette, toussote et commence d'un ton sentencieux :

– Chez nous, la vache…

– Foutez-moi la paix avec ce sac à lait ! Ça n'a aucun respect pour les humains, ça vous écraserait comme un rien, ça vous a tous les droits ici et nous, aucun…

Je m'arrête. Prem tire une tronche de tous les diables.

– Prem ! Qu'est-ce que j'ai fait ?

– Ne dites pas « ça » pour une vache, franchement, c'est insultant ! Vous savez pourtant bien qu'elle est sacrée !

– Vous, Prem ? C'est pour rire ?

– Pas du tout, dit-il, plutôt raide pour une fois. Je ne crois guère aux dieux, je suis irréligieux, mais quand il s'agit de la vache, je ne ris plus. C'est ma seule part d'enfance, excusez-moi, j'y tiens. J'aime que les vaches soient libres et vagabondes, et qu'en ville, elles bousculent les gens. J'aime les voir s'arrêter sur les voies ferrées, embouteiller les rues, et semer la pagaille dans l'ordre établi. Enfin, Théo ! Ne me dites pas que vous préférez l'ordre ! Pas vous !

– Noon, je murmure sans conviction. Mais pourquoi seule la vache ? S'il faut que l'animal soit sacré, alors, qu'ils le soient tous !

– Vous ne comprenez pas, dit Prem d'un air pénétré. C'est dans sa peau…

– Que les dieux ont cousu le premier homme, je sais.

– Mais pas du tout ! L'homme est le seul animal dont la peau est entièrement nue ! La sienne – celle qu'il portait à la naissance –, il en a été dépouillé, pour recouvrir le corps des vaches. Il faut imaginer l'homme primitif bien protégé par un pelage épais. Son unique privilège, c'est de l'avoir perdu… Nous autres les humains, nous sommes tous des vaches sans pelage, voilà le vrai.

– Et vous allez me dire que la vache est votre mère, comme le Gange, et comme toutes les déesses. Trop de mères, mon vieux, ce n'est pas bon !

– À qui le dites-vous ! soupire-t-il. Mes patients me le disent tous les jours. Vous n'empêcherez pas que je suis un Indien, né dans la religion hindoue, un vieux petit garçon qu'une vache a nourri. Encore aujourd'hui, je suis incapable d'en manger, et quand je suis en France, mon Dieu, quelle horreur !

– Vous êtes végétarien, et nous ne le sommes pas. Qu'est-ce que ça peut vous faire si je bouffe un bon steak ?

– Cela me fait l'effet d'un cannibale, murmure-t-il. Toutes ces vaches que vous élevez dans vos champs, seulement pour les manger, elles sont bouffies, énormes, sans grâce ! Chez nous, les vaches ont une allure de top-model, maigres et sèches, un peu anorexiques. Je les trouve plus humaines.

– Parce qu'elles n'ont rien à manger ?

– Oui, je crois.

Silence. Passe une vache efflanquée, mère des affamés, une Indienne entre toutes.

– Elles produisent vingt fois moins de lait que les vôtres, mais notre production globale dépasse maintenant celle des États-Unis, reprend-il. Quand elles meurent de faim, pendant une sécheresse, c'est un long cauchemar, mais on ne les abat pas. Les paysans, qui n'ont pas le droit de les achever, les attachent à des piquets et les laissent beugler jusqu'à la mort. Ce cheptel sacré qui compte trois cent millions de têtes est un casse-tête économique dont nous tirons le meilleur parti, j'en suis conscient, mais nos vaches resteront libres et impunies. Vous n'empêcherez pas qu'aux oreilles d'un hindou, mal parler d'une vache, c'est mal parler de l'homme. Il y a de la sagesse là-dedans. D'ailleurs, vous m'y faites penser, je crois qu'il y a dans le quartier quelqu'un qui vous l'expliquera mieux que moi. J'espère ne pas me tromper !

– Ici ?

– Nous sommes bien à Tulsi Ghât ? Venez !

Je proteste qu'on ne peut pas abandonner Tante Marthe, qu'elle ne va pas tarder à ressortir, mais pfft ! Prem n'écoute pas, et sort un petit carnet de la poche de sa tunique. Sur l'une des pages, il y a un plan et un nom : Rajeev R. Sharma. Prem s'oriente en marmonnant, pose deux ou trois questions à un passant, et me tire par le bras.

– J'avais raison. C'est juste à côté, tenez, là, nous y sommes, dit-il en s'arrêtant devant la cour voisine. Restez en arrière. Je vous préviens, le bonhomme a l'air un peu fou, il ne faut pas vous arrêter aux apparences. C'est un grand érudit. Il paraît qu'il est difficile d'approche, mais vous ne regretterez pas. Attention ! N'avancez plus. Je vais voir s'il veut bien nous parler.

Au fond, une cahute rudimentaire en dur, trois vaches, plus un vieil homme en blanc appuyé sur sa canne. Broussailleux, yeux de braise, l'air furieux des yogis malcommodes. Et mon Prem qui le salue solennellement...

– Swamiji...

Allons bon, un swami. J'ai beau savoir que le mot désigne un sage respecté, je me méfie des faux prophètes, swamis et marabouts. D'ailleurs, ça ne loupe pas : le swami de Prem me fusille du regard.

– Il y a là un jeune homme qui voudrait apprendre la sagesse des vaches, dit Prem avec une politesse infinie.

– Un étranger ? dit lentement le vieux. S'il n'est pas né hindou, qu'est-ce que ça peut lui faire ?

– Il aime l'Inde, swamiji. Et il a l'esprit pur.

– On verra, dit le vieux, et, se raclant la gorge, il crache un jet de salive rouge.

Prem me fait signe de poser ma besace à terre et d'avancer. Joignant les mains, j'y vais de mon salut indien, « *Namasté, swamiji…* », ce qui ne mange pas de pain. L'autre, sourcils froncés, joint les mains à son tour en examinant ma tenue.

– Sandales, dit-il d'un ton rogue.

– Enlevez vos sandales, elles sont en cuir, chuchote Prem à mon oreille. Dépêchez-vous !

– Ceinture ! crie le vieux en levant sa canne.

– Ma ceinture ? Mais elle est en plastique !

– Ne discutez pas, dit Prem. Enlevez-la.

Je détache ma ceinture en pestant, et me voilà debout, en train de retenir mon jean trop grand, qui glisse. Qu'est-ce que j'ai d'autre en cuir ? Mon bracelet de montre ? Je préfère devancer le vieux, d'une main, je la dégrafe, hop ! dans mon sac, la montre et la besace, par terre. Ce swami ombrageux me flanque une frousse de tous les diables. L'ami Prem retient son souffle. L'œil du swami scrute mes vêtements, s'attarde sur la chaîne d'argent que j'ai au cou, me vérifie de fond en comble et soudain, s'illumine.

– Assis ! dit-il en s'installant sur le sol, jambes croisées.

On s'assied. Petites et blanches, les vaches du swami ont de beaux grands yeux noirs ornés de très longs cils. Des coquettes, qui se marrent. Le visage du vieux s'éclaire d'un grand sourire.

– Notre jeune ami me pardonnera mes manières un peu rudes, mais personne ne m'approche s'il porte du cuir sur lui. La peau de notre mère la vache n'a pas à servir d'ustensile à l'espèce humaine. Dans les vrais temples hindous, les prêtres ne laissent pas entrer le cuir tanné. Oh ! Je sais qu'il en va autrement dans certains lieux qu'on laisse se dégrader par négligence, mais pas ici. Je pratique l'adoration de la vache, moi. Et je m'en vais vous expliquer pourquoi.

– C'est justement ce que nous désirons, dit Prem.

– Soyez les bienvenus, dit le swami. Le centre de l'homme, voyez-vous, n'est rien qu'un excrément.

Encore ! Cela devient une obsession ! Pourquoi prêter l'oreille à ce délire ?

Mais le swami lève une main solennelle.

– Tss… On ne bouge pas, jeune homme ! Les textes sont explicites : « Le centre du Soi, c'est de la merde », *Taittiryia-Samhita* V, 3, 5, 2. Comment arrive-t-on à cette conclusion ? En passant par le Créateur de l'homme et de la vache. Vous ne savez rien de ces mystères. Écoutez ! Dans les temps anciens, nos autels comprenaient une minuscule figurine d'or représentant l'homme, *pasu*. Je vous le dis tout de suite, *pasu*, c'est le mot sanscrit qui veut dire « le bétail ». Cela, pour vous indiquer la direction. C'est que la construction d'un autel n'est pas une mince affaire : nous reconstituons le corps démembré du Créateur. Nous le reconstruisons avec cinq couches de briques crues, cinq couches entre lesquelles nous mettons de la terre, et dans la première couche, celle du bas, nous plaçons la petite statue d'or, qui est l'homme. Bon ! Mais quand nous parlons poliment de la terre meuble entre les couches de briques, nous désignons en réalité le fumier. Entre les couches de briques qui constituent l'autel, il y a le fumier du bétail, *pasu*. Et qu'est-ce que le fumier de l'homme ? Ce n'est rien d'autre que le déchet du sacrifice consommé sur cet autel.

Et alors, swamiji ? Je n'y comprends rien ! Est-ce que ça voudrait dire que l'homme est un déchet ?

– Lui, non, mais sa merde, oui, monsieur. Que sacrifiions-nous autrefois ? De l'homme, n'en doutons pas. De l'homme et d'autres têtes de bétail moins propices. Que ce temps soit révolu ne change rien à la métaphysique : au milieu du corps du Créateur et au milieu du Soi, l'élément qui comble les trous est l'excrément. Voilà pourquoi nous disons que le centre du Soi, c'est de la merde.

Pas le genre à plaisanter, le swami. Pas l'ombre d'un sourire. Les prophètes sont rarement des amuseurs et pourtant, l'œil pétille.

– L'essentiel demeure de comprendre la parenté entre l'homme et la vache, poursuit-il, l'index levé. *Pasu,* c'est le bétail, et c'est également l'homme. Vous avez compris ?

J'opine frénétiquement.

– Bien. Mais à la différence de l'homme, la vache est généreuse. Prenez son lait. Il n'est pas cru comme la sueur ou les larmes ! Le lait de notre mère la vache est cuit, et savez-vous par qui ? Par le dieu du Feu en personne, parce qu'il aime la vache et parce qu'il la féconde. Il est écrit dans les Veda : « Alors que la vache est crue, le lait en elle est cuit : car c'est le sperme d'Agni. Et c'est pourquoi aussi il est toujours blanc comme le sperme, que la vache soit noire ou rousse, et il brille comme le feu, car il est la semence d'Agni. C'est également pourquoi il est tiède quand on le trait, car c'est le sperme d'Agni. » Seule la vache contient en elle le sperme chaud d'un dieu. Comprenez-vous ?

Je comprends que téter du lait de vache, c'est sucer la queue du dieu du Feu. Il y va fort, le swami ! Mais si j'y réfléchis… Après tout, que la fellation d'un adulte rappelle la tétée du sein maternel, voilà qui n'a rien d'étonnant. Comme de juste, Prem le psy me glisse un sourire en coin. Histoires de grandes personnes.

– Le reste s'ensuit, poursuit le swami. La vache nous donne son lait, du lait, on tire le beurre, le caillé, toutes choses nourricières et remplies de calcium. Avec l'urine de la vache, très bon antiseptique, on désinfecte les sols de terre battue. Enfin, de ses bouses, on tire un excellent combustible.

– Qui ne dégage pas de CO_2 ?

– De quoi me parlez-vous, jeune homme ? Il s'agit des galettes de bouse de vache que les femmes font sécher sur les murs ! Le meilleur combustible, le plus naturel, renouvelable tous les jours, exemple parfait de recyclage ! Facteur dix, selon les excellents critères des écologistes.

– Oui, mais le CO_2 ?

– Je disais que la vache a pour l'homme cinq usages ! Cinq, comme les cinq doigts de la main, et comme les cinq éléments de la vache que nous mélangeons pour obtenir notre boisson sacrée, que les étrangers abominent à cause de la pisse et de la merde qui s'y trouvent au titre des composants. Comme si l'homme en était dispensé ! Son enveloppe matérielle est une chair comme une autre, vouée à décomposition, sans importance. Seule compte l'âme, qui s'incarne ici, ou là, selon nos vies passées. Pour nous autres, hindous, il n'y a pas séparation entre l'homme et l'animal, puisque l'âme-Brahman-Atman peut se réincarner à n'importe quel endroit de la chaîne des espèces. L'humanité n'a aucun privilège ! Aucun !

– Pas même le langage ?

– Quel usage en fait l'homme ? Alors qu'avec des mots, on pourrait conclure une paix, ce sont les armes qu'on entend. Des tirs, des bombes, des roquettes.

– C'est vrai, swamiji ! Chez nous, on dit qu'elles parlent, les armes.

Cela m'a échappé. Le bonhomme m'affole, il est cinglé, c'est sûr, mais là, il m'a touché. Ravi, il épaule un fusil virtuel, me vise et crie « Pan ! Pan ! » comme un gosse.

Une de ses vaches approche au petit trot, tend le cul, lève la queue et lâche une bouse énorme, à deux pas de lui. Le swami regarde l'insolente d'un œil attendri, puis il pointe un doigt sur moi.

– Êtes-vous français, jeune homme ? À ce que j'entends, oui. Au XVIIe siècle, l'un de vos philosophes les plus fameux a commis de bien tristes erreurs. Il a écrit que l'homme était désormais « maître et possesseur de la nature ». René Descartes était son nom.

– Notre Descartes à nous ? Celui qui inventa le « *Cogito* » ?

– Fâcheuse invention ! Affirmer que « Si je pense, je suis », rien n'est plus contraire à l'Inde ! Chez nous, tous les efforts de la pensée se concentrent sur l'anéantissement de la conscience individuelle, car le centre du Soi, c'est l'excrément. Je n'aime pas l'idée que l'exercice de la pensée ne serve qu'à affirmer l'existence de l'individu. Comment votre René a-t-il trouvé cela ?

– René ?

– Eh bien oui, quoi, Descartes ! Tout seul dans sa maison, près de sa cheminée, en solitaire, coupé de toute humanité, et voyant passer les gens par sa fenêtre, il choisit d'y voir des chapeaux, simplement des chapeaux, qui ne couvrent aucune tête ! Relisez la première des *Méditations métaphysiques* !

– Mais vous le connaissez par cœur, ma parole…

– Oui, figurez-vous, j'ai lu Descartes. Dans une vie antérieure, j'étais professeur de philosophie ailleurs, dans un de ces pays qu'on dit civilisés. J'en suis reparti le cœur vide, désolé d'avoir vu l'homme détruire le monde qu'il habite. L'homme, conscience individuelle, propriétaire de sa pensée, maître et possesseur de la nature ? Non ! Selon le Créateur, le centre de l'homme n'est qu'un déchet. Poubelle ! L'homme n'aurait pas dû se proclamer maître de la Nature. C'est sur ce retournement monstrueux que sont nées les pires inventions.

– Hiroshima, Nagasaki, bombes atomiques, dit Prem.

– Oui ! On aurait pu croire qu'après les centaines de milliers de morts en un jour, l'espèce humaine aurait réfléchi, mais non ! Le désastre continue. C'est en Europe, n'est-ce pas, qu'on a inventé de transformer les vaches en espèce cannibale ? De leur faire manger leurs propres ossements réduits à l'état de farine animale ? Et que s'est-il passé ensuite ?

– Une maladie mortelle est née.

– Et vous l'avez appelée la maladie de la « vache folle » ? Mais ce n'est pas la vache qui est folle, voyons, c'est vous ! Il ne fallait pas la forcer à se manger elle-même ! La chose ne pouvait demeurer impunie. Oui, vous êtes la proie d'une maladie mortelle, et ce n'est que justice ! Les vaches se sont vengées, voilà la vérité.

Ayant dit cela, le swami ponctue sa colère d'un deuxième jet rouge craché par terre. L'étrange personnage a beau m'impressionner, je ne vais pas me raconter des sornettes. Des vaches qui se vengent ! Un prof de philo recyclé en swami dézingué ? Et quoi encore ?

Tiens, je vais lui clouer le bec avec un chien de ma chienne, un argument de derrière les bûchers. On va rire !

– Swamiji, ce n'était pas la première fois qu'on fabriquait de la farine avec des ossements. Au XVIe siècle à Paris, pendant les guerres de Religion, les Parisiens se nourrissaient de farine fabriquée avec des ossements humains. La Nature n'a pas protesté !

– D'abord, vous n'en savez rien, répond-il. La médecine n'était pas si avancée à l'époque, et les archives n'étaient pas si bien faites qu'aujourd'hui. Qui vous dit qu'il ne s'est rien passé ? Ensuite, à cette époque, on n'avait pas touché aux vaches, et seules les vaches sont sacrées. Vous souriez ? C'est un tort.

C'est vrai que je rigole. C'est vrai, cela se voit. Le vieux n'est pas content, mais quoi ! Il débloque !

– Rapprochez-vous, dit-il d'un air mystérieux. Je vais vous dire un grand secret. Il y a une chose que vous ne savez pas : les âmes des vaches assassinées causent des tourbillons d'où sortent les massacres. Voilà !

Là, j'éclate de rire, c'est plus fort que moi. Prem me prend la main et me fait taire. Trop tard ! Le vieux se lève d'un bond. Ses vaches s'écartent en meuglant, apeurées.

– Vous me prenez pour un illuminé ! dit-il. J'ai beau être rugueux, je ne suis pas encore complètement fou. Examinons les faits. Après la maladie de la vache folle, n'est-il pas vrai que vos compatriotes ont réduit leur consommation de… de… Ah ! Je n'arriverai pas à le dire.

– Viande de bœuf, swami.

– Ces mots ne franchiront pas la barrière de mes dents ! Mais enfin, je le sais, les Européens consomment moins d'animaux. Ils ont compris la punition. Ils savent que la sagesse consiste à se nourrir de protéines végétales sans toucher à la vie des vaches. Bientôt, je vous le dis, l'humanité ne consommera plus une seule vache, et vos troupeaux paîtront comme les nôtres, tranquilles jusqu'à leur disparition naturelle. Fin des massacres. Les bovidés redeviendront ce qu'ils n'auraient jamais dû cesser d'être en Occident, des animaux sauvages vivant en liberté loin des villes. Prenez garde ! Sinon, les âmes assassinées feront surgir d'autres guerres ! Quand il y a un massacre d'humains, vous trouvez que c'est un désastre. Eh bien ! Pour nous, hindous, l'Europe tout entière se livre à une gigantesque tuerie de ces êtres qui nous semblent aussi précieux que nous. Croyez ou ne croyez pas aux tourbillons des âmes assassinées, mais reconnaissez avec moi que l'humanité d'aujourd'hui est moins carnivore qu'autrefois, et ce chemin est le bon !

– Il n'y aurait plus de guerres ?

Le vieux se lève. Il est si pénétré de sa foi, si majestueux que Prem et moi nous nous levons aussi, pour être à sa hauteur, ou du moins, essayer. Il n'a plus un seul trait de folie dans le regard.

– On peut espérer davantage, dit-il avec gravité. On apprendrait à ne plus tuer pour manger et, peut-être, dans un autre temps, on apprendrait à ne plus tuer les autres. Vous pensez que l'agressivité fait partie de la nature de l'homme, mais moi, je pense qu'elle tient au régime carnivore. Dans l'animal, chez vous, tout doit être rentable. Mais pour nous, la vache fait partie de la famille ; quand elle meurt, c'est une tragédie.

Le vieux m'impressionne. Il le voit, me sourit, me tend la main.

– Swamiji, excusez, en 1947, cela n'a pas empêché les massacres de la Partition chez nous, dit Prem. Encore aujourd'hui, il suffit qu'une queue de vache soit jetée dans l'enceinte d'un temple et l'émeute démarre.

– Je le sais, dit le vieux d'une voix forte. Et de l'autre côté, on jette une queue de cochon dans l'enceinte d'une mosquée. Je connais ces provocations modernes. On ne sait jamais qui jette la première queue, si c'est celle de la vache ou celle du porc. Mais ce que je vois, moi, c'est que, dans les deux religions, dans l'islam comme dans notre hindouisme, les textes sacrés désignent un animal que l'homme n'a pas le droit de consommer. Que le porc ait été interdit par le prophète Moïse pour des raisons d'hygiène, on le dit, mais je crois que c'est faux. Pour rappeler à l'homme qu'il appartient à la Nature, et non pas le contraire, il fallait un animal interdit. L'homme n'a pas entendu. Il est tombé malade ? C'est sa faute. Vous vouliez connaître la sagesse des vaches, jeune homme. Elle est simple : respectez les espèces naturelles comme votre propre espèce. Et je vous dirai plus, désor…

Ses yeux s'écarquillent, sa bouche s'ouvre. Il s'étouffe dans une quinte de toux. Prem se lève et lui tape dans le dos, rien n'y fait. Je me précipite, et j'entends des poumons qui sifflent. Merde, de l'asthme. Et je n'ai rien sur moi !

Je cours comme un dératé, je fonce chez le grand prêtre, Tante Marthe y est, qui pleurniche. Plus tard !

– File-moi ta Ventoline ! Vite, Marthe !

L'avantage, avec les yogis, c'est qu'ils savent retenir leur souffle pendant au moins dix secondes. « Inspirez, swamiji, retenez, expirez, inspirez… » Deux bouffées pour dilater les bronches, et le vieux reprend des couleurs.

– Cela m'arrive, murmure-t-il. Quand je m'énerve. Chaque fois, je m'imagine que c'est la fin.

– Ne parlez pas trop, swamiji. Vous avez une crise d'asthme. Vous êtes allergique à une substance, poussière, pollen ou débris d'animal, laine de mouton, plume ou…

– Poil de vache ? dit le vieux dans un souffle. Je m'en doutais. Elles se vengent ! Quand je vivais en Europe, il m'est arrivé de… Enfin, j'ai essayé…

– Taisez-vous, swamiji, dit Prem.

– J'avais fait cela par défi, poursuit le vieux. Je n'y suis pas arrivé. Impossible d'avaler.

– On ne brise pas un tabou sans danger, dit Prem, sentencieux comme à son ordinaire. Pour continuer à soigner vos vaches, il va falloir acheter le remède. Pour l'instant, je crains de devoir le reprendre, car c'est celui d'une amie très chère qui ne peut s'en passer.

Paniqué, le vieux serre contre lui le petit appareil. Par chance, Prem a toujours un carnet d'ordonnances sur lui. Pendant qu'il rédige, arrive Tante Marthe et elle a les yeux rouges.

– C'est à elle ? bougonne le swami en la voyant. La bouche de cette femme a-t-elle touché cet appareil ?

– Bien sûr que oui ! dit Prem, agacé. Oui, cette dame impure a touché de ses lèvres l'embout qui vous a sauvé la vie. Vous n'allez pas en faire toute une histoire !

– Parce qu'elle est étrangère, et hors caste ? rétorque le vieux swami. Pour qui me prenez-vous ? Je ne suis pas un abruti !

Et il s'incline devant Tante Marthe, profondément. Dans ses mains jointes, il tient le petit appareil, qu'elle prend délicatement, sans effleurer sa peau. Il sourit, lève ses deux mains jointes au-dessus de sa tête et, soudain, dressé comme un pigeon qui fait la roue, il est beau.

Ce que pensait Tante Marthe

Je n'ai pas compris pourquoi ce swami m'avait saluée avec une telle déférence. D'après Prem, ce hindou très rigide, qui vénère les vaches selon la tradition, aurait dû s'évanouir en comprenant que j'avais suçoté avant lui l'embout de mon inhalateur vasodilatateur. Il lui aurait fallu se purifier, selon la règle implacable qui oblige un brahmane à laver la souillure infligée par tout contact avec un non-brahmane. Mais pas du tout ! Rajeev – je veux dire le swami – n'avait pas l'air de se formaliser. D'ailleurs, il est savant, tout à fait sympathique, et nous avons causé comme de vieux amis.

C'est un ancien universitaire reconverti dans l'adoration de la vache depuis qu'il a pris sa retraite. Ces affaires bovines m'horripilent, il a dû le sentir, il ne m'en a pas du tout parlé. Il m'a raccompagnée jusque chez Mahantji, et là, sur la terrasse qui domine le Gange, il m'a récité des poèmes de Shelley. Moment béni ! Je n'ai plus pensé à mon chagrin. Mais alors, plus du tout. Au point d'oublier que Mahantji m'attendait chez lui ?

Oui. À ce point, c'est extravagant. Je dois comprendre. Récapitulons. Une heure auparavant, j'avais retrouvé Mahantji, qui m'avait faite entrer dans sa maison. C'est cela.

Mahantji ne m'a posé aucune question. Il m'a fait asseoir, et m'a regardée. J'ai pleuré comme une vache, si du moins les vaches pleurent. Et quand j'ai eu fini, il m'a parlé. De tout, de rien, des autres. Jamais de moi. Mais de Théo, beaucoup. Il le trouve agité, comme un qui a trop vu la guerre et ne s'en remet pas. Trop jeune, trop tendre encore pour un métier pareil. Moi qui voulais tellement parler de mon chagrin ! Ça n'intéressait pas Mahantji. C'est ce que je croyais.

Là-dessus, Théo est entré en coup de vent, m'a piqué mon inhalateur, je suis sortie sur ses talons, je suis partie avec Rajeev – je veux dire l'adorateur des vaches qui m'a si galamment saluée. Pendant qu'il me récitait du Shelley, j'ai complètement oublié Mahantji. Cela a duré... disons, une demi-heure ! Et j'ai repris conscience. Je suis vite rentrée chez Mahantji, qui m'attendait, debout, l'air inquiet.

– Puisque vous voici de retour, m'a-t-il dit, il est grand temps de parler de vous. Rasseyez-vous. Vous êtes venue seule, alors que vous étiez mariée – vous me l'aviez fait savoir par Internet à l'époque, votre message venait du Brésil. À votre âge, et vous connaissant, c'était l'un de ces mariages que, chez vous, on appelle d'amour, n'est-ce pas ? Ne me répondez pas, je devine. Comme vous le savez, chez nous, ce genre de mariage n'est pas familier. On se méfie de l'amour-passion, on préfère les mariages arrangés. Il en naît quelque chose comme de la tendresse, quelque chose qui ne peut être entamé, tandis que vous ! Je vous vois défaite. C'est la passion, je crois, qui vous ronge. Mais j'emploie un mot dont je ne connais pas le sens. Pouvez-vous m'expliquer ?

Et me voilà partie à définir les signes, mains moites et cœur qui bat, jambes molles, corps léger, et lui, il m'écoutait attentivement. Parfois, il approuvait – et ça, c'était troublant, puisqu'il ne connaît pas, m'a-t-il dit, la passion. Avec un bon sourire, il m'interrompit.

– Nous connaissons très bien ces signes, nous aussi, ma chère Marthe. C'est ainsi que nous sommes quand un dieu nous embrase. Devant une statue, ou devant une image, si l'amour nous foudroie, il nous vient du divin. De la même façon, lorsque nous trouvons enfin notre maître, son visage nous saisit d'amour, car le gourou, pour l'élève, est une divinité. Chez nous, on reconnaît son gourou quand, en le regardant, on a les mains moites, les jambes molles, on l'identifie au cœur qui bat. Sans aucune relation directe avec le sexe, et sans qu'il soit question d'une simple union terrestre. C'est tellement vrai qu'au moment de la cérémonie du mariage, pour stimuler les ardeurs entre époux, il est stipulé dans les textes anciens que la femme doit toute sa vie adorer son mari comme un dieu ! Sinon, comment pourrait-elle le chérir ?

– Mahantji, vous n'imaginez pas que je puisse approuver un tel asservissement !

– Dans les textes anciens, ai-je dit. Je sais bien qu'aujourd'hui il en va autrement, et que les Droits de l'homme exigent une parfaite égalité entre l'homme et la femme…

– Plus que vous le croyez ! Dans la Déclaration universelle des droits de l'homme, celle qui fut votée à l'ONU en 1948, l'un des articles précise que le mariage suppose le libre consentement entre époux… Le mariage arrangé est-il entièrement libre ? Qu'en dites-vous, Mahtanji ?

– 1948 ? À l'ONU ? Vous êtes sûre ? Il y a longtemps que je soupçonne ces théories d'infirmité majeure. Elles boitent ! Elles sont issues de l'Occident ! Nous sommes très attachés à l'ONU, chez nous, mais vous ne prétendez pas nous imposer votre mariage d'amour, j'espère ! Allons, Marthe, un effort. Voyez comme l'amour-passion entre humains les détruit. Sortez de vous-même, arrêtez de souffrir !

– Je voudrais bien ! Par malheur, je suis d'Occident, moi. Je ne vois pas comment changer de lieu de naissance !

– Il y a un moyen. Faites le vide en vous. Creusez en vous un trou qu'on ne peut pas remplir, et plongez-vous dedans. Expirez…

– Cela ne prend plus ! Je ne suis plus une enfant !

Je crois que j'ai crié. J'étais exaspérée. Ces vieux trucs qu'il avait appliqués autrefois à Théo, je les connaissais sur le bout du doigt. Ils ne marchent pas sur une vraie douleur, en tout cas, pas la mienne. Ces topos surannés, ces bêtises de yogi ! Je ne supporte plus.

Mes cris ont effrayé une famille de singes qui s'est ébrouée dans les branches du banyan. Mahantji est sorti de chez lui, il a péniblement descendu les marches qui séparent sa maison de la vaste terrasse, et je l'ai vu s'asseoir sur le rebord. J'ai couvé ma colère et me suis approchée. Pas un seul mot. Silence. Je lui ai tapoté l'épaule, et il s'est retourné. Ses yeux tristes brillaient à contre-jour.

– Ça ne fait rien, a-t-il dit. J'aurai essayé.

Il s'est mouché très fort, en essuyant soigneusement sa moustache blanche. Je me suis trouvée bête et lui aussi, je crois. Nous sommes restés longtemps à regarder le fleuve scintiller au soleil. Je me suis calmée peu à peu. Et quand nous avons respiré à l'unisson, j'étais en paix. Il a encore attendu un peu, pour être sûr, et il a disparu, je ne sais pas trop comment.

Soudain, il n'était plus là et j'étais bien toute seule, pour la première fois.

Théo

On s'est inquiétés pour elle. Finalement, on l'a trouvée sur la terrasse, absorbée dans la contemplation du fleuve, parfaitement immobile, parfaitement tranquille. Je ne sais pas ce que son ami grand prêtre lui a fait, mais il a réussi ! Ce soir, Marthe semble heureuse. Sans un mot, elle s'est arrachée au spectacle du Gange et elle a pris le bras de Prem, stupéfait.

– Vous allez bien ? a-t-il demandé avec inquiétude.

Elle a fait signe que oui, tout à fait bien, merci. Je les ai vus s'en aller bras dessus, bras dessous et, comme il était tôt, j'ai tardé sur les quais jusqu'au soir. J'aime flâner et j'en avais assez de ces vieux pérorant sur les vaches et le monde. La solitude, c'est bien, surtout la nuit tombée, et là, c'était parfait. Bruits de lune, clapotis sur les eaux – un dauphin qui saute ? – un soupir endormi, un bébé qui braille, une toux, un singe dans les feuillages… Et une présence assise sur les marches.

Reflets d'or pâle sur cheveux roux. La lune sur une fille au regard vert-orange. Et le petit diamant scintille sur l'aile du nez. Renate, au naturel, ses yeux brillants dans la nuit bleue.

Lorsque j'ai pris sa main, elle s'est laissé faire. À bouche que veux-tu, un peu plus difficile, elle disait « Attention ! Ici, les gens sont très pudiques » mais j'ai forcé ses lèvres et elle n'a plus rien dit. Tout en la caressant, je ne cessais de penser « Tu vas baiser une fille à Bénarès », j'allais sortir mon préservatif et j'étais fou d'orgueil, quand elle a bondi sur ses pieds. « Pas comme ça, disait-elle, pas comme ça, pas ici… » Elle s'est rajustée puis elle s'est rassise. Souffle court, oppressé, et moi, stupide avec mon envie d'elle.

– Comment tu t'appelles ? a-t-elle dit.

On a parlé longtemps, tout bas. On a échangé nos familles. Ma maman grecque, sa maman juive. Son père entrepreneur en bâtiment, mon père, sa sicklémie, nos mères profs de lycée. On a croisé nos vieilles persécutions, le nazisme qui tua ses grands-parents, la dictature des colonels en Grèce. Elle est biologiste, et moi, médecin. Elle est ici pour travailler sur la pollution des eaux, et moi pour mon concours, mais on n'a presque pas parlé d'écologie. On avait mieux à dire, et beaucoup mieux à faire.

À l'approche de l'aube, j'ai pu passer mon bras autour de ses épaules, elle avait un peu froid, j'ai sorti un pétard. Je l'ai raccompagnée sans lui prendre la main, je ne l'ai plus touchée, et elle me frôlait, c'était mille fois mieux. Elle habite une maison d'hôte juste en face de chez Mahantji. C'est là que je l'ai laissée, au moment où le gris du jour posait sur ses taches de rousseur un peu de bleu.

La fidélité n'est pas mon fort. Ce n'est pas la première fois que je croise une fille à l'autre bout du monde. Généralement, vite fait bien fait, sans conséquences. Cette fois, je ne sais pas. C'est sûr, je ne l'ai pas eue. Je préfère, à tout prendre. Avoir, c'est dégoûtant. Comme chaque fois que j'ai envie d'une fille, j'ai voulu passer un coup de fil à Bozzie, mais le téléphone ne fonctionne pas à l'hôtel – forcément. C'est bizarre, mais je suis soulagé.

Au petit déjeuner, Marthe me reluque à fond.

– Où as-tu donc passé la nuit ? dit-elle en me jetant un regard de travers. On dirait que tu sors des bras d'une fille !

– Exact, dis-je en mâchant ma galette. Elle s'appelle Renate et elle est allemande. Elle est étudiante en biologie. Vous l'avez vue hier, vous savez, la rouquine qui bosse avec Mahantji, au labo.

– Ah oui ! dit Marthe. Très belle, beaux cheveux roux.

Marthe ! On dirait un maquignon sur un foirail !

– Vous n'avez pas fait ça sur les quais ? dit Prem.

– Si.

Les deux vieux se regardent, interloqués. Va falloir botter en touche, sinon…

– Je vous fais marcher ! C'est une blague ! On arrête !

Détente. « Ah bon ! », dit l'un. « Espèce de galopin ! », dit l'autre. Rassurés. Le petit n'a pas fait de bêtises. Et quand tout est à peu près calmé, qui se pointe ?

Elle. Renate, en kurta-pyjama rose shocking, un châle sur les épaules, un dossier sous le bras. Tranquille, elle s'assied avec nous, papotant. Et me prenant la main pour l'embrasser. La tête de Tante Marthe !

– Je suis venue aider Théo pour son dossier, dit Renate, le front haut. Quand vous aurez fini le petit déjeuner, on prendra cette table pour travailler. J'ai des piles de rechange pour son ordinateur, et j'ai pris mon dossier, pour les statistiques. Tout est là. On en a pour deux heures, pas vrai, Théo ?

Mes deux vieux s'éclipsent sans moufter.

On a fait le dossier « Dépollution du Gange à Bénarès ». Puis, de fil en aiguille, on a traité aussi les pollutions chimiques dans d'autres coins de l'Inde, au Gujarat, où les produits toxiques déversés dans les fleuves ont rendu les chiens verts – « verts comme la mousse », dit-elle. Renate m'a expliqué comment le Taj Mahal, ce chef-d'œuvre de marbre aussi visité que les pyramides, avait été l'enjeu d'une guerre entre les usines installées sur les rives de la Jamuna, au bord du monument, et tous les autres, conservateurs de musées, historiens, défenseurs du tourisme, simples visiteurs. Et pour cause ! Le marbre jaunissait. Jusqu'au moment où, dans les années quatre-vingt-dix, un petit juge entêté a tranché. Dehors, les usines ! Elles ont déménagé.

– Mais Renate, ce n'est plus une affaire de pollution d'un fleuve !

Et elle, tranquillement, m'explique que si, bien sûr, puisque les usines ont profité du fleuve qui longe le Taj Mahal pour en faire leur poubelle, c'est si pratique, pour jeter les déchets, ça s'en va au fil de l'eau, la mauvaise mousse. Et qu'en outre, la Jamuna se jetant dans le Gange à l'endroit appelé Sangam, près de la ville d'Allahabad, le fleuve qui borde le Taj Mahal est aussi sacré que le Gange, notre mère. Rebelote.

Quand on en est arrivé aux vaches, elle a ri.

– Je connais ce swami. À la mort de sa femme, il s'est fait renonçant. Il ne s'est pas remis de son deuil. Le matin, il achète des kilos de bananes et va nourrir les vaches dans la ville. Ça les change du papier journal et des ordures.

– Il a l'air terrible !

– Il n'est pas méchant. On l'aime bien dans le coin. Ici, un fou de plus ou de moins… Le plus drôle, c'est qu'il ne sait pas de quoi il parle. Ses chères vaches polluent l'air. Tu te demandes comment ? Avec leurs flatulences.

– De simples pets de vache ? Mais tu plaisantes !

– Pas du tout. On s'en est aperçu récemment, les troupeaux émettent tant de méthane qu'ils aggravent l'effet de serre ! Comme les rizières. Le riz, en poussant, dégage du méthane. On l'a mesuré, Théo. On a même pensé à un impôt.

– Une taxe sur le prout, attends, c'est impossible !

– On y a renoncé. Pour les rizières aussi. Et la Nouvelle-Zélande s'apprête à imiter l'Australie, qui a mis au point un vaccin contre les flatulences des troupeaux, bovidés, caprinés, et bêtes à crottin. Même chose pour les rots. Alors, pour la perfection sacrée de notre mère la vache, tu repasseras !

Savante Renate. C'est elle qui m'a appris l'existence des

Sewa, une coopérative de femmes indiennes inspirées par Gandhi. Artisanat, alphabétisation, bonne organisation, formation permanente, training audiovisuel…

– Le Mahatma n'aurait pas apprécié ! dis-je en me souvenant de ce que dit Prem sur l'hostilité du cher grand homme au monde moderne.

Renate hausse les épaules. Les femmes de Sewa ne sont pas dogmatiques et, de toute façon, les coopératives de femmes sont la seule solution pour les sortir de la misère. Elles fleurissent en Afrique sous le nom de tontines, au Bengladesh où…

– Tu connais certainement le nom de Mohammed Yunus, me dit-elle. N'est-ce pas ?

Moi, gêné, je bafouille. Non, je ne connais pas.

– Ah, dit-elle avec un léger soupir. Ça va être un peu dur. Sur les champs de bataille, on n'apprend pas cela. Alors, écoute. C'est un Bengladeshi génial qui a compris qu'en prêtant aux plus pauvres des femmes, on était sûr qu'elles rembourseraient et qu'elles investiraient. Il a fondé un réseau de banques qui prêtent de petites sommes uniquement pour les femmes qui ont de petits projets.

– La Grameen Bank ?

– Tu vois que tu savais, dit-elle avec tendresse. Ne te fais pas plus idiot que tu n'es. Tu sais sûrement aussi qu'en éduquant les filles, elles de préférence, on est presque certain de faire progresser le sous-développement, et que…

– Non, Renate ! C'est faux ! On en est revenu !

Et ça n'a plus marché entre nous. Elle tient mordicus pour une vieille théorie datant de Mathusalem, selon laquelle l'éducation des filles sauverait le tiers-monde. Logique, mais erroné. Souvent, les mères transmettent aux filles les pires des coutumes – « Tiens, Renate, l'excision, c'est une affaire de femmes ! Ce sont les mères qui l'exigent ! Mais non, Théo, ce sont les pères ! Le patriarcat seul est responsable ». Et on s'est chamaillés.

– Bon, ai-je dit après un long silence. On ne va pas se battre pour si peu.

– Pour si peu ! Tu plaisantes ! Les femmes, les hommes, excision, circoncision, il y a de quoi flanquer le feu à la moitié du monde, Théo !

– Donc tu es féministe.

– Parce que tu ne l'es pas ? Je croyais que les écologistes étaient tous féministes !

– D'accord, d'accord ! Je n'ai rien dit.

Renate a vingt-quatre ans, un peu plus jeune que moi. On bosse comme des anges. Et quand on a fini, elle m'entraîne dans ma chambre. Point-barre.

Demain, nous quittons l'Inde. Entre deux baisers, j'y pense. En pénétrant sa douceur, j'y pense. Quand elle s'endort dans mes bras, j'y pense. Demain.

En fin d'après-midi, j'ai retrouvé mes vieux. Perplexes, précautionneux.

– Tu as passé un bon après-midi ? dit Marthe.

– Ah ! fichez-lui la paix ! dit Prem.

– Mais qu'est-ce que j'ai dit de mal ?

– Très bon après-midi, ma tante. Le dossier Bénarès est bouclé.

– Et Renate, où est-elle ? dit Marthe.

– Partie prendre une douche et se changer.

– On part toujours demain ou quoi ? demande Prem.

– On a nos réservations d'hôtel à Tachkent pour après-demain ! On n'a pas le choix, bordel ! Vous le savez bien !

– Ne t'énerve pas comme ça, s'il te plaît, dit Marthe. Et sois poli. Moi, je la trouve très bien, cette fille. N'est-ce pas, Prem ?

Il se garde de répondre. Pas fou. Je vois où Marthe veut en venir. Elle va me proposer qu'on emmène Renate, et qui paiera ? Elle, bien sûr, ma richissime tante. Ah non ! Cela suffit !

– Et si on l'emmenait ? dit-elle, comme de juste.

J'ai dit non par bravade. C'est malin ! J'étais tellement furieux que je les ai plaqués et j'ai rejoint Renate, en courant sur les quais. Me suis cassé la gueule sur ces bon Dieu de marches, suis arrivé saignant, à cause des écorchures. Renate m'a nettoyé, elle a mis un pansement, puis elle s'est blottie contre moi. Le con !

J'ai pleuré avec elle, et on s'est séparés.

Allez savoir comment Tante Marthe s'y est prise. Nous sommes dans l'avion pour Delhi, et nous sommes quatre. Sur le siège d'à côté, Renate s'est endormie. Le plus dur, j'imagine, a été de trouver un billet Bénarès-Delhi en quelques heures, mais pour ça, pas de doute, Tante Marthe est géniale. Elle est juste devant moi à côté de Prem. Ils bouquinent chacun dans leur coin. Je crois que Marthe va mieux.

Les mers sont malades

Marthe fait une rechute. À peine avait-on atterri à Delhi que, dans la salle d'attente rudement climatisée, elle s'est remise à suffoquer de plus belle. Je voulais retarder le départ pour Tachkent, mais elle n'a rien voulu entendre et nous sommes repartis, elle avec sa toux sèche, un mouchoir sur le nez pour les étouffements et son petit flacon calé dans l'autre main.

– Il n'y a… pas… de pollution à Tachkent, m'a-t-elle dit en hoquetant à fendre l'âme. J'y serai mieux qu'à Delhi.

– Ne la contrariez pas, a chuchoté Prem. Les villes de plus de quinze millions d'habitants ne lui valent rien. Trop de monde, trop de foule. Je la soupçonne d'être un peu agoraphobe. Moi-même, d'ailleurs…

– Qu'est-ce que vous voulez dire ?

– Rien, rien.

Depuis, il ferme sa gueule obstinément. On est arrivés à Tachkent, les platanes rayonnent, le ciel est bleu, c'est une vraie ville avec des trottoirs, des avenues bordées de très grands arbres, des jardins, des kiosques, des mosquées, un vieux quartier de maisons en pisé blanchi à la chaux, des tavernes sous les tonnelles au bord de l'eau, des tas d'ordures, des canaux, un petit pont, des rideaux aux fenêtres, des oies et même un opéra. Un vent aérien nettoie les vastes rues et Prem se tait, comme s'il avait peur. À vrai dire, je m'en fous, moi, j'ai Renate.

Dans la salle d'attente, Renate est sortie un moment, et cette chipie de Marthe ne m'a pas loupé. « Comment s'appelle-t-elle déjà, ta chérie parisienne, l'écolo pure et dure, Bozicka, c'est cela ? » Je l'aurais bouffée. Mais je me suis promis d'appeler de Tachkent, enfin, si j'ai le temps, si le téléphone passe et merde ! J'appelle si j'ai envie. D'ailleurs Renate non plus n'est pas libre.

Installation à l'hôtel à la nuit tombée. Du soviétique pur jus. L'Ouzbékistan a retrouvé l'indépendance en 1991, mais treize années plus tard, l'empreinte coloniale reste dans l'hôtellerie. Déco marronnasse, lumières défaillantes, style pompeux et chic, version Gorbatchev, on a brossé des fresques folkloriques et mis des cristaux modernes pour faire joli. Les mecs ont le genre hommes d'affaires, et les filles sont années cinquante, grand saut dans le passé, colonisation pas finie. Salle à manger lugubre, service solennel, soubrettes coiffées de blanc, on rêve !

– Dieu, que c'est triste ! soupire Tante Marthe. Je ne connais personne en Ouzbékistan. Aucun ami ! Comment vas-tu te débrouiller ?

Tout seul comme un grand.

Pour une fois, Marthe n'a pas les moyens de me venir en aide. Quelle chance ! Je me suis bien gardé de dire que tout est prêt. Sur les conseils de l'attaché humanitaire, j'ai réservé une voiture avec chauffeur, parce qu'en Ouzbékistan, ça barde. Pas partout, pas tout le temps, mais les islamistes djihadistes posent souvent des bombes, et font de l'agitation dans la vallée du Fergana. Parfois, ils dynamitent la banlieue de Tachkent. Marthe ne le sait pas. Renate, si. On s'est jurés qu'on ne lui dirait rien, et à Prem non plus.

– Je ne sais pas comment on va se déplacer, j'espère qu'on est armé ! dit le sombre Prem. Parce qu'en cas d'attaque…

Tante Marthe blêmit et me saisit la main.

– Attaque de quoi, Théo ? Des bandits ? La mafia ?

– T'inquiète, Marthe. Des talibans sous surveillance.

– Des talibans ? dit Prem. Pas seulement ! Vous avez également des cheikhs wahhabites venus d'Arabie Saoudite ! Ils prêchent le djihad depuis des années ! Ils veulent déraciner le soufisme d'ici ! Toute l'Asie centrale est en proie à cette guerre énorme entre les djihadistes et l'Occident, et nous, les autochtones, nous sommes vos enjeux !

– Mais vous êtes un Indien, dit Renate. Pas un Ouzbek ! Pourquoi vous sentez-vous pris dans cette affaire ?

– Je suis déjà venu il y a quelques années, dit Prem. Et j'ai été saisi dès la première seconde. Neuf siècles de l'histoire de mon pays viennent d'ici. C'est à Samarkand, avec le grand Tamerlan, qu'est né l'empire des Moghols. Même dans cette capitale d'allure moderne, j'ai la sensation de rendre visite à de lointains grands-parents.

– Ne dites pas n'importe quoi, dit Marthe. Vous êtes hindou !

– C'est pire ! Si j'étais musulman, je me sentirais fier de retrouver l'origine d'un glorieux empire. Mais pour un hindou, même incroyant comme moi, c'est une sorte d'humiliation… Je ne peux pas vous expliquer.

– Prem, vous n'avez pas honte ? gronde Marthe. Vous qui êtes un modèle de tolérance, vous vous laissez aller à ces enfantillages ? L'empire moghol a disparu au XIXe siècle ! Parlez-moi des Anglais qui vous ont colonisés jusqu'en 1947, je veux bien, mais les Moghols, non !

– Être psychanalyste, dit Prem, c'est savoir reconnaître ses émotions. Avant les Britanniques, les Moghols ont colonisé l'Inde. C'est idiot, je le sais, méprisable, j'en conviens, mais je ne suis pas arrivé, la première fois, à me débarrasser de cette vieille honte.

Voilà pourquoi Prem tirait la tronche. Renate et moi on se

regarde. Nous ne vivons pas dans le même monde. La France a été occupée, l'Allemagne a été occupée, mais nos pays n'ont pas été colonisés.

– Il y a autre chose, murmure-t-il. Un jour, il y a longtemps, j'étais avec l'une des petites-filles de Rabindranath Tagore, notre grand poète bengali. En digne héritière de son grand-père, cette Indienne qui est de mes amies avait le cœur humaniste. Nous avions décidé de visiter un sanctuaire soufi, à Ajmer, dans le Rajasthan. Les sanctuaires soufis sont largement ouverts aux non-musulmans, mais comme nous approchions à pied paisiblement, j'ai senti mon amie, nettement plus âgée que moi, trembler à mes côtés. Elle m'a dit : « Je ne peux pas, Prem. Ils vont sentir que je suis hindoue, ils vont le savoir… »

– Ils, qui ça ? dit Renate.

– Les musulmans, dit Prem dans un souffle. Adolescente, elle avait assisté aux émeutes de 1946, quand Mohammed Ali Jinnah, le leader de la Ligue musulmane, avait lancé un « Direct Action Day » qui fit près de six mille morts hindous à Calcutta, alors, vous comprenez… Nous avons tourné les talons. Je n'étais pas fier de moi. Mon amie m'avait refilé sa vieille peur. Depuis qu'elle est morte, j'y pense. En Ouzbékistan, ils sont tous musulmans !

– Non, dit Renate. Il y a aussi des citoyens ouzbeks d'origine russe. Trente pour cent à Tachkent, tout de même !

– D'anciens coloniaux, dit Prem en haussant les épaules. Ça ne compte pas.

– J'avais un ami tatar, dit Tante Marthe, dont la famille avait été déportée de Crimée, et qui a décidé de retourner dans son pays natal. Mais je ne sais plus quand ils avaient été déportés, ni par qui.

– Par Staline ! dit Prem. En 1943. Après les Cosaques, liquidés en 1920, ce fut le tour des populations de Crimée.

– Oui, eh bien, ça suffit ! crie Tante Marthe. Tatars, Russes, Ouzbeks, musulmans, hindous, je m'en fiche ! Je ne veux plus entendre parler de communautés ! Je vous trouve insensé, Prem ! Vous me décevez !

Elle fulmine, si fort qu'elle s'étouffe. Inhalateur, embout, dix secondes, hop ! Et ça repart.

– Maintenant, j'aimerais savoir ce qu'on risque, dit-elle en retrouvant son souffle.

J'expose. On évalue. Trois jours de route jusqu'à Noukous, capitale de Karakalpakie, région autonome située sur le bord de la mer d'Aral. Moi, je sais pourquoi, entre toutes les mers, j'ai choisi celle qui a été bouffée par le coton, mais ce n'est pas le sujet du jour. On s'arrêtera d'abord à Samarkand, puis à Boukhara et enfin à Khiva. Routes très touristiques, donc, surveillées. Danger pratiquement nul. Alors, Prem ?

– Je ne sais pas, lâche-t-il. La première fois, j'étais venu à Tachkent pour un congrès. Dites-moi seulement que nous sommes armés, et tout ira bien.

– À la fin des fins, oui ! je crie. Je suis armé ! Content ?

J'ai dit cela pour qu'il ne pose plus de questions. Bien sûr, je n'ai pas d'armes. Ah si ! Mon couteau suisse. Mais Prem s'en tient là. Quelle terrible peur !

C'est ce que l'on s'est dit au lit, Renate et moi. Elle était tiède comme un chaton, tiède comme le centre de l'autel hindou. Je n'ai pas eu envie d'appeler Paris.

Le lendemain, arrivent nos deux chauffeurs. Alexis, un Russe taciturne, flanqué d'Houdaïcoul, Ouzbek pur sucre, disert et rondouillard. Mais avant de partir, Tante Marthe veut aller au marché de Tachkent. « On ne connaît pas un pays si on ne va pas au marché », dit-elle.

– Justement, le Président l'a rénové, dit Houdaïcoul avec empressement. Dans le style timouride, avec de belles coupoles. C'est le marché Chor Sou.

On roule dans des avenues staliniennes bordées de hauts logements lugubres en béton gris. Par endroits, des maisons à colonnes ont un air romantique.

– Ah ! Des maisons XIXe, dit Marthe. C'est mieux.

– Justement pas, dit Houdaïcoul. Ce sont des bâtiments construits par Staline avant 1950. Tandis que les autres ont été construits par Brejnev, après le tremblement de terre de 1966. Ces habitations sont toutes d'origine russe. Et là, sur le côté, vous voyez une statue géante de Timour le Boiteux, que vous appelez Tamerlan. À la place de Lénine, le Président a partout remis un Tamerlan.

– Père de Babour, premier empereur de l'Inde moghole, dit Prem d'un ton pincé.

– La barbe, lui dit Marthe. Au Bengale, les musulmans étaient là bien avant les Moghols, alors taisez-vous, Prem, une bonne fois.

– Justement, dit Houdaïcoul, le grand Tamerlan avait l'habitude de dire : « Que ceux qui doutent de notre force viennent contempler nos monuments ! » C'est pour cette raison que le Président a fait reconstruire ce grand marché.

Immense, et carrefour des peuples de la Terre. Nous sommes dans Babel qui aurait réussi, une tour idéale carrelée d'azur, plantée de saules. Au pied des grands degrés qui montent sous les coupoles, des paysannes vendent les produits des champs. Femmes en tunique et pantalon bouffant, fichu russe et fleuri noué sous le menton, marchands de raisins secs, d'amandes, de fruits confits, poissons séchés, riz blanc, radis géants, concombres, carottes jaunes, citrons couleur orange, filles en jeans, cheveux blonds, filles couvertes, cheveux roux, et là, soudain, tout un pan du marché Chor Sou occupé par des femmes d'Extrême-Orient.

Cheveux raides, yeux bridés, joues rougies, fichu russe noué sous le menton. Chinoises ? Japonaises ?

– Justement pas, dit Houdaïcoul. Nous avons chez nous plusieurs centaines de milliers de Coréens. Ils sont spécialisés dans les légumes marinés. Voulez-vous goûter ? C'est très bon.

D'autorité, il pioche des carottes découpées en formes de fleurs et nous les tend. Aigre-doux, délicieux. Juste en face, Houdaïcoul picore une poignée de raisins secs et dorés, les teste, et nous les donne à grignoter. Marchands ravis. On veut payer, mais non ! Grands sourires. Houdaïcoul s'empiffre.

– Justement, il y a de petits restaurants populaires, si vous avez envie d'essayer…

On prend place sur des tabourets de fortune autour d'une table de bois lavée à grande eau, dans l'entassement joyeux d'un marché en Asie centrale. Viande de mouton bouillie et riz pilaf, salami-confiture de cerises, jeunes pousses d'oignon, ail nouveau et thé à volonté. Aucune tension. Blonds et bruns mélangés. Avec fichu ou pas, avec calot ou pas. Prem se détend. Et devant Alexis qui n'en perd pas une miette, Houdaïcoul raconte.

L'affrontement entre l'Asie centrale et la Russie dure depuis la fin du Moyen Âge. La vraie conquête des terres d'Asie centrale commence sous le tsar Pierre le Grand et s'achève au XIXe siècle, avec la création du Turkestan russe. À partir de 1917, les soviets découpent le Turkestan en cinq républiques socialistes soviétiques, parmi lesquelles l'Ouzbékistan, qui sert de poubelle pour déportés. Le tout noyé dans la grande Union, « Soyouz ».

Dictature de Staline. Pendant les années trente, sont déportés à Tachkent trois cent mille Coréens, autant de Tatars de Crimée, sans oublier les Allemands. Ne parlons pas des Russes, ils sont partout, exilés, déportés ou simples coloniaux. Athéisme et matérialisme de rigueur : si l'on ne fréquente pas les Maisons des Athées, on n'aura ni sucre ni farine. En 1943, pendant la Conférence de Téhéran, sur pression des Alliés anglais et américains, Staline lâche un peu de lest et accorde les libertés religieuses. Quoique très contrôlé, le soufisme, installé depuis le XIVe siècle, renaît immédiatement.

– Justement, acquiesce Houdaïcoul. Quand j'étais écolier, les maîtres profitaient du Ramadan pour nous humilier… Ils obligeaient les petits musulmans à boire une gorgée d'eau avant d'entrer en classe. Comme ça, on était sûr d'être fautif, on passait de mauvaises journées. Et pour les cérémonies, on était obligés de se cacher. Eh bien, ça ne nous a pas empêchés d'être croyants ! Pas vrai, Alexis ?

La bouche pleine, Alexis, qui est russe orthodoxe, opine vigoureusement.

– Pour l'instant, ça va, poursuit Houdaïcoul. Évidemment, on n'est pas très tranquilles avec les djihadistes, mais on en a tellement vu par ici… Les Allemands sont repartis, les Tatars également, mais les Coréens ont fait souche. Et d'ailleurs les Tatars, on en voit qui reviennent… C'est un tel paradis, vous verrez !

– Pas d'affrontement entre Russes orthodoxes et musulmans ? dit Prem, l'air sceptique.

– Ma foi, non, dit Alexis en s'essuyant les lèvres. Moi, je ne me sens pas russe, je suis ouzbek, c'est tout. Et je ne pratique aucune religion, c'est plus commode.

– Dites voir, monsieur Prem, on n'est pas en Inde ! proteste Houdaïcoul. C'est chez vous qu'il y a des affrontements entre communautés, c'est en Inde que les hindous égorgent les musulmans !

Prem se lève d'un bond. Je sens que ça commence à chauffer sérieusement. Marthe intervient. Pas comme je le voudrais.

– Tu vois, Théo, l'Inde aujourd'hui, c'est comme la France dans les années soixante, dit-elle. Quand la police française tuait les « ratons » en les jetant à l'eau du haut des ponts sur la Seine. Ça s'appelle le racisme. N'est-ce pas, Prem ?

– Je ne sais même pas qui étaient les « ratons », bougonne-t-il.

– Des musulmans, mon vieux ! Des Algériens ! On a connu cette haine chez nous ! Quand allez-vous débarrasser l'Inde de cette plaie ?

Ça ne chauffe pas, ça brûle.

– L'Inde est la plus grande démocratie du monde ! Nous avons des élections libres, nous, pas comme en Ouzbékistan ! Nous n'avons de leçons à recevoir de personne !

– Mais la démocratie s'accommode très bien du racisme, dit froidement Tante Marthe. En 1933, ce sont des élections libres qui ont poussé Adolf Hitler au pouvoir. Demandez donc à Renate, qui est allemande !

Renate se serre contre moi timidement. Je prends sa main, je l'embrasse sous l'oreille, allez, vas-y, ma grande ! Un cours d'histoire !

– Madame Marthe a raison, dit-elle en affermissant sa voix. Nous autres écologistes, nous pensons que la démocratie formelle n'est pas suffisante. C'est vrai, monsieur Prem ! Toutes les lois anti-juives ont été adoptées avec l'assentiment du peuple allemand ! En Union soviétique, la Constitution était tout à fait démocratique sur le papier... On a vu le résultat ! Vous ne pouvez plus vous contenter de dire que l'Inde est la plus grande démocratie du monde, monsieur Prem.

– Je crois que je le sais, dit Prem. N'insistez pas.

– Mais il le faut ! L'Inde est un grand pays, le pays du Mahatma Gandhi. Alors, vous comprenez, si maintenant on peut y massacrer impunément des minorités...

– Je vous ai dit que je savais ! crie Prem. À la fin, je suis vraiment trop bête ! Je vous ai confié mes émotions, je les ai critiquées, et vous en profitez... Que vous faut-il ? Des aveux ? Oui, je ne suis pas fier de mes peurs, là ! Je vous l'ai dit. Oui, j'essaie d'extirper en moi les racines du racisme, est-ce que vous êtes parfaite, vous, Renate ? Croyez-vous que je puisse approuver qu'on massacre des musulmans dans mon pays ? Pour qui me prenez-vous, un criminel ?

Houdaïcoul et Alexis ont observé l'empoignade en silence. Soudain, comme un diable à ressort, Houdaïcoul se lève et va chercher un plat, qu'il dépose sur la table.

– Tourte au pigeon, annonce-t-il. Pour vous, monsieur Prem. C'était le plat préféré de l'empereur Babour, vous savez, celui qui vous a envahi avant-hier. Allez, faites-moi plaisir, goûtez !

– Je suis végétarien, dit Prem d'un ton pincé.

– Justement, alors j'ai une semoule aux fruits confits, ça va ?

Une chance qu'Houdaïcoul soit un fieffé gourmand.

De retour à l'hôtel, j'ai appelé Bozzie. Voix tendre et endormie.

– Tout va bien ? – Tout va bien. – Il ne fait pas trop chaud à Tachkent ? – Un temps idéal – Et ensuite, vous allez où ? – Mais tu sais bien, Bozzie, la mer d'Aral ! – Ah oui. Je me souviens. Le plus grand désastre écologique du monde. Ce n'est pas loin de la mer d'Azov, non ? – Non, mon petit cœur, c'est en Asie centrale – Eh bien quoi, c'est pareil, pourquoi tu pinailles ? (C'est tout Bozzie. Nulle en géographie, susceptible comme un pou !) – Je t'adore, ma Bozzie ! – Moi aussi…

Et juste à ce moment, voix d'homme dans le téléphone. Très distinctement, j'entends : « Dis donc, c'est qui, à cette heure-là ? »

Coup au cœur.

Il y a quelqu'un dans ton lit, Bozicka. Et je raccroche. Je me suis interdit d'être jaloux. Va te faire voir, Bozzie, espèce de petite garce, mais tu en as le droit, on se l'était promis. Qui ça peut-il bien être ? Après tout, je m'en fous. Beau joueur, oui, c'est cela. Beau joueur.

*

*   *

Longues vallées fertiles plantées de peupliers, champs bordés de petits saules en fleur, chatons jaunes, douce odeur, que ce pays me plaît ! Depuis l'indépendance, les propriétaires des maisons qui bordent la route ont obtenu le droit de dresser des tables d'auberge dans leur jardin, en servant ce qui cuit sur leur fourneau.

Quand on s'arrête, Houdaïcoul fonce à l'intérieur de la maison, se penche sur la marmite, soulève le couvercle, expertise les odeurs et, selon le cas, on reste ou on repart. Coup de torchon sur le bois tout neuf, chaises de traviole et riz pilaf, aux cerises et safran, avec un peu de chance. Vieux mouton, abats frais. Prem n'en mangera pas.

À la saison où fleurissent les saules se forment les fruits dans les mûriers, mûres noires ou mûres rouges, les plus sucrées sont blanches et s'écrasent dans le creux de la main. Cerises aux cerisiers, alors qu'il gelait encore à pierre fendre sous le vent voilà quelques semaines, peut-être quelques jours ! C'est un printemps explosif et joyeux. Il n'y a pas encore de raisins aux tonnelles, mais les feuilles des vignes qui grimpent sur les poteaux promettent de belles grappes pour faire des raisins secs, Houdaïcoul le dit. Sur la table de bois, un bol de fraises voisine avec un petit concombre écorché. L'air est un peu voyou, et les enfants se goinfrent de baies.

– Je comprends pourquoi l'empereur Babour regrettait son pays natal, murmure Prem, pensif. Et pourquoi il se plaignait de n'avoir pas assez de fruits en Inde !

– Et si vous veniez en septembre ? dit Houdaïcoul d'un air gourmand. Les prunes, les pêches, les raisins, c'est un bonheur, vous n'imaginez pas !

– À propos, dit Tante Marthe, j'ai une question. Je voudrais bien savoir pourquoi les citrons sont de couleur orange en Ouzbékistan. Sont-ils greffés ?

– Moitié orange, moitié citron, depuis les Russes, répond-il. Nous commençons tout juste à produire des citrons couleur jaune, mais ils sont plus acides, on ne peut pas les manger crus. Je préfère nos vieux citrons soviétiques à la douce saveur et à la peau orange.

– Alors, Théo, tu ne dis rien ? persifle ma chère tante. On maltraite la Nature, on greffe les citrons sur des oranges et tu ne protestes pas ?

Elle recommence. Moi qui croyais avoir tout expliqué !

– Ma chère tante, s'il te plaît. Il faut que tu comprennes une bonne fois ce qui ne va pas dans l'affaire des OGM. Fabriqués sans aucune transparence, sans aucune précautions avec un risque énorme de dissémination – tu souris, mais c'est vrai ! –, uniquement pour la rentabilité !

– Je croyais que des chercheurs travaillaient à rendre le maïs utile pour soigner la cécité…

– Qu'ils le prouvent ! Et qu'ils n'aillent pas planter en plein champ leurs saloperies concoctées en labo !

– Tu exagères, Théo, dit Renate en me prenant la main. D'abord, ce ne sont pas forcément des saloperies, ensuite, on est bien obligé de faire des expériences. Comme tu es excessif !

Craquante, en jean noir et tunique caramel. Aujourd'hui, elle a laissé ses cheveux en liberté. Ça frise, ça se rebelle, ça s'échappe, que c'est joli ! Pour la première fois, je me demande si les cheveux blonds de Bozzie sont naturels.

– À quoi penses-tu ? dit la Grande Naturelle aux iris de chat. Tu n'écoutes plus…

– Si, si, fais-je en ébouriffant ses boucles. Tu es née comme ça ?

– Comment ?

– Rousse, je chuchote en lui glissant un bisou dans le cou.

– Chut, sois sérieux, allons, on parle pour de vrai, on parle des OGM, Théo, attends…

Et à voix haute :

– Est-ce que ça te dérange qu'on cherche de nouvelles molécules pour guérir le sida ? Non. Des saloperies concoctées en labo, tu ne dirais pas cela pour les antibiotiques. Tu es trop radical, Théo.

Quoi ? Elle me contredit ?

– Ne te fâche pas, glisse-t-elle à mon oreille.

– Mais si !

– Mais non, continue-t-elle avec son calme habituel. Se battre contre la pollution de l'air, faire payer les pollueurs, neutraliser les pétroliers, inventer des énergies renouvelables, protéger les espèces menacées, sauvegarder les forêts, changer les modes de vie, retrouver plus de simplicité, tout cela, je le veux aussi. Pour les OGM, excuse-moi, Théo, mais je ne suis pas d'accord. Regarde, en ce moment, on cherche des semences capables de résister à la sécheresse. Et tu voudrais qu'on arrête ?

– Je n'ai pas dit ça ! Je parle des firmes américaines qui…

– Monsanto, oui, on est au courant. Mais est-ce que ça veut dire que tous les chercheurs sont des vendus ?

Aïe ! Renate est biologiste. En douceur, mon vieux.

– Je ne dis pas ça contre toi…

– Vraiment ? Alors je vais te dire. Tu te souviens de la Sierra Leone ? Un des plus cruels champs de bataille du monde. Bien sûr, tu te souviens. Des enfants-soldats qui mitraillaient de l'homme chaque matin. Des réfugiés dans des camps, atrocement mutilés, bras coupés à la hauteur du poignet pour les manches longues, ou, pour les manches courtes, à la hauteur du coude, comment s'appelait-il déjà, leur chef ? Foday Sankoh.

– Stop, Renate ! Où veux-tu en venir ?

Pas ces souvenirs en plein printemps !

– Et des humanitaires isolés, pendant ce temps, violaient des femmes dans l'enceinte des camps… Ah ! Tu vois maintenant ! Parler des OGM sans réfléchir à ce qu'on cherche, c'est comme si j'accusais tous les humanitaires d'être des violeurs. Bien sûr, ce n'est pas vrai. Pas davantage pour les laboratoires qui travaillent sur les OGM. Il ne faut pas généraliser, Théo.

Silence. De son index, Renate dessine des fleurs sur le dos de ma main.

– Bigre, quelle envolée ! dit Tante Marthe. Je connais un Théo qui ne sait plus quoi dire…

Je ne me reconnais plus. On dirait que Bozzie parle à ma place.

– Les humanitaires, il faut les excu… Non, pas les excuser, je ne veut pas dire ça, je veux dire, les comprendre, dis-je en butant sur les mots. Il nous arrive d'être vraiment crevés !

Je ne vais pas m'en tirer. Ça crie de tous côtés. Marthe, Renate, Prem, et même Houdaïcoul, c'est tout un tribunal des droits de l'homme en action… Comment ? La fatigue excuserait le viol ?

– Je n'ai pas dit cela…

– Si, tu l'as dit.

– Ce ne sont pas mes mots ! Je les ai empruntés !

– Ça, c'est intéressant, dit Marthe. À qui ?

– Aux autres ! À tout le monde et je suis un crétin ! Je m'excuse, là ! J'ai tort !

– Bon ! dit Renate. Premier exercice réussi. Rabattre le caquet d'un Théo, et d'un !

Je n'ai pas répondu. Au passage, j'ai noté qu'en énonçant les causes écologistes, Renate n'a pas mentionné le nucléaire, ni le réchauffement climatique. Méfiance.

On ne s'est pas arrêtés à Samarkand, enfin, pas comme il faut, juste pour une soirée. À Boukhara, on a dîné au bord d'une pièce d'eau sous des voûtes turquoise, et les arbres étaient de vrais arbres vert-orange, de la couleur des yeux de Renate. Le lendemain, changement de décor. La route déverdissait. Plus d'arbres, mais des cailloux, des plantes grasses, des graminées. En arrivant dans la ville de Khiva, on s'est trouvés en plein désert sous des minarets bleu roi piquetés d'or, tout près d'une grande mosquée dont les colonnes sont des troncs sculptés d'arbres abattus. C'est mal d'abattre un arbre pour en faire une colonne, mais qu'elles sont belles, les colonnes de la grande mosquée de Khiva !

Revenu à de meilleurs sentiments, Prem n'a cessé de se plaindre parce qu'on ne s'arrêtait pas…

– Traverser Samarkand sans voir la tombe de Timour ! Quel malheur ! On n'a pas ces bleus légers en Inde !

Fleurs d'azur des carreaux moghols, vert Nil, jaune citron, bleu ciel, broderies enlacées de marine et de blanc, adieu merveilles.

Un fleuve moche émerge, l'Amou-Daria. Ensablé, encombré de barges et de chaînes, avec des ponts flottants mal ficelés, un air de décomposition du monde… Voici la face cachée du pays de Cocagne. Les restes de l'Union soviétique. Ses ravages.

Je connais le dossier par cœur.

Il était une fois une mer intérieure classée parmi les plus grandes de la planète. J'ai sous la main les colonnes de chiffres. En 1960, la surface de la mer d'Aral atteignait 68 000 km^2, et son volume était de 1 040 km^3 pour une salinité inférieure à 10 g/l. C'était une mer intérieure gigantesque.

Trente ans plus tard, en 1990, la surface est de 38 817 km^2, le volume de 282 km^3, et la salinité atteint 30 g/l. La mer d'Aral est divisée en deux lacs misérables. Elle a diminué de 60 %.

Projections pour 2010 : surface, 21 058 km^2, volume, 124 km^3, salinité, 70 g/l. On doit tourner autour de 50 aujourd'hui. Sur les images obtenues par satellite, en déduisant la forme initiale en 1960, on voit une sorte de patte d'ours qui va s'amenuisant avec les décennies. En l'an 2000, l'empreinte est celle d'un nourrisson. Au nord, les orteils minuscules de l'empreinte du bébé n'ont plus bougé depuis 1995. Il paraît que l'autre fleuve nourricier, le Syr-Daria, fait son boulot. L'Amou-Daria, le fleuve moche, lui, se meurt.

C'est le plus grand désastre écologique du monde. L'évanouissement d'une mer intérieure en direct.

On n'y est pas encore, mais l'atmosphère est calamiteuse. Plus de tonnelles chargées de vignes, plus de saules, mais des champs secs, des maisons tristes, du béton et des postes de contrôle : nous sommes à la frontière du Kazakhstan. Camions militaires, soldats en armes et la rouille, partout. On roule en silence, on a la gorge serrée. Étrange poussière grise, mi-sable, mi-ciment. Il n'y a plus de paysage. À la place, dunes ternes et flaques mortes, comme dans le célèbre *Stalker*, le film du cinéaste soviétique Tarkovski. Sur la route qui s'achève à Noukous, la capitale de la Karakalpakie, de petits arbres maigres s'échinent à survivre.

La ville n'est pas vilaine, sans génie, mais avec le charme spécial que confère aux petites communautés humaines la pratique de l'autonomie, jardins paysagers, espaces pour les enfants, rues bien entretenues, drapeaux et fanions. Maigres buissons, air pimpant, on se débrouille, il faut vivre. Je ne sais pas pourquoi je suis ému. Ma Grande Naturelle est en tenue ouzbeke, achetée au marché sur le tas, velours brun dévoré noir sur pantalon bouffant, sagement nattée, attends voir comme je vais te décoiffer tout à l'heure, ma Renate. Demain, on va à la mer.

C'est comme l'hôtellerie. À l'extérieur, c'est une baraque d'allure officielle pour étrangers, l'air sévère. À l'intérieur, l'Asie centrale reprend ses droits. Grands fauteuils avec appuitête de dentelles, rideaux à grosses fleurs, samovar, tapis et thé brûlant. L'atmosphère est rigide mais chaleureuse, empotée et charmante, on ne reçoit guère de visiteurs ici, il faut comprendre. Il y a du bonheur dans l'air, du bonheur au bord d'un désastre.

Devant le riz pilaf et le mouton bouilli, je balance mes chiffres et mon dossier. Effarement des troupes.

– Tu sais bien que je ne comprends rien aux chiffres, dit Marthe.

– Mais que les eaux aient diminué de 60 %, ça te dit quelque chose ?

– Certes. En revanche, la salinité, je ne vois pas…

– Le taux de sel augmente quand le volume des eaux décroît, ma tante. C'est le principe des marais salants.

– Ah oui. Comme quand j'oublie sur le feu ma casserole d'eau salée pour le riz ?

Et ça démarre. Qu'est-ce qui s'est passé, et comment et pourquoi…

Des ordres venus du centre. Le Bureau du Parti décide souverainement. Sur les bords de la mer d'Aral, on cultivera du coton. La fiabilité du citoyen se mesure aux efforts qu'il consent pour le bien collectif. C'est l'époque où le héros soviétique s'appelle Stakhanov, qui bat des records de vitesse au travail. À partir de son nom, la dictature invente le stakhanovisme. Du coton, et plus vite que ça !

À partir de 1960, les surfaces consacrées au coton en Ouzbékistan sont multipliées par quatre. Pesticides à l'appui, herbicides, destruction de la flore et ensuite, de la faune. Disparition programmée des poissons. Sur les images des films à destination de l'Occident, des paysans radieux juchés sur des tracteurs incarnent l'avenir de la Révolution. Dans un livre d'après-guerre traduit par Elsa Triolet, *Des montagnes et des hommes,* mystérieusement signé M. Iline, papa m'a fait lire une phrase : « Le socialisme, c'est la victoire sur la Nature. »

– Il y a bien une raison pour laquelle tu as choisi de traiter la mer d'Aral, tout de même ! dit Tante Marthe.

– Le colonialisme.

– Attends, Théo, pour une fois, je pense qu'il y a un vrai problème écologique, et toi, tu me parles d'un phénomène purement politique ! Qui a causé le dessèchement de la mer d'Aral ?

– L'exploitation par le colonialisme !

– Vous voulez dire le productivisme stalinien, intervient Prem. Que je sache, c'est quand même sous Staline qu'on a commencé à cultiver le coton de manière intensive dans la région, en pompant l'eau des fleuves en abondance, non ? Mais ça n'est pas le colonialisme, c'est la dictature stalinienne !

– C'est du pareil au même et ça n'est pas fini ! La preuve ? Le volume de la mer continue de baisser. L'agriculture intensive continue de progresser. Le moyen de faire autrement ? Il faut nourrir les populations, et il n'y a pas d'autres schémas dans les têtes !

– Dans les têtes, dit Prem. Je vois. Vous voulez dire que le colonialisme a perverti jusqu'à l'inconscient ?

– Il me semble que oui, dit Marthe. C'est cela que Théo cherche à dire. Je me souviens que Malcom X appelait ce phénomène « le colonialisme mental ».

– Qui cela, Tante Marthe ?

– Oh mon Dieu, soupire-t-elle. Tu ne connais pas Malcom X. À ce signe, je reconnais mon âge et ma vieillesse. Malcom X, qui n'a pas voulu de nom propre et préféra s'appeler X, était un grand leader africain-américain des années soixante.

– Vive Malcom X, alors ! Le colonialisme mental, exactement. C'est très simple. Les premiers chiffres que je vous ai donnés datent de 1960. Et Staline est mort quand ? 1953 ! C'est lui qui a commencé, oui. Mais on n'explique pas tout avec la dictature d'un seul !

Le mal vient de plus loin.

Dès le XIXe siècle, les Russes commencent par interdire l'usage de la langue persane, ils imposent l'écriture cyrillique, ils ferment les écoles locales. Quand commence la culture du coton, le mal est déjà fait. Les Russes ont juste changé de nom. Ils s'appellent soviétiques et continuent à exploiter l'Asie centrale. Le colonialisme !

– C'est surtout la méthode de planification, dit Renate. Quand c'est autoritaire, cela ne marche pas.

Ça toussote, une voix grave. Houdaïcoul s'exprime, et ça devient sérieux.

– Justement, je crois qu'il ne faut pas dire ça, mademoiselle Renate. Je suis né sous le colonialisme russe, et il a bien marché, très bien, plein de coton ! Quand c'est autoritaire, tout le monde obéit. C'est fait pour ça, pas vrai, Alexis ? Moi, je suis très content d'avoir retrouvé les libertés religieuses, et ça me fait plaisir d'aller prier quand je veux, où je veux. Tenez, la semaine dernière, je me suis rendu sur la tombe de l'imam Boukhari, qui fut le tout premier à rassembler les commentaires du Coran. Un grand homme ! Le mausolée vient tout juste d'être restauré. Oui, c'est bon d'être libre. Quant à changer de système économique, dites-nous comment ? Voulez-vous qu'on arrête d'irriguer nos champs ? On ne cultive pas que le coton ! Et où prendra-t-on l'eau ?

– Et voilà ! dis-je d'un ton triomphant. Quand je vous le disais ! Question de schéma mental !

– Dites tout de suite que je suis un attardé ! s'exclame Houdaïcoul, vexé. Existe-t-il au monde un seul endroit où l'on irrigue autrement qu'en pompant l'eau ?

– Non, mais ce qu'on fait de l'eau est différent. Oui, mon cher Houdaïcoul, il existe un endroit qui était un désert et qui est un jardin aujourd'hui. L'eau y est strictement économisée, distribuée goutte à goutte dans des tuyaux percés de trous minuscules, qu'il faut entretenir soigneusement. C'est très minutieux, mais très efficace. Et ce lieu est l'État d'Israël.

– Ça, par exemple ! s'écrie Prem indigné. Comment pouvez-vous défendre un État qui pratique lui-même le colonialisme...

– C'est fichu, dit Renate. Si on commence à s'empailler sur Israël et les Palestiniens, on ne s'occupera plus jamais de la mer d'Aral.

Je pose mes deux mains sur la table, bien à plat, et je murmure.

– Tante Marthe, aide-moi. On mélange tout. Au secours !...

– Reprenons ! dit Tante Marthe. Non seulement le colonialisme est meurtrier pour les colonisés, mais par la suite, même quand il a disparu, il continue d'imposer des schémas mentaux erronés. Tout le monde est d'accord ?

Tout le monde se tait. On n'a pas l'air d'accord. Houdaïcoul soupire. Je m'y colle.

– Tenez, en Tunisie dans les années cinquante, à l'époque du protectorat, les Français ont voulu relier la grande mer intérieure du Chott el-Djérid, près de la ville de Tozeur, avec la Méditerranée. Pourquoi ? Pour provoquer un changement climatique en laissant déverser les eaux de la Méditerranée dans les régions basses de Tunisie, jusqu'à cette oasis aujourd'hui asséchée. Et comment voulait-on s'y prendre ? C'est tout simple. Une bonne charge nucléaire, et le verrou montagneux aurait sauté !

– Même quand les nations sont devenues indépendantes, dit Prem, il traîne toujours des projets gigantesques pour arranger la répartition des eaux, et quand ils se réalisent, les effets sont très contradictoires. Combien de projets de barrages sont en cours ? Combien de vallées va-t-on noyer pour alimenter les villes en électricité ? Voyez le futur barrage sur le fleuve Narmada, chez nous, en Inde. Je désapprouve, Théo, mais je comprends qu'on rêve de changer le climat, en forçant la Nature. C'est un bel idéal.

– Vous trouvez ?

– Absolument ! Ces projets démesurés sont courageux.

– Courageux, de pomper la mer d'Aral jusqu'à l'épuisement ?

– Stupide, mais courageux, oui, Théo.

J'ai décidé d'être calme. Changeons de braquet.

– Parlons d'un autre exemple. Intéressant, parce qu'il se déroule en Afrique, dans un pays libéré avant les autres, en 1958. C'est la Guinée. Jusque dans les années soixante-dix, les Soviétiques, partenaires quasi exclusifs des Guinéens depuis l'indépendance, ont expédié dans cette partie de l'Afrique, sous les tropiques, devinez quoi ? Des chasse-neige. Et les Tchèques envoyaient des tonnes de bidets ! Des chasse-neige, comme à Moscou, et des bidets, comme contraceptifs pour les dames…

– Comment ça, des bidets ? dit Renate. Je ne sais même pas ce que c'est !

– Des bassins en faïence, pour s'accroupir et se laver le trompliplon, dit Marthe. Autrefois, dans la bourgeoisie, le bidet servait après le coït, pour récurer le vagin et évacuer le sperme. Inutile de dire que ça ne marchait pas !

– Ce ne sont pas des schémas mentaux solides, ce sont des projections insignifiantes, dit Prem. Un pays colonisateur projette nécessairement ses modes de vie ailleurs, De la même façon, les Britanniques nous ont imposé le cricket et le thé au lait, tout aussi ridicules, mais on s'est arrangé, on a indianisé. Les chasse-neige en Guinée auront sans doute servi à dégager les arbres sur les pistes, et les bidets seront devenus des baignoires pour bébés, est-ce que je me trompe ?

– Sûrement pas ! dit Tante Marthe. En Afrique, on ne laisse pas perdre de tels trésors !

– C'est une question qu'en Inde, on connaît sur le bout des doigts. L'un de mes amis sociologues, Ashish Nandy, a écrit un livre dont le titre résume ma pensée, *The Intimate Ennemy*. L'Anglais, c'est l'ennemi intime. Depuis 1947, il est parti, l'Anglais, mais il reste à l'intérieur de moi, dans mon intimité. Comment faire avec mon fantôme de colon britannique, moi, l'Indien ?

– Vous préférez remonter aux Moghols, pardi ! s'écrie Marthe. C'est tellement plus commode.

– Sans doute, Marthe, sans doute, mais il y a d'autres voies. Le colon peut vouloir imposer ses lubies, mais le colonisé sait bien les détourner ! Il prend, il laisse ! En Inde, on a très bien fait ça. Regardez comment le Mahatma Gandhi s'y est pris. Il brûlait les vêtements tissés en Angleterre avec du coton indien revendu très cher dans l'Empire britannique, mais il ne touchait pas au téléphone ni aux montres, il ne s'attaquait pas non plus aux trains, bien au contraire. L'anticolonialisme intelligent consiste à se servir des progrès qui vont avec les colons, en les ponctionnant économiquement, jusqu'à ce qu'ils s'en aillent. Brûler les tissages anglais, faire la grève totale, ramasser soi-même son sel au bord des vagues pour ne pas payer les taxes qui enrichissent l'ennemi, voilà qui est intelligent. Le colonialisme impose des schémas, je le pense, mais que ces schémas soient entièrement mauvais, je ne le crois pas.

– Le colonialisme fait partie de l'histoire, murmure Houdaïcoul. Il y a eu les Moghols, il y a eu les Russes, maintenant il y a les Américains. Votre pays, la France, n'a jamais été colonisé ?

– Si ! dit Marthe. Nous avons été colonisés par les Romains, mais après une terrible résistance…

– Astérix, dit Prem. Je connais, c'est traduit en hindi ! Vous autres les Gaulois. Et rien depuis ?

– Il est arrivé que nous perdions des guerres et que notre sol ait été occupé par des troupes étrangères, mais… Je m'excuse, Renate.

– Ne vous gênez pas pour moi, dit Renate. Les nazis ont occupé la France pendant quatre ans, et, en guise de revanche, nous, les Allemands, à l'Est, nous avons été occupés pendant près de quarante ans. Les séquelles dans les têtes, nous les connaissons. Ce sont des murs. Pour la durée d'une vie d'homme, quand ils sont installés, ils ne tomberont pas. Jamais !

Il se passe quelque chose. Renate est très émue. Tante Marthe lui passe un bras autour du cou.

– Continuez, ma chérie. Un drame s'est déroulé dans votre famille ?

– Oui, dit Renate – ma pauvre biche, elle a les larmes aux yeux. Après la chute du mur de Berlin, mon père a choisi d'aller vivre dans une ville de rêve située juste à côté de Pondichéry, en Inde du Sud. Auroville, c'est son nom. Les gens y vivent à la fois ensemble et séparés, dans une communauté d'idées et de croyances, et quand ils arrivent, on leur donne de l'argent et une terre pour construire leur maison à leur idée. Mon père a réfléchi longtemps. Et la première chose qu'il a faite, c'est de construire un mur autour de sa maison, qui n'existait pas. Un mur ! Lui, qui avait tant souffert de vivre à Berlin-Est ! Je lui en ai parlé, j'étais très inquiète. Savez-vous ce qu'il m'a dit ? Qu'il valait mieux pour sa santé mentale d'avoir un mur construit à l'extérieur plutôt que de le garder dans la tête.

– Personne ne l'en a empêché ?

– Auroville est une terre où les esprits sont libres, même de s'enchaîner s'ils le veulent, dit Renate. Depuis, les moussons ont abîmé son mur et il trouve que la Nature fait son travail. Il est un peu bizarre, mon père. Maman et moi nous avons quitté Berlin, et nous vivons à Francfort, où sont enterrés les ancêtres de ma mère. On va le voir tous les ans. Il a un peu perdu son mur dans la tête, mais il ne vit plus avec nous. Sur le colonialisme mental, je crois que Théo a raison.

Que je ferme les yeux, et les images reviennent. Les mouches sur les plaies, les bras coupés. Guerre sur guerre, à cause de l'Occident, depuis le XVIe siècle. Et on va me dire que le colonialisme, ce n'est pas notre faute, excusez, c'est juste celle de l'Histoire ?

Je vais faire l'orateur, comme dans un meeting. Ce n'est pas trop mon style, mais je tiens mon sermon.

– Vous avez entendu Renate. Sur les ravages dans les esprits, vous êtes d'accord, j'espère ? Bien. J'appelle colonialisme l'exploitation forcenée des sols, d'où que vienne la décision. J'appelle colonialisme les décisions autoritaires, sans consultation, sans référendum auprès des populations. J'appelle colonialisme l'imposition d'un seul schéma dans les têtes, et ne me dites pas que vous ne comprenez pas ! J'appelle colonialisme l'écrasement d'un monde entièrement marchand, dominé par l'argent et le profit. Est-ce clair ?

– Bravo ! Mon neveu est révolutionnaire ! dit Marthe d'un air réjoui.

Houdaïcoul en est resté bouche bée.

– Féliciter quelqu'un parce qu'il est révolutionnaire, il vaut mieux entendre ça que d'être sourd, lâche Alexis le Russe. Parce que moi, les révolutionnaires, je les…

– Tais-toi donc, dit Houdaïcoul. En Europe, ils n'ont pas les mêmes idées sur la révolution. Mais dites, monsieur Théo, à ce compte-là, le monde entier est colonisé, c'est cela ?

On y est. Enfin ! Ce n'est pas du luxe !

– Colonisé par les Américains, alors ? poursuit-il. Wall Street, le dollar et le reste ?

– Ce n'est pas le problème ! Le monde est colonisé par le libéralisme, qui n'est pas seulement américain ! Le libéralisme n'a pas de pays, il traverse les frontières, il est mondial !

– Ah bon, dit-il, perplexe. Et c'est qui, le colon ?

– Tout le monde ! Votre gouvernement, le nôtre, tous les autres ! Il faut changer l'humanité de fond en comble !

– Oh alors, soupire-t-il. Dans ce cas, je crois que je vais aller dormir. Vous avez des pensées bien dangereuses, monsieur Théo. Très dangereuses…

Et le voilà parti, Alexis trottinant sur ses talons.

– Avant de donner des leçons à ceux qui sortent de servitude, tu devrais réfléchir, mon neveu, dit Marthe. Et si vraiment tu veux changer l'humanité de fond en comble…

– De fond en comble, c'est-à-dire, j'ai sans doute un peu exagéré…

– L'embêtant avec les écolos, c'est qu'ils exagèrent à peu près tout, continue-t-elle. Avec tes désirs de fond en comble, tu avais un petit air Khmer rouge…

– Moi ? Oh, Marthe !

– Toi, oui, toi ! Tu avais pris un ton qui ne me plaît pas du tout. Mais vous êtes tous pareils, vous, les écologistes ! La graine de dictature n'est pas loin !

– Théo, elle a raison, dit Renate.

– Tu ne vas pas t'y mettre ! Après ce que j'ai vu en Afrique, j'ai le droit ! Tous les droits !

Elles se regardent, complices. Laquelle va m'achever ?

– Je me sens fatiguée, dit Marthe. Au lit tout le monde !

– Viens, on va se coucher, dit Renate.

– J'y vais, moi aussi, dit Prem. Mais j'ai une question à vous poser. C'est très étrange, je sens en vous une présence hostile, qui vous gâche la vie. Contre qui vous battez-vous au juste, mon petit ?

Pincement au cœur. Je sais. J'aime un peu trop la mort.

*

*   *

Hormis les craquelures de sel sur la terre sèche, on ne voit plus rien de la mer disparue. Brumes blanches, planète morte. Il paraît qu'au nord de la Grande mer, au Kazakhstan, le port d'Aralsk est situé maintenant à 80 kilomètres de l'eau : carcasses de bateaux, sables salés, et les humains ont des cancers de l'estomac. Pour un peu, ce serait un décor de *La Guerre des étoiles,* il n'y manque plus que Dark Vador. Jupe longue kaki et chèche sur la tête, Renate a l'air d'un fantôme, elle aussi. Et comme je me laisse repousser les cheveux, je porte un bonnet de laine noire *urban wear*, histoire de ne pas déparer l'atmosphère.

J'essaie d'imaginer comment je verrais cette mer si je ne savais rien du désastre qui la frappe. Peut-être serait-ce un lac noyé dans l'horizon, poétique, hérissé de ruines romantiques en fer rouillé…

– C'est laid, dit Marthe. Et ces ports largués à tant de kilomètres du rivage, que c'est désespérant !

– Il y a des gens qui pensent qu'à la place du coton, on devrait recommencer à cultiver du chanvre, dit Houdaïcoul. C'est une plante à fibres qui n'a pas besoin de trop d'eau, et qui se passe d'engrais. On dit que le chanvre régénère les sols… Vous avez vu nos mûriers ? Depuis l'indépendance, on recommence à fabriquer de la soie comme auparavant, pourquoi n'essaierait-on pas de revenir au chanvre ?

– Ce sont surtout les maladies, dit Alexis le taciturne. Il y en a qui disent que les gosses sont malades, à cause de l'eau. Il paraît que les nouveau-nés ont souvent la tuberculose, des diarrhées, toutes sortes de saloperies, moi, je ne sais pas trop bien si c'est vrai.

C'est à peu près la seule chose qu'on puisse faire : lutter contre la tuberculose, l'anémie, les cancers chez les nourrissons. Revenir à l'état antérieur est impossible. J'ai plein d'amis écologistes pour qui la région est littéralement morte, comme dans les environs de Tchernobyl. Alors, l'abandonner ?

– Ça non ! dit Renate. Tu ne trouves pas qu'on a suffisamment déporté les gens dans le coin ? Et puis on n'abandonne pas, on se bat !

– Avec quoi ? Il n'y a aucune ressource près de la mer d'Aral !

– Justement, dit Houdaïcoul. Il y aurait peut-être le musée de Noukous. Si vous voulez, on pourrait aller y faire un tour…

Un musée ! À Noukous ! Dans l'œil de Tante Marthe, je lis une résignation infinie.

– En général, les visiteurs sont très surpris, dit-il. Et maintenant, les Russes se battent pour récupérer les œuvres…

– Des œuvres d'art ? De qui, grands dieux ? dit Marthe.

Elle est terrible, ma tante. Quelle snob !

– Eh bien, des artistes… murmure Houdaïcoul avec gêne.

Le musée : une immense bicoque du XIXe siècle, noble allure de bourgeoise parvenue, odeur de renfermé sur fond de moisissure. Sans grâce à l'extérieur. Mais à l'intérieur, tout change.

Nous nous arrêtons sur le seuil, comme si nous entrions dans un endroit sacré. C'est mal fichu, bricolé avec les moyens du bord, mais on sent qu'une ferveur s'acharne, une piété d'autant plus folle qu'on est nulle part au monde, sans aucun visiteur. Qui viendra contempler cet amoncellement ? Quels regards pour des vies exilées ? En attente, les œuvres. Sur tous les murs, des toiles accrochées, certaines avec des clous, d'autres avec des ficelles, parfois les deux, les unes sur les autres, on voit à peine la simple blancheur des murs. Il y a un peu de tout, portraits et paysages, mais avec des constantes : lignes abstraites, ombres mauves, ruelles blanches, pans de murs verts d'eau, coupoles à la Matisse, visages Picasso, souks rouges, fonderies bleues. Drôle de ramassis ! Un vrai *tamasha.*

Prem passe lentement devant chaque œuvre, en consacrant une minute à chacune, comme pour leur rendre à toutes un hommage égal. Houdaïcoul guette nos réactions. Je n'aime pas trop qu'on me surveille, alors je passe, je glisse, je prends Renate par la main et je file, ça va, mais Marthe, non. Elle s'arrête, recule, s'exclame, menton haut, massive et larme à l'œil.

– C'est magnifique, inouï ! murmure-t-elle. Je comprends tout ! Ce sont les peintres exilés sous les Soviétiques, n'est-ce pas ?

– Comme je vous le disais, madame, sauf votre respect, répond Houdaïcoul. Les œuvres abstraites étant interdites, leurs auteurs ont dû venir ici… et ils ont découvert le grand soleil de Samarkand. Ils s'y sont laissé prendre, regardez comme c'est beau !

Des milliers de toiles oubliées dans le futur désert qui fut la mer d'Aral.

Avec mille précautions, la conservatrice en chef ouvre un large tiroir et en sort de fragiles feuillets dessinés. Châlits de bois, uniformes de prisonniers, côtes à nu, corps concentrationnaires. Très peu de différence avec les rares photos prises dans les camps nazis, bétail dénutri pour une immolation. Dessins pris au Goulag, d'un trait forcené et précis, pour garder la mémoire des camps qu'on ne photographiait pas. Dans une boîte d'allumettes, des gravures clandestines. Quelques dizaines d'œuvres volées au temps, rangées dans un tiroir au musée inconnu de la ville de Noukous.

La conservatrice referme délicatement le tiroir du malheur, puis nous offre le thé à l'intérieur d'une yourte de collection. Je la trouve très belle, le dos droit. Salutations, remerciements, sortie. Quelques pas sur une promenade où poussent de petits arbres craintifs, mais vivants. Des enfants jouent dans un tas de sable. Familles, petit manège, on s'assied sur un banc. Marthe n'a pas l'air contente.

– Vous comprenez maintenant pourquoi les conservateurs russes tiennent tant à récupérer ces œuvres, dit Houdaïcoul. Tout un pan de leur histoire est ici. Mais ils ne les auront pas ! C'est chez nous que ces peintres ont retrouvé le goût de vivre. Leur terre d'exil était l'Ouzbékistan, elle doit rester l'Ouzbékistan.

– Mais personne n'y vient ! dit Marthe. C'est une pitié !

– Tsss, dit Prem entre ses dents. Les retirer de ce musée, ce serait les trahir, ou trahir leur histoire.

Un ballon vient lui frapper la jambe. Prem le ramasse et le tend à une petite fille en robe rose, yeux bridés, socquettes blanches, couettes noires.

– Tu es toute seule ?

– Avec ma grand-mère, là, dit la gamine. Elle n'y voit plus, alors je la garde. Elle est très très vieille, elle a plus de cent ans. Tu veux lui dire bonjour ?

Prem se lève, on le suit. La très très vieille dame dans un fauteuil roulant porte de grosses lunettes sur un regard bleu-blanc. Elle a encore l'ouïe fine, car elle lève une main pour nous accueillir.

– C'est encore mon arrière-petite-fille qui vous a dérangés ! dit-elle d'une voix fragile. Sultana, tu es très mal élevée. Veuillez l'excuser, je vous prie. Mais je suis enchantée de pouvoir vous saluer. Je me présente, Natalia Ivanovna Boukhirova. Je me suis établie dans cette ville depuis, voyons… Je ne sais plus trop. Auparavant, j'habitais Boukhara avec mon cher mari. Mais depuis qu'il est mort, je préfère résider près du musée. Mes peintures y sont, voyez-vous.

– Vous êtes une artiste ! Une Russe ? dit Prem. Et vous n'avez pas eu envie de retourner dans votre pays ?

– Oh ! dit la vieille dame, j'ai essayé, une fois. Il y a bien vingt ans. Ou trente ? Je ne sais plus trop. Sous… comment s'appelait-il déjà ? Boris, je crois. Un moujik, un ivrogne ! Indigne de la Russie. Je n'ai pas eu envie d'y rester. Nous sommes vite repartis pour Tachkent. Russe, cela, je le suis, mais mon défunt mari était absolument ouzbek, et cette enfant s'appelle Sultana. Ma famille est ici, et moi, je veux mourir à côté de mes toiles. Est-ce que vous êtes allés au musée ? Oui ? Alors vous avez vu… Les minarets de Samarkand, c'est moi, et le souk en rouge aussi, est-ce que vous l'avez vu ? Et le portrait du vieux rabbin de Boukhara ? Moi, je ne peux plus les voir. Je suis si contente lorsque des visiteurs entrent dans ce musée…

– Tu parles trop, Babouchka ! gronde la petite Sultana. Le docteur dit qu'il ne faut pas te fatiguer… Allez, je t'emmène.

– Permettez, dit Prem. Nous désirons vous raccompagner, Natalia Ivanovna, avec votre permission.

Elle lève ses yeux aveugles et lui sourit. On lui a fait cortège jusque dans sa maison, un petit pavillon donnant sur un jardin.

Et au dernier moment, je ne sais pas comment c'est arrivé, je lui ai pris la main pour la baiser. Très douce peau vieillie, comme du papier de soie.

– C'est bien, m'a dit Renate. Tu es dans la tradition.

Un baisemain, moi !

À la nuit tombée, on s'est assis en rond sur le tapis, emmitouflés dans châles et couvertures. On boit du thé en silence. Renate s'est blottie contre moi.

Quand nous séparerons-nous ? Me suivra-t-elle encore ? J'aimerais tant. Je lui pose un baiser dans le cou et je lui dis : « Ça va ? » Elle fait signe que oui, mais en baissant la tête. On dirait qu'elle lit dans mes pensées…

– Où irez-vous après, Marthe et toi ? souffle-t-elle.

Je la serre contre moi, je lui dis : « Au Cameroun. »

– Ah, dit-elle. Alors, c'est pour bientôt.

C'est bon, j'ai compris. On se quitte. Elle ne me suivra pas, c'est fichu. Je connais ces moments qui serrent un peu le cœur, on est triste, c'est doux, ensuite, ça passe, ça va. Léger soulagement. Renate partie, je vais rebrancher sur Bozzie. Elle s'écarte, ma Renate, elle s'étire, elle est courageuse. Et je vois Tante Marthe qui lorgne d'un œil inquiet.

– Qu'est-ce que vous complotez encore, tous les deux ?

– On parlait de l'action de l'homme sur la Nature, ma tante.

– Ton nez bouge, mon neveu. Tu mens très mal !

– Moi ? Je parlais à Renate de la sicklémie, pas vrai, Renate ?

– La quoi ? s'étouffe Marthe.

Et j'improvise. La sicklémie fera l'affaire.

Je ne veux pas que Marthe se mêle de ma vie.

– La sicklémie. C'est une maladie du sang qui n'existe qu'en Afrique de l'Ouest… Une anomalie congénitale des globules rouges, souvent mortelle.

– Je ne vois pas le rapport, dit Marthe. Où est l'action de l'homme ?

– Eh bien, la sicklémie est apparue en même temps que le paludisme, il y a quelques millénaires, et pas n'importe quand ! À l'époque, les premiers agriculteurs ont défriché la forêt de façon intensive, détruisant ou repoussant la faune.

– La déforestation maintenant, dit Marthe. Je l'attendais !

– Je te parle des premiers défrichements, à la période préhistorique !

– Ce n'est pas une déforestation ?

– Non ! Enfin si ! Tu m'embrouilles, Tante Marthe. Et ce n'est pas le problème. Ce qui compte, c'est le processus. Les hommes défrichent, coupent des arbres, suscitent de l'eau stagnante, des marais, et voilà le paludisme. Tu vois le résultat ?

Silence. Je me sens mal. Perdre Renate, je ne peux pas. Je me fous de la sicklémie. Marthe aussi. On est quittes. Tout irait à peu près, mais voilà, ça se gâte.

– Je suis désolée, Théo, dit Renate d'une voix qui tremble. Ça m'ennuie de te dire cela, mais tu as oublié l'essentiel. La sicklémie n'est mortelle que lorsqu'elle est héritée des deux parents...

– Souvent mortelle, j'ai dit ! Pourquoi tu chipotes ?

– Mais parce que ! Si la maladie n'est héritée que d'un parent, la mutation à l'état hétérozygote a des conséquences positives, et ça, tu ne le dis pas. Lorsqu'un seul de tes parents t'a légué le gène de la sicklémie, tu es mieux protégé contre le paludisme... Protégé, Théo, tu m'entends ?

– Minute, dit Tante Marthe posément. Je ne suis pas de ces générations à qui l'on a enseigné les bases de la génétique. Je suis larguée, mes petits. Voudriez-vous reprendre depuis le début ?

Renate me jette un regard mi-figue mi-raisin, l'air craintif.

– Si je vais trop vite, vous me le dites, d'accord ? *Sickle*, en anglais, signifie faucille, et de ce mot anglais est venu le nom français de sicklémie – en anglais, on dit *sickle cell anemia*, une anémie en forme de faucille. C'est une forme d'anémie qui donne une forme de faucille aux globules rouges, à cause d'une mutation dans le gène de la globine. Jusque-là, c'est d'accord, madame Marthe ?

– Globine, je ne sais pas ce que c'est, ronchonne-t-elle.

– Allons ! L'hémoglobine, ça vous dit bien quelque chose, non ?

– Je n'y suis pas du tout !

– Ah oui, l'hème, *natürlich* ! Vous ne savez pas ce que c'est. *Gut* ! Alors je dis tout de suite que l'hème est ce qui permet de transporter l'oxygène dans le sang.

– Lentement, Renate, dit Marthe. Reprenez.

– La globine fixe l'hème, qui charge l'oxygène en le transportant. Et l'« hémoglobine » est un agent de ce système de transport.

– Un camion chargé d'oxygène, alors ?

– Exactement. Et la maladie dont nous parlons affecte le gène de la globine.

– La sicklémie ?

– *Correct !* Il peut se produire des mutations dans le gène de la globine. Comme chaque cellule possède deux copies du gène, ça n'est pas grave en général si l'une des deux copies reste intacte. Maintenant, si deux parents portent ensemble un mauvais gène, ils peuvent les léguer à leurs enfants – on appelle ça « homozygote » –, et alors, dans ce cas, la sicklémie est souvent mortelle. Les généticiens savaient cela dès les années cinquante, mais un jour, ils ont découvert que le gène de la sicklémie s'était maintenu à une fréquence élevée, et particulièrement dans les régions frappées par le paludisme. Pourquoi les gens survivent-ils alors que la sicklémie est mortelle, et pourquoi justement dans les régions infectées par le paludisme ? Grosse énigme !

– C'est en effet curieux, dit Prem. Et alors ?

– Alors les généticiens se sont intéressés aux individus qui n'avaient hérité que d'une seule paire de mauvais chromosomes – on appelle ça « hétérozygotes ».

– Vous avez parlé tout à l'heure de « l'état hétérozygote ».

– Oui ! Ceux-là sont infectés par le paludisme, mais il se trouve qu'ils y résistent mieux. Et ce qui les protège, c'est le mauvais chromosome de la sicklémie. Est-ce que ce n'est pas surprenant ?

– Est-ce que ça voudrait dire qu'il y a des tares qui protègent ? dit Marthe.

– Pas tout à fait. Le point de départ, c'est le paludisme, qu'en italien on appelle aussi « malaria ». On sait...

– Qui ça, on ?

– Les préhistoriens, les anthropologues, les historiens, les biologistes, les généticiens, tous ceux qui se trouvent au croisement entre la nature et la culture – enfin, l'action de l'homme, comme dit Théo. Ceux-là savent depuis un certain temps que le passage de la chasse à l'agriculture entraîne souvent la malaria.

C'est bien ce que je disais ! Pourquoi me contredire ?

– Parce que la malaria suit l'homme, dont elle a besoin pour exister. Ce que tu ne comprends pas, Théo, c'est que l'évolution dans son ensemble est un gigantesque jeu à qui perd gagne. Qui a le plus grand intérêt dans cette affaire ? La malaria. Ce n'est pas le moustique, dont pour l'instant, on pourrait dire qu'il se moque de transmettre ou non la maladie. Ce n'est évidemment pas l'homme, que la malaria tue. Mais la malaria, elle, a impérativement besoin de moustiques et de mammifères pour survivre. Ça veut dire qu'en initiant le processus du défrichement en Afrique de l'Ouest, et en suscitant des marais, l'homme a créé un nouvel écosystème et que le Plasmodium, l'agent du paludisme, s'est adapté à cet environnement.

– Voulez-vous dire que la malaria a protégé l'homme intentionnellement ? dit Prem.

– Aïe ! Contresens absolu, monsieur Prem. La malaria n'a protégé personne ! Je reprends. Un, le Plasmodium, agent du paludisme, infecte l'homme à travers les piqûres de moustique. Deux, l'anémie falciforme, je veux dire la sicklémie, sous forme hétérozygote, protège l'homme contre le paludisme. Trois, voilà comment s'explique la fréquence élevée du gène muté dans les populations où le paludisme est implanté. La Nature n'a rien d'intentionnel. Le Plasmodium avait intérêt à survivre en ne tuant pas tous les humains, c'est différent. L'apparition de la mutation s'est sans doute produite dans toutes les populations du globe, mais elle n'a pas été sélectionnée partout. Il a fallu des conditions particulières. Le gène muté a été sélectionné au sein des populations vivant dans un environnement où sévit la malaria, parce qu'il donne un avantage aux individus hétérozygotes qui résistent mieux à cette maladie. L'enfant hétérozygote affecté d'un seul des héritages génétiques de la sicklémie est certainement anémié, il aura du mal à respirer en altitude, mais il n'attrapera pas le paludisme. Il ne mourra ni de la sicklémie ni de la malaria.

– Et les autres ? dit Marthe.

– Quels sont ceux qui meurent ? dit Renate. Ceux qui héritent du gène des deux parents, qui disparaissent très jeunes, et ceux qui n'ont pas du tout le gène de la sicklémie, mais qui sont infectés par le palu et qui, souvent, en crèvent. Ce coût en vies humaines est très élevé : car mécaniquement, un enfant sur quatre est un homozygote. Donc, un enfant sur quatre mourra de sicklémie, et un sur quatre sera sensible au paludisme.

– J'en conclus que la malaria sélectionne les hétérozygotes, dit Marthe. Eh bien ! Je n'aurais pas cru cela possible.

– Je dirais les choses un peu différemment. La malaria sélectionne les hétérozygotes porteurs de la mutation du gène de la globine. Il faut faire très attention, car les généticiens peuvent se faire piéger dans des démonstrations finalistes. Imaginez qu'on dise, par exemple : « Le Plasmodium a décidé de s'attaquer à l'homme. Pour survivre à la malaria, l'homme a muté le gène de la globine afin de devenir résistant au paludisme », eh bien, cette formulation ne serait pas acceptable, puisque la Nature, je le répète, n'est dotée d'aucune intention.

– Mais qui sélectionne à la fin ?

– La sélection opère sans arrêt, tout le temps, à chaque instant. En génétique, nous avons un exemple très célèbre, celui du papillon du bouleau en Angleterre. Dans les campagnes, il est blanc, dans les villes, il est noir. Pourquoi ? Parce qu'il s'est génétiquement adapté à son contexte.

– Passionnant, dit Prem. Ce n'est pas très loin des théories hindoues. La Nature dans son entièreté vaut plus que l'humanité. Très curieux !

– Je n'ai pas terminé, dit Renate. Et je ne parle pas en termes de valeurs, je parle en termes d'intérêt pour une espèce donnée. En ville, où on l'a repéré quand les murs étaient encore noirs de suie, le papillon du bouleau avait intérêt à sa noirceur, pour ne pas se faire manger par ses prédateurs quand il se pose sur les maisons. Dans les campagnes, où les murs des maisons sont propres, il est plus en sécurité s'il est blanc… Quand des animaux se font remarquer par leurs couleurs, c'est qu'ils sont toxiques pour les prédateurs, qui apprennent à éviter des proies à la beauté trop visible. Le phalène du bouleau, lui, n'est pas toxique, alors, il s'adapte. C'est tout simple : la survie d'abord. Pour la même raison, les bactéries ont le plus grand intérêt à s'adapter aux antibiotiques qui sont susceptibles de les détruire, si bien qu'elles leur sont devenues résistantes. Et puisqu'on parle de paludisme, cette maudite maladie a appris à se défendre contre les traitements antipaludéens.

– Je suis peut-être idiot, mais je ne comprends pas pourquoi tu parles des intérêts de la malaria.

– Oh, Théo ! Je viens de l'expliquer ! S'il n'y a plus aucun être humain, si la malaria les détruit tous, comment survivra-t-elle ?

– Il faut bien qu'elle se constitue des réserves, en somme.

– Ça recommence, dit Renate. Tu t'exprimes comme si la malaria était douée de raison et de psychologie !

– Oui, eh bien crois-moi, quand je me bats contre les fièvres qui secouent les enfants, il m'arrive de l'imaginer comme une méchante sorcière. Tu me reprends sur le langage, mais est-ce que ça compte ?

– Chez les généticiens ? Et comment ! Chaque mot est pensé, sinon, on peut se tromper dans la recherche. Ce n'est pas la malaria qui se constitue des réserves. C'est le système qui a évolué de telle manière que ces réserves existent… Mais cette stratégie lui échappe, Théo, puisqu'elle implique des modifications sur un hôte dont elle n'a aucun pouvoir de manipuler les gènes. Et voilà comment j'aboutis à des conclusions qui ne sont pas les tiennes. S'agissant de la sicklémie en Afrique de l'Ouest, le défrichement initial, qui est une action de l'homme sur la Nature, a provoqué des processus en chaîne aboutissant à une protection de l'homme contre la malaria à travers une autre maladie, dans certains cas. C'est dialectique.

– Tout de suite les grands mots, je chuchote. Dialectique ! Tu me fais de l'embrouille pour me démentir.

– Mais Théo ! Tu ne peux pas tout le temps avoir raison ! Tu t'es trompé, c'est tout.

On se toise. Je la fixe, ses yeux brillent, elle est colère, Renate. Elle ne supporte pas qu'on se sépare. Elle m'agresse pour que ce soit facile. Ou alors je n'ai rien compris à la génétique. On ne peut rien exclure. Je suis trop amoureux.

– Du calme, les enfants ! crie Marthe. Vous n'allez pas vous quereller à propos d'une maladie du sang ! C'est grotesque ! Maintenant, j'ai besoin de savoir qui dit vrai.

– J'ai peut-être une réponse, dit Prem. Récemment, j'ai lu un vieil article paru en 1958, d'un type qui s'appelle Livingstone, dans une revue américaine d'anthropologie. Et je crois que c'est lui qui a démontré l'interaction entre le défrichement, la sicklémie et la malaria. Il semble que les moments critiques soient ceux des grands changements dans l'environnement. Défricher une forêt, passer de la chasse à l'agriculture, c'est un immense changement. La malaria est apparue dans ce moment critique. Je crains que notre amie Renate n'ait raison sur toute la ligne. Ce n'est pas la première fois que nous prenons Théo en flagrant délit de simplification, n'est-ce pas ?

Il se tait, Théo. Il est humilié.

– Ça ne fait rien, Théo, chuchote Renate à mon oreille. Je t'aime quand même.

Il écarte Renate, ce crétin de Théo. Il se dresse d'un bond, et s'enferme dans sa chambre en claquant la porte. Qu'est-ce qui m'a pris de parler de cette foutue sicklémie ! Je tape contre le mur, je suis furieux. C'est vrai, quoi ! Je ne veux pas être privé de Renate ! Et si je l'emmenais ? Et si je l'épousais ?

Elle s'est glissée dans notre lit et on a fait l'amour dans une sorte de folie. Et puis plus doucement, comme pour se réchauffer. On s'entre-pénétrait comme jamais au monde. Au petit matin, j'ai essayé de la convaincre de me suivre, et elle s'est contentée de lever une main. Tête de mule ! Va au Gange !

– Est-ce que ton dossier sur la mer d'Aral est prêt ? m'a-t-elle demandé d'un ton neutre. Il faudrait ajouter deux trois trucs. D'abord, les Danois essaient en ce moment d'implanter une limande qui vit bien dans la mer d'Aral...

– Une limande ! Ce n'est pas sérieux.

– Pourquoi ? Elles se reproduisent ! Ensuite, il existe une crevette minuscule, l'artemisia, qui constitue une ressource épatante pour nourrir les poissons d'élevage, et figure-toi...

– Une crevette maintenant. Tu es sûre ?

– Vérifie ! *Artemisia.* C'est une espèce qui ne peut vivre que dans une très forte salinité. On n'y est pas encore, mais ça vient. Un jour, la mer d'Aral pourra nourrir les poissons d'élevage. Tu as bien compris ?

Je me tais, je voudrais la garder avec moi, je l'embrasse.

– Mais tu as pris des notes sur la mer d'Aral, dis ?

J'ai dû émettre un « ouais » pas convaincu, elle a sorti mon ordinateur et elle a vérifié. Il n'y avait rien, bien sûr. Aucun fichier.

– Tu veux qu'on s'y mette ? a-t-elle dit d'une petite voix.

Je lui ai pris l'ordinateur, et je l'ai refermé.

C'était avant-hier.

Nous volons vers l'Afrique, direction Yaoundé, capitale du Cameroun. Tante Marthe somnole à côté de Prem. Et voyez-moi cet abruti de psy ! Il nous a fait un cirque invraisemblable à propos du vaccin contre la fièvre jaune – il hait les injections ! Je me suis fait un devoir de lui piquer la fesse un bon coup. Il a un peu de fièvre, mais comme d'hab, il bouquine, signe qu'il se porte bien.

Renate et moi on s'est quittés à l'aéroport de Tachkent, qu'on avait rejoint en avion à partir de Noukous. Un tarmac, ce n'est pas idéal pour se dire au revoir. Odeur d'essence, moteurs en marche, souffles et vrombissements, bouffées de chaleur et vent coulis, techniciens agitant leurs petits drapeaux pour ranger les coucous et nous, les amoureux, jouant la scène des adieux sur cet aéroport d'Asie centrale. Renate embarque pour Bénarès. On s'est posé une bise sur chaque joue, j'ai caressé ses boucles rousses, elle est montée sur la passerelle, elle s'est même retournée comme à la fin d'un film pour faire un petit signe en agitant la main, et le petit diamant sur l'aile de son nez s'est pris un coup de soleil, un coup d'éblouissement. Je n'ai plus rien vu d'elle.

En attendant l'avion qui allait nous ramener à l'ouest de la planète, j'ai eu envie d'appeler Bozzie, histoire de voir si j'avais pardonné, pour le type dans son lit. Elle était réveillée, elle a été gentille. Moi, pas très aimable. Elle m'a extorqué un rendez-vous vite fait à l'escale de Roissy, avant notre départ pour Yaoundé. Je me suis laissé faire sans protester. Pourquoi ? Je vous le demande.

Ce que pensait Tante Marthe

J'ignore pourquoi, sur les rives de la mer d'Aral, m'est revenu le souvenir de Delphes. C'est un endroit que j'aime, un sanctuaire qui m'est familier. J'y avais emmené Théo après sa guérison. Il est à moitié grec, ce grand flandrin d'écologiste ! Je voulais qu'il achève de guérir en effleurant un peu de la Grèce mythique dont il est issu. Un peu seulement ! Je ne suis pas du genre à fourrer dans le crâne des enfants les mauvais germes d'une douteuse identité, je n'allais pas le planter dans l'antique oracle d'Apollon en le sommant de trouver là son origine grecque. Je voulais simplement qu'il fasse un léger déplacement vers l'Europe, à l'endroit où le mythe devint philosophie. Un petit pas, rien d'autre. Et ce fut magnifique. Dans les ruines de Delphes, j'avais réuni toutes les personnes qui avaient assuré sa guérison. Toutes, excepté le cheikh Suleymane, disparu dans un attentat à Jérusalem-Est quelques mois plus tôt.

La dernière pythie a quitté le sanctuaire de Delphes après que l'empereur Constantin eut imposé le christianisme comme religion de l'Empire romain, le jour où Théodose le Grand publia l'édit de Thessalonique qui bannissait le paganisme, en 380. Sans prêtresse, je me demande ce qu'a fait le dieu Apollon. Est-il mort affamé, privé des fumées des sacrifices ? Ou bien s'est-il transformé en olivier ? Pour cette cérémonie qui rassembla les amis de Théo, il me semble qu'Apollon était sorti de sa cachette. Le ciel était trop pur, l'air trop léger, il n'y eut pas un seul klaxon intempestif, et pour un bref instant, les touristes arrêtèrent leur caquet. Il y a comme cela des moments suspendus qui échappent aux mortels.

La première fois que j'ai visité Delphes, j'y suis arrivée par la route qui monte de la mer. À l'époque, c'était un chemin sinueux bordé de champs d'olivier. Je conduisais une vieille 2 CV hors d'âge, qui tomba en panne dans un virage. La mer était encore visible et qu'est-ce que je voyais ? Sur la Méditerranée, un affreux cimetière. À quelques centaines de mètres de l'ancien sanctuaire du dieu Apollon, je voyais des carcasses de pétroliers rouillés. C'était dans les années quatre-vingt, et je crois qu'aujourd'hui elles n'y sont plus. On a dû envoyer les vieux pétroliers se faire désosser au Bengladesh. Notre mer intérieure est-elle sauve pour autant ? Certainement pas. Le sort des mers intérieures n'est pas bon, et je sais d'où m'est revenu le souvenir de Delphes. Sur la mer d'Aral.

Un cimetière de carcasses de pétroliers sur la Méditerranée. Trop souvent pêchés, les poissons y disparaissent et, quand ce n'est pas la pêche, c'est une algue imbécile échappée du grand aquarium du musée de Monaco, et qui dévaste les fonds. Le nord de la mer se dépeuple, le sud connaît une démographie galopante, les boat-people se noient par centaines sur les côtes d'Espagne et d'Italie, et je serais en peine de dénombrer les guerres qui, depuis ma première visite au sanctuaire, ont fait couler le sang autour de la Méditerranée. Entre Croates et Serbes, entre Serbes et Albanais, entre les deux moitiés de Chypre, entre les Algériens, sans oublier le pire, Liban, Israël, Gaza. Est-ce que j'en oublie ? Forcément. Il y aura toujours un îlot quelque part disputé entre le nord de notre mer commune et son sud.

Disparaître. À Delphes, ce sont des ruines qu'on visite quand des milliers de pieds ont monté sur ces marches pour recueillir la grande voix droguée de la Pythie. Des milliers de pieds ayant beaucoup marché, des jambes grimpant dans un dernier effort simplement pour écouter la parole d'un dieu qui, aujourd'hui, est mort. Mort ! Je peux toujours rêver qu'Apollon s'est métamorphosé en grue cendrée et qu'il pourrait, sait-on, faire des miracles, cela ne sauvera pas la Méditerranée. Ce sont de tristes pensées. Je préfère accepter l'idée de disparition et me retourner vers les vivants.

Depuis que je vais mieux, je vois les autres.

Je n'avais pas connu auparavant l'état de maladie qui menace de mort, ni ce brouillard confus où rien ne compte, sinon un Moi énorme et qui envahit tout. Dire qu'il aura suffi de quelques jours en Inde pour dégonfler cette bouffissure ! Ma douleur ? Un ballon d'enfant gonflé à l'hélium. Trois paroles sur la terrasse au bord du fleuve, le ballon crève, pchttt ! Et je retombe. Les pieds sur terre, réduite à mon Moi ordinaire. Encore un peu flasque, mais pas trop malheureux.

Je vois. Théo et Renate amoureux, et qui font les indifférents, pour être braves. Je vois la petite Allemande s'éloigner sans raison, pour faire la fière, peut-être pour savoir si ce jeune chien fou l'aime assez. Je vois mon Théo tout retourné, et qui se précipite pour appeler sa foldingue à Paris, comment s'appelle-t-elle déjà ? Bozicka. Allez savoir pourquoi je ne l'aime pas. Je ne l'ai jamais croisée, je suis peut-être injuste ! Mais quand Théo se suspend à son portable, il a l'air soucieux. Malheureux, c'est certain. Oppressé, souffle court. Ne s'inquiète plus pour ma santé. Ne s'occupe plus que d'une chose, une voix inconnue qui le tient par les tripes. Elle est très jeune, je crois. Maigre, blonde, l'œil givré. Une petite terreur, je vois cela d'ici.

On trouve de ces femmes-là dans toutes les utopies. Ah ! si Théo savait ! Moi aussi, aux États-Unis d'Amérique, j'ai connu ce genre d'illusion, quand j'étais une hippie. À l'époque, j'étais complètement cinglée. J'avais mal, il faut dire. Je n'aime pas trop penser à cette histoire qui a dévasté ma jeunesse, mais les temps sont venus, il faut que j'y revienne. Je ne vais pas passer la fin de ma vie à l'oublier ! Tout cela a commencé à cause de Kennedy. En 1963. Je sortais du bachot, et j'avais dix-sept ans.

J'avais passé l'été à Chicago, en profitant d'un stage d'études au département d'histoire des religions, et j'avais enchaîné avec un emploi de serveuse dans un bar, mon rêve de l'époque, ô Marthe, quel drôle de rêve ! Je me demande encore d'où il était sorti, et pourquoi je voulais à toute force porter un petit tablier bordé de festons sur une jupe très courte et le derrière à l'air – mes jambes sont ce que j'ai de mieux.

Ce jour-là, j'avais dégoté un costume de Bunny, avec des oreilles en peluche sur la tête et un pompon blanc sur les fesses, il paraît que j'étais adorable. On a beaucoup ri. Mes copains n'en croyaient pas leurs yeux et prenaient des photos. Soudain, tout le monde l'a su.

Sur l'écran, ce n'était pas bien clair. Le Président s'affale à l'arrière de la limousine, sa femme grimpe vers lui en montrant ses jambes, des bras se tendent, c'est très confus et puis, au fil des heures, on nous l'a répété, si bien qu'à force de voir et revoir Kennedy s'effondrer à la télévision, on a fini par croire qu'on avait vraiment vu la cervelle de John Kennedy éclabousser le tailleur de sa femme, le fameux tailleur rose de la fameuse Jackie. Pendant une semaine j'ai pleuré avec mes amis, et j'ai décidé de rester. Mes dix-sept ans idéalistes ne se résignaient pas à cet assassinat. Je résolus de faire ma vie sur les lieux du crime, faute de savoir quoi faire pour les aider, « ils », les Américains, l'humanité. Oh ! ça n'a pas traîné !

Lui et moi, on s'est connu devant la télévision et notre amour est né au cimetière d'Arlington, dans le deuil formidable de Kennedy. Quand le cheval du Président est apparu sur l'écran, les bottes vides retournées parce qu'il n'aurait plus son cavalier, lui, il m'a pris la main. Six mois plus tard, j'étais sa femme.

Mariée à Chicago, un grand mariage en blanc, la bague au doigt, mes parents m'avaient émancipée, j'étais follement heureuse, il était très amoureux de mes yeux bleus, Tom, il s'appelait, j'ai encore bien du mal à prononcer son nom.

Tommy est parti au Vietnam, et il n'en est pas revenu. Je me souviens qu'on attendait son cadavre dans un *body-bag,* mais rien ! Il s'est évanoui dans la jungle. On l'a déclaré mort, finalement. J'ai hérité. J'ai dérivé. J'y suis encore. Je n'ai jamais réussi à en parler.

Ensuite, j'ai survécu. J'ai suivi la route de Katmandou, traîné mes guêtres en Inde dans les Himalayas, gelé en sari de coton léger au bord du Gange, attrapé des amibes, médité dans un coin perdu couvert de neige, *Peace and Love,* et le pouvoir des fleurs… Au retour, j'ai commencé des études de psychologie, un petit peu. J'avais d'autres amis, tous Flower Power et une idée naquit, claire comme le jour.

Il suffisait de se couper du monde pour mieux le reconstruire. J'ai acheté quelques arpents de vigne en pleine Californie, il y avait encore des endroits écartés à cette époque. Nous formions une tribu de copains, pas plus de sept, chiffre sacré, et nous voulions changer la vie. Sortir du capitalisme, vivre entre soi, éliminer colère et jalousie, pratiquer le yoga chaque matin, cultiver nos légumes, manger nos fruits, élever nos poules.

Marilyn, une fille blonde, donnait les prescriptions. Je ne parlais jamais de Tom. J'étais avec Lewis, un ethnologue américaniste qui avait passé du temps au Venezuela. Il avait eu l'idée de nous loger en groupe dans une maison commune, une grande case ronde sur le modèle amérindien, pour mieux partager, à ce qu'il racontait.

Les murs étaient en dur, mais le toit, non. Du chaume ! Les Amérindiens s'en arrangent, nous allions faire de même. Nous voulions vivre sur terre battue, mais au premier orage un peu violent, changement de cap. Il y avait trop de boue, on n'en pouvait plus. J'ai fait poser sur la terre une chape de ciment, sur laquelle on a jeté des tapis. Les hamacs des débuts n'ont pas duré longtemps. Très vite, pour faire l'amour, j'ai voulu un duvet, et pour le sommeil, un lit de camp. Évidemment, nous n'avions pas d'électricité, mais pour arroser verger et potager, un seul point d'eau, un seul robinet. On a tenu un an avec des lampes-tempête, et grâce au LSD, qui n'a pas fait de dégâts. Les joints, c'est autre chose. Comme nous fumions beaucoup, nous avons mis le feu au chaume du toit, et du coup, j'ai fait installer une salle d'eau avec douches, pour mieux nous protéger en cas d'incendie.

L'électricité, je m'en souviens très bien, nous l'avons amenée pour lire tranquillement, le soir, à la veillée. Parce qu'au bout de quelque temps, discuter tous les soirs en groupe, c'est lassant, à la longue… Et nous avions éperdument besoin de solitude. Lecture, solitude, donc électricité. Parfait ! Nos couples se défaisaient sans douleur, trois fois deux. Le septième du groupe n'était jamais seul bien longtemps. J'étais avec Tony, ou bien avec Arthur, ou encore Armando, mais plus avec Lewis, et d'ailleurs, personne ne voulait coucher avec Lewis. Un braillard, qui gueulait au moment de l'orgasme, à un point ! Lorsqu'on vit en tribu, c'est obscène.

Mais il n'est pas parti. Il était toujours là, reluquant nos ébats, allumant l'électricité au bon moment, nous menaçant de tremblements de terre, flashant ses Polaroid en pleine nuit. On l'a viré. Nous n'étions plus que six. Winona est tombée enceinte, les trois mecs ont revendiqué haut et fort leur paternité, Winona a choisi Arthur, plus question de faire tourner les couples. On s'est stabilisés puis on s'est engueulés. À propos de Winona, qui n'allait pas très bien. Finalement, on a appelé un médecin, qui nous l'a évacuée en vitesse, pour cause d'anémie carabinée. Elle a eu une fille, Dolly, un amour de bébé, mais elle n'est pas revenue à la maison. Arthur est parti la rejoindre, nous n'étions plus que quatre.

Mais pour le potager, le ménage, les vignes, la cuisine, les courses, le bricolage, quatre, c'était peu. Nous n'y arrivions plus. Tony et Armando se sont mis ensemble, ne restait plus personne pour Marilyn et moi, alors elle est partie. Je suis rentrée à Chicago.

Nous aussi nous voulions un air plus pur, une vie naturelle, un retour aux valeurs fondamentales. Nous non plus, nous ne voulions pas de guerre ni d'industrie, et nous rêvions de rivières transparentes. Nous cherchions à protéger la terre, en vivant comme les adamites, au plus près de la nudité du paradis. Nous avions choisi la beauté des commencements, en jurant de les prolonger. Nous avons essayé, et ce n'était pas mal. Mais ce n'était pas mieux. Tourner un robinet pour avoir de l'eau chaude, chauffage central, chasse d'eau, déchetterie et poubelles, c'est mieux que le compost ou le derrière à l'air. Et puis on est malade, on a le ventre en compote, des gerçures sur les lèvres, la peau tout abîmée, les mains dans un état ! Mais je ne me plains pas. Les choses auraient pu mal tourner. C'est à la fin de ces années-là, en 1978, à Guyana, qu'un fou de Dieu suicida ses disciples par centaines – et les mères donnèrent la mort à leurs petits avec du jus d'orange empoisonné.

Nous avons tenu cinq ans sans suicides, il n'y a pas eu de vrai délire, et personne n'a commis d'assassinat. Nous avons eu de la chance, je crois. J'ai encore le terrain, et les vignes sont belles. Je les loue à des professionnels qui font du chardonnay.

Tony et Armando vivent à New York, Marilyn est, je crois, à Houston, et Winona est morte, d'un accident de voiture. J'ai quelquefois des nouvelles d'Arthur et de Dolly, et j'ai revu Lewis. Nous avons revécu ensemble assez longtemps, dans un studio où il pouvait crier commodément.

Nous n'étions plus végétariens, nous détestions les lampes-tempête, nous adorions les villes et leurs pollutions, nous raffolions des grands paysages urbains de Chicago, des reflets merveilleux sur les gratte-ciel tout neufs. Lewis repartait très souvent au Venezuela, dans la tribu qui l'avait adopté. Un jour où j'étais trop esseulée, j'ai rencontré Louis, qui avait cinquante ans, qui m'a éduquée, cajolée, attendrie, un homme d'une grande bonté, avec qui j'ai refait ma vie, et voilà.

Voilà ! Marilyn était une de ces filles pâles, aux cheveux angéliques, avec une voix d'acier. Une terreur. Douée pour le sexe, rien à la place du cœur. Parmi les filles, Marilyn était celle qui pensait, et de ses lèvres minces tombaient des instructions : « On ne doit rien boire avant le yoga. On doit déféquer avant le yoga. Pour le yoga, se lever à cinq heures du matin. » Boire du lait de vache ? C'était interdit. Le Mahatma Gandhi ne le permettait pas. Lait de chèvre, oui, lait de vache, non. Elle savait tout sur tout, et elle avait raison. Au début, les quatre garçons tombèrent tous amoureux de sa blondeur extrême, de son corps transparent, de son exigence. Winona et moi nous étions extrêmement jalouses de la couleur des cheveux de Marilyn, blond radical de naissance, la veinarde.

Marilyn était chargée des courses une fois par mois. Disparaissait une journée, revenait plus blonde que jamais, le rose aux joues, les bras chargés de sucre, de farine, sel et huile. Puis la chose arriva. Un jour, elle eut la grippe et j'allai à la ville. Marilyn resta donc deux mois sans y aller. Le temps que ses cheveux repoussent à la base, noirs, avec quelques fils blancs… Les garçons n'en revenaient pas. Le Dogme de la tribu, se faire teindre les cheveux ! Marilyn, intraitable sur le respect de la nature, la belle Marilyn aux cheveux d'un blond pâle était une brune oxygénée ! Nous exigeâmes une repousse naturelle. Elle pleura beaucoup. C'est à cette occasion que nous décidâmes en commun d'installer une télévision. Oh, c'était sur la fin, bien sûr. L'illusion était à moitié morte, mais quand même, c'était bien de voir le Dogme en miettes.

Tous comptes faits, j'ai eu la chance inouïe de nager dans le grand courant qui emporte les hommes, fièvre subite, vers la rêverie des origines. J'ai été le saumon qui remonte le fleuve, j'ai franchi les barrages, queue en l'air, vrrouf ! Libre. Il y a eu comme cela des moments dans l'histoire qui ont soulevé des masses incroyables, et les ont mises en marche, ces Indiens traversant toute l'Amérique latine en quête du séjour bienheureux, ces enfants partis pour la croisade, à pied, infatigables à en mourir. Partons pour la révolution ! Sac à dos, droit devant, et la fleur à la place du fusil. Trente ans plus tard, c'est exactement mon Théo.

Il se laisse repousser les cheveux. Il n'a plus l'air tondu comme un soldat. Il est coiffé en brosse, et c'est doux sous la paume. Dans deux ans, il aura les cheveux dénoués, il aura l'air hippie, il se sentira libre, lui aussi.

Malheureusement, ça finit mal. Les enfants en croisade ont fini par mourir de faim, les adamites se sont entre-tués, les Indiens d'Amérique se font assassiner par des chercheurs d'or, et les rêves ne savent pas vieillir. Il m'arrive de penser que mon Tom n'est pas mort, et qu'il me reviendra.

Des forêts et des hommes

Pour aller de Tachkent au Cameroun, le plus simple consiste à passer par Paris. Ouzbekistan Airlines-Roissy et quelques heures d'attente. Ce n'est pas grand-chose, mais ça ne me plaît qu'à moitié. D'ici à ce que Marthe ait des démangeaisons et s'échappe, il n'y a pas des kilomètres et, par-dessus le marché, j'ai la fièvre de l'ami Prem sur les bras. Les laisser sortir à Paris, profiter de l'occase, m'en débarrasser ?

Ou alors, embarquer Bozicka au passage ? D'où me vient cette idée idiote ? Théo, fais attention ! J'ai six heures de vol pour me sortir de là, plus six heures de battement entre les deux avions. Comment va se passer ce rendez-vous ? J'en ai le cœur crispé d'avance. Bon ! Mais avec six heures de décalage horaire dans l'organisme, je suis certain d'être zombie. Ça donne des excuses, le décalage horaire. Ça va me simplifier la vie.

La tête de Tante Marthe tombe sur mon épaule gauche. Je la redresse, elle tombe, je la garde, elle est lourde. Pauvre vieille !

D'un autre côté, j'ai peur. De toutes les étapes, celle du Cameroun est la plus difficile. Il va falloir marcher, combien de temps ? Je ne sais pas. Marthe respire très bien, elle est guérie, mais de là à cavaler dans la grande forêt, c'est une autre paire de manches ! Et l'autre, notre Prem, qui n'a jamais mis les pieds en Afrique... Allons bon ! Le voilà qui s'endort à son tour. Ça ne va pas louper, je vais me ramasser leurs deux têtes de chaque côté du cou.

Les réveiller un peu – « Pardon, excusez, faut que je sorte » –, elle bâille, il grogne, j'escalade. Ouf ! Je file à l'arrière, où il n'y a pas grand monde. Un steward fume une sèche clandestine qu'il éteint en m'apercevant. Comment emmener Bozzie ? Est-ce que j'en ai envie ? Si près de ses partiels, est-ce que j'en ai le droit ? Allez, c'est décidé, je ne l'emmènerai pas.

Je retourne à ma place, et Marthe s'est éveillée. La bouille éclairée par un vaste sourire, elle m'ébouriffe, vieux geste auquel elle n'a jamais failli.

– Veux-tu qu'on prévienne les parents ?

– Certainement pas ! lâche-t-elle, goguenarde.

– Tu ne veux pas voir papa ?

– Pour pleurnicher dans son gilet ? Jamais de la vie !

– Ah ! Parce qu'il ne sait pas...

– Non, Théo, ton père ne sait pas que j'ai quitté Brutus. Je n'ai aucune envie qu'il l'apprenne !

Trop tard, ma vieille. J'ai cafté dès le début.

– Donc, tu n'as pas l'intention de rester à Paris ?

– Quelle idée !

Je détaille. L'Afrique forestière est assez dangereuse. L'humidité de l'air, qui n'a rien de génial pour les asthmatiques...

– Je n'ai plus toussé depuis une semaine ! dit-elle, triomphante.

Les moustiques, le risque de paludisme...

– Bah ! En Amazonie, j'ai vu pire. Et puis nous restons peu de temps, nous serons protégés par les médicaments. Que je sache, pour un mois, il existe des molécules performantes, n'est-ce pas ?

Et la marche en forêt ?

– Marcher, mais j'adore ça ! dit-elle, les yeux brillants. C'est une forêt primaire, j'espère ?

Je lui sors les serpents, les singes, les aoûtats, les fauves, les virus, les cafards, les mites, le grand jeu, elle se marre.

– Tu veux te débarrasser de moi, hein ? dit-elle. Mais ça ne marche pas, Théo. Je me suis beaucoup amusée en Ouzbékistan. Si tu m'abandonnes, je rechuterai…

– Chantage !

– Absolument. Au moins, avec toi, je vis.

Sans réplique. Je lui fais observer qu'en embarquant Prem en brousse pour la première fois, nous prenons un risque sérieux.

– Je le connais, rétorque-t-elle. Il tiendra.

Le problème est réglé. Mes zygomars ne me quitteront pas.

– C'est dommage, pour Renate, dit Marthe. Vous formiez un beau couple, tout à fait assorti.

Cause toujours, ma cocotte.

Ouvrir l'ordinateur portable et se mettre au boulot. Quand j'aurai le regard sur l'écran, Marthe me fichera la paix. Je clique sur les fichiers que j'ai copiés sur les dangers qui menacent les Pygmées. *Rainforest Action Network Chad-Cameroon* ; *Environmental defense, putting people at risk* ; *Drillbits and Tailings*, les sites ne manquent pas. Marthe se penche, et s'efforce de lire sur mon épaule.

– Rien qu'à voir ces menteries, j'ai la nausée, dit Marthe.

– De quoi tu parles ?

– De tes sites écolo ! Dès qu'on entreprend un projet pour aider les populations, vous vous y opposez ! Là, par exemple, cet oléoduc qui va du Tchad au Cameroun, il va enrichir deux pays !

– Marthe, tu m'emmerdes grave !

– Si ces vastes travaux n'étaient pas validés par la Banque mondiale, je suis sûre que tu les regarderais autrement !

– S'il te plaît, Marthe, je bosse.

– La construction de cet oléoduc est un travail très sérieux, tu sais. J'ai un ami allemand, qui est ethnologue et nutritionniste, eh bien, voilà des années qu'il s'occupe de l'équilibre alimentaire des Pygmées situés sur le trajet du chantier. Si tu crois qu'on va les exterminer, tu te trompes ! On a affecté des hordes d'experts pour protéger les Pygmées du Cameroun. Ce qu'on écrit sur le Web est faux.

Fichu. Elle ne lâchera pas. Souris, clic ! clic ! fermer, rabattre le couvercle. Se tourner vers Tante Marthe et lui faire les gros yeux.

– Bon ! À ce que je vois, tu as potassé mon dossier. En douce, avec Renate ?

Elle opine, l'air coupable.

– Est-ce que Renate t'a dit qui payait ton merveilleux ami nutritionniste allemand pour prendre soin de ses Pygmées chéris ?

– Des compagnies pétrolières, non ?

– Tu parles ! Exxon, Chevron et Petronas. Gros consortiums !

– Tous les pétroliers américains ne sont pas JR Ewing ! On dirait que tu parles du mal absolu…

– C'EST le mal absolu ! La rentabilité, le fric, l'exploitation, et sur le dos de qui ? Des Pygmées. Ce sont des chasseurs, Tante Marthe ! Si on détruit leur forêt, ils n'auront plus rien à chasser !

– Ça recommence, soupire-t-elle. Faut-il absolument préserver les terrains de chasse, ou nourrir des milliers de bouches affamées ? L'Afrique crève de faim, et toi, tu mégotes !

– Regarde la construction des Transamazoniennes ! On a bousillé la forêt, traqué les tribus d'Indiens, on a implanté des colons pour l'agriculture et ça ne marche pas ! Est-ce que tu connais le rôle de l'Amazonie dans le monde, au moins ? C'est le poumon du monde ! Toi qui vis au Brésil, tu devrais le savoir, bordel !

– On dit « bordel de merde », dit-elle d'un ton pincé. Quitte à jurer, jure correctement, tu parles comme un charretier qui ne connaîtrait pas la langue ! Et sur les Transamazoniennes, tu as raison. C'était un vilain projet concocté par une dictature. Une méchante utopie, tout à fait folle. J'ai été voir. La route se détruit, elle s'effondre, les travaux ne cessent pas ou bien ils sont bloqués, et la terre est stérilisée. Tu vas rire, Théo ! On n'a pas pensé que la latérite ne supportait pas bien les cultures.

– C'est fou comme c'est drôle. Combien d'Indiens sont morts ?

– C'est pour éviter ça que le consortium de l'oléoduc Tchad-Cameroun se donne du mal, Théo !

– C'est pour la Banque mondiale ! Les Pygmées, ils s'en foutent ! Mais réveille-toi, Tante Marthe ! Jamais l'exploitation n'a été si sauvage ! Sais-tu que l'esclavage recommence ? Que la traite des êtres humains augmente chaque année ? Que des clandestins meurent étouffés dans des containers, à cause du trafic des mafias ?

– Bien sûr que je le sais ! Tu me prends pour qui ? Mais ça n'a rien à voir avec l'écologie !

Bouchée à l'émeri. Elle ne comprend rien. J'ai parlé de l'exploitation, j'ai parlé du colonialisme, je me suis expliqué, mais non ! Elle est trop vieille. Qu'il faille sauver le monde, ce n'est plus son affaire, d'ailleurs, elle me l'a dit. Je crois que je vais devenir excessif.

– C'est le capitalisme qui est sauvage, Théo ! Au moins, quand il y avait deux blocs et une guerre froide, il y avait un certain équilibre, des règles, des compromis ! Tandis que maintenant, il n'y a plus aucune régulation, l'argent règne, et il tue, mais ça, mon tout petit, c'est affaire de commerce, il faut le réguler...

– Tu ne peux pas défendre le stalinisme ! Comment l'appelais-tu, ton équilibre ? Ce n'était pas un peu l'équilibre de la terreur ?

– Si, dit-elle du bout des lèvres. N'empêche qu'il faut réguler les échanges.

– Tu ne vas pas me sortir l'OMC !

– Il faut bien négocier de nouvelles règles, répartir les richesses autrement, sauvegarder les économies des pays pauvres, les laisser exporter dans les pays riches, il y a du travail, mais on sait comment faire...

– Qui gouverne le monde, à ton avis ?

– Je viens de te le dire, Théo ! L'argent !

– Non. Les États-Unis.

– Tu ne va pas t'y mettre, Théo ! J'ai horreur du réflexe anti-américain.

– On va voir, Tante Marthe. Qui refuse de s'occuper du réchauffement climatique ? Qui consacre un tout petit budget à l'aide aux pays pauvres ? Qui veut saquer l'ONU ? Les États-Unis. Et ce n'est pas fini. Qui persiste à subventionner ses agriculteurs en barrant le chemin à ceux des pays pauvres ? Les États-Unis et l'Europe. Qui fixe tes fameuses règles à l'OMC, au détriment des démunis ? L'Europe et les États-Unis. Qui veut dominer le marché des médicaments sans que les malades du sida en profitent dans les pays déshérités ? L'Europe, et les États-Unis. Les pays riches, ma vieille !

– Je ne te comprends plus, dit Marthe. Il n'y a pas si longtemps, tu disais toi-même que le libéralisme ignore les frontières…

Et ainsi de suite. Au final, j'ai dormi. Ils s'y sont mis à deux pour me réveiller, tant je plongeais profond, et avec quel bonheur ! Prem et Marthe, vieux veilleurs, chères crapules. Et puis ce fut Paris, brouillard au sol, grisaille.

Six heures de battement avant embarquement, porte 28. Coloniser des sièges, installer les duvets, s'installer. Administrer à mes deux vieux poussins les gélules qui protègent du paludisme, à prendre la veille de l'arrivée. Les abreuver. Pour Prem, un Coca et pour Tante Marthe, un thé – la tasse qui brinquebale et l'eau chaude qui coule, le sachet de travers, enfin, tout faux, Théo ! J'ai fait comme j'ai pu et s'ils ne sont pas contents, qu'ils se débrouillent…

Mon cellulaire vibre. Je m'éloigne. C'est Bozzie. Huit heures du matin – j'espère qu'elle est seule.

– C'est toi, mon cœur ? – Voix fraîche, et personne alentour. « Tu es là ? Vraiment là, à Paris ? Dans quel aéroport ? Tu vas trop vite, répète ! Terminal D, au contrôle de police, entrée N, destination Yaoundé. Où c'est, ça ? Cameroun ? Ah ! C'est en Afrique, j'aurais dû m'en douter. Encore un génocide, c'est pour ça que tu pars ? Non ? Tu m'expliqueras. Comment, je ne pourrai pas entrer ? Mais c'est idiot ! On pourra s'embrasser, tu es sûr ? »

Jour de chance à Bozzieland. Humeur enjouée, tendresse, elle saute dans le RER, elle arrive. Dans une heure, elle est là. Je n'y tiens plus, j'y vais. Tante Marthe me retient par le bras.

– Où vas-tu ?

– Là-bas, aux guichets, retrouver Bozicka, je marmonne sans espoir.

– Elle arrive ? Alors je t'accompagne.

– S'il te plaît, ma chérie…

– Tss, on ne discute pas. Je veux voir ce trésor. Tu me la présenteras et je m'éclipserai. Discrète comme une fourmi !

Mais il y a des fourmis géantes, qui piquent dur.

Marthe a trottiné sur mes pas, en ahanant un peu, et nous nous sommes postés au bon endroit, sur le côté des cabines de police. Debout, longtemps. Pour se défatiguer, Marthe s'est dandinée d'un pied sur l'autre. J'étais presque arrivé à la persuader d'aller s'asseoir ailleurs quand j'ai vu ma coupable.

Jean taille basse, ventre à l'air, tee-shirt rose, fausse fourrure ocelot, sac à dos rouge pétard, les cheveux dans le vent, blanche et blonde, Reine des Neiges. Coup au cœur. J'ai reçu sa beauté comme une lame de couteau. Je n'ai même pas crié son nom. Souffle coupé, jambes molles, et l'ego frétillant dans mon pantalon. Elle est là.

Grands signes de la main, baisers à la volée, on ne peut pas se toucher. Elle drague un policier, lui sourit – quand Bozicka sourit, le ciel s'ouvre. Le policier cède – « Vous avez deux minutes, vous restez à côté, pas de blagues, hein ? ». Elle fonce comme un dard, la voici dans mes bras. Bouche à bouche, elle m'angoisse et m'attire, le temps d'un baiser profond et voilà, c'est fini.

On a eu deux minutes. Elle a repassé le détroit. Et sous l'œil vigilant des flics, elle se colle contre la paroi, souffle sa buée sur la vitre et y appuie ses lèvres.

Et là, je pète un câble. Je traverse l'espace interdit. Deux flics se précipitent, je suis fait. Attroupement. Traîné au commissariat. Marthe suit. Ensuite, grand numéro.

« Monsieur le commissaire, vous ne pouvez pas… – Vous êtes

qui, madame ? – La tante du jeune homme, monsieur le commissaire. Marthe Fournay. Vous pouvez téléphoner de ma part à… – Je vous en prie, madame. Laissez-moi faire mon travail ! – Quel travail ? Contrôler un Robin des bois de l'amour ? Tout ça pour un baiser, monsieur le commissaire ! Mon neveu avait oublié de donner son cadeau à sa petite amie ! Soyez généreux ! – Sortez, madame ! – Jamais de la vie ! Attention, vous ne savez pas à qui vous avez affaire, j'ai des amis journalistes, moi ! – Virez-moi cette sorcière ! – Si un seul flic me touche, un seul, vous m'entendez, je tombe. – Cette folle est bien capable de se faire mal, tiens, qu'est-ce que je disais, la voilà dans les pommes, madame ! madame ! »

Blanche comme un linge, Marthe a glissé par terre. J'ai dit que j'étais médecin, ils m'ont laissé l'examiner, elle se marrait en douce, moi, pas tellement, je ne trouvais pas son pouls. On l'a allongée sur trois chaises, j'ai demandé de l'eau, elle a ouvert un œil et m'a serré le poignet en murmurant tout bas : « Je simule, t'inquiète pas. » J'ai fait celui qui voulait la laisser reposer, non, monsieur le commissaire, il vaudrait mieux ne pas la déplacer. Hypothermie respiratoire, vascularisation insuffisante, le pouls est presque inexistant, mais je crois qu'il suffit d'attendre, j'ai dit n'importe quoi, il a bougonné, sans plus.

Pendant le temps de l'interrogatoire, elle est restée là, sur ses chaises, avec de grandes suffocations parfaitement plausibles. J'ai présenté mes excuses aux forces de l'ordre et j'ai essuyé un sermon. Comme c'était un peu long, et pas mal embrouillé, Marthe a gémi un « Laissez-moi mourir » sorti de son vieux répertoire d'opéra. Vaguement inquiet, le commissaire s'est penché sur elle. « Notre avion pour le Cameroun s'envole dans un quart d'heure, s'il vous plaît… » Et il en a eu marre, le bonhomme. Il a lâché. « Bon, vous pouvez y aller tous les deux. »

– Eh bien voilà ! dit Marthe tranquillement. Est-ce que c'était si difficile ?

Il l'a menacée de poursuites, outrage à autorité dans l'exercice de ses fonctions, elle s'est rajustée en vitesse, et nous sommes partis.

Elle marche en silence, l'air furibond. Je la regarde en coin, le rose est revenu à ses joues. Comment diable a-t-elle fait pour se mettre dans un tel état ?

– Un vieux truc de yoga, me dit-elle. J'ai suspendu ma respiration. Pour ralentir le pouls, c'est idéal. Quand nous serons dans l'avion, j'aurais deux ou trois choses à te dire, mon neveu.

– Tu ne vas pas m'engueuler !

– Avance !

On réveille Prem, on gagne la porte 28. En marchant vers le guichet d'embarquement, je rumine. Penser que je n'ai pas résisté à Bozzie ! Quel abruti. Elle m'a eu ! Et ainsi de suite. Marthe me donne des coups de coude dans le dos, « Va plus vite, Théo ! Tu lambines, tu rêveras plus tard, tu en as fait assez pour aujourd'hui ! » Ah, ça ne va pas être triste, ce vol pour Yaoundé !

Toute l'Afrique embarque avec nous. Fonctionnaires sapés comme des milords, mémères emmitouflées dans des draperies dorées, marabouts en boubou blanc, lunettes noires et barbiche, beautés canon juchées sur des talons aiguilles, filles aux tignasses tressées, et les bébés hurleurs. On s'installe, on se ceinture.

Prem, légèrement ahuri.

– Qu'est-ce qui se passe ? demande Marthe en fronçant les sourcils. La fièvre qui repart ?

– Je n'ai jamais vu autant de peaux noires de ma vie, souffle-t-il. Et dire que j'ai des cousins établis au Kenya...

– Ah ! Théo, écoute ça. Savais-tu que les Indiens ont peur des Blacks ?

– On n'a pas de peaux noires en Inde, je suis simplement surpris, dit Prem. Je vous rappelle que j'ai de la famille à Nairobi. Vous n'allez pas me taxer de racisme !

– Oh que si ! Vous prétendez ne pas connaître les peaux noires en Inde ? C'est faux. Les autochtones des îles Andaman sont noirs, sans même parler des préjugés de caste ! Les races supérieures n'ont-elles pas le teint clair ? Les basses castes ne sont-elles pas « foncées », comme vous dites ?

– Je le sais mieux que vous, ma chère, je suis indien, humaniste par-dessus le marché. Enfin, je m'y efforce. Et je cherche à comprendre toute l'humanité. Dans les groupes humains, il y a ceux qui sont curieux des autres, qui sont rares, et ceux qui se protègent de l'inconnu. Redouter le contact avec un autre peuple, il n'y a rien de plus normal, tous les anthropologues vous le diront.

– Tiens, dit Marthe. Et qui ça ?

– On va prendre un Français, votre Claude Lévi-Strauss. J'ai lu *Race et Histoire*. Et qu'est-ce que j'ai trouvé ? Que la notion d'humanité s'est longtemps arrêtée aux frontières du campement. Dans de nombreuses tribus, on appelle l'autre « œuf de pou », « singe de terre », « mauvais », « méchant » ou « barbare » et l'on se réserve à soi-même l'humanité. Moi, homme, toi, animal. L'étranger est une apparition, une sorte de fantôme qui n'a rien d'humain.

Il dit ça tranquillement ! Je n'y tiens plus.

– Mais c'est cela, le racisme !

– Je trouve aussi, dit Marthe. Œuf de pou, singe de terre, ma parole, Prem…

– Mais ce n'est pas moi qui le dis ! s'échauffe-t-il. Je cite le témoignage d'un anthropologue ! Vous êtes d'une arrogance incroyable ! Évidemment, pour des Européens du XXIe siècle, ça n'est pas difficile ! Vous avez tellement intériorisé vos Droits de l'homme qu'il vous est impossible de comprendre le fonctionnement des groupes qu'on a si souvent persécutés… Leur façon de penser vous dérange ? Eh bien, réfléchissez. Vous ne les traitez pas d'« œufs de pou », mais vous les avez longtemps appelés des « sauvages », et encore maintenant, vous tâtonnez pour trouver comment désigner ces petits groupes opprimés. Indigènes ? Premiers ? Primitifs ? Autochtones, selon l'appellation de l'ONU ?

– Pardonnez-moi, dit Marthe. Parfois, je suis injuste.

– Je préfère ! Parce que, vous savez, les exemples abondent ! La fréquentation amicale des autres peuples n'a rien de naturel… Qu'ont fait les conquistadors quand ils ont rencontré les Amérindiens pour la première fois ? Ils leur ont fait subir le supplice de l'estrapade, en les plongeant dans l'eau, pour savoir s'il s'agissait d'hommes ou d'animaux. Et qu'ont fait les Amérindiens de leur côté ? Ils ont brûlé vifs les Blancs, pour savoir s'ils avaient une âme. Et ce ne sont pas les peuples qui se cognent, ce sont leurs dieux ! N'oubliez pas ce que je vous ai dit sur l'espace mental des niches écologiques…

– Le fait est que vous reculez devant les peaux noires.

– Mais je recule aussi en débarquant seul à Paris, ma chère ! Comment vous sentiez-vous en arrivant en Inde pour la première fois ? Sérieusement, Marthe.

– Il y a si longtemps… Que je me souvienne. J'avais dix-neuf ans… Je suis arrivée à Bombay et… Mon Dieu ! Vous avez raison. J'étais morte de peur. Mais ce n'était pas la couleur de la peau, j'étais en grand deuil et cette foule énorme…

– C'était l'Autre, dit Prem. Rien de plus. Si vous êtes honnête, vous identifierez en vous des instants fugitifs où vous éprouverez la peur de l'Autre au premier abord. Le premier abord seulement. Je ne vous en demande pas davantage. Ensuite, on s'humanise.

– Très bien, dit Marthe. Que dit Lévi-Strauss sur cette seconde phase ?

– Eh bien, cela dépend. Il y a bien un exemple dans le second tome de l'*Anthropologie structurale*…

Et Prem commence à raconter une histoire extrêmement compliquée d'Indiens d'Amérique du Nord. Les Mandan et les Hidatsa, vers la fin du XIXe siècle, furent contraints de vivre ensemble. Acculés par l'armée des Blancs à coexister dans la même réserve avec moins d'espace, ils s'adaptèrent au fil du temps. Étaient-ils pareils ? Non. Mais ils n'étaient pas non plus trop différents. Leurs mythes et leurs légendes s'accommodaient tant bien que mal. Les deux peuples, Mandan et Hidatsa, avaient pour héroïnes une Dame salvatrice, l'une Bisonne blanche, l'autre Soie-de-Maïs, ce n'était ni la même ni une autre, mais toutes deux renvoyaient à l'alimentation, aux saisons, aux modes de nourriture : la Bisonne pour la chasse, la dame Soie-de-Maïs pour l'agriculture. Finalement, les deux peuples se sont arrangés. Bon ! Mais il n'empêche. Lorsqu'il a fallu décider de l'emplacement des habitations, les sages des deux peuples ont fait une déclaration tournée à peu près ainsi : « Il serait mieux que nos habitations ne soient pas trop proches les unes des autres. Ni trop loin. Trop près, nos jeunes se querelleraient et il y aurait la guerre. Trop loin, ils ne se connaîtraient plus et il y aurait la guerre. Construisons nos habitations à la distance de la fumée des feux… »

– Voilà le vrai, conclut Prem. Pour éviter qu'un peuple domine l'autre, il suffit de trouver la bonne distance en matière de voisinage. Ni trop loin ni trop près, à la distance de la fumée des feux, établie d'un commun accord. Sinon, l'émeute éclate, ensuite le massacre. Suis-je clair ?

– Oh ! parfaitement, dit Marthe. Mais ce n'est pas gai.

– C'est toujours mieux que d'imposer sa loi morale aux inconnus, grogne-t-il. Et maintenant, bonsoir !

Il s'emmitoufle dans sa couvrante et fait mine de dormir. Marthe et moi, on se lève, on va faire les cent pas.

– Tu voulais m'expliquer des tas de choses, ma tante.

Elle rougit, embêtée. Se tait. Tord la bouche.

– Tu as perdu ta langue ?

– Écoute, Théo… Je ne veux pas me mêler de tes affaires.

– Mais je te le demande !

– Tu risque de regretter.

– Tu n'aimes pas Bozicka ?

– Oh ! Je l'ai à peine vue.

– Mais elle ne te plaît pas. Je me trompe ?

– Elle me rappelle quelqu'un, dit-elle d'un air rêveur. Laisse-moi te poser une question. Le blond de ses cheveux est-il naturel ?

Pas moyen de lui soutirer autre chose.

Je me plonge dans mon ordinateur.

Répartition des Pygmées au Cameroun, drôle de pays dont la pointe va au Tchad comme un doigt crochu, dunes, sables et désert, tandis que vers le sud, en Afrique forestière, vivent les Pygmées. Ceux qui vont nous accueillir sont des Bakola, qui vivent en petits groupes dispersés le long de la ligne du *pipe*, environ deux mille cinq cents pékins subsistant de chasse et de cueillette. Tel est l'enjeu du *pipe* : pourront-ils continuer à chasser, à cueillir, quand leur environnement est un chantier géant ?

L'oléoduc mesure 1 078 kilomètres. Entré en fonctionnement partiel le 8 juillet 2003, il atteindra son plein régime fin 2004, en transportant l'équivalent de 260 000 barils de pétrole par an. Son point de départ se trouve dans la région de Doba, au Tchad, et son point d'arrivée est un tanker géant arrimé en pleine mer, à 11 kilomètres de Kribi, petite station balnéaire sur la côte du Cameroun. Ce vaisseau peut stocker à lui seul 2 millions de barils. Les chiffres sont gigantesques. Versée sur un compte bancaire à Londres, la rente pétrolière, qui commence à rentrer, rapporte 120 millions de dollars par an au Tchad, beaucoup moins au Cameroun, simple point de passage. C'est le Tchad qui est propriétaire des champs de pétrole, « notre sang », comme disent les Tchadiens.

Notre sang, du pétrole ? Moi, ça me fait froid dans le dos.

Cameroun, 15 % de terres arables, 5 % irriguées, 50 % de forêt équatoriale. Cinquante pour cent de forêt, pour une planète qui a du mal à respirer, c'est un trésor de biodiversité. Le trésor est-il en passe d'être volé ? Oui.

Ce soir, je dîne avec un mec de Global Forest Watch, qui va me briefer sur la déforestation, ce cancer du poumon de la planète. Normalement, il doit m'introduire dans une exploitation de bois tropicaux, mais ce n'est pas encore ficelé, on ne sait jamais au Cameroun, m'a dit le mec sur Internet. Pourquoi ? Ah, voilà ! Grand mystère. Ce pays n'est pourtant pas une dictature !

Langues officielles : anglais, français, allemand, héritages d'une colonisation tourmentée. Voisins turbulents : à l'ouest, le

Nigeria, à l'est, la République démocratique du Congo – du moins, ce qu'il en reste –, au Sud, le Congo, le Gabon et la Guinée équatoriale, bourrés de pétrole. Le pays produit du café, du cacao, du caoutchouc et bien entendu, du coton. Foutu coton ! Depuis combien d'années les pays riches profitent-ils du coton des pauvres ? Cameroun, 15 millions d'habitants, taux de croissance démographique 3 %, suffisamment pour fabriquer des foules de jeunes chômeurs, comme partout en Afrique.

Cameroun, frontières incertaines, pays pillé. Les guerres rôdent tout autour, en Sierra Leone, au Liberia, en RDC. Pourquoi se bat-on ? À cause des diamants. Les choses vont si loin en matière de trafic que les diamantaires ont accepté le marquage des diamants, avec le processus de Kimberley, conçu pour moraliser ce commerce. Désormais, les diamants seront certifiés. C'est une victoire des ONG spécialisées dans l'exigence de transparence, qui ont un mot d'ordre simple : *« Publish what you pay »,* publiez donc vos revenus chez un tiers de confiance, c'est-à-dire une instance capable de vérifier la véracité de vos déclarations. Et les guerres continuent…

C'est à cause des forêts. Tellement dévastées par les factions que le Conseil de sécurité de l'ONU a décidé un embargo sur le commerce des bois tropicaux au Liberia. Et le Cameroun ? Il se trouve dans ce maelström.

Et qu'est-ce que je lis ? Un pays qui ne va pas trop mal ? Ah oui. Pas un seul coup d'État en vingt ans. Si vous comparez avec la Côte d'Ivoire, ce n'est pas rien. Et cet oléoduc, s'il enrichit Exxon, a déjà créé des milliers d'emplois, tenez, dix mille au Tchad, rien que pour la construction.

Quoi, les Pygmées ? On s'occupe d'eux, bien sûr ! Vous nous prenez pour des sauvages ! Ils sont indemnisés – plan par plan, arbre par arbre, et si vous vous imaginez qu'ils ne discutent pas, vous vous trompez ! Ces peuples sont de redoutables négociateurs. Quoi, leurs terrains de chasse ? Vous rêvez ! On ne peut pas tout avoir ! Des emplois et des territoires vierges pour la chasse, c'est une contradiction, voyons ! D'ailleurs, les Pygmées, vous savez, il y a longtemps qu'ils se sédentarisent… Non, non, ce n'est pas nous, ce sont les missionnaires, les petites sœurs de Jésus et celles de l'Assomption. Nous ne sommes pas responsables ! Nous arrivons plus tard… Des modes de vie se perdent ? Nous n'avons pas en charge la diversité culturelle. Veuillez vous adresser à l'Unesco, boutique d'à côté. Impuissante, dites-vous ? Ça, nous n'y pouvons rien. Combien sont-ils ? Un tout petit million en tout ? Franchement, ce n'est pas sérieux. Nous autres qui équipons les pays pauvres, nous avons d'autres soucis.

Je les entends d'ici, demain, mes deux vieux. Leur hymne au progrès, leurs rêves de plein emploi. Leur sagesse accablée en face de ma révolte. Ce que je viens chercher ? L'amour de la forêt. Le respect des grands arbres. Un précaire équilibre entre nature et culture, la sauvegarde des petits peuples menacés par l'Occident depuis le XVIe siècle. Il en va de l'humanité comme des espèces biologiques : sa diversité s'étiole tout pareil.

Sur la route qui va de l'aéroport à Yaoundé, les arbres mesurent quarante mètres, géants pensifs et déglingués. Leur tronc sans fin est étriqué, les feuilles ne poussent qu'en haut et du sommet des branches, pendent de longues dentelles vert pourri, des lichens très bizarres dans les trouées de brume. Au sol, la terre de latérite est rouge sang de bœuf, on y brûle du bois, et des langues de fumée dévalent le long des champs. Sur les talus, grimpent des enfants en chemise qui agitent les bras au passage des voitures. Les femmes déambulent, un fardeau sur la tête, qui leur maintient le cou absolument droit, comme des œillères guideraient le trajet d'un cheval. Cabanes brinquebalantes, tôle ondulée sous nuages lourds. Palmiers d'enfer, d'un vert irrésistible. Seaux de plastique vermillon, rose à l'état pur, vert orange, taches de couleur dans un beau cauchemar. L'orage est permanent, on va sous la menace.

Sauf la ville. Bâtie sur des collines, parsemée de prairies, elle vit modérément en mélangeant le vieux, le neuf, le toc, le très ancien, le bide, le moderne, la frime des grands hôtels. C'est là que nous allons, au confort, dans le luxe – je n'ai pas pris de risque, dans quelques jours, Marthe devra marcher pendant des heures.

Il ne fait pas trop chaud, on est en altitude et pourtant, l'humidité de la forêt n'est pas loin. Draps légèrement moites, clim incertaine, eau rousse sous robinets coincés, moquettes imprégnées, moitié odeur de sylve, moitié eau de Javel. « On dirait Calcutta sans le Gange », dit Prem.

– On ne dirait rien du tout, dit Marthe. Cette manie de comparer, c'est ridicule. On dirait Yaoundé, capitale du Cameroun, et voilà !

– Mais ça me fait plaisir ! proteste l'ami Prem. Calcutta est ma ville, je ne m'attendais pas à retrouver un peu de Bengale en Afrique, c'est une bonne surprise !

Prem a les yeux lourds de sommeil et Marthe ronchonne, fatiguée. Vite, au lit. Demain, départ en voiture au lever du soleil pour quelques heures de route jusqu'à Kribi, au bord de l'océan.

Je couche mes deux vieux prestement et je file retrouver le mec de Global Forest Watch au resto, une sorte de bistrot chic où les Camerounais friqués emmènent souper leur « deuxième bureau ».

Il s'appelle Martin Clay, il est canadien, il est révolté – son pays est l'un des plus gros importateurs de bois. La trentaine longiligne, blond cendré, regard gris lumineux sous lunettes d'écaille, un beau sourire de Christ. Pauvre bonhomme ! Il mâchonne un chewing-gum histoire de ne pas fumer, et il tripote ses doigts qui s'agitent nerveusement – manque de magnésium ? Je propose un pétard, il refuse, pas question. Il a les traits tirés du responsable Oènegesque portant le poids du monde sur ses épaules.

– Oènegesque ? Qu'est-ce que c'est ? s'étonne-t-il.

– Je viens d'inventer ça. Oènegesque, en français, dérivé d'ONG. Ou alors Oènegique ? Militant dans une ONG, si tu préfères.

– Toi, tu débutes dans le mouvement, dit-il d'un air de reproche. Quand on a de l'expérience, on n'a plus le cœur à plaisanter.

– Même pas le soir, pour rire ?

– Tu ne te rends pas compte, dit-il avec gravité. D'ici une cinquantaine d'années, toutes les forêts primaires auront disparu et les conséquence seront terribles ! Terribles !

– C'est pour cela que je suis ici. Alors ?

– Autant le dire tout de suite, pour aller voir de près la coupe des bois tropicaux, c'est à l'eau. Les exploitants sont devenus méfiants. Remarque, avec tout ce qu'on leur balance, ça se comprend !

Et aussitôt, les chiffres : 80 % de la forêt primaire mondiale dégradés en trente ans, en majeure partie par la coupe des arbres pour exploiter les bois tropicaux, sans compter les 25 % d'augmentation prévue d'ici à 2010. Ce qui nous conduit à 75 % de dégradation pour les forêts primaires. Bigre ! Ce ne sont pas seulement les grands exploitants, non, les petits paysans aussi déboisent allègrement pour cultiver leurs parcelles, lesquelles, pour cause d'héritages ou d'interventions gouvernementales, se réduisent comme peau de chagrin, de sorte qu'on est obligé d'éradiquer les arbres pour cultiver son tout petit lopin. Au bout du compte, les petites exploitations font autant de ravages que les multinationales, sinon davantage.

– Et tu connais les résultats, dit Martin. Un, quand la voûte de feuillage disparaît, la température au sol grimpe dans des proportions considérables, tiens, en Amazonie, ça va jusqu'à 12 degrés de plus que la forêt humide encore couverte de feuillage. Deux, comme le cycle de la transpiration des feuilles est déréglé, les arbres ne relâchent plus d'humidité dans l'atmosphère, et les pluies diminueront. Trois, le reste des pluies tropicales ne sera plus retenu par les sols forestiers déboisés, et n'ira plus nourrir les nappes phréatiques. Les sols, dans ce cas-là, sont « cuits ». Quatre, il y aura donc des inondations et des glissements de terrain. Cinq, lorsque la forêt est rasée, le carbone, stocké dans les arbres à proportion de 40 % du carbone terrestre, se libère sous la forme de CO_2. Six, quand il y a des forêts, le sol se recycle en nutriments avec les matières organiques issues des arbres, mais sans forêts, le sol n'a plus de nutriments. Est-ce que tu vois ?

– Je vois l'apocalypse ! Augmentation du réchauffement climatique, déperdition des eaux de pluie, inondations et catastrophes, érosion définitive des sols. Quoi d'autre ?

– Eh bien, les solutions ! dit-il. Un, cesser de gaspiller ; deux, recycler les bois coupés, recycler le papier ; trois, interdire l'exploitation des bois de la forêt primaire, boycotter les architectes qui s'en servent ; quatre, obliger les gouvernements à créer des parcs nationaux, les empêcher de se lancer dans des chantiers coûteux utilisant les bois précieux, bref, le topo habituel, tu vois ?

– Et les petits paysans ?

– Que les gouvernements les payent pour replanter ! Mais là, il faut voir large. Un, annuler les dettes des pays pauvres ; deux, conseiller les agriculteurs pour qu'ils reboisent avec des arbres fixateurs d'azote ; trois...

– Stop ! Arrête de compter sur tes doigts ! On dirait un boulier !

J'ai crié. Martin, stupéfait, fixe les cinq doigts de sa main gauche qui servent de compteur à sa main droite.

– Ma foi, tu as raison, dit-il enfin. Je suis tellement absorbé par mon boulot que je deviens un peu mécanique, quelquefois. Il faudrait avoir des yeux dans le dos pour tout surveiller, et c'est si difficile de convaincre ! Tous les jours, j'ai l'impression de prêcher dans le désert. Quand ils subventionnent la culture des bananiers, les gouvernants d'Afrique sont sûrs de faire le bien, n'est-ce pas ? Eh bien, pas du tout. Le bananier exige un gros déboisement. Et c'est pareil pour tout. Les gens ne savent pas. Il faudrait... Il faudrait...

– Ça va aller, lui dis-je. On va le faire. Parle-moi des Pygmées.

Son visage s'illumine, il crache son chewing-gum. Pour m'accompagner chez les Pygmées Bakola, il a déniché un nutritionniste, un jeune anthropologue, et même un pygmologue camerounais.

– Avec eux, tu es sûr de faire la connaissance de vrais Pygmées, et dans la vraie forêt, dit-il. Parce qu'autrement ! Sais-tu qu'à Kribi, à quelques kilomètres de la station balnéaire, on a inventé un vrai-faux village de Pygmées composé de figurants pygmées qui s'habillent en haillons pour les touristes ? Tandis qu'en forêt, tu verras toute la différence. La pénombre, les chants d'oiseaux, les papillons géants, les insectes, la vie fourmillante de la diversité, c'est beau, mon vieux… Si j'avais le temps, je t'accompagnerais, j'aime tant les arbres !

– Et les Pygmées ?

– Aussi, dit-il. Les pauvres ! Protéger la forêt, c'est protéger les peuples qui y vivent.

Gros soupir. Martin me fait penser à un prophète. Et comme tous les prophètes, quand arrivent les plats, il dévore, c'est un ogre.

Il a quand même fumé un joint, pour finir. Cela m'a rassuré.

En rentrant me coucher, j'ai trouvé une Bible dans la table de nuit. Je l'ai ouverte au hasard. Isaïe, XIX, 2-7. « Les eaux tariront dans la mer, le fleuve sera asséché et à sec. Les fleuves seront infects, les canaux d'Égypte s'amenuiseront et seront asséchés, le roseau et le jonc se tacheront de noir. Malheur aux nations qui pèchent, à ses fils corrompus ! »

Ça ne plaisante pas. Pour m'endormir, je préfère relire le Cantique des cantiques, et je tombe sur des mots qui m'enchantent, IV, 10-16, « Fontaine des jardins, puits d'eaux vives, ondes qui descendent du Liban ! » Je pense à Renate, ma fluide, mon eau vive.

Plus tard dans la nuit, je rêve à elle. Toute nue et décoiffée, Renate gémit dans son sommeil, les yeux ouverts. Je l'éveille, je la berce, je lisse ses cheveux roux, je la coiffe, je repose doucement la tête absente sur l'oreiller.

Le lendemain, ça bâille chez mes deux vieux. Pendant deux heures, j'ai la paix. Je regarde à loisir le ruban de bitume qui circule entre les talus rouges. Une foule est en marche, paisible et fatiguée. On ne s'arrête pas, on porte à la main, sur la tête, les paquets, les enfants, le barda. Chargés de baluchons, pieds nus dans les sandales, ils avancent, les gens, en rangs serrés. En ce petit matin, les boubous sont flashy ; tout au long de la route, sur des éventaires de fortune, des marchandes bien vêtues présentent des fruits ou des légumes, goyaves, papayes, melons, patates douces. Nous votons une halte.

Et soudain, c'est l'horreur. J'en ai pourtant vu d'autres au Sierra Leone, mais ça !

Allez savoir pourquoi je craque.

Suspendu au bout d'une potence, un petit animal mort est en vente. Pas plus gros qu'un agneau nouveau-né ; je ne sais pas ce que c'est. L'être inconnu a un pelage de biche, des oreilles menues, un ventre rebondi à souhait, l'œil luisant, tendre encore de la vie qui s'en va. Sur le côté, s'ouvre une plaie saignante, coup de fusil, la chasse. Je caresse le flanc, la peau me paraît tiède, on va la dépecer, faire sauter le bel œil noir profond, découper en morceaux, faire cuire en salmis…

– Tiens, une antilope-lièvre, dit Marthe. La viande n'est pas mauvaise, autant que je m'en souvienne. Oh ! Mais qu'est-ce que je vois ? Un porc-épic ! Un singe ! Quelles merveilles !

Il y a d'autres potences, d'autres victimes. Le pire, c'est le singe doré au museau bleu azur, mains jointes autour d'un bâton. J'ai envie de dégueuler, je m'en vais.

– Tu n'es pas bien, Théo ? crie Marthe. Prem, allez donc voir.

Prem m'a rejoint. Il ne s'étonne pas trop.

– C'est l'animal mort ? me dit-il.

– Oui, dis-je en hoquetant.

– Très bien, dit-il. Pour comprendre l'interdit sur la chair, il faut avoir éprouvé de la compassion pour une bête morte. Maintenant, vous savez. Chaque fois que vos lèvres introduiront un morceau d'animal dans votre corps d'homme, vous vous souviendrez que vous êtes cannibale, Théo !

– J'ai mal au cœur, Prem !

– C'est un début, dit-il. Vous avez le temps d'y penser. Vomissez un bon coup, et n'allez pas chercher querelle à votre tante !

Je dégueule, je me mouche, on s'en va, et pendant ce temps-là, Marthe attend, bras croisés, devant le singe d'or au museau bleu.

– Alors, on fait sa crise ? lâche-t-elle. Je te croyais pourtant aguerri, mon neveu… Tu as dû voir des morts dans tes camps de réfugiés ! Ces morts étaient des hommes, pas des animaux !

– Fiche-moi la paix !

– Je ne vois pas pourquoi ! Il t'est bien arrivé de voir sur les étals, à Paris, aux alentours de Noël, des faisans dans leurs plumes, du gibier dans son poil, et tu les mangeais de bon cœur !

– Là, tu te goures, ma vieille ! Complètement. Une fois, à la campagne, on était chez les Vatelin, à la ferme d'à côté, tu étais là, Tante Marthe, la grand-mère a tué un lapin. Maman a voulu m'écarter, mais j'ai vu ! La vieille avait arraché au couteau l'œil tout vivant, le lapin convulsait, le sang pissait partout, j'ai dégueulé, est-ce que tu te souviens ?

– Oh ! très bien, dit Marthe. Tu avais vomi sur mes souliers.

– Et toi, tu m'avais expliqué patiemment. Pour saigner une bête, arracher l'œil, c'est mieux. Je crois que c'est à ce moment-là que je suis devenu écologiste.

– Tu reconstruis, dit Marthe. Tu ne parlais jamais des animaux. Tu ne t'intéressais qu'aux dieux d'Égypte.

– Justement ! Les dieux d'Égypte ont tous des têtes animales ! J'y trouvais mon compte, tu ne crois pas ?

– Si, dit-elle, frappée. C'est vrai ! Je n'y avais pas pensé.

– Une chose est sûre, Tante Marthe. Depuis l'œil du lapin, je ne peux plus voir de bête abattue. Pour l'antilope-lièvre, ce sont ses yeux doux, on dirait de l'humain, enfin oui, j'ai craqué, là !

– Tu n'as jamais craqué sur tes terrains de guerre, c'est bien ça ?

Elle me persécute ! Elle n'arrêtera pas !

Je m'allonge à l'ombre de la voiture, je ferme les yeux. Et les bras tranchés font surface. D'un bond, je me relève. On ne peut pas craquer dans le cœur de l'action, figure-toi, Marthe. Les souvenirs, c'est pour plus tard quand on aura le temps. Il vaut mieux ne pas le trouver, ce temps-là ! La preuve, tu vois, l'antilope-lièvre. Un œil noir dans un corps chassé, et je dégueule, Marthe, j'ai mal au cœur.

– Alors tu as craqué pour une antilope-lièvre parce que ces images mijotaient à l'intérieur de toi…

Elle me prend dans ses bras. « C'est fini, ce chagrin ? » chuchote-t-elle.

On va faire comme si, d'accord ? On oublie. On retourne à la vie.

Je lui parle à l'oreille.

– Tu me diras pourquoi tu n'aimes pas Bozzie ?

– Je n'ai rien dit de tel ! Je ne la connais pas.

– Pas de salades, Tante Marthe. Faudra que tu m'expliques.

– Bien ! Mais pas maintenant. Ce soir, si tu veux ?

Va pour ce soir. Et ce soir, c'est Kribi. Longues langues de sable, guinguettes et pirogues, palmiers, aigrettes. Kribi est une plage pour touristes, peuplée de bungalows de bois simple, poisson grillé, moustiques à volonté. Ne pas oublier les gélules ! La totalité de l'Afrique noire est infestée de paludisme. Une bonne moitié de l'Asie, presque toute l'Amérique centrale, trois cent millions de cas par an, deux millions sept cent mille morts par an, dont 90 % d'Africains…

Je n'en démordrai pas.

Je suis obsédé par le Plasmodium falciparum, forme de paludisme pernicieux, qui tue. Ça vient du sang de l'homme infecté, qui germe dans l'estomac du moustique, qui le refile à l'homme en le piquant. Ça descend dans le foie. En dix jours, ça implose. Ça a même découvert comment se protéger des sels de quinine, Renate expliquait ça très bien à Noukous, et ça s'est défendu contre l'action de l'homme. Plasmodium falciparum contre l'humanité : un partout. Et quand il ne tue pas, le Plasmodium vivax te flanque à vie des accès palustres, sueur-frissons-sueur en cycles de trois heures, à crever la paillasse, à rendre l'âme à Dieu…

C'est la Nature, madame. Les parasites aussi ont le droit de vivre. N'avez-vous pas mentionné l'autre jour l'exemple du cycle de la sicklémie ? Qu'est-ce qu'on y peut si les insectes piquent ? Lutter contre ? Trop cher. Cinq cent mille enfants morts par an ? Tant pis. Il va falloir attendre que falciparum et vivax empoisonnent l'Europe pour que les choses bougent. Patience ! On y est presque ! À ce que l'on m'a dit, avec le réchauffement climatique, les femelles de moustique anophèle, seules capables de transmettre la maladie, pourraient s'amuser à remonter en Europe, d'où elles furent exterminées à grand-peine il n'y a pas si longtemps. Dans le Languedoc, ou sur la côte orientale de la Corse, les « fièvres » ont duré jusqu'au XIXe siècle, il a fallu attendre les années trente pour démoustiquer sérieusement ces régions. Penser qu'à Versailles, pendant les travaux entrepris par Le Nôtre pour installer le potager du Roi, les ouvriers mouraient de paludisme !

– Tu es sûr qu'on est bien protégé, mon Théo ?

– Pas plus que ça.

– J'ai beau m'être enduite de citronnelle, j'ai des cloques plein les mollets ! Je préfère me coucher sous la moustiquaire. Venez, Prem. Bonsoir !

– Tante Marthe, on devait discuter ce soir...

– Il y a trop de moustiques, Théo. Demain !

Les moustiques ont bon dos, oui ! Me voilà seul. Je repense à l'antilope-lièvre, à ce qui est petit, démuni, orphelin... Et je revois soudain l'œil d'un bébé martyr, à moitié mort de faim dans mes bras. Je l'ai réhydraté, alimenté, nourri, et il s'est remplumé. Pour un que j'ai sauvé, combien d'autres... N'y plus penser. Tu sais très bien, Théo, qu'il ne faut surtout pas rouvrir cette plaie-là.

Ce matin, au petit déjeuner, nous faisons connaissance avec mes partenaires. Voici mes compagnons, Valentin Janvier, jeune ethnologue français, Hugo Thurmann, nutritionniste hollandais, et un grand Camerounais qui se présente en tonitruant, « Bonjour ! Félix Fru Oyono. Je suis, figurez-vous, un pygmologue bantou ! »

– Excusez-moi, c'est rare, les pygmologues bantou ?

Il éclate de rire, d'un grand rire roucoulant.

– Vous n'êtes pas sans savoir que les Bantou sont suspectés d'avoir réduit les Pygmées en esclavage !

– Suspectés, c'est peu dire, ronchonne le nutritionniste hollandais.

– C'est une accusation mensongère ! Bantou et Pygmées Bakola sont descendus ensemble du lac Tumba et du lac Mayi-Mdombé, au Congo, au milieu du XIXe siècle, chassés par des inondations dévastatrices. Nous avons les mêmes langues, et le même destin. Alors, l'esclavage, ne m'en parlez pas ! Les Bantou et les Bakola cohabitent.

– Une cohabitation, dit Marthe. C'est vraiment singulier. Je vous félicite.

– Merci ! dit Félix en se rengorgeant. Le Cameroun est une mosaïque de peuples imbriqués les uns dans les autres, et c'est un tel miracle de voir vivre un pays à peu près réuni, sans guerre civile... Il y a beaucoup à faire en ethnologie. À ce propos, je voudrais que notre jeune ami nous en dise un peu plus sur ses recherches. Allez-y, Valentin !

Soulagement ! Valentin est de ma génération. Nez en trompette, boucles couleur châtaigne, œil noir malicieux, taches de rousseur sur peau très blanche – pincement au cœur, je songe à Renate –, il est très sympathique. Normalien farfelu, musicologue en formation, Valentin s'intéresse aux chants pygmées, célèbres dans le monde entier.

– Vous voulez monter une chorale pygmée à Normale sup ? dit Marthe. Ce serait exquis !

Valentin rougit sous l'assaut et me prend à l'écart.

– Dis donc, qui c'est cette vieille chipie ?

– Ma tante. Ne t'inquiète surtout pas, elle est inoxydable.

Nous partons en 4×4 sur des pistes passables, sable clair, rien de rouge, tout est miel. Au bord des routes, se dressent des maisons en banco étayées par des traverses de bambou, une technique bantoue. La campagne est paisible, partagée entre les plantations d'arachide et de manioc. À côté des maisons se dressent les bananiers et les cacaoyers, surplombés de très haut par les feuillages épais. Comme partout en Afrique, les habitants cheminent. Où vont-ils ?

D'où viennent-ils ? Décalés, des cyclistes titubent sur la piste en ondoyant. Il y aura toujours un enfant pour jaillir d'une cour et traverser la route. Et toujours une main d'adulte pour le garder, main magique sortie de nulle part, la main d'un dieu. L'enfant roule sur lui-même, se relève en riant, personne ne le regarde, on marche vers l'ailleurs, l'enfant s'assied et bouffe une tige en rêvant.

Au bout de trois heures, des Pygmées. Petits ? Non. Un bon mètre cinquante, voire davantage. Je suis un peu plus grand, mais bon, pas tellement… Et moi qui croyais ce qu'on dit dans les livres ! Que Pygmée vient du grec *pugmaïos*, ce qui signifie « haut d'une coudée », que les Pygmées étaient les plus petits hommes du monde… Non, ce n'est pas leur taille qui me frappe, mais leur peau de laiton. Et ça, c'est immédiat : la peau des Pygmées Bakola est brun clair avec des reflets d'or. Ils ne sont ni malingres ni souffreteux, mais rieurs, malicieux, et ils ne sont pas nus, mais vêtus comme tout le monde en Afrique, chemise qui tombe sur pantalon pour les hommes, et, pour les femmes, larges robes à volants de dentelle brodée, de celles qu'on nomme « ndoeukettes » au Sénégal.

– Oui, mais attention, dit Félix. Les Pygmées que nous venons de voir sont déjà à demi sédentarisés. Les Bantou n'y sont pour rien ! Voyez l'église, là. Les petites sœurs de Jésus ont bien fait leur travail. Nos Pygmées sont en bonne santé, mais ils ne chassent plus guère. Enfin, quand je dis « nos Pygmées », comprenez-moi, c'est par plaisanterie. Stop ! C'est ici qu'on entre dans la forêt. À pied.

Dans le village pygmée en bord de route, les maisons sont également de style bantou, en banco. Pas trace des cases en feuilles imperméables savamment cousues par les femmes. Mais en lorgnant le frichti qui cuit sur le feu de bois, on apprend qu'il s'agit d'un ragoût de rat palmiste, petit écureuil gris rayé de noir, assez gras et goûteux. Premier parfum de chasse pygmée.

Ensuite, il faut s'enfoncer dans la grande forêt.

Le sentier est escarpé, étroit, encombré de racines enchevêtrées, d'arbres tombés, de terre pourrissante, traversé par des fourmis géantes en procession, et ça dure ! Félix le pygmologue nous donne des instructions. On ne plaisante pas avec les fourmis. Celui qui croise une colonne avertit la file derrière lui en criant : « Fourmis ! » L'ordre est formel : cesser d'avancer. Laisser passer les fourmis géantes et venimeuses.

Prem s'est fabriqué un bâton de fortune et marche gaillardement, sauf quand surgit l'ordre « Fourmis ! ». Quant à Tante Marthe, elle ahane, mais elle suit. Je n'en demande pas plus. Si seulement elle regardait ses pieds ! Mais non, le nez en l'air, à chercher les oiseaux. Elle ne les verra pas. Fourmis ! Les perroquets sifflent sur la canopée, leurs sifflements résonnent mais elle est si lointaine, la canopée, le plafond de feuillages est si haut, où est la canopée ? Suffisamment profonde pour aérer les sons, mais pour se faire voir, non… Pour ne pas trébucher sur des bêtes qui piquent, marcher le nez en bas. Fourmis !

On les a évitées. Les fourmis sont passées. On s'arrête. On est sur un tumulus dominant une rivière, qu'il faut traverser pieds nus. Tout le monde se déchausse, sauf Marthe.

– Enlève tes baskets, Tante Marthe !

– On m'a toujours dit qu'il ne fallait surtout pas marcher pieds nus dans l'eau en Afrique, dit-elle. Est-ce qu'on ne va pas attraper la bilharziose ?

Tonnerre ! Je n'y ai pas pensé. En théorie, c'est vrai.

– Tu ne me réponds pas, Théo. C'est grave, la bilharziose !

– Cela se soigne, Tante Marthe. Pour en mourir, il faudrait vraiment que…

– Quoi donc ? dit Marthe, affolée. Qu'est-ce que je dois faire ? Et Prem ? Nous ne sommes plus des jeunes gens !

– Allez-y. Vous ne risquez rien.

J'ai dû trouver le ton de commandement, parce qu'ils ont obéi aussi sec. Et les voilà pieds nus dans l'eau courante, en train de traverser la rivière. Transparente, la rivière, mais ça ne veut rien dire. Je ne suis pas rassuré, mais je ne dois pas le montrer. On verra bien ! Assis sur l'autre rive, mes deux vieux enfilent à nouveau leurs socquettes, méthodiquement, puis leurs chaussures. Se relèvent, se prennent par le bras, Prem assure son bâton et la marche reprend. Super !

Encore une petite heure et nous atteignons le campement pygmée que nous sommes venus voir. En sortant de l'obscurité des grands arbres, il fait si clair qu'on cligne des yeux.

Lumière ! Soleil cru dessinant une clairière au milieu d'immenses frondaisons. Que c'est beau, une clairière ! C'est une trouée de ciel dans le vert sombre.

On respire, on regarde. Il n'y a pas de feuilles sur les toits des huttes, mais du chaume côtoyant de la tôle ondulée. On a beau se trouver en pleine forêt primaire, les Pygmées du campement ne vivent pas que de chasse. Comme au bord de la route, on voit un potager, un bananier et des plants d'ananas. Les maisonnettes sont en dur, bâties dans le style bantou. Où sont les huttes rondes et les feuilles tressées ?

– Ce sont des distinctions bien désuètes, dit Félix. Je ne vous dis pas qu'on ne trouve nulle part les huttes en feuillage ! Mais la situation a évolué. Vous avez l'impression d'avoir affaire à des Pygmées sédentaires, alors qu'en vérité, si le chef le décide, l'ensemble du campement peut être abandonné demain. Un peu plus loin en venant sur la droite, à quelques kilomètres du sentier que nous avons suivi, vous pourriez voir les restes du campement précédent, déserté il y a deux ou trois ans. C'est le chef qui décide et d'ailleurs, le voici. Mais silence ! On ne doit pas le déranger.

Sous une toiture ouverte à tous vents, le chef est là. Quel âge a-t-il ? Indécidable. Entre quarante et soixante-dix balais. Sa peau d'or est tannée, ses cheveux grisonnants. Il ne se lève pas pour nous saluer. Il se concentre sur une dame bantoue, très chic dans une robe à fleurs, coiffée d'une élégante perruque de tresses. Sans même bouger la tête, le chef jette un œil de côté – oh l'éclair noir, colère ! – puis son regard revient vers la dame bantoue, qu'il interroge à voix basse. Que fait une citadine en pleine forêt ?

– Regardez mieux, murmure Félix.

Sur l'un des poteaux qui soutiennent l'auvent, j'aperçois une tête de bœuf soigneusement décharnée, et toute enrubannée de chiffons rouges. C'est un dispositif compliqué qu'on peine à voir. D'un côté, depuis la tête de bœuf, les chiffons rouges retombent sur une roue de pierre, noire et lisse, huileuse, cernée de sable. Et de l'autre côté, soigneusement repassés, les chiffons s'enroulent sur des fils tendus qui circulent d'un poteau l'autre, comme une protection, une sorte de gri-gris géant.

Ce rouge ! Ce ne sont pas comme en Inde les fanions délavés du dieu Shiva, vieux et roses, non, les rubans du chef Pygmée sont de la couleur du sang neuf. On frissonne. Au fond d'une calebasse disposée sur le cercle de sable, des racines tordues enlacent des fragments d'écorce. On a beau ne pas savoir où l'on est, dans quel temple, rien qu'à la vue du rouge sang frais, on devine qu'on entre dans une aire sacrée.

Quand l'œil a fait le tour du site, il revient sur le chef, et il marmonne sans nous regarder, le chef. Il ouvre un petit sac de peau d'où il extrait des graines, qu'il compte, avant de les déposer sur la paume de la dame. L'affaire est sérieuse. Ce n'est pas un commerce. Le chef Pygmée est guérisseur.

Bientôt, la dame chic sort de l'auvent et vient nous dire bonjour avec un grand sourire.

– Hou ! Que c'est long, la route à pied jusqu'ici ! gémit-elle en brandissant ses escarpins à talons hauts. Je me suis tordu les chevilles, si vous saviez !

– Et vous êtes là pour quoi ? demande tout de go l'ami Prem.

– Parce que pour guérir, il vaut mieux un Nganga pygmée, dit-elle tout bas. Le Pygmée est beaucoup plus fort !

– Et quelle partie du corps êtes-vous venue soigner ?

L'élégante se détourne. Ce sont des choses qu'on ne demande pas. Tante Marthe voit sa gêne, la prend sous le bras, l'entraîne sous un autre auvent où l'on peut s'asseoir confortablement sur des matelas de paille. L'hôpital.

– Le chef Matthias est un très grand chaman Bakola, dit Félix. Tous les campements pygmées n'ont pas cette opulence, regardez comme la femme du chef est habillée, dentelles et parapluie !

Ce n'est pas n'importe quel parapluie. Énorme et en quadrichromie, rouge, vert, jaune, bleu. Sous l'ombre colorée, le beau visage de la vieille dame pygmée, avenant et moqueur, se plisse de mille rires. Et de faire froufrouter ses broderies anglaises, coquette, va ! C'est cool…

Récapitulons. Sous l'auvent qui sert de salle d'hôpital, Tante Marthe papote avec l'élégante.

Près des bananiers au soleil, la femme du chef nous fait défilé de mode.

Et sous l'auvent central, le chef guérisseur nous attend.

Il reste assis. Son visage est sévère. Félix parlemente avec de grands gestes, met la main sur son cœur, a l'air de s'excuser. Le chef lui jette à la face des paroles qui font mal, je crois bien qu'il l'engueule parce qu'on l'a dérangé. Qu'est-ce que c'est que ces façons d'arriver sans prévenir, au milieu d'une consultation ?

Félix se courbe humblement, sort des billets de sa poche, les pose sur le sol. Le chef a un geste qui signifie l'impatience, ou alors le pardon. Félix rapplique.

– J'ai pris une avoinée, dit-il, un peu penaud. On aurait dû le prévenir, je le savais, mais si j'avais prévenu, vous n'auriez jamais vu le chef Matthias dans son élément ! On aurait eu droit à un accueil protocolaire, et rien d'intéressant. Alors, voilà ce qu'il a décidé.

Je suis autorisé à interroger le chef, Félix servant de traducteur ; et Valentin prendra des notes. Nous sommes priés d'avancer vers lui à pas lents, la lenteur, en Afrique, étant proportionnelle à la puissance. Il se lèvera sans nous tendre la main, et nous commencerons la longue litanie des salutations à l'africaine Comment te portes-tu ? Très bien merci et toi ? Et les enfants ça va ? Et la maman ça va ? Et ton père et ta mère ? Et la santé, ça va ? Interminable récitatif. La politesse est lente comme la puissance. Il faut du temps pour échanger les premiers mots. Et les affaires, ça va ? Passons aux choses sérieuses.

Félix connaît un peu trop le chef Matthias. Quand Félix traduit les questions que je veux lui poser, le chef a l'œil qui frétille dangereusement. Leçon bien apprise ? Je n'ai aucun moyen de vérifier. Sauf peut-être l'intuition de l'ami Prem, qui écoute, yeux mi-clos, la chanson des questions et celle des réponses. Le chef répond dans sa barbe, et très vite. Comment s'est décidé le tracé du pipe-line ? Chaque campement a été consulté. Chaque campement, ou chaque chef ? C'est la même chose ! regimbe Félix. Ah bon. Comme beaucoup d'autres, le chef Matthias a souhaité que le *pipe* ne passe pas trop loin de ses terrains de chasse, pas plus de cinq cents mètres de son campement. Ah bon ?

Oui. À cette distance, un bananier fait l'objet d'une compensation financière férocement calculée, comme le plant d'ananas, le bananier ou bien, mètre par mètre, les plants de manioc dans le potager. Le *pipe*, c'est beaucoup d'argent pour les Pygmées. En outre, pendant la construction, des médecins sillonnent le chantier et c'est très commode pour avoir des médicaments. Ah bon ! Mais je croyais que le chef Matthias était un guérisseur !

– Vous n'allez pas confondre, malgré votre jeune âge, la médecine des chamans et les antibiotiques ! dit Félix. Le chef Matthias désenvoûte les malades et les sauve des persécutions sorcières. Ce n'est pas la même chose ! Les deux sont complémentaires.

Ah bon.

C'est vrai qu'en pleine guerre, dans un camp de réfugiés, je n'ai pas eu le temps de travailler sur cette distinction. La médecine d'urgence que j'ai pratiquée est d'une autre nature, bistouri, chirurgie, injections. Pas le temps de parler, pas le temps d'écouter. Intrusions dans le corps, conçu comme un objet. Ce n'est pas que j'aime ça, mais j'ai choisi, voilà. En période de massacres, il faut savoir réparer les corps qui saignent. Obsession.

Voyant que je rumine mes éternels soucis, Félix enchaîne. Depuis qu'ils savent cultiver, les Pygmées Bakola ne se contentent plus des produits de la cueillette et de la chasse, même s'ils ne négligent pas leurs activités traditionnelles. Pourquoi ont-ils changé ? Il n'y a plus trop de gibier.

Ah bon ? À cause du *pipe* ?

– La construction vient à peine de s'achever ! rugit Félix. Non, ce n'est pas le *pipe*. C'est la vie de la forêt quand on coupe trop d'arbres, demandez donc aux sociétés françaises, japonaises, malaisiennes, qui exploitent le bois du Cameroun !

– Demandez-lui quand même si, pour lui, la construction du *pipe* est un bien ou un mal !

Félix hausse les épaules et traduit. Le visage du chef Matthias s'éclaire, il s'étouffe de rire et répond, malicieux.

Le *pipe*, c'est bien. Très bien.

– Qu'est-ce que je vous disais ! crie Félix, triomphant. Vous autres des ONG, vous voyez le mal partout ! Le pire, c'est que vous ne distinguez pas les vrais problèmes. Savez-vous quelle est la vraie menace que fait peser le *pipe* sur les Pygmées ? Le sida, mon ami. Le sida !

– Comme partout en Afrique, j'imagine.

– Ah mais non ! Davantage ! Construire l'oléoduc, ça ramène des masses d'ouvriers venus d'un peu partout, coupés de leurs familles et ce n'est plus une route qui s'ouvre pour le sida. Une autoroute, Théo ! Une autoroute ! Nous avons fort à faire ! Vous comprenez maintenant la raison de notre surveillance. Cela dit, vous savez, l'alimentation est mieux régulée ainsi. Mais ce n'est pas ma partie. Hugo ! Explique à notre jeune ami écologiste comment fonctionne l'équilibre alimentaire de nos Pygmées !

Ses Pygmées, nos Pygmées ! Félix le pygmologue me fatigue. Pour me mettre à l'abri de son bagout, j'entraîne Hugo à l'écart, sous les arbres. C'est un austère Hollandais à barbiche, marié à une Camerounaise, l'un de ces hommes fous d'Afrique, et qui ne sauraient vivre sans elle.

Fait son boulot avec rigueur.

– Contrairement aux Pygmées de l'est du Cameroun, commence-t-il, les Bakola ne souffrent pas de goitre et ne manquent pas d'iode – l'océan est suffisamment près pour fournir un peu de sel iodé.

– Sinon ?

– Sinon on fabrique le sel en se servant de cendres, c'est un procédé très commun pour obtenir de la potasse. On dit, c'est une rumeur, que le manioc empêcherait le goitre. Mais les Bakola des campements résorbent mal le fer, et souffrent d'amibiase, mal très commun ici, comme partout dans les pays pauvres. Le grand problème, c'est la salubrité. Les latrines ? Elles sont « derrière la case ».

Hygiène improbable, je connais. Cela veut dire amibes et vers. Pendant qu'Hugo disserte en longueur, je jette un œil sous l'auvent où j'ai laissé le chef. Et qu'est-ce que je vois ?

Prem parlemente avec le chef Matthias, avec l'aide de Valentin, qui interprète. Il est illuminé, le chef Matthias, il est ravi et sa parole vibre, posée sur l'ami bengali avec une intensité nouvelle...

Félix n'est pas content. L'interprète, c'est lui. De quoi se mêle le jeune Valentin ?

– Je ne savais pas que vous parliez nos langues ! lui dit Félix. Vous auriez dû me prévenir !

– C'est vrai que je connais un peu la langue des Pygmées, s'excuse Valentin. Pour résider ici, il faut bien !

– Parce que vous restez ? dit Félix d'un ton sec.

– Quelques mois, dit Valentin.

– Et qu'est-ce qu'il dit ? demande Félix en désignant le chef.

– Rien de particulier, dit Valentin en rougissant. Le chef Matthias parle d'un programme d'autopromotion des Pygmées. On leur donne des papiers d'identité, on constitue leur état civil, pour les protéger des planteurs et des flics.

– Cirepe 2000, bougonne Félix. Je connais. En sept ans, on a tout juste réussi à délivrer quarante-cinq cartes d'identité dans la région de Lolodorf.

– Le chef a raconté l'histoire d'un Pygmée qui s'était rebellé contre son employeur parce qu'il n'était pas payé, et il avait été séquestré trois jours. C'était en 1989. Trois jours, c'est énorme !

Mais une fois sorti, il a porté plainte. Qu'un Pygmée porte plainte contre un Bantou, ça ne s'était jamais vu, dit le chef.

– Il y a de mauvais patrons partout, dit Félix. Et je serais surpris si, en réalité, l'employeur n'avait pas réglé le salaire en manioc.

– Justement ! Ce n'est pas légal. C'est là-dessus que le patron bantou s'est fait condamner. Un an de prison.

– Parfait ! dit Félix. Excellent, vraiment !

– Toutefois, le chef vous considère comme un ami, dit Prem, sans quitter le chef Matthias des yeux. Il a beaucoup insisté là-dessus.

– Moi de même, dit Félix, gêné.

– Le chef a ajouté que c'était une chance de savoir que vous étiez expert pour Exxon, parce qu'avec vous, au moins, il était protégé, dit Prem, les yeux rivés au regard du chef. Je ne savais pas que vous étiez payé par Exxon.

– Mais oui, dit Félix. Pourquoi, c'est défendu ?

Un ange passe. Le chef Matthias sourit à belles dents.

– Il faudrait donc laisser l'expertise des Pygmées à des ethnologues occidentaux qui seraient payés par Exxon à ma place ! s'indigne Félix. Je ne dis pas cela pour vous, Valentin. Mais tout de même ! Si je suis devenu pygmologue, c'est pour protéger des populations qu'en effet… Que peut-être… Enfin, qu'il nous est arrivé de maltraiter. Osez dire que c'est mal !

En chœur, on se récrie, mais pas du tout, Félix ! Bien sûr que non ! Il n'est pas question de, on ne penserait pas que, et autres litanies.

Félix se rassied aux côtés de Matthias, qui lui donne un grand coup de coude dans le bide et ferme les yeux secrètement.

– En 1904, un Pygmée du Congo a été présenté à la Foire mondiale de Saint Louis, en Amérique, dit Félix. Je sais à peu près tout sur les injustices faites à nos minorités pygmées. Il avait vingt-trois ans, il s'appelait Ota Benga. Ensuite, ils l'ont mis au zoo du Bronx. Leur petite taille, leur peau claire, leur charme sont tels que les Pygmées ont toujours intéressé le monde.

– Il n'y a pas que les Pygmées, dit Valentin. En France, nous avons eu longtemps les restes de la Vénus Hottentote, que nous avons rendue à l'Afrique du Sud il y a quelques années. Elle était répartie en bocaux, la pauvre fille ! Et je sais que, dans les réserves de l'ancien musée de l'Homme, nous avons encore le squelette du roi des Floup, un peuple de Casamance de religion diola, attaché à sa potence et soigneusement gardé dans un placard.

– Qu'est-ce que tu racontes, vieux ? Tu divagues !

– Non, Théo ! Je l'ai vu, ce squelette, je l'ai vu de mes yeux. La Casamance est en rébellion armée contre le gouvernement de Dakar depuis plus de vingt ans. C'est l'une de ces guerres civiles dont on ne parle presque plus. Pour beaucoup de rebelles, la guérilla ne s'achèvera qu'une fois le roi des Floup revenu sur sa terre natale.

– Mais ce squelette, comment est-il arrivé au musée de l'Homme ?

– Tu sais que la France a eu un empire colonial ?

– Arrête !

– On ne dirait pas que tu sais, mon coco. Le roi des Floup a été capturé dans les années mille neuf cent par l'armée française, qui l'a mis en cabane dans une cellule avec d'autres prisonniers de guerre. Bon ! Seulement les militaires français ne savaient pas qu'en Casamance, les rois n'ont pas le droit de se nourrir devant témoins.

– Nous avons déjà entendu cette histoire, Théo, il y a longtemps, dit Marthe. Tu ne t'en souviens pas ?

– Attends… Le roi est mort de faim, c'est cela ?

– Exact, dit Valentin. Les coloniaux se sont emparés du corps – un butin de guerre comme un autre, et ils l'ont décharné pour le conserver. C'est la honte. Jusqu'à une époque récente, il n'y avait pas moyen de rendre les restes du roi des Floup au peuple des Diola de Casamance. Les collections nationales étaient inaliénables, on n'avait pas le droit de les démembrer. Sous aucun prétexte.

– Vive les droits de l'homme !

– Comme tu dis ! Finalement, la loi sur les collections nationales a changé, nous avons rendu la Vénus Hottentote, mais nous gardons prisonnier le squelette du roi des Floup. Moi, je crois que ces histoires arrivent aux minorités persécutées dans le monde. Les Diola de Casamance sont une minorité au Sénégal. Les Pygmées sont une minorité au Cameroun. C'est une question qui relève du respect de la dignité des personnes. Combien de restes royaux maltraités dans l'histoire du monde ? Et nous-mêmes, d'ailleurs, pendant notre grande Révolution, est-ce que nous n'avons pas sorti de leurs tombeaux les squelettes de nos rois, dans la basilique de Saint-Denis ?

– Ne vous en prenez pas à la Révolution française, dit Marthe. C'est trop facile ! Bien sûr qu'il y a eu des excès. Après tant d'oppression et de famines, comment faire autrement ?

– Je préférerais que mon pays soit irréprochable, dit Valentin. Pour aider une paix, j'aimerais mieux qu'on rende le roi des Floup à son pays.

– Bon ! dit Félix. Voilà qui est honnête. Vous pouvez donc considérer qu'au Cameroun, nous protégeons convenablement notre minorité pygmée.

– Il paraît que les Pygmées sont les premiers habitants du Cameroun, dit Valentin. Je l'ai beaucoup entendu dire. Est-ce vrai ?

– Légende ! dit Félix.

– Légende est un mot faible, dit Hugo. On dit que les Pygmées sont les vrais propriétaires du sol. Les seuls en Afrique à être reliés directement à la terre, aux racines. Pourquoi croyez-vous qu'on vient de si loin pour consulter le chef Matthias ? Parce qu'étant pygmée, il a des pouvoirs sorciers considérables. Il fait partie des plus grands Nganga du Cameroun…

Quand il entend « Nganga », le chef Matthias rouvre les yeux. Puis il lève un index et se lance dans un discours qui sonne comme un avertissement.

– Qu'est-ce qui se passe ? dit Marthe.

– Rien, dit Valentin. Le chef ne veut pas qu'on parle de ses pouvoirs à la légère.

– La patiente que j'ai vue a employé ce mot, Nganga, dit Marthe. Qu'est-ce que cela veut dire ?

– C'est une grande affaire, madame Marthe, dit Félix. Vous entrez dans le puissant système de la sorcellerie au Cameroun… Nganga est un mot qui signifie « maître du secret », dans une grande partie de l'Afrique centrale. Il faut en parler avec respect. Ne vous récriez pas, n'ayez l'air de rien…

– Vraiment, vous prenez le chef Matthias pour un imbécile ! dit Valentin. Il comprend tout…

Il a l'air de dormir, le chef. Mais sous ses paupières closes, les globes oculaires roulent énergiquement.

– Pas de danger, dit Félix. Il ne parle pas le français. C'est à peine s'il sait trois mots d'anglais ! Je continue. Au Cameroun, quand quelqu'un est malade, ou s'il y a un mort, la seule question qui se pose est celle du coupable. Celui qui est atteint, ou qui est décédé, aura toujours été mangé par un sorcier anthropophage…

– Pas possible ! dit Marthe. Des cannibales, au Cameroun, en plein XXIe siècle ?

– Il ne s'agit pas de vrais cannibales ! Ce sont des dévorations supposées, enfin, ce n'est pas tout à fait vrai, les malades sont vraiment dévorés de l'intérieur, mais personne ne les découpe en morceaux pour les cuire dans une marmite, comprenez-vous ?

– Ah ! des malades imaginaires, je vois, dit Marthe.

– Mais pas du tout ! dit Félix. Cela n'a rien d'imaginaire ! Il s'agit d'une autre vision du monde, madame Marthe. Oubliez la médecine occidentale savante, oubliez les médicaments qui ne traitent qu'une partie du corps. Reliez-vous aux forces des esprits…

– Moi ? Plus souvent ! dit Marthe.

– Vous vous croyez donc seule au monde, avec votre précieux corps, votre précieuse pensée ? Vous vous imaginez peut-être que le corps social ne pèse pas sur vous de toutes ses forces !

Mais si je vous rappelle que beaucoup de cancers sont d'origine psychosomatique, est-ce que vous comprenez davantage ?

– J'ai l'impression qu'en Afrique comme en Inde, dit Prem, les médecins ne soignent jamais les individus sans leur groupe.

– Alors, en Inde aussi ? dit Félix. Que c'est intéressant ! Vous avez un système de sorcellerie ? Chez nous, la maladie et la mort sont toujours l'œuvre d'un sorcier malfaisant, mais ce qu'il faut savoir, c'est que ce mauvais génie se trouve forcément parmi les membres de la grande famille. La tante qui vit au loin et ne peut pas assister à l'enterrement sera la première accusée, parce qu'un sorcier, ou une sorcière, ne peut pas voir le cadavre de l'ensorcelé sans s'évanouir. Si la tante n'est pas là, c'est qu'elle a voulu éviter la confrontation avec sa victime, cela va de soi ! Rien ne sert de nier. Aucun appareil juridique occidental ne peut défendre un sorcier qu'on vient de trouver dans la famille. Pas d'avocat de la défense. Et si l'on cherche à se soustraire au rite, c'est pire !

– Quelle injustice ! s'écrie Marthe.

– Chut ! dit Félix à voix basse. J'ai demandé qu'on ne réagisse pas… Les Nganga, maîtres du secret, sont ceux qui pourchassent les sorciers. Ils partent en voyage pour affronter les confréries sorcières sur de terribles champs de bataille, mais vous comprenez bien, j'imagine, que ce ne sont pas de vrais voyages, je veux dire pour de vrai…

– Vous voulez dire qu'ils sont en transe, le corps raidi par la catatonie, et que leur voyage est en rêve ? dit Prem.

– Dans une formulation occidentale attachée aux apparences extérieures, on pourrait accepter ce diagnostic, dit Félix prudemment. Inutile de préciser que les Nganga ne pensent pas ainsi. Lorsqu'ils sont de retour, ils se mettent à l'ouvrage. Uniquement la nuit, en se servant de feux que les malades doivent enjamber neuf fois. Ils convoquent tous les membres de la parentèle et leur font passer une sorte d'examen devant le conseil de famille. Cela s'appelle *Esa*. Le Nganga doit savoir bien parler, avec un beau langage mêlé de mots pygmées, il doit pouvoir mettre en scène la furieuse bataille qu'il conduit en détruisant les pouvoirs sorciers et le rend capable de débusquer le coupable dans la famille. À la fin, le coupable est trouvé. Et c'est là que ça devient intéressant : le coupable se confesse publiquement, et on fait une cérémonie pour lui enlever le pouvoir d'ensorceler.

– Je trouve ce système condamnable, dit Marthe en murmurant. Aucun moyen de se défendre… Où est le droit ?

– Voilà bien les Blancs, dit Félix. En réalité, c'est une façon raisonnable de réparer le dégât collectif occasionné par un deuil ou un accident grave. Les secrets de famille sortent par toutes les bouches, on les expose, on les détaille, on les met sur la table, ensuite, on les résout. Il n'y a pas de sanctions juridiques, simplement des procédures rituelles, assorties d'herbes médicinales pour apaiser les organismes. Le sorcier qu'on avait accusé devient un chasseur de sorciers, il n'est plus dangereux, ni pour les autres ni pour ceux qu'il aime. Parce que, attention ! On peut ensorceler sans le vouloir les êtres qu'on aime le plus. Ce système peut vous paraître absurde, mais il soigne tout un groupe, c'est ainsi.

– Je trouve ce dispositif ingénieux, dit Prem. Nous avons un peu ce genre de rituel dans l'hindouisme. Par exemple, après une crémation, les membres de la famille doivent prendre un bain dans l'eau de la rivière, un bain saisissant, souvent très froid, qui purifie de la souillure du corps mort. Rien à voir avec la justice des hommes dans les démocraties, mais très important pour le lien social. J'approuve !

– Et comment devient-on Nganga au Cameroun ? demande Marthe.

Le chef ouvre un œil foudroyant, grimace et le referme. Apeurée, Marthe esquisse un mouvement de recul.

– Par une très longue initiation, dit Félix. Le Nganga apprend à fermer les yeux sur le monde pour mieux les ouvrir sur les forces obscures. Théoriquement, le processus est secret.

– Sauf qu'il a été raconté par un jésuite français, Éric de Rosny, devenu un Nganga au Cameroun, dit Valentin. Avec l'autorisation de sa hiérarchie catholique. Le livre s'appelle *Les Yeux de ma chèvre.* Il n'a rien de secret ! Il a été publié en France en 1981 dans la fameuse collection « Terre Humaine ». Son maître Nganga a ouvert les yeux du jésuite avec des gouttes, pour qu'il puisse fixer le soleil en face durablement, et la chèvre évoquée dans le titre du livre est celle qui a servi d'exutoire pour la destinée du futur guérisseur. Une sorte de chèvre émissaire.

– Un Nganga est un homme en lutte, dit Félix à voix basse. Personne n'a intérêt à le contrarier. Tous les livres publiés sur ce sujet n'empêcheront pas les puissances du Bien et du Mal de se faire la guerre !

– Est-ce que c'est pour ça que vous protégez les Pygmées ? dit Prem. Parce qu'à votre place, j'agirais exactement comme vous…

Félix éclate de rire et lui tape un bon coup sur l'épaule. Le chef Matthias fronce les sourcils, se lève, va dans la cour et s'adresse à sa femme. Qu'est-ce qu'il a l'air furieux ! Elle soupire et s'en va en ramassant ses jupes.

– Le chef n'est pas content, dit Félix. Il pense que je suis indiscret sur les secrets. Il me menace des pires envoûtements si je continue à lui désobéir… Et justement, il dit qu'il est déjà trop tard pour repartir. Il nous invite à passer la nuit dans son campement. Nous devons accepter, mes amis. Son épouse est partie préparer le repas.

Quand la lumière s'éteint sur les bananiers verts, les arbres gigantesques dessinent des ombres chinoises sur fond de nuit, lune aux trois quart pleine, étoiles fourmillantes. Le repas est servi dans une grande cuvette émaillée venue de Chine, on plonge dans le plat en sauçant au manioc, Félix et l'élégante ramassent les bouchées de leurs doigts repliés et nous, comme nous pouvons, pouce-index, pouce-majeur, maladroits. Le manioc en morceaux sent la terre et les feuilles, l'odeur imprègne l'air, c'est celle de la forêt. C'est un ragoût carné, de l'antilope-lièvre, on dirait du civet, drôlement bon, il faut dire.

Dans le noir, je ne distingue aucune trace de ce bel animal qui m'a tellement remué. Je bouffe avec les autres sans remords. Le chef s'est éclipsé sans manger avec nous, on ne l'a pas vu partir, je l'imagine en train de chercher des simples sous la canopée, ou bien alors il dort sur ses secrets, yeux ouverts. Après leur grand meeting au crépuscule, les oiseaux se sont tus, plus un seul sifflement. Bruits nus. Le feu crépite, les branchages craquent, des bêtes glissent sur les feuilles humides, un léger hurlement dans les arbres. Il fait un peu froid, on est bien. Nos lits seront des nattes jetées sur terre battue, Tante Marthe frissonne, rabat sur elle une couverture à carreaux. On s'installe pour la nuit, on cause, Valentin surtout.

– Ma première nuit chez les Bakola ! Je n'en reviens pas, c'est super… Qu'est-ce que le ciel est pur ! Et cette lune !

– Très belle, dit Tante Marthe. Comment êtes-vous venu à l'ethnologie ?

– Par la pratique. J'ai chanté tout petit dans une chorale et j'ai voulu comprendre le chant des autres. Les étudier du dehors, abstraitement, très peu pour moi ! J'ai besoin de mon corps pour les idées.

– Mais vous avez bien une spécialité ?

– Ah oui ! Latin et grec classique. Ce sont des langues mortes qui ne servent pas directement, mais indirectement, les modèles de la Grèce antique sont d'une utilité… Vous n'imaginez pas. Par exemple, en dégustant ce ragoût, je pense au traité de Plutarque sur la chair des animaux, « S'il est loisible de manger chair », selon la traduction d'Amyot au XVIe siècle.

– Plutarque, l'auteur grec ? dit Félix.

– Exact ! « Ces pauvres bêtes qui crient : "Si tu es contraint par nécessité, je ne te supplie point de me sauver la vie, mais bien si c'est par désordonnée volonté ; si c'est pour manger, tue-moi ; si c'est pour friandement manger, ne me tue point." » Ce n'est pas magnifique, dites ?

– Ma parole, vous savez cela par cœur ! s'étonne Marthe.

– Oh oui ! Texte et traduction d'Amyot : « Mais nous mignardons tant délicatement en cette horreur de meurtrir, que nous appelons la chair, mets, et avons besoin d'autres mets pour accoutrer la chair, mêlant, avec du vin, de l'huile, du miel, de la gelée, du vinaigre, ensevelissant à vrai dire un corps mort avec des sauces syriaques et… »

Il me gonfle, Valentin. Trop savant.

– Tu ne vas pas nous réciter du grec toute la nuit !

– Tais-toi, dit Marthe. Écoute donc, c'est si beau. Vous en étiez aux sauces syriaques, Valentin. Allez !

– Vous êtes sûre, madame ? Parce que si j'ennuie…

– Vous n'ennuyez personne ! N'est-ce pas, Théo ?

Ce n'est pas de l'ennui, c'est qu'il en sait trop. Je ne trouve pas ça normal, il est plus jeune que moi, il a lu tous les livres, j'ai l'air de quoi ?

– Ne vous laissez pas impressionner, dit-elle. Continuez !

Valentin sort de son sac une lampe de poche et un bouquin.

– Parce que là, tout de même, je ne suis plus capable de réciter par cœur, dit-il en allumant sa lampe de poche. Alors je vais lire : « …ensevelissant à vrai dire un corps mort avec des sauces syriaques et arabiques ; et les chairs étant ainsi mortifiées, attendries, et par manière de dire, pourries, notre chaleur naturelle a beaucoup d'affaire à la cuire, et ne la pouvant cuire et digérer, elle nous engendre de bien dangereuses pesanteurs, et des crudités qui nous amènent de graves maladies. » L'étonnant, c'est que les végétariens d'aujourd'hui ne connaissent pas ce texte prémonitoire.

– Prémonitoire ! Je ne trouve pas, dit Hugo. Tout le monde sait que l'une des premières nourritures de l'espèce humaine a été la viande crue, et que le grand progrès fut de pouvoir la cuire sur le feu. Refuser de manger de la viande, c'est renier l'héritage des protéines et se couper des hommes d'autrefois. Je ne dis pas qu'il faut en manger tous les jours, mais sans viande, l'équilibre alimentaire est compromis. Il faut donc être carnivore.

– Pas plus que nécessaire, dit Valentin. Et encore ! Plutarque reprend aussi les thèses de Pythagore, pour qui manger de l'animal, c'est commettre un vrai meurtre. Les Pythagoriciens étaient certainement les végétariens les plus stricts du monde… Au point de refuser de manger de la fève, parce que la fève dans sa cosse ressemble à un fœtus humain.

– Totalement idiot, dit Félix. Je préfère le discours que tiennent les animaux. « S'il le faut, tue-moi pour survivre, et si ce n'est pas utile, ne me tue pas ! » Les chasseurs pygmées pensent exactement ainsi. Mais au fait, Théo, si vous êtes un écologiste convaincu, si vous voulez aider à sauver les Pygmées, comment supportez-vous leur chasse, et leurs victimes ?

Ce que je pense de la chasse ? La même chose que du cannibalisme.

Indignation de Marthe. « Hein ? Non ! Pas possible ! Mais tu es fou, Théo ! »

– Pour ta gouverne, Tante Marthe, il y a cannibalisme et cannibalisme. Tout le monde tolère le cannibalisme de disette, qui force à se nourrir de la chair d'un cadavre quand il n'y a rien d'autre à manger. Te rappelles-tu l'accident d'avion dans les Andes, il y a une vingtaine d'années ?

– Parfaitement. Les survivants ont dévoré les morts en attendant les secours.

– Tu vois ! Cela peut même aller plus loin. Il y a eu des tribus si pauvres que les femmes se faisaient engrosser pour accoucher avant terme de fœtus morts, qu'on mangeait. Cela paraît terrible, mais c'est du cannibalisme de disette. Autrefois, les Inuit du cercle polaire, quand ils étaient coincés dans la neige, n'hésitaient pas à manger de l'humain. Je veux bien accepter ce cannibalisme-là, je veux bien de la chasse dans ce cas-là. C'est pareil !

– Tu penses comme Plutarque, dit Valentin. À titre personnel, j'aime bien Pythagore et Plutarque, mais je peux justifier l'autre cannibalisme, celui qui n'a rien à voir avec la disette. Quand on tue l'ennemi pour dévorer son cœur et son foie, et s'approprier ses pouvoirs. Ou pour régénérer les statues des ancêtres. Ou pour donner du peps au groupe, enfin, toutes ces choses qu'on appelle barbares. C'est aussi un tombeau qu'on donne à l'ennemi, une façon de l'ingérer dans son propre corps, un honneur… Je n'ai pas raison, Félix ? Vous qui êtes ethnologue.

– Je ne sais pas, grogne Félix. Vous autres Blancs, vous nous avez tellement accusés d'être des cannibales, je me méfie. À l'époque des Indépendances, en Afrique, on a renoncé aux rites de sacrifices humains dans les endroits où ils avaient cours, tenez, chez les Dogon du Mali, par exemple. Alors, vous entendre dire maintenant que c'était justifié ! Je trouve que c'est tout simplement inacceptable. Parce que, vous savez, il y a des coins d'Afrique où ce n'est pas bien loin…

– Oh oui ! Il paraît que le cannibalisme revient avec les guerres, dit Valentin. Tu y étais, Théo ! Alors ?

Alors oui, au Sierra Leone, les enfants-soldats sont allés jusque-là.

Le petit commandant Ibrahim a bu chaque matin une tasse de sang frais, du sang d'un prisonnier qu'il décapitait lui-même à son réveil. Sept ans, il a fait ça. Pour asseoir son autorité. On ne peut même pas le juger, comment s'y prendrait-on ? Quelle peine mérite-t-il, des milliers d'années de prison pour des milliers d'Africains décapités ? On essaie de le rééduquer, mais ça signifie quoi ?

– Tout cela m'est insupportable, dit Prem. Ni chasse ni viande, ni meurtre. J'ai raison d'être végétarien !

– Pas sûr, dit Valentin. Refoulez le goût du sang, il ressortira. Il faut des rites pour limiter les coulées de sang.

– Encore ! dit Prem en s'enroulant, furieux, dans sa couverture. Moi, je me couche. Bonsoir !

– Moi aussi, dit Tante Marthe en étouffant un bâillement. La journée a été longue, et j'ai des courbatures.

– Bon, dit Félix. Alors je vais vous souhaiter à tous la bonne nuit.

– *Goede Nacht,* dit Hugo le nutritionniste. Rendez-vous au lever du jour.

Quatre bananes humaines enveloppées dans des carreaux de laine. Un peu plus loin, l'élégante s'est endormie sans couverture, sa jupe relevée sur de belles cuisses rondes. Restent Valentin et moi. Pas question de sommeil !

On marche sur la pointe des pieds vers la forêt profonde. Sous les toits du campement, ça ronflotte, ça tousse, ça dort comme de l'humain, à grand bruit. Je connais ces nuits vigilantes en Afrique. N'a qu'un œil, deux oreilles aux aguets, une branche qui crisse et un caillou qui roule, une feuille, là, qui bruisse, danger ! On a beau faire, on écrase un insecte silencieux, on dérange un oiseau qui rêve, on fait craquer un arbre, on a peur, on tressaille. C'est exaltant ! On n'y voit rien. Valentin crie « Aïe ! », s'arrête, sort une boîte d'allumettes, la craque, pschitt, flammèche.

– Mais t'es fou !

– J'ai oublié ma lampe de poche !

– C'est pas une raison ! Éteins ça !

– Attends, j'ai une bougie, tu vas voir…

Cierge jaune, flamme blanche. Une main s'en empare, c'est le chef. D'où sort-il ? Ombre immense, main dorée, la flamme de la bougie lui éclaire les yeux, un peu rouges, un peu fauves, terribles…

– *Für you,* dit-il, *kein Feuer. Der Wald ist gefährlich. French, Ich do not know. Sorry…*

– Il parle quoi, là ?

– Un mélange d'allemand et d'anglais, dit Valentin. Langues officielles au Cameroun, avec le français. Il fait cela pour toi, Théo, remercie-le !

– Merci, *Danke, thanks, Herr Matthias !*

Il me tape sur l'épaule, c'est presque une caresse, puis souffle la bougie et nous guide dans le noir. Nous fait asseoir sous son auvent sacré, allume une torche électrique, sort une bouteille de rhum poussiéreuse, s'en envoie une lampée, nous la tend. On s'enfile l'alcool et ça brûle. Le chef a l'air soucieux. Fourrageant dans la calebasse aux écorces, il extirpe une pierre blanche et ronde, une sorte de bille de nature inconnue. Il nous la montre entre l'index et le pouce, à hauteur de nos yeux. J'ai un peu peur, j'avoue.

– *Gottesdonner,* dit-il. *Sehr well !*

– C'est une météorite protectrice, dit Valentin. Il l'appelle le tonnerre de Dieu. Les Pygmées sont connus pour leur capacité à trouver ces cadeaux du ciel.

– Pourquoi la montre-t-il ? Pourquoi à nous ?

– Il ne nous veut aucun mal. S'il nous donne un objet, alors c'est qu'il voudra nous blinder contre la malchance. Pas question de refuser, hein ? On accepte et on dit merci.

Dans son barda de magicien, le chef Matthias a déniché deux cailloux, peut-être des silex, et nous en a donné un à chacun, en nous montrant comment nous en servir. Polies par les siècles, ces pierres grossièrement usées ont la forme d'un pistolet. Valentin remercie longuement, et le chef esquisse un sourire. Un très petit sourire pour un grand responsable infiniment sérieux.

La nuit devient tranquille. On peut enfin dormir.

L'aube est venue très vite, levée comme un rideau de fer. Avant notre départ, Valentin va voir le chef et le prend à part. Pas un muscle ne bouge sur le visage du chef. Puis ils reviennent vers nous.

– Qu'est-ce que tu mijotes ?

– Je l'ai rémunéré pour nous avoir blindés, dit Valentin. Cette nuit, tu sais bien, le chef Matthias nous a donné des objets. Nos cailloux revolvers, tu n'as pas perdu le tien, j'espère ! J'ai payé pour nous deux. À toi de dédommager pour la nuit, mon petit vieux.

Nous payons notre écot, nous faisons nos adieux, nous laissons Valentin avec le chef Matthias, et nous voilà partis. Parce que l'eau est froide, Tante Marthe gémit en passant la rivière, et Prem se casse la gueule une fois ou deux. L'air est humide et clair, sans rien d'étouffant. À part ça, rien à signaler. Ah si ! Le nutritionniste hollandais s'est enrhumé.

Nous marchons sans entrain, comme si nous n'avions pas envie de retrouver la route, les voitures, leur essence et le monde. Je suis tout éberlué, et je serre dans ma poche mon caillou revolver, doux au toucher, et dur, bonne protection.

Le soir à Kribi, au dîner, j'avertis. Dès que nous serons de retour à Yaoundé, nous irons à Dakar et, de là, à Saint-Louis, sur le fleuve Sénégal.

– D'accord, dit Tante Marthe. Je ne sais pas trop bien ce que tu veux y faire, mais c'est sans importance.

Étonnante Tante Marthe ! Absolument guérie, prête à tout, capable de me suivre au bout du monde sans protester.

– J'espère simplement qu'on n'aura pas trop chaud, et qu'il y aura des douches fonctionnelles, ajoute-t-elle. Avec de l'eau chaude, et puis j'adorerais la climatisation dans la chambre. Peut-être un minibar. Je boirais volontiers du champagne.

– C'est tout ?

– Oui, pourquoi ? Tu sais, avec toi, je me sens dans l'état d'une mariée romaine le jour de ses noces. *« Ubi Gaïus, Gaïa »,* dit la femme à l'époux en latin : où est Gaïus va sa Gaïa.

– Je ne vois pas le rapport !

– Toi et moi, c'est pareil, mon Théo. Où tu iras, j'irai.

Entre la mariée romaine et le pot de colle, je ne vois guère de différence et je ne veux pas d'une tante à mes basques. Qu'est-ce que je dois répondre ? je vous le demande. Rien ! Tante Marthe est sauvée, et moi, je suis refait. Bon ! Je ne vais pas me plaindre, il y a pire. Tant qu'elle n'intervient pas dans mes chantiers…

– Au fait, Théo, je me disais… Si tu veux réellement t'occuper de la chasse, pourquoi ne pas aller chez les Inuit, au Canada ? Tu parlais des Inuit tout à l'heure.

– Je ne l'ai pas prévu, ma tante, voilà pourquoi.

– C'est une erreur ! Là-bas, tu verrais vraiment ce qui se passe quand on interdit de chasser les animaux qui fondent une culture, les phoques, par exemple.

– Tu ne veux tout de même pas que j'aille justifier le massacre des phoques ! Pourquoi pas les baleines, pendant que tu y es ?

– Mais oui ! Les baleines ! Va les voir, Théo. Nous en reparlerons…

– Mais ça ne m'intéresse pas.

– Moi, ce que j'en disais, tu sais…

– La ferme, Gaïa ! Gaïus refuse, tu cèdes. C'est comme ça.

Je me demande si je ne préférais pas Tante Marthe affaiblie.

Déserts, ordures, ça pue

Je m'étais dit, au moins, Tante Marthe me fout la paix sur ma vie privée. Ne me parle pas de Bozzie – enfin, presque pas. Semble avoir oublié Renate – tant mieux pour elle ! Moi, j'ai du mal. Tante Marthe ne fait plus mention de ma copine d'enfance, Fatou du Sénégal, qu'elle adorait. On va dans le pays natal de Fatou et, me disais-je, quelle chance ! Tante Marthe n'en souffle mot. Mais ça n'a pas duré. Quel naïf j'étais !

Sitôt dans l'avion pour Dakar, la voilà qui attaque. Au fait, et Fatou ? As-tu de ses nouvelles ? Est-elle au Sénégal, ou toujours à Paris ? Pas encore mariée, j'espère ? Et patati, et patata.

Fatou est à Paris, elle fait son droit, elle bosse. Non, on ne la verra pas. Mais tu sais, Tante Marthe, je ne fréquente plus beaucoup Fatou. Non ! On n'est pas fâchés. Juste, on n'a plus le temps, ça arrive ! Combien de rencontres par an ? Je ne sais pas, moi… Deux à trois fois, ça va ? La vie privée de Fatou ? Ça, je n'en sais rien. Elle n'est pas bavarde sur ses amours. Mais non !

Je n'imagine pas Fatou seule dans la vie. Ah oui, toujours aussi mignonne, elle serait mieux que ça si elle ne s'attifait pas comme un motard. Oui, Tante Marthe, un motard !

– Vous auriez adoré cette petite, dit-elle à son pote l'Indien, qui opine vaguement. Futée, ravissante, et bonne ! Comme du bon pain. Mais Théo n'aime pas que ses amies soient bonnes. Il préfère les peaux de vache.

– Écoute, Tante Marthe, je n'avais pas prévu de t'emmener, tu commences à me les briser menu. Alors de deux choses l'une : ou tu la boucles ou tu t'en vas !

Elle baisse le nez et enlève ses lunettes. Ses lèvres se crispent. Oh, je connais, elle va chialer, c'est sûr, et merde ! J'aurais pas dû.

Comme si j'avais le temps de me consacrer aux histoires de cœur de Fatou. C'est vrai, quoi ! Je n'ai pas encore rédigé la synthèse de notre expédition au Cameroun… Et qu'est-ce que je vais en dire ? Que le développement du pipe-line Tchad-Cameroun est bon pour les Pygmées, qu'il les fait entrer dans le monde moderne ? Ou bien qu'en déforestant les terrains de chasse, en sédentarisant les Pygmées, on les transforme, et pour le pire ? Honnêtement, je ne sais plus. Si j'étais sincère, je répondrais : « Un peu des deux, Votre Honneur », comme dans les téléfilms américains, quand l'avocat doué retourne la situation. Exxon ? Acquitté. Vraiment, Théo ?

Mon prochain sujet de réflexion est plus simple. Désertification d'un côté, ordures de l'autre.

Il paraît que la plus grande déforestation d'Europe s'est accomplie sur la côte dalmate, dans l'actuelle Croatie. Pourquoi ? Parce que la République de Venise venait dépeupler les forêts pour construire ses flottes avec du beau bois neuf. À cause de l'Arsenal de la Sérénissime, la côte dalmate est amputée de ses arbres.

Après les oasis radieuses d'Ouzbékistan, en roulant vers Khiva et Noukous, je voyais la pierraille envahir tout l'espace, à peine défendu par des petites plantes grasses à fleurs jaunes, piquantes ; bientôt, il n'y aura rien. En Inde, toute la côte ouest à partir de Bombay glisse lentement vers la mer, parce que les *ghâts* – entendez, les contreforts et les collines – sont tellement déboisés que la terre ne tient plus. Dans le Nord, à l'ouest de Delhi, le désert du Thar s'agrandit, alors qu'au Moyen Âge, s'il faut croire la rumeur, le Rajasthan était entièrement couvert de forêts… Le fleuve Niger s'enlise, il a fallu monter en 2004 une Conférence multilatérale du bassin du Niger, avec les pays concernés, pour tenter de sauver le cours des eaux. Du côté de Beijing, le désert de Gobi commence à menacer la ville de vents de sable, et on a beau planter, planter, c'est trop tard.

Les ordures, c'est pareil. S'entassent et progressent au rythme du désert. Deviennent assez souvent d'énormes continents à défricher pour les déshérités. Égypte, Philippines, Dakar, Nordeste, eldorados à découvrir ! Tas d'or ! Armés de crocs en fer, les ferrailleurs exploitent leurs décharges avec tant d'ingéniosité que des villages éclosent sur les ordures. Fleurs de charogne !

De l'autre côté de la piste qui longe la grande décharge de la ville de Dakar, une femme charitable a payé l'installation d'une école, avec des apprentis menuisiers, à l'exacte frontière qui sépare la propreté du Vieux Monde du Nouveau Monde bâti sur les himalayas d'ordures, peuplé de mouettes criardes et de chiens jaunes. Et dans ce monde nouveau, pieds nus dans des sandales, les petits dénichent une ampoule grillée, une manche de chemise, une roue de vélo. Personne pour leur rafler la mise. Est-ce que c'est mal ? Oui, mais pas seulement, dit-on. Tout se recycle, rien ne se perd et à ce que l'on dit, dans les himalayas d'ordures se trouve l'équipement des bidonvilles. Il y en a pour glorifier le talent de ces fouineurs qui n'ont pas le choix. C'est fort, ça !

Après, tu prends l'avion et quand tu es chez toi, tu jettes les papiers dans la poubelle bleue, le verre dans la verte, le plastique dans la jaune et tu t'endors content. Grâce à toi, les montagnes de déchets qu'accumule le monde occidental auront diminué d'un millimètre par an. Les pauvres ? Ils n'ont qu'à exercer leurs talents sur leurs propres montagnes. Ce sont leurs ordures, pas vrai ?

Ligne de fracture.

Chez nous, on trie et il n'y a plus de décharges. Mais chez les pauvres, on trie pour vivre sur les ordures. Y a-t-il plus grand scandale ? Je crois que non.

Je m'intéresse à une micro-expérience dans la banlieue de Saint-Louis du Sénégal.

Quatre à cinq heures de route de Dakar à Saint-Louis, quatre à cinq heures de Sahel. Derrière chaque désert, il y a son histoire et moi, j'en ai assez de ces critiques acides qui ne construisent rien, se contentent de gueuler, s'agrippent à des lianes sans racines. Est-ce qu'avec l'histoire, on pense plus, on aide mieux ? Je suis certain que oui. Je veux savoir comment on fabrique un Sahel.

J'ai un informateur de premier choix. C'est mon ami Souley, philosophe d'origine, professeur d'histoire des religions à Chicago, sénégalais détaché de l'université de Dakar, et revenu passer quelque temps auprès de ses parents.

On survole le Maroc, puis la Mauritanie. Ça ne va plus tarder. Souley n'a pas pu se libérer pour nous accueillir à la sortie de l'avion, mais nous sommes assez grands pour nous débrouiller, non ?

Non. L'aéroport de Dakar est un foutoir énorme, les chauffeurs de taxi mènent l'assaut, on est broyé, foulé, compressé, tiraillé et quand on sort, on cligne des yeux, tant le soleil est fort. C'est vrai qu'au Cameroun, comme à Delhi, les brumes tamisent l'air, et le ciel n'est pas bleu. Tandis qu'au Sénégal ! C'est un bleu qui foudroie. Afrique intense.

Souley nous a envoyé un ami au sourire éclatant qui nous prend en charge dans une Toyota. Plutôt timide, le copain de Souley. Ne dira pas un mot en chargeant les bagages, pas un mot en nous faisant monter dans sa voiture. Collé à son volant comme à sa sauvegarde, il conduit en douceur à cinquante à l'heure. Nous sommes sur l'autoroute.

Le ciment dresse sa grisaille en travaux tout au long du trajet, on construit beaucoup à Dakar. Des villas roses avec arcades, décors, moucharabiehs, terrasses et bientôt, c'est la ville, avec ses avenues, ses buildings, ses gratte-ciel, ses marchés, ses foules et ses enfants mendiants, qu'on appelle *Talibés*, et qui sont obligés de gagner leur pitance en contraignant les gens à faire la charité.

Donner ? Ne pas donner ? Aucune solution.

Si tu donnes, tu entres dans le jeu des marabouts, leurs profs, et si tu ne donnes pas, les enfants sont battus le soir même. Au chapitre de l'écologie des droits de l'homme, s'il faut donner un coup de plumeau, ne pas oublier les marabouts.

– Tu sais, dit Tante Marthe, il suffirait d'appliquer strictement les articles de la Déclaration universelle des droits de l'homme…

– Mais qui les a rédigés après la guerre, Tante Marthe ? Des Blancs !

– Pas totalement, dit Prem. Pour ce qui concerne la rédaction de la Déclaration universelle de 1948, le Français René Cassin présidait la commission dans laquelle se trouvaient le docteur Chang, un Chinois de Taïwan, et le docteur Malik, du Liban.

– Deux sur combien ?

– D'accord, Théo, dit Prem. Les rédacteurs étaient huit. Mais on ne peut tout balancer d'un coup ! S'il n'y a pas de règles, c'est pire… Avant de jeter les droits de l'homme aux ordures, il faudrait en écrire d'autres.

– Et qui ne seraient pas totalement inspirés par des chrétiens, peut-être ?

– Oh, pas seulement ! dit-il. Ni par les juifs ni par les musulmans. Oui, Théo, c'est exact, je rêve de Droits de l'homme entièrement différents, jaillis d'une autre source d'inspiration que celle qui préside aux trois grands monothéismes du monde occidental. Bien sûr, pour vous, les choses sont limpides. Il n'y a qu'un seul Dieu créateur, qui délègue à l'homme un droit sur la Nature, sans restrictions. Et d'ailleurs, ce Dieu exige peu sur le respect de l'ordre naturel, car lui-même, dans la Bible, ne le respecte pas.

– Là, je ne vous suis plus, dit Marthe. Dans la Bible ?

– Vous allez voir. Dans les prophéties d'Ézéchiel, Iahvé parle à l'inspiré et décrit le plus beau cèdre du Liban. Dans ses branches nichaient tous les oiseaux du ciel, sous ses rameaux mettaient bas toutes les bêtes, dans son ombre habitaient de nombreuses nations. Pour nous, hindous, un tel arbre est sacré. Devinez ce que fait le Dieu unique ? Il l'abat. L'arbre avait poussé un peu trop haut.

– C'est une métaphore qui désigne l'orgueil de l'homme, voyons ! dit Marthe. Vous ne pouvez pas…

– Cela, dit Prem, c'est pour vous, gens de l'Ouest. Moi, je suis de l'Est, et à l'Est du monde, nous pensons que l'homme n'a pas de privilège, que les dieux sont légion et les vies innombrables. Nous n'avons pas de jardin appelé paradis dans une vie future, comme les chrétiens et les musulmans. Et, contrairement aux juifs, nous n'avons pas qu'une vie. Le Bien, le Mal, qui gèrent vos existences, n'ont pas la même valeur dans nos visions du monde. Quant à l'égalité, parlons-en ! Imaginez une vision planétaire qui mettrait à égalité les espèces naturelles, toutes les espèces, Théo, et pas uniquement l'homme. Ce serait un énorme progrès !

Et comment faire pour formuler des droits de l'homme qui vaudraient pour toutes les espèces ? Des droits de l'homme ? Pour les plantes, les oiseaux, les reptiles, les mammifères, des droits de l'homme ? Cela ne tient pas debout ! Qu'est-ce qu'il raconte, Prem ?

– Je m'inspire une fois de plus d'un texte de Lévi-Strauss, dit-il. Très court. Il a repéré trois de ces visions écologiques du monde. D'abord, le bloc de l'hindouisme et du bouddhisme, ensuite, les systèmes de pensée des peuples autochtones, et puis le stoïcisme qui imprégna longtemps le monde romain. Des ordres du monde différents de ceux que nous a imposés l'Occident. Chez les peuples indiens d'Amérique comme chez nous autres en Inde, l'égalité entre l'animal et l'homme est une évidence. Et le stoïcisme, Théo ? Le comprenez-vous ?

– Cela fait des années que Tante Marthe m'en parle, c'est le coup du cosmos, non ? Le monde est un grand animal où tous les vivants ont la même valeur et les mêmes droits ?

– Lévi-Strauss en tire une formule fulgurante – enfin, c'est mon point de vue, vous me direz. Voici : « L'homme est un être vivant. »

– D'accord, et après ?

– Il n'y a pas d'après. Tout est dit. L'homme est un être vivant, il est l'une des espèces naturelles, une entre autres. Il a envers les autres espèces quelques droits – s'en nourrir, avec précaution, par exemple – et surtout des devoirs. Des devoirs envers la nature.

– Oui, notre copain à Bénarès disait quelque chose comme cela, vous savez, le swami. Et ensuite ?

– Ensuite Lévi-Strauss a affirmé devant une Commission du Parlement français que c'était la seule vraie formulation des nouveaux Droits de l'homme.

– Non ? J'hallucine ! C'était quand ? Qu'est-ce qu'ils ont dit ?

– C'était en 1976. Les députés l'ont poliment écouté.

– L'homme est un être vivant, mais c'est génial ! C'est bien mieux que les stoïciens ! Je tiens la fin de mon rapport !

– Du calme ! tempère Marthe. Il te manque deux ou trois petites choses. Le nucléaire, par exemple.

Ça me calme.

La voiture s'arrête, l'ami descend, nous salue de la main et disparaît. Souley se précipite et m'embrasse avec affection.

– Tout s'est bien passé ? dit-il en sortant les bagages. J'étais un peu inquiet, tu sais. Mon cousin Babacar ne parle presque pas le français.

À cinquante ans, Souley en paraît trente malgré ses cheveux blancs. C'est un rêveur radieux aux mains fines, de très grande famille – un jour, il m'avait confié qu'il était prince.

– Un prince, voyez-vous ça ! En quel honneur ?

Souley m'avait expliqué que son nom de famille renvoyait à un petit royaume dissous depuis l'indépendance, et que, probablement, ses aïeux avaient été esclavagistes, comme nombre de petits rois qui tiraient leurs revenus de la chasse aux esclaves, leurs frères africains.

Il y tenait beaucoup, mon ami Souley, car la prise de conscience de l'esclavagisme actif des princes africains est drôlement récente, la fin du XXe siècle, c'était hier ! Et il avait raison d'y tenir, mon pote philosophe, puisqu'en 2003, l'ensemble du clergé sénégalais, évêques en tête, a demandé pardon pour ce crime, partagé avec l'Occident.

Pourquoi si tard ?

– N'exagérons rien, Théo ! 2003, comparé à la France, ce n'est pas si tard que ça. À quelle date le Parlement français a-t-il reconnu la traite négrière « crime contre l'humanité » ?

– Je ne sais pas, moi ! À l'époque de Victor Schoelcher, en 1848 ?

– Ajoute cent cinquante ans, Théo. En 1998 ! Et tu m'accorderas que les négriers français étaient autrement coupables, eux qui nous entassaient tête-bêche dans les cales de leurs vaisseaux !

À l'époque de cette conversation, ce chantier-là ne faisait pas mon affaire. Je n'avais pas entendu Prem, je ne connaissais pas le swami, j'ignorais que j'allais rencontrer le chef Matthias, Nganga pygmée. D'habitude, les écolos que j'ai en face de moi ne s'occupent ni de l'écologie de la mémoire ni des niches écologiques des réfugiés. Je ne m'intéressais qu'au désert. La repentance ne me concernait pas.

Mais Souley ne l'entendait pas de cette oreille. C'est un homme féru d'explications et voilà pourquoi il m'attend à Dakar, capitale d'un pays sahélien.

Il nous installe dans sa maison – simple, blanche, toit plat. Marthe et moi, dans une chambre, Prem dans l'autre. Furtive, sa jeune épouse glisse dans le couloir, nous tend une main timide et se sauve. Souley sourit et nous désigne les vastes coussins où nous nous affalons, nos verres de whisky à la main.

– Alors, Théo ? Prêt à affronter le désert du Sahel ?

– Tu sais bien que je m'intéresse également aux ordures !

– Oui, mais le Sahel est un tout, Théo. Je n'irai pas jusqu'à le définir comme un écosystème, mais enfin, en réfléchissant, ce désert est lourd d'une telle histoire !

– Raconte.

Souley a réfléchi, tapoté son menton.

– On va commencer, si tu veux, par une affaire, qui se passe dans les années quatre-vingt-dix. Il existe une sorte de coutume des autorités du Sénégal : on déclasse une forêt, et on en fait cadeau pour se concilier des personnes influentes sur le plan religieux. Donc, selon la coutume, le président du Sénégal décida de donner une forêt classée au calife des Mourides – si je ne me trompe, Théo, puisque tu es venu ici lors de ton premier voyage, tu dois te souvenir des confréries soufies qui se partagent les musulmans de mon pays.

– Les Mourides ? Est-ce que ce ne sont pas ceux pour qui le travail égale la prière ? Avec leurs drôles de milices religieuses attifées en dreadlocks et manteau d'Arlequin, comment les appelez-vous, déjà ?

– Les M'baye Fall, la branche mouride dispensée de prière parce que ses membres travaillent du matin au soir. Je vois que tu as bonne mémoire ! Cela dit, il ne faut pas confondre la doctrine des M'Baye Fall avec celle de tous les Mourides ! Pour tout le monde, le mot d'ordre lancé par le cheikh Amadou Bamba, fondateur de la confrérie, est le même. *Ligey-si top Yalla-la bok*, en wolof, cela signifie « le travail fait partie de la prière ». Mais pour les M'Baye Fall, c'est différent. À les entendre, Amadou Bamba aurait dit : « Travailler, c'est prier. Travaillez pour moi et je prierai pour vous. » Du coup, les M'Baye Fall ne prient pas. Ils sont dispensés de toutes sortes de contraintes, ils ne font pas le ramadan, ils peuvent boire de l'alcool...

– Mais en quoi sont-ils musulmans, alors ?

– Ils bossent ! Ils suivent dévotement les ordres du calife, et précisément, c'est ce qui s'est passé. Le calife des Mourides était à cette époque le petit-fils du fondateur, Amadou Bamba. Donc, le président du Sénégal lui donne une forêt de rôniers, les plus beaux des palmiers, ceux dont le fût est dur comme de l'acier. Eh bien ! Une semaine plus tard, sur ordre du calife, la forêt était complètement rasée !

– C'est débile !

– Oui, mais pourquoi le vieux calife a-t-il ordonné qu'on rase la forêt ?

– Pour fabriquer du charbon de bois ?

– Non, non. Pour l'arachide ! Le fameux travail des M'Baye Fall, leur ardeur physique à manier l'outil, tout cela, dès le début, n'a servi qu'aux champs d'arachide. Il fallait défricher les sols, transformer la savane en terre arable, car une fois que c'était fait, l'arachide était moderne, rentable, de l'or en graines…

– Mais tout le monde sait que l'arachide épuise entièrement la terre !

– Tout le monde ? Tu plaisantes, Théo ! À la fin du XIXe siècle, personne n'avait compris l'épuisement des sols causé par la graine d'arachide. Ensuite, le vieux calife, qui ne reçoit d'ordre de personne, était resté dans l'ancien monde et ne connaissait rien aux techniques agricoles. On lui donne une forêt ? Le calife obéit aux habitudes. Puisqu'il n'y a rien de mieux que l'arachide, on déboise et on plante. Plus de forêt classée !

– Et personne n'a crié ?

– Bien sûr que si ! Depuis lors, les Mourides replantent la forêt, ils jurent qu'ils protègent les arbres mieux que personne au monde, mais trop tard ! Il faut un demi-siècle pour faire un beau rônier… Si tu penses au nombre de palmiers sacrifiés pour la cacahuète, tu comprendras comment on fabrique un désert.

Religion contre Nature. C'est un classique. Religion contre Nature, et Nature contre l'humanité. Il faut se raccommoder avec celle qu'on abîme !

– Ne va pas trop vite, Théo, dit Souley. La culture de l'arachide n'est pas la seule cause de la déforestation. Partout au Sahel, on chauffe la marmite sur du charbon de bois. Rien de tel pour précipiter le déboisement ! Et puis, à l'aplomb de la courbe du fleuve Sénégal, les Peuls font de l'élevage, et les troupeaux circulent en dévorant le vert... Enfin, mais tu étais trop petit pour t'en souvenir, nous avons eu, dans l'Afrique sahélienne, de très longues années sans hivernage.

– Hivernage ?

– C'est le nom que les colons français ont donné à la saison des pluies qui arrosent l'Afrique de l'Ouest de juillet à novembre, du moins, quand il pleut. Mais voilà, vingt ans passent, plus de pluies, ou des pipis de mouettes, enfin, rien. Pendant ce temps, le désert progressait tellement qu'à Abidjan, capitale de la Côte d'Ivoire, le sable se dépose la nuit sur les voitures... Ça galope, un désert. C'est vite fait. Quatre ou cinq siècles, c'est tout.

– Et qu'est-ce qu'on fait contre ?

– De grands travaux très chers, financés par les bailleurs de fonds...

Quand j'ai entendu ça, la première fois, « bailleur de fonds », j'ai compris « bâilleurs de fond ». Morts d'ennui, des gens bâillaient en tapotant leur calculette pour donner une aumône aux pays africains et le gouffre de leur mépris était sans fond. Voilà comment j'avais compris « bâilleurs de fond ».

En Afrique, dès qu'il s'agit de financement, on évoque les mystérieux bailleurs de fonds, c'est-à-dire la communauté internationale. Tout en dépend, l'eau, l'électricité, les routes, les médicaments, et eux, ils bâillent. Maintenant que je sais de quoi il retourne, je ne suis pas sûr de m'être absolument trompé.

– Des grands travaux ? dit Marthe. Souley, est-ce que ce n'est pas cela qu'en Afrique vous appelez « les éléphants blancs » ?

– Si ! Sur le papier, c'est bien. On pose une première pierre. L'argent arrive, et vous savez ce qui se passe ensuite...

Gros soupir. Souley n'emploie jamais le mot de « corruption ». Ça souffre chez lui, ce truc – le fric qui s'évapore.

– On n'a pas suffisamment réfléchi sur la tradition des chefferies dans le monde, dit-il d'une voix douce. En Afrique, celui qui a le pouvoir est obligé de distribuer personnellement l'argent.

Entendez-moi bien ! Je ne vous parle pas de l'argent de l'État, il faudrait pour cela qu'existe l'idée d'État, non, je parle de l'obligation de répartir l'argent entre les membres de la famille, sous peine de réprobation. Il s'agit d'une loi non écrite, inaliénable. Alors, ce que vous appelez corruption…

– J'ai compris, tu n'aimes pas en parler…

– C'est qu'il y en partout, et autant chez vous autres, regarde les scandales financiers d'Enron et Parmalat, pur américain blanc, pur européen blanc, est-ce que ce sont des Africains qui ont détourné de l'argent ?

– Nous avons le même sentiment en Inde, dit Prem. Nous aussi, nous avons tendance à jeter nos dirigeants en prison pour corruption. L'accusation est si fréquente, si normale, qu'elle me semble relever de l'essence même de la démocratie, mais il n'y a rien à faire, je suis un peu comme vous, Souley, je suis sceptique. Quand vous nous traitez de corrompus, vous, les anciens maîtres, je soupçonne une flambée de colonialisme.

– Voilà ! dit Souley. On ne peut pas mieux dire ! Même si je suis le premier à savoir… Enfin, tu vois, je ne suis pas clair avec moi-même, je suis contradictoire. J'ai le droit, non ?

Je le bourre de coups pour le détendre, je le chatouille, il rit, « Arrête, Théo ! Je n'ai pas ton âge, je suis respectable, moi ! »

– Après tout, reprend-il, les nouvelles ne sont pas si mauvaises. Soyons sérieux. Il n'y a pas que les grands travaux. On commence à retrouver d'anciennes techniques pour retenir les eaux de pluie. Au Mali, des paysans ont dressé des barrages de retenue en argile, et ils ont replanté en irriguant. On dit – mais c'est trop beau ! – qu'une rivière est revenue dans son lit desséché. Ce qui s'est fait de mieux ici, au Sénégal, c'est la « ceinture verte » : un réseau de potagers et de verdure confié à des maraîchers, tout autour de Dakar. On cultive des légumes, des plantes vertes, quelques fleurs.

– Il y en a pour dire que ce n'est pas épatant…

– Je veux bien, mais dès que tu quittes Dakar pour Saint-Louis, le désert reprend ses droits. Et ce n'est pas tout ! Va vers le sud du Sénégal, en Casamance, en Afrique forestière où il pleut davantage, le déboisement est moins visible, et pourtant ! Après l'indépendance, les années de sécheresse ont poussé vers le Sud du Sénégal des marchands qui s'approvisionnaient dans la riche Casamance et repartaient vers Dakar sur ce fameux ferry naufragé en septembre 2002…

– Le *Joola*, ça, je sais, dit Marthe. Pire que le *Titanic*. Trois fois plus de passagers et de fret que le maximum autorisé et toutes les consignes de sécurité violées. Que c'était triste, Souley !

– Ça l'est encore. Les familles ont été décimées. J'ai eu beaucoup de chance, je n'ai perdu personne dans le désastre. Près de deux mille victimes ! Et les marchandises n'arrivent plus de Casamance, comme autrefois. Mais à l'époque, il n'y avait pas que des marchands venus se ravitailler en fruits et légumes, il y avait aussi des paysans ruinés, venus du Nord. Qu'est-ce qu'ils ont fait ? Comme d'habitude. Ils ont cultivé l'arachide. Et ils ont défriché des bois sacrés !

– Tu te rappelles, Théo ? dit Marthe. Nous avons vu un bois sacré.

Bingo ! Je me souviens. Tante Marthe m'avait amené en Casamance, pour rencontrer un roi dans une forêt sacrée.

Rouge, il était habillé de rouge, le même rouge sang frais qui orne les autels du chef Matthias. Il présidait une cérémonie d'initiation dans le plus grand secret, et nous avions pris de grandes précautions pour le voir.

– Mais tu ne peux plus y aller, Théo, dit Souley. Même si la région a l'air plus tranquille, il arrive encore que les militants dévalisent les voyageurs, et je ne suis pas sûr que tu aurais une autorisation. Souviens-toi seulement qu'en matière d'écologie, les religions ne sont pas innocentes.

– Il leur arrive de déboiser, dit Prem, comme en Inde pour les bûchers des morts.

Souley se lève et sort de sa bibliothèque des bouquins de sociologie sur la confrérie des Mourides et la culture de la cacahuète : on y parle du « tapis végétal détruit par le bassin arachidier », et moi, ce que j'entends, c'est qu'on a manié la pioche, hardi petit, comme les moines chez nous au Moyen Âge.

– Bonne comparaison, dit Souley. Les M'baye Fall défrichaient pour raisons religieuses. Nous avons eu nos moines, nous aussi. Pour la suite, on ne peut pas comparer. Je me suis laissé dire qu'en France, ces dernières années, l'espace réservé aux forêts avait retrouvé l'ampleur qu'il avait au XIIIe siècle.

– Ça signifie qu'on peut, si l'on veut !

– Chez vous, corrige-t-il. Chez nous, s'il ne pleut pas, qu'est-ce qu'on peut faire ? Au Burkina-Faso, on a essayé de crever les nuages de pluie en les faisant mitrailler par des avions spéciaux...

– Ne me dis pas que ça marche !

– Si, mais ça coûte un prix monstre ! Il y a bien la solution qu'on emploie au pays Sérère...

– Le canon contre la grêle, comme dans les vignobles français ?

– Alors là, pas du tout ! L'invocation, Théo. Nous avons des inspirés d'un genre particulier, appelé Saltigué, et qui attirent la pluie ou, du moins, la prédisent, au cours de grandes cérémonies magiques et populaires, enfin, c'est superbe et, tu sais, les journaux publient les prédictions des Saltigué comme si c'était la météo. Ils ont raison, c'est notre météo.

On part pour Saint-Louis très tôt demain matin, il nous reste trois heures avant la fin du jour. Mes vieux ont un coup de pompe, Souley dîne en famille, je vais me promener.

Dans le temps, pendant mon voyage, j'avais assisté à un sacrifice de taureau sur la plage, au pied d'un petit port de pêche, une tradition du minuscule peuple des Lébou. J'y retourne. La lumière décline à toute vitesse, les réverbères s'allument violemment, projecteurs jaunes sur les étals de bois. Les femmes des pêcheurs attendent le retour des pirogues, les alizés soufflent un vent frisquet et je n'en finis pas de me rincer les mirettes en regardant les boubous en voile moulant les seins, les cuisses, les vastes fesses des divas lébou. Souley m'a raconté qu'elles avaient le privilège absolu de préempter le poisson de leurs maris, pour le vendre en gardant l'argent. Voilà pourquoi elles sont si belles, décolletées à mort, pleines d'assurance, verbe haut, tête droite, main leste s'il faut taper la voisine.

Invisible arrivée des pirogues dans la nuit. Cris d'effort des garçons qui les halent sur la plage. Chez les divas, le ton monte d'un cran car le poisson est là, passant de main en main, énorme, cuirassé d'écailles. Bourse de mer, ça crie à la corbeille, ça hurle, tourbillon. Les billets s'échangent, éclairs d'argent, le poisson disparaît dans des sacs en plastique, envolé ! Les poissonnières s'en vont d'un pas rapide et leurs hommes se lâchent en buvant du soda. Dans ce mouvement brownien frénétique, j'ai une impression d'harmonie. Le sort des poissons asphyxiés ? Je m'en fiche. Quand je suis tout à fait seul, il m'arrive de boire à la source humaine, comme si j'étais en manque de groupe, assoiffé.

J'ai bu à longs traits et c'est comme faire l'amour, j'étais à peu près homme. J'ai acheté des beignets sur la route, je suis rentré chez Souley en traversant la Médina. Une mélopée paisible s'élève dans la ville, un chœur d'hommes à la voix grave, on est en terre d'islam. Le monde entre en repos, on est bien. Dans la maison de Souley, tout dort. Je bouffe mes beignets, j'ai les lèvres salées. Qu'aurait dit Bozzie ? Elle aurait chargé les poissonnières, griffes en avant pour sauver les poissons. Et qu'aurait dit Renate ?

Un coup de folie, j'appelle. Répondeur. Je laisse un message inachevé. « Renate, c'est moi. On est au Sénégal, tout va bien, sauf que non. Je t'embrasse. C'est Théo. »

Son regard vert-orange me manque, son dos nu, ses bras doux. Je m'endors avec elle, pas avec Bozicka. Au réveil, j'ouvre grandes les fenêtres de la chambre. Vent de sable. L'air est jaune, le ciel beige, on voit à peine les toits et pas du tout la mer. Eh bien ! Ça va être gai pour l'asthme de Tante Marthe.

– C'est dommage ! dit Souley, l'harmattan souffle rarement à cette époque. Dire qu'on était si bien avec les alizés ! Vous auriez vu ce ciel ! Pas l'ombre d'un nuage. On va être prudents sur la route de Saint-Louis. Il y a souvent des accidents, vous savez.

Ce n'est pas pire que l'Inde, avec les mêmes principes : troupeaux, cyclistes, ânons, gamins déboulant sans prévenir en traversant la voie, camions frénétiques, chameaux, chèvres, moutons. Sauf que, dans le désert, il y a très peu de gens, et hormis les troupeaux, comme toujours innombrables, on croise peu de pékins, même s'ils sont imprudents. Évidemment, sous le brouillard de sable, on ne les voit pas.

Arrêt sur le bord de la route. Marchant à pas menus sur le sable, Tante Marthe explore des buissons peu feuillus, cherche une opacité pour la dissimuler dans l'accomplissement de ses besoins naturels et disparaît derrière un baobab étirant ses moignons fantômes.

Il reste un peu de vert et quelques fruits velus pendants au bout de longues tiges. Très sec, le baobab. Tout à l'économie. À cette période de l'année, les baobabs vivent de presque rien, parce que ce sont des herbes.

– Ces gros arbres, des herbes ? Tu veux rire, Théo !

Absolument, des herbes ! Ces géants torturés n'ont ni racines ni structures ligneuses. Ce sont des herbes creuses. Souley nous raconte qu'autrefois, les griots étaient inhumés au creux des baobabs. Debout, et dans la glaise, pour combler le trou.

– Les griots, et eux seuls, dit-il. Pour des raisons de caste, puisque les griots sont en bas de l'échelle, chanteurs, conteurs, mais comme les forêts, déclassés.

– Alors c'est comme chez nous ? dit Prem. Il y a des castes, ici ?

– Il y a des castes partout ! dit Marthe. En Europe, nous avons nos technocrates, une nouvelle caste qui n'a rien à envier aux anciennes, je n'ai pas raison, Théo ?

– Non, tu n'as pas raison ! Les castes sont de naissance ! N'importe qui peut devenir technocrate, tandis que si tu n'es pas né griot, ou brahmane, tu ne seras jamais griot, jamais brahmane... Tu parles comme une ONG, Marthe ! Je ne te reconnais plus !

– Dire que ce jeune idiot s'imagine qu'il est le seul révolté de la famille, soupire-t-elle. Pourquoi ai-je arrêté mes études supérieures, à ton avis, Théo ? Eh bien ! J'ai arrêté pour faire retraite avec quelques copains, dans une ferme en Californie. *Flower Power,* sais-tu ce que c'était ?

– Oui, enfin... Non ! Je ne sais plus, Tante Marthe. Un machin pendant la guerre du Vietnam ?

– Un machin, grogne-t-elle. C'était un mouvement ! Il y avait eu cinquante-huit mille Américains morts en Indochine, tu te rends compte ? Nous voulions simplement la paix, l'amour, les fleurs. Le monde tel qu'il était, nous ne le voulions plus. Nous allions le réinventer...

– Altermondialiste avant l'heure ?

– Une vieille façon d'être écolo. Mais tu sais, Théo, j'ai étudié ce genre de mouvements depuis le Moyen Âge. Cela arrive souvent, on ne sait pas comment, des gens, tout à coup, s'en vont et se mettent à l'écart, ils sont fatigués de leur monde, ils en veulent un autre. Eh bien, c'est ce que j'ai fait.

Et ainsi de suite, jusqu'à Saint-Louis du Sénégal.

Je suis content pour toi, Tante Marthe, c'est super, tu as eu ta jeunesse, laisse-moi la mienne, bon sang ! J'écoute d'une oreille en regardant les chèvres dressées sur leurs pattes de derrière pour attraper une feuille oubliée sur l'acacia.

Soudain, près de la ville, le vent tombe.

Il a plu quelques gouttes, la pluie des mangues, on dit. Une toute petite pluie fine et délicieuse. Miracle ! Le monde devient net, les arbres ont un dessin, les animaux des poils et les humains des yeux. Les écharpes de laine tombent au bas des visages, les sourires reviennent, il fait clair. Toits de chaume pointus posés sur cases de palmes, barrières d'épineux protégeant de pauvres potagers, on longe des villages soigneusement fermés sur eux-mêmes, car, de toute évidence, le monde extérieur est hostile. Vent de sable ou tornades, ouragans de l'été, pluies torrentielles, on doit être prêt à tout dans le Sahel.

Arriver à la ville, c'est passer par la destruction des villages. Les cases disparaissent, remplacées par des cubes gris à toit plat. Plus de villages enclos, mais des habitations posées le long des routes. Quelques boutiques, centres de téléphone, étais de construction, parpaings, briques, bordel et voilà les ordures. Banlieue.

Désastre. La voiture s'enfonce jusqu'au museau dans une mare qui n'est pas de la boue de terre. Non. À la place de la terre, laquelle, au moins, s'assèche, l'eau de la mare est entièrement bourrée de sacs en plastique. Et cette sorte de boue maléfique est bleue, de ce bleu niais qu'on voit sous tous les cieux. Poisson pêché à Soumbedioune, sac en plastique, bleu indégradable ; trois tomates, un citron, sac plastique bleu, indégradable ; une boîte de sauce tomate, sac plastique bleu indégradable. Ça gonfle comme de petits ventres monstrueux, les enfants s'amusent à les faire crever, le sol est oublié quelque part là-dessous, ils rigolent, les enfants, dans la boue de plastique bleu indégradable. D'un tuyau crevé jaillit à gros bouillons la flotte, la pluie n'y est pour rien, le manque de maintenance, oui. Voici la pauvreté, je la connais par cœur, sac en plastique bleu dans mare de boue, eau croupie qu'on boira faute de mieux, dans le meilleur des cas on l'aura faite bouillir mais il ne faut pas rêver, choléra, amibes, typhoïde.

Évidemment, quand on traverse le pont Faidherbe, les ordures deviennent plus citadines. Petits tas d'ordures sèches devant chaque maison, excréments bien moulés, propres sur eux, du sable dans les rues, des trous dans le bitume mais il n'y a plus de boue et presque plus de sacs. C'est l'ancienne capitale administrative du Sénégal, grands bâtiments français, grosse ville de pêcheurs ; sur les canaux, les longues pirogues peintes frôlent les pélicans.

Nous logeons dans la famille de Souley, chez des cousins à lui, litanie des saluts – « Et la famille ça va ? » – Jusqu'au thé à la menthe, fraîcheur brûlante. On est flapi, Marthe s'endort sur le canapé, il faut la porter sur un lit.

On ne la réveillera pas pour le dîner. Souley, Prem et moi, on va se promener dans les rues de la ville, entre mecs. Et comme les Saint-Louisiennes ont la réputation d'être les filles les plus élégantes d'Afrique, notre Indien, sidéré devant les gorges pigeonnantes des belles musulmanes aux turbans compliqués, se retourne sans pudeur, et elles rient aux éclats.

Prem n'a jamais vu non plus de Maures en boubou bleu.

On s'attable dans un petit bistrot au bord d'un canal encombré de pirogues. Nappe à carreaux, parasols, vent coulis. Le genre d'endroit où j'aimerais emmener Renate. Mais elle n'est pas là et nous sommes entre mecs.

Prem ne comprend rien à l'histoire des Maures, il se demande qui sont ces gens au dos droit, au vêtement bleu ciel, si bien amidonné, et si brodé.

– Ce ne sont pas des Africains ! dit-il. Ils n'ont pas la peau noire.

– Le pays d'à côté s'appelle la Mauritanie, dit Souley. Les maures en sont originaires. Il y a également de nombreux Noirs en Mauritanie, qu'on appelle les Harratins, et qui sont des descendants d'esclaves, mais pour l'ensemble, ils ne sont guère représentés dans le pouvoir mauritanien. Ne vous obsédez pas sur ces couleurs de peau, c'est une affaire meurtrière.

Sans élever la voix, Souley lui raconte comment les artisans maures, installés à Dakar depuis des décennies, s'y sont fait massacrer dans les années quatre-vingt-dix, sous le prétexte de querelles de frontières avec la Mauritanie voisine. Querelles de bergers, incidents de troupeaux, la rumeur a gonflé, jusqu'au pogrom des Maures.

– Les Maures pratiquent donc une autre religion que l'islam ? demande Prem.

Non. Même islam.

Ensuite, je décroche. Ils parlent encore des Maures. Prem délire sur leur peau claire, Souley le rembarre. J'écoute à peine. Tiraillements. Prem, un milliard quatre cent millions d'Indiens, Souley, huit petits millions de Sénégalais.

Je n'y tiens plus, je me lève de table, je vais fumer un brin sur le quai. Prem et Souley s'engueulent et cela m'est égal. L'air est tendre, l'eau clapote sur le bois des pirogues, je vois un pélican endormi, la tête sous l'aile, le ciel est étoilé, magnifique, je suis seul.

Je rappelle Renate. Sa voix au téléphone. Vertige. J'entends un mot sur deux mais je m'en fous. J'aime cette femme. J'ignore ce que nous nous sommes dit. Quand je raccroche, je dois avoir l'air étrange, car Souley est debout près de moi.

– Ça va, Théo ? J'ai cru que tu allais tomber ! Tu crèves de faim. Viens manger ton poisson, allez !

J'ai mangé mon poisson grillé, on est rentrés sous la plus belle des nuits, dans la douceur extrême du bord de mer. Je marche avec une exaltation que je ne connaissais pas, porté par les mots de Renate – « Oui, Théo, moi aussi » –, qu'est-ce qu'elle disait encore ? Ah oui : « Cela ne m'était jamais arrivé avant. » Je marche et je n'ai plus de pieds, plus de jambes, je plane sur les canaux comme un oiseau en vol. Même l'odeur qui assaille mes naseaux m'indiffère.

Elle vient de loin, pourtant. De la ville de Sor, à côté de Saint-Louis. Les quartiers de pêcheurs, souvent, sentent très fort, et des effluves nous apportent l'odeur du poisson séché. Puissante, infecte, corrompue, c'est le meilleur des condiments. Indispensable pourriture. Bon Dieu, ça pue !

J'ai été réveillé par la voix énorme d'un muezzin diffusée par la mosquée de Saint-Louis. L'enregistrement de la cassette crachotte, mais c'est le chant du jour et je me sens heureux. Je file sous la douche et je lave le passé. Adieu Bozzie !

Ce matin, nous voici réunis dans le petit terrain où se déroule l'expérience que j'ai sélectionnée pour mon dossier. J'ai envie de voir si Tante Marthe devine de quoi il retourne. Elle a voulu m'extorquer des informations, mais je n'ai pas cédé. J'ai demandé au jeune coopérant qui nous sert de guide de ne pas expliquer à l'avance.

– Nous y sommes, ma vieille. À toi de jouer !

– Voyons un peu, dit-elle. Ici, je vois… Une friche ? Un jardin ? Ou alors un cimetière ? On dirait de grandes tombes en terre fraîche. Impossible ! Il n'y aurait pas des gars en train de les remuer… Est-ce qu'ils sortent des corps ? Non, je me trompe. Ce doit être un nouveau genre de champignonnière.

– Presque !

– Presque ? Attends… Je vois cinq ou six types armés d'une fourche, chacun devant son tas en forme de quadrilatère. Mais ça fume, Théo ! Regarde la buée ! Ce n'est pas de la terre, ma parole, c'est du fumier !

– Du compost, madame, dit le coopérant.

C'est un type de mon âge, vingt-cinq-vingt-six balais, très sûr de lui. Le genre tête à claques qui ne me revient pas. Ça sent l'économiste qui veut refaire le monde, mais bon ! Ne préjuge pas, Théo. Et le type sort sa main de sa poche pour, dans un large geste, désigner son armée de compostiers.

– Vous avez là, dit-il, un groupe de jeunes que nous avons pris en apprentissage coopératif pour qu'ils fassent en sorte de participer à l'assainissement de l'urbanisme. Les déchets sont récupérés dans ce hangar que vous voyez là-bas, ensuite, ils les trient, un camion vient récupérer le plastique, un autre le verre, un autre le papier, et avec ce qui reste d'organismes biodégradables, nos jeunes sont en mesure de fabriquer du compost, qui sera envoyé enfin dans les vergers autour de Saint-Louis.

– Vous êtes en train de dire que vous leur apprenez le traitement des ordures, en somme !

– Effectivement, madame. Il s'agit d'une vision moderne qui correspond au développement durable, c'est-à-dire à l'éducation des jeunes pour un urbanisme non pollué. Nous avons déjà sélectionné dans le pays les personnes-ressources qui leur apprendront comment répartir le compost au pied des manguiers, et ils deviendront par la suite jardiniers.

– Personne-ressource ?

Il soupire, le coopérant exemplaire. Il se dit qu'avec cette ignorante, il faut reprendre le topo depuis le début. Tante Marthe ne parle pas la langue coopérante.

– Une personne-ressource est quelqu'un d'expérience, qui a

traversé des… eh bien, des expériences, et suffisamment expérimenté pour être capable de transmettre ses acquis aux jeunes générations, dit-il avec application.

– Vous voulez dire un vieux, ou une vieille, n'est-ce pas ?

– Oh, madame ! dit le coopérant.

J'en ai connu des verts et des pas mûrs, mais des comme lui, jamais ! Il développe savamment le processus de fermentation, parle d'aérobiose, explique pourquoi la température s'élève, comment se dégage le dioxyde de carbone, comment se forme l'ammoniaque, il est ennuyeux comme la mort, et je vois Prem qui bâille. Marthe s'agite.

– Je vois que vous faites arroser les composts avec de l'eau, n'est-ce pas ?

– L'humidité est indispensable pour la fermentation, madame, répond le coopérant. Aération, humidité, voilà ce qu'il faut.

– Moi, je pisserais dessus, à leur place, dit-elle.

– Mais madame ! s'indigne le coopérant rougissant.

– Quoi ? Vous avez bien parlé d'ammoniaque, je n'ai pas rêvé ? Il y en a dans l'urine, alors je ne vois pas pourquoi…

– C'est vrai, ça, dit Prem. Vous iriez plus vite, vous feriez des économies d'eau… Dans mon pays, les gens se soulagent dans les champs, vous savez.

– Notre ami vient de l'Inde, dit Marthe. D'ailleurs, j'en suis sûre, vous n'ignorez pas qu'en Chine populaire, le fumier est presque entièrement fait d'excréments humains.

– En Chine, c'est autre chose. Mais le niveau d'hygiène…

– Vous savez, en France, quand j'étais enfant, les paysans pissaient sur leurs tas de fumier derrière la maison…

– En France ! frémit le jeune coopérant. Mais la préfecture ne l'aurait pas…

– Je l'ai vu de mes yeux et même je l'ai fait, dit-elle en le regardant bien en face. Voulez-vous que je vous montre ?

– Madame ! crie le type qui perd son assurance. Il n'est pas question que… Je vous interdis…

– Vous ne manquez pas de toupet ! Vous avez vu mon âge ?

Ne suis-je pas exactement ce que vous appelez une personne-ressource ?

– Bon ! dit Souley. Alors je crois qu'on va vous demander la route.

C'est ainsi qu'en Afrique on prend congé.

Marthe est très en colère, le coopérant me fait pitié, les Saint-Louisiens s'amusent énormément. Dans la voiture, Souley se fâche.

– Vous perdez la tête, madame Marthe ! Devant des Africains, des musulmans, des hommes, parler, vous, une femme, d'uriner…

– J'ai dit « pisser », Souley, dit Marthe.

– Mais c'est ça qui ne va pas ! C'est une grossièreté !

– Ah ! Que voulez-vous, soupire-t-elle. Ce jeune homme était tellement pédant. J'ai une telle horreur de ce vocabulaire qui écrase les gens avec des mots complexes, vous dites « uriner », je dis « pisser », voilà ! Si je vous ai choqué, excusez-moi.

Je m'énerve.

– Tu aurais pu écouter et te taire ! Est-ce que tu as compris ce que disait ce type sur l'aérobiose ? Qu'est-ce que tu y connais ?

– Il a parlé d'ammoniaque, oui ou non ? Ça sentait le pipi, oui ou non ? Espères-tu vraiment convaincre les gens avec des chiffres, des études à faire peur ? Non ! Il faut parler avec simplicité !

Et ainsi de suite. Marthe affirme.

Que les corps étant ce qu'ils sont, toute nourriture deviendra excrément, que ce qui entre par la bouche avec délices reviendra à la terre en passant par l'anus, qu'on se paie de mots pour éviter la mort, qu'on ne refera pas le monde en changeant « pisser » pour « uriner », que poussière nous sommes pour redevenir poussière, que les ordures resteront les ordures et que les choses étant ce qu'elles sont…

Je crois qu'elle est vexée d'être une personne-ressource. Peut-être qu'elle a peur de la mort, après tout. Peut-être que cette dame si bien élevée veut sentir rouler sous sa langue des mots crus.

– Je ne sais pas pour vous, madame Marthe, dit Souley, mais pour peu qu'ils n'aient pas été à l'école, les gens ne savent rien des règles d'hygiène et ces tas de fumiers, c'est comme se laver les mains au savon. Ensuite, quand ils auront des enfants, ceux qui apprennent aujourd'hui à trier les ordures leur apprendront à ne pas jeter les sacs en plastique bleu n'importe où.

– Oui, murmure-t-elle. Mais c'est ce type qui vous fait la leçon... Il n'y a rien qui ressemble à un vieux colonialiste comme un jeune coopérant, vous avez remarqué ? Et je refais le monde, et moi je vais t'apprendre, ne deviens pas comme ça, Théo ! Je ne supporte pas.

Brusquement, un cliquet s'ouvre dans mon cerveau. Et si j'étais colonialiste, en dépit de tout ? Si c'était justement ce qui me plaisait en Bozzie ?

L'autorité de la chose jugée, le pas de doute. C'est comme le Plasmodium vivax, ce remords colonial. Une malaria à effets récurrents. Chacun a le devoir de s'ingérer dans la vie des autres en détresse, voilà qui ne souffre pas la discussion, mais chaque fois qu'on s'ingère, et quand on réussit, le remords d'avoir mordu sur la liberté de l'Autre flanque la fièvre. De quoi je me mêle ? On en parle souvent entre copains. De quoi je me mêle ? Les coloniaux avaient de bonnes intentions, ils voulaient exporter l'humanisme français, éduquer les populations, comme nous... On se dit qu'il suffit simplement de n'y pas penser, que la couleur de la peau, les esclaves, les bateaux négriers, le drapeau tricolore et les guerres de conquête, tout ça, c'est du passé, loin, très loin derrière nous, sinon, on ne fait plus rien, on reste au chaud, on ne bouge plus, on est mort. Finalement, on va se coucher rasséréné, et quand on s'endort, le moustique nommé « de quoi je me mêle ? » revient et pique. Il a juste attendu la nuit pour attaquer.

– À quoi penses-tu, Théo ? dit Marthe. Je n'aime pas trop quand tu te tais.

– Je me demande comment on peut aider les gens.

– Ah ! méfiez-vous, dit Prem. Quand on veut à tout prix aider, il y a du sadisme dans l'air. C'est connu.

– Épatant ! Comment je vais m'y prendre pour mon dossier, dites-moi ? Dois-je balancer à mes associations que leurs actions écologiques pour protéger l'environnement proviennent d'un sadisme dissimulé ?

– Dissimulé, non ! dit Marthe. Mais inconscient, sans doute. Savoir qu'il y a du sadisme dans l'action sur l'environnement, ce n'est déjà pas si mal.

– Souvenez-vous des paroles de Freud, dit Prem. Qu'il y a trois choses impossibles : psychanalyser, éduquer et gouverner. C'est impossible, certes, mais il faut bien des gens pour éduquer, et il en faut aussi pour gouverner.

Et alors, on fait quoi, docteur ?

On roule vers la réserve naturelle du Djoudj, vaste marécage idéal pour les migrateurs. C'est la bonne saison, et c'est un patrimoine national sénégalais. Les réserves naturelles, j'en connais le dilemme : si on veut être démocratique, il faut les ouvrir au grand public, mais alors, dans ce cas, les réserves ne survivront pas à trop de fréquentation. Pourquoi, sous prétexte que les hommes protègent les oiseaux, se donnent-ils le droit de venir les lorgner ? Pourquoi ne pas les laisser en paix ? Ah ! Mais c'est qu'on paye pour leur protection, monsieur, alors vous pensez, on a droit de regard !

J'ai beau avoir l'œil réticent, une fois dans la barque, je craque. Le cul des pélicans plongeant en rond, leur décollage de bombardiers, le cou sinueux des anhingas d'Afrique, les aigrettes perchées, le marabout massif et, surtout, exaltant la nature et ses charmes puissants, voici sa majesté la Puanteur. Chaude, enveloppante, suffocante. Les assemblées de pélicans sur leurs collines de fientes. Les grands becs mous orange qui claquent sur le vide, les poissons qu'ils avalent, le cycle des massacres, l'horreur de cette vie qui digère et défèque, mais ces plumages aussi, que c'est beau ! Laisser faire ?

On ne peut pas. Même là, il y a du grabuge. Le directeur de la réserve du Djoudj nous raconte ses malheurs. Grossières mangeuses de vie, les jacinthes d'eau étouffent les marais, et privent de nourriture les oiseaux. Pour éradiquer les intruses, il faudrait énormément d'argent. Que les bailleurs de fonds donnent des subventions et que…

Il y a comme cela des jours où l'on voudrait se cacher sous la couette pour ne plus rien entendre. Et que le monde meure s'il veut !

La barque avance en fendant le tapis de jacinthes avec difficulté. Encore, parmi les espèces invasives, s'il n'y avait que la jacinthe d'eau. Les ragondins qui délogent les castors, les écrevisses, les grenouilles-taureaux, répandues en Europe après s'être enfuies d'un aquarium, les silures d'élevage filant dans la rivière après une inondation, les petites tortues dont les enfants ont marre et qu'ils relâchent, sans oublier ma copine l'algue bleue, échappée du musée océanographique de Monaco…

Assise au fond de la barque, ma chère tante toussote, signe infaillible, Marthe va nous parler, écoutez tous ! Silence !

– Si je comprends bien, dit-elle, pour garder les oiseaux en réserve, il faut que l'homme intervienne. Savez-vous à quoi cela me fait penser ? Au plus beau des jardins. Des lianes, des cascades, de vieux arbres feuillus, des branches s'inclinant sur la mousse, pâquerettes, marguerites, cyclamens, mousserons, c'était un lieu exquis.

– Le Paradis ? dit Souley.

– Non ! Je parle d'un vrai jardin. Enfin, vrai, c'est ce qu'on croit, tant le travail est beau. Naturel ? Tout y est trafiqué. Les branches, soigneusement courbées après beaucoup d'efforts, les fleurs, cultivées, les cascades, bâties, les lianes, enlacées par des mains de jardinier, à part les mousserons, qui sont libres, pour le reste, rien n'est naturel dans ce paradis-là. Mensonge ! Conclusion, la Nature n'est pas bonne jardinière. En la laissant faire, on n'a pas de jardin. Ici, c'est la même chose : si on laisse la jacinthe d'eau envahir les marais, la Nature se charge de chasser les oiseaux. Alors, vous savez, la Nature…

– Où l'avez-vous vu, ce jardin, madame Marthe ? dit Souley.

– Dans un roman de Jean-Jacques Rousseau.

– *La Nouvelle Héloïse*, je parie ! Le jardin de Julie ! Je me disais que votre description me rappelait un vague souvenir. C'est à cet endroit du roman que Rousseau torpille l'illusion naturelle, n'est-ce pas ?

– Et il fait bien ! dit Marthe. L'idée qu'on puisse trouver une nature intacte est une idée banale, mais stupide. Et cela va plus loin que les arbres et les fleurs ! Au commencement des commencements, il n'y a pas de paradis. Jean-Jacques Rousseau a su penser qu'on ne pouvait s'empêcher de rêver de liberté, sans être jamais libre. La première phrase du *Contrat social*, Souley ! « L'homme est né libre et partout il est dans les fers. » Au commencement des commencements, il n'y a pas non plus de liberté. Elle s'acquiert à force de combats. Et le jardin que Julie crée à force d'invention est comme son mariage, une belle illusion. Enfin tout ça n'est pas sérieux. Je ne comprends même pas comment vous prétendez, vous autres écologistes, laisser faire la Nature tout en intervenant. Ça ne tient pas debout !

– Il s'agit de la protéger contre l'homme, Tante Marthe ! La jacinthe d'eau n'est pas arrivée ici par hasard… Quelqu'un l'a transportée, bêtement, sans y penser, et elle s'est mise à bouffer les marais. À la limite, transporter, c'est dangereux. Regarde les moustiques, ils partent dans les avions et on retrouve le Plasmodium vivax sur les tarmacs à l'autre bout du monde. Je ne dis pas qu'il faudrait arrêter de voyager…

– Mais tu le dis quand même, Théo, dit Marthe. Rousseau s'était reclus, il se méfiait du monde, mais il était assez lucide pour comprendre sa part d'illusion. Ne plus rien transporter ? Ne plus rien transformer ?

– Il y a bien une solution, dit Prem. Se retirer dans une grotte, au sommet d'une montagne. Chez nous, c'est ce que font les vrais ascètes, à l'image de leur dieu, Shiva. Je vais vous raconter une histoire. Un jour, Shiva devint veuf. Inconsolable, il retourna dans ses Himalayas et entra en méditation. Une mortelle s'éprit du dieu qui s'était absenté du monde, et décida de le séduire. Pour retenir l'attention d'un dieu, chez nous, il faut savoir se transformer. On appelle cela *tapas*, les macérations, comme font chez vous les saints du catholicisme quand ils se flagellent, ou portent sur la chair nue des cilices de crin qui leur écorchent la peau. La belle Parvâti décida donc de se châtier en restant debout sans bouger. Si longtemps, si longtemps qu'elle se transforma en végétal. Son corps devint ligneux, sa peau se fit écorce, au bout de ses dix doigts poussèrent des bourgeons... Quand elle fut arbrisseau, le dieu Shiva la vit, et l'épousa.

– Je ne vois pas bien la conclusion, dit Marthe.

– Ce qui compte, c'est le renoncement à l'état d'humanité. Pour respecter la Nature, et pour y accéder, il faut pouvoir au moins l'imaginer. Alors, ne rien transformer ? C'est impossible. Mais on peut se glisser dans la Nature comme si l'on était la belle Parvâti.

– Ça me va, Prem. S'il faut transformer avec mille précautions, je choisis la solution Parvâti. Je suis prêt à me glisser sous l'écorce...

– On ne plaisante pas, Théo, attention ! La méditation de Shiva peut durer des millions d'années.

– C'est ça, fais-toi ermite, dit Marthe. Sois cohérent.

– L'avantage, me souffle Prem à l'oreille, c'est qu'après une longue méditation, Shiva éjacule violemment. Le tracé d'une comète ! Un plaisir absolu !

– Pas de messe basse ! dit Marthe. Qu'est-ce que vous complotez ?

On ne le dira pas, Souley serait choqué.

Sor, la ville des pêcheurs, prolonge les derniers quartiers de Saint-Louis. Plus on s'approche, plus l'odeur est atroce. Entrailles ouvertes sur les claies, les poissons se laissent digérer par le soleil. Il paraît que les gens de Sor sont extrêmement riches. Sous les toits de tôle ondulée, des matrones campent sur des trésors. Et il paraît aussi qu'on finit par oublier l'odeur. Dans l'absolu, c'est vrai, la décomposition de la chair de poisson vaut mieux que la pollution à l'ozone. Est-ce que tu penses vraiment cela, Théo ? Oui. L'ozone ne sent rien. Le gaz de ville non plus, que pour cette raison, on a rendu odorant, pour mieux identifier le monoxyde de carbone, qui tue. Oui, le vivant animal a de fortes odeurs, la Nature, ça pue, et c'est son privilège. Voilà ce qu'il faut penser.

Marthe s'est mis un mouchoir sur le nez et Souley la regarde avec un drôle d'air.

– Quoi ! dit Marthe. Vous trouvez que j'exagère ? Je tiens à protéger mes organes olfactifs !

– Pas du tout ! Quand je suis en Bretagne chez mes amis Le Cerf, c'est exactement ce que je fais, répond-il. Une porcherie industrielle s'est installée près de leur village, je ne supporte pas la puanteur du lisier, et pour me promener sur la lande, je mets mon mouchoir sur le nez. Simplement, en Bretagne, il s'agit d'élevage intensif, inhumain pour les animaux, tandis qu'ici, ce ne sont que des produits de la pêche, alors, vous voyez, ce n'est pas tout à fait la même chose...

– Un élevage inhumain pour les animaux ! dit Marthe. Mais qu'est-ce que ça signifie ? Rien !

– Cela veut dire que les hommes se déshonorent quand ils font subir des traitements indignes aux animaux qu'ils vont manger, dit-il.

– Tiens, dit Prem, c'est curieux ! Souley s'exprime presque comme un des nôtres. Je ne pensais pas trouver si loin de mon pays un homme à la pensée indienne...

– Je suis très flatté, dit Souley. Je ne suis qu'un simple philosophe, et j'ai beaucoup lu les stoïciens. Je suis également un soufi, et nous autres soufis, nous sommes résolument non-violents.

– Encore un effort, camarade, dit Prem, et vous deviendrez végétarien.

– Je ne crois pas, dit Souley. Le goût de l'agneau grillé me plaît beaucoup et l'islam n'interdit pas la viande, hormis le porc. Non, je ne me sens pas prêt à renoncer à la viande, mais la violence faite aux bêtes me choque.

J'en rajoute une louche, et celle-là gigantesque. Quelquefois, quand je veux frapper, j'y vais fort, et là !

– Représente-toi une porcherie en Occident, Tante Marthe. Tu les vois, les cochons entassés ? Sans espace, sans air pour respirer, concentrés dans leur hangar-prison, destinés à l'extermination industrielle et à la récupération des sous-produits ? À quoi cela te fait-il penser, dis, grande humaniste ? Tu vois les entassements de cadavres ?

Elle pousse un cri, Prem et Souley sursautent. Marthe est toute pâle et je me sens morveux. J'ai dit une connerie.

– Je t'interdis, Théo ! Comme si tu ne savais qu'en Allemagne, récemment, tes amis écologistes avaient mis côte à côte sur une affiche – une affiche, Théo ! En Allemagne ! – des animaux morts et des juifs morts dans les camps ! C'est épouvantable !

– Est-ce que je peux essayer d'expliquer, Marthe ? S'il te plaît. Tu sais que je n'ai pas voulu comparer…

– Tu te fous de moi, mon garçon ! Tu es infecté ! Vous n'y échappez pas, vous les écologistes, il n'y a rien à faire, c'est ainsi qu'a commencé la Shoah en Allemagne… Dès le début du nazisme, Théo. Avec la loi nazie sur le bien-être des animaux. À vouloir trop respecter les animaux, on finit par les préférer aux hommes. Et qu'arrive-t-il ? On décide d'éliminer une partie de l'humanité. Les juifs, ça ne compte pas, ce ne sont pas des animaux. Nazisme, écologie, ça va ensemble, Théo. Tu es impossible, impossible !

– Laisse-moi une chance ! L'impossible, c'était de traiter les juifs et les Tziganes comme des animaux, en récupérant les sous-produits après leur mort. Les cheveux pour faire des chaussons, les dents en or, la peau pour des abat-jour…

– Tais-toi donc ! dit Souley. Nous savons. Arrête !

– Je voudrais juste dire… On ne devrait plus traiter les êtres vivants comme on a fait avec les hommes dans les camps.

– « On » qui, Théo ? dit Souley. Tu divagues !

– Pardon. Je veux dire les nazis. Les nazis ont déshumanisé les hommes pour les exterminer, et moi, je me dis que, peut-être, c'est une leçon qui pourrait s'appliquer aux autres êtres vivants... On pourrait les humaniser, non ?

– Théo, Théo, c'est avec l'homme que le Dieu d'Israël a conclu une alliance, dit Marthe, pas avec l'animal ! Pourquoi Dieu aurait-il remplacé le fils d'Abraham promis au couteau de son père sur son ordre par un bélier, un simple bélier ? Dieu indique clairement qu'il ne veut plus de sacrifice humain, et qu'il préfère des sacrifices d'animaux !

– Dieu sait que je réprouve les propos de Théo, dit Souley, mais je connais des ethnologues qui affirment le contraire, madame Marthe. À les entendre, avant d'être sacrifié, l'animal, dans toutes les religions, est intronisé homme avant d'être égorgé. Ici, avant de couper le cou du mouton le jour de l'Aïd, nous autres musulmans, nous saluons l'animal comme un membre de la famille. Cela fait entrer le mouton sacrifié dans une espèce unique créée par Dieu. À peu près comme le rêve de Théo...

– Je suis athée, et Dieu est mort, Souley !

D'émotion, Marthe laisse tomber son mouchoir et il le ramasse gentiment.

– J'espère que non, *Inch' Allah,* dit-il en lui posant un baiser sur la main. Soyez indulgente avec votre neveu. Il lui arrive de dire des bêtises, mais c'est humain.

– Je veux m'asseoir, murmure-t-elle. Là, sur la digue.

C'est une petite digue surplombant des rochers, des gamins y jouent à saute-mouton, des pêcheurs réparent leurs filets, le soleil est si fort que l'air est presque blanc, même les mouettes se reposent. Marthe aussi, qui range son mouchoir et sort un minuscule éventail japonais de son sac.

– Pfft ! soupire-t-elle. Un jour, au Canada, j'ai assisté au dépeçage d'un cachalot. Ça sentait si mauvais, je me suis demandé comment on pouvait extraire de cette masse puante la boule contenant l'ambre gris qui sert de base à mes parfums. Quand on sait ce que c'est ! Des déjections de calamars, des restes de digestion des repas carnivores de la bête, une matière cireuse, couleur de cendre, qui macère pendant des dizaines d'années… Finalement, j'ai compris. À doses minuscules, la puanteur sent bon. J'appelle ça le principe du nuoc-mâm, vous savez, la sauce vietnamienne à base de poisson séché.

– Il ne faudrait plus traîner, sinon, on va manquer le retour des pirogues, dit Souley.

Mais elle n'écoute pas. Elle est encore trop énervée. Je me sens coupable.

– Tenez, à propos de l'animal et de Dieu, Prem, cela me rappelle une autre histoire que j'ai trouvée dans un livre de Lévi-Strauss, si cher à votre cœur. Il avait une trentaine d'années, il était épuisé à la fin d'une expédition difficile, et il était bloqué dans un village en attendant le retour du médecin de l'équipe.

– C'était où ?

– Au bord du rio Paraguay, au Brésil, juste avant la Seconde Guerre mondiale. Il s'est mis à écrire une nouvelle version d'une tragédie de Corneille, *Cinna*.

– Cinna ? dit Prem. Je ne vois pas. Dans quel livre Lévi-Strauss parle-t-il d'un Cinna ?

– *Tristes tropiques*, son livre le plus célèbre. Comment se fait-il que vous ne l'ayez pas lu ?

– Eh bien, ma chère amie, on m'a souvent dit que dans *Tristes tropiques*, votre grand ethnologue dit beaucoup de mal de l'Inde. Voilà pourquoi je ne l'ai pas lu.

– Et vous êtes susceptible, Prem.

– Très. Alors, ce Cinna ?

– C'était un aristocrate romain qui voulut assassiner son beau-frère, l'empereur Auguste, coupable de vouloir devenir dieu, comme Jules César avant lui. Auguste prétendait, en devenant empereur, accéder au statut de divinité voté par le Sénat. Cinna fut démasqué avant l'attentat. Au lieu de le condamner à mort, l'empereur lui pardonna.

– C'est tout ? dit Prem.

– Madame Marthe, dit Souley, les pirogues ne vont pas nous attendre…

– Attendez ! Lévi-Strauss nous situe à l'instant où l'empereur va être divinisé, ce moment qu'on nomme l'apothéose. C'est une cérémonie particulière et intime, sans témoin, il n'y a que l'empereur et un…

– Vous nous direz tout ça plus tard, dit Souley, et il attrape Marthe à bras-le-corps. On n'a plus le temps ! Théo, Prem, prenez-la chacun par un bras, et en avant !

On court, on porte Marthe, elle cède, j'ai gagné son pardon. Bientôt, nous arrivons au cimetière des pêcheurs, il suffit de le traverser et nous serons au bord de l'océan. On ralentit. Le cimetière des pêcheurs est une simple colline de sable battue par le vent, avec de pauvres tombes musulmanes, des rames plantées, des bouts de bois. Fraîches et nombreuses, les tombes.

D'après Souley, les pêcheurs de Saint-Louis sont tellement savants que les Japonais louent leurs services pour des campagnes en haute mer, très loin du Sénégal, dans le golfe de Guinée. Comment font-ils ?

C'est simple. Les Japonais enfournent des barques entières dans leurs bateaux géants, dont les trappes se referment sur les pirogues et leurs équipages.

Une fois arrivés sur la zone, les trappes s'ouvrent et les pirogues s'élancent. Pillage des ressources de pêche, dévastation chez les poissons. Et les morts là-dedans ?

Il faut voir les pirogues sursauter sur la crête des vagues pour franchir la barre devant Saint-Louis. Trente mètres de bois peint, des équipes en ciré, tempête permanente, même par beau temps, la mer se refuse et bondit. C'est là qu'on meurt.

À cette heure, les animaux de bois au museau très pointu refranchissent la barre en direction du sable. À peine sont-elles passées que des grappes de gosses s'accrochent aux pirogues, les font rouler sur des pneus, et les dames attendent, leurs paniers sous le bras. Le poisson est trié sur la plage, vite fait. Les hommes en ciré débarquent, ils sont vivants. Aujourd'hui en tout cas.

Penser qu'en France, on se règle sur le principe de précaution !

Cette disproportion effrayante entre le risque des riches et le risque des pauvres. Risque des riches : bouffer du bœuf, fumer des cigarettes, boire de l'alcool, rouler en voiture ; et risque des pauvres, hein ? Ne pas bouffer tout court, crever de faim. Ne pas avoir de voiture pour emmener le petit au dispensaire. Ne pas avoir assez de fric pour lui acheter des médicaments. Ne pas savoir où l'enterrer quand il est mort. Se rattraper sur le dos des riches avec la contrebande de cigarettes ? Normal, je ferais pareil. Risque des riches, mourir de chaleur à quatre-vingt-dix ans. Risque des pauvres, quatre-vingt-dix ans, vous voulez rire ? Les pauvres n'ont pas cinquante années d'espérance de vie.

Si Bozzie m'entendait, je me ferais tuer.

Inconditionnelle du principe de précaution, elle est. Jette aux ordures les médicaments qui vont se périmer dans un an, au cas où. Ne boit que de l'eau, pas même de la bière sans alcool. Ne mange aucune viande, rien que du fromage cuit, se gave de vitamines, surveille ses cinq rations de fruits et légumes par jour, ses portions de poisson gras deux fois par semaine, se rue chez l'herboriste au premier bouton de fièvre, consulte les horoscopes, les voyantes, les marabouts ! Ah, Bozzie… Ce n'est pas le souci de l'humanité qui te démange !

J'ai adoré cet égoïsme ado sans concession, mais une poupée n'aime pas, ma Bozzie, ma Barbie. Il est temps de te ranger dans un carton à chaussures avec l'éléphant en peluche de mon enfance, allez ! Bon débarras.

– Tu es bien sombre, dit Marthe. À quoi penses-tu ?

– À ma petite amie, celle que tu n'aimes pas.

– Tiens donc, et pourquoi ? C'est à cause du poisson ?

Oui ! Bozzie poisson froid. Bozzie aux ouïes gonflées, Bozzie qui me trompe au lit, je passe ma colère sur un débris de liège, des crabes se carapatent et moi, je vais dans l'eau tout habillé, je plonge, les enfants crient de joie, les dames qui trient le poisson applaudissent… Et je laisse l'écume et la mer me laver, m'emporter.

Je voudrais être ciel. L'homme est un être vivant et moi aussi !

– Fais attention aux vagues ! crie la voix inquiète. Théo ! C'est dangereux !

Un bois flotté m'assomme. Vertige, l'eau m'envahit. Mes tympans mugissent, je ferme les yeux, les lèvres, je roule sous la poussée monstrueuse, je coule, je meurs.

Souley se précipite, me tire sur le sable. Vlang ! Une baffe, et une autre.

– Espèce de taré, murmure Souley entre ses dents. Tu fais semblant ! Arrête, arrête, arrête…

Plus il veut que j'arrête, plus il cogne. Je me rouvre et les cieux sont brouillés, j'ai les cils collés, je n'y vois presque plus, sauf que je la vois, elle, ma tante, Marthe ou Renate, ma bien-aimée, à genoux sur le sable et autour d'elle, je vois des tas d'yeux pleins de compassion et d'effroi.

C'était une plaisanterie, les gars, il ne faut pas me prendre au sérieux, voyons… Je veux me redresser – je ne peux pas, j'ai mal, on me tape sur le dos, on fait bouger mes bras. Je crache de l'eau, je tousse, je suis là, pour finir.

Marthe me tient la nuque et j'ai l'impression que j'ai bien failli me noyer pour de vrai.

– Doucement, dit Prem. Relevons-le ensemble, un, deux, trois, ho hisse ! Stop ! Essuyez-le, Marthe. Il a du sable sur les paupières. Voilà, c'est mieux. Asseyez-vous, Théo !

– C'est rien, je lâche, furieux. J'ai bu la tasse. Il n'y a pas de quoi en faire un plat !

– Ne parle pas, mon tout petit, dit Marthe. On va rentrer à l'hôtel et prendre un bon bain chaud. Quelqu'un peut-il me prêter un pagne pour le couvrir ?

– C'est pas pour dire, madame, mais pour le réchauffer, on ferait mieux de le déshabiller, dit une voix de femme. – Le soleil tape dur, il suffirait de lui enlever ses vêtements ! – Tournez-vous les enfants, pendant qu'on lui ôte son pantalon – Occupe-toi des baskets, Meriem, et toi, Penda, de la ceinture, allez, vite, mesdames !

Des mains partout pour me mettre à nu, de belles mains noires aux doigts qui sentent la marée. En un rien de temps, je suis en slip. J'adore ! Perdue dans les sourires des dames aux grands boubous, Marthe attrape mon jean, mon tee-shirt, ma ceinture, mes socquettes, mes baskets qu'elle tient par les lacets.

Je suis resté longtemps sans bouger.

Avant de s'enfoncer dans l'Atlantique, le soleil m'a envoyé un éblouissement pour me rappeler l'éclat d'un petit brillant dans l'aile du nez. Je me suis laissé éblouir et je suis rentré sur mes deux jambes, à pas lents. Vidé, heureux, purgé. Marthe n'est pas contente.

– Cette manie que tu as de vouloir me faire peur ! À quatorze ans, tu es tombé malade, tu avais tes raisons, tu voulais éprouver tes parents, je peux comprendre, mais à ton âge, Théo ! Tu es adulte ! Tu ne vas pas recommencer tes âneries ! Si c'est pour m'agresser…

– Mais ce n'est pas…

– Tais-toi ! Quand on a bu la tasse, on n'ouvre plus la bouche !

Je suis tombé sur mon lit comme une masse, il était déjà tard quand j'ai repris conscience. Trois chaises autour du lit, Souley, Prem et Marthe, chacun le nez dans un bouquin. Ils veillent. J'ai un peu faim. On est allés dîner tout près, dans un hôtel.

Personne ne souffle mot de ma noyade. On parle des rouleaux de vagues, de la barre, des filets, des pirogues décorées, de l'œil en amande peint en noir sur leur proue jaune, de la Mauritanie toute proche, des bagarres de pêcheurs sur les sites des poissons. Il ne s'est rien passé sur la plage, circulez ! Silence sur les eaux. Un vaste troupeau d'anges passe sur la tablée.

– Curieux, ce silence, dit Prem. J'en profite pour faire une annonce. Je vais bientôt devoir vous quitter, mes amis. Dès notre retour à Dakar, je prends l'avion pour Nairobi, pour y retrouver mes cousins.

– Comment ça ? s'étonne Marthe. Vous n'avez pas prévenu !

– C'est l'occasion ou jamais, dit-il. Maintenant que je suis habitué aux peaux noires, comme vous diriez, *my dear,* je traverserai l'Afrique sans encombre.

– Et qu'est-ce que je vais devenir sans vous ? Vous êtes là pour ma thérapie !

– Disons qu'elle s'achève, Marthe, répond Prem. Vous n'avez plus besoin de moi.

– Vous êtes un sacré cachottier ! fulmine Marthe.

– Vous voyez que vous êtes rétablie, dit Prem. Vous êtes en ébullition au moins une fois par jour, vous commencez à vouloir diriger tout le monde… Ça fait déjà un bout de temps, d'ailleurs.

– Et combien sont-ils, ces fameux cousins ?

– À Nairobi ? Une cinquantaine. Ils sont dans l'hôtellerie et dans l'informatique. Vous connaissez la diaspora indienne.

– Vous allez nous manquer, dit Marthe. Mais je comprends.

Les anges sont de retour. Le silence a changé de nature.

– Vous nous devez la fin de votre histoire, ma chère Marthe, dit-il tout à trac. Vous nous avez laissés sur le bord du rio Paraguay, avec un empereur romain…

– Ah ! Le brouillon de tragédie de Lévi-Strauss. Où en étais-je ? J'avais mentionné l'empereur Auguste et son ami Cinna, un ethnologue qui revient de son expédition, et qui est amoureux de Camille, la sœur de l'empereur, je vous l'avais dit, ça ?

– On s'en fiche ! dit Prem. C'était l'apothéose, et votre empereur Auguste allait être divinisé. Il était resté seul avec je ne sais qui, vous n'avez pas eu le temps de terminer. Un confident ?

– En quelque sorte, dit Marthe. C'est un aigle.

– Forcément, dit Souley. L'aigle, symbole de l'Empire romain.

– Mais cet aigle n'est pas impérial le moins du monde ! C'est un oiseau vivant au plumage tiède, un volatile qui lâche des fientes et puis surtout, il pue…

– Un véritable oiseau, dit Souley. À quoi sert-il, cet aigle ?

– Il est là pour faire comprendre à l'empereur la nature de son apothéose. Auguste sera dieu quand il supportera de sentir sur son cou les bêtes s'accoupler, les insectes ramper sur sa peau sans frémir, quand il acceptera les crottes animales, quand il sera lui-même un animal…

– Dégoûtant, dit Souley. Et qu'en pense l'empereur ?

– Il a horreur de ça ! dit Marthe. Ce n'est qu'un homme !

– Intéressant, dit Prem. Nos yogis subissent ce genre d'épreuves et généralement, les surmontent. Ne plus appartenir à l'humanité, c'est un rêve merveilleux…

– Quand j'ai vu dépecer la baleine, dit Marthe, la mer était rouge de sang. L'écume des vagues n'était plus blanche, mais rose, on aurait dit qu'on venait d'égorger un géant…

Assez ! Je pose ma fourchette.

– Bon ! dit Marthe avec entrain. Arrêtons de causer massacres. Alors, Théo, quand dois-tu remettre ton dossier ?

– Dans trois mois.

– Et il te reste quoi, dans ton périple ?

– J'ai envie d'un chantier à trouver en Amérique, et ensuite, il me reste le plus difficile, le nucléaire. Et ça, je ne sais pas comment faire, parce que sur le papier, je vois, mais montrer qu'on a été dedans, c'est autre chose !

– Pour le nucléaire, peut-être je pourrais…

– Marthe, c'est mon dossier !

– Laisse-moi parler ! Il se trouve qu'un vieil ami à moi fait partie du conseil d'administration de…

Il a suffi que je montre un instant de faiblesse et Marthe me saute dessus, prête à tout prendre en main comme si j'avais quinze ans. Un vieil ami par-ci, un vieux copain par-là, j'arrange le coup, je paye.

– Je sais ce que tu penses, Théo. Mes relations ne sont pas de la première jeunesse, tu veux te débrouiller tout seul et tu as peur que je te compromette. Mais je ne te propose pas d'argent ! Simplement de t'ouvrir une porte qui restera fermée sans moi.

– Qu'est-ce que tu proposes ?

– Pénétrer dans une usine de traitement des déchets. Voir le monstre de près avec tes ennemis. Te mouiller. Ensuite, à toi de jouer. Si tu es vraiment libre, tu acceptes, Théo.

– Là, tu blagues, Marthe.

– Je suis très sérieuse. Et j'abats mon jeu. Je ne suis pas hostile au nucléaire. Parce qu'enfin, si j'ai bien compris, il y a le réchauffement climatique d'un côté, la nécessité de réduire l'effet de serre de l'autre, et le nucléaire au milieu. Je t'ai écouté, Théo. Il me semble que le plus grand danger, le plus urgent, se trouve dans le réchauffement climatique. Je sais ce que tu vas dire, on doit accélérer le développement des énergies renouvelables, les éoliennes, l'énergie solaire, les voitures électriques, parfait ! Mais est-ce qu'on a le temps ?

– Si on s'y met pour de bon, en additionnant le vent, le soleil, la puissance des vagues, la biomasse, oui, bien sûr !

– Crois-tu ? Tu me dis que le monde affrontera de 3 à 5 degrés de chaleur supplémentaires en 2020, et tu penses qu'on va s'en tirer en fermant les centrales nucléaires ? Enfin, c'est toi qui vois, Théo. Il me semble que regarder le monstre avec ses gestionnaires vaut la peine.

– Mais ce sont des pourris ! Des lobbyistes payés en douce pour activer leur propagande ! Et tu voudrais que je discute avec eux ?

– Pourquoi pas ? dit Souley. Depuis que je suis installé aux États-Unis, je sais ce que sont les lobbies. Ils sont publiquement payés pour leur métier. Au moins, avec eux, c'est clair.

– Je me demande si Théo n'a pas peur d'être critiqué, dit Prem. Et s'il sortait de là convaincu ? Quand les contradictions sont trop puissantes, on a peur, on s'échappe, on proteste, c'est plus simple, non ?

Foutu psychanalyste ! Il m'a débusqué. Visiter une centrale nucléaire avec un badge, je me ferais massacrer, c'est certain !

– Cela ne t'engage à rien, Théo, dit Marthe. Réfléchis. Laisse le sommeil faire son œuvre.

Au réveil, j'ai réfléchi.

Je décide de quitter Bozzie. J'appelle, elle est là. Petit poignard au cœur, mais ça ira.

Très réveillée cette fois. Très excitée. Mais qu'est-ce qu'elle me raconte ?

– Ouais, Théo ! Qu'est-ce que je suis contente que tu me téléphones, j'ai rencontré quelqu'un de supersympa qui me fait voir la vie tout autrement…

– Attends, qui c'est ce type ? D'où tu le sors ?

– Il s'appelle Odon, Odon Le Grand. Il dirige un mouvement associatif de protection des fauves, tu verras comme c'est bien, on fera l'amour comme des bêtes…

– Non, Bozzie. Ça suffit, les bêtises. On ne fera plus l'amour, toi et moi. Je ne t'aime plus. C'est fini.

Je raccroche. Ça fait un petit peu mal. Je respire un grand coup et j'appelle Renate, la bien-nommée. Je renais.

Elle a quitté Bénarès depuis un mois. Elle est revenue à Berlin. On ne se dit presque rien. Elle va venir. Quand ? Dès qu'elle pourra. Où ? Où je serai. *Ubi Gaïus, Gaïa.* Elle sera ma femme. Renate, ma renaissance, je suis désenvoûté, je me rendors délicieusement, le portable sur l'oreiller…

– Théo ! Est-ce que tu m'entends ?

– Oui, Tante Marthe, tu peux entrer.

– Tu sais quelle heure il est ? Presque quatre heures !

– Du matin ?

– De l'après-midi ! Tu ne vas pas dormir toute la journée !

Elle s'est assise au pied de mon plumard, petit pot à tabac rempli d'affection, les yeux brillants de tendresse sous ses lunettes. D'une main négligente, elle caresse l'oreiller, signe certain qu'elle veut me tirer les vers du nez. Et comme je n'ai plus aucune raison de me planquer…

– Tu as l'air beaucoup mieux, dit-elle. Qu'est-ce qui s'est passé ?

– J'ai quitté ma copine, dis-je en m'étirant avec un grand sourire.

– Ah ! dit-elle avec un soupir soulagé. Pardon de te dire ça, mais c'est une bonne nouvelle.

– Je trouve aussi. Elle me gonflait.

– Alors tu es seul ? Non, que je suis bête. Est-ce qu'elle va bien ?

Je fais l'étonné.

– Renate, voyons ! dit Marthe. Quand arrive-t-elle ?

– Mais comment tu sais ça, toi ? Tu es voyante ?

– Dès qu'il s'agit de toi, mon Théo, oui. Alors, où vas-tu retrouver Renate ?

Ici, à Saint-Louis ? Je n'ai plus rien à faire. À Berlin ? À Paris ? Non ! Ailleurs ! Pas dans une ville, surtout !

– En Normandie, peut-être ? dit Marthe.

– La Normandie ?

– Le Cotentin est une si belle région !

C'est dans le Cotentin que la Cogema, firme française hyper-connue, traite les déchets nucléaires, à La Hague. Franchement, Marthe, tu charries. Pour retrouver mon amoureuse, il y a mieux !

– Moi, je trouve ça logique, dit Marthe. Vous vous êtes connus sur les rives du fleuve le plus pollué du monde, vous vous retrouverez près d'une usine de traitement de déchets nucléaires…

– Mais à Bénarès, il y avait l'eau sacrée du Gange !

– Bon ! Je réserverai des chambres d'hôtel au Mont-Saint-Michel.

Elle m'a eu comme ça, avec un monastère qui surplombe une mer remontant aussi vite qu'un galop d'étalon.

L’énergie s’affole

– Tu verras, ils sont exquis, dit Tante Marthe. Enfin, quand je dis exquis, je m’entends. Des gens très bien…

Elle les a recrutés pour ma visite à la centrale de traitement de déchets de La Hague.

Je les vois d’ici, les amis de Tante Marthe. Hauts fonctionnaires distingués, greluches bien élevées, l’horreur. Une seule idée en tête : se montrer propre sur soi. On est propre, tout est propre, l’atome est propre, regardez comme elle est propre ma centrale ! Nucléaire, dites-vous ? Oui, peut-être.

Retenue par une manip dans son labo, Renate viendra nous rejoindre au Mont-Saint-Michel après notre virée à la centrale de traitements de déchets nucléaires de La Hague. Seul contre tous, je décide d’être sur la réserve. Défense passive.

On va prendre l’avion, direction Normandie. Le lobby est en place. Deux types et une jolie dame, Neuilly cool, robe en lin et ceinture dorée.

En apercevant le plus âgé des types, le conseiller diplomatique de la firme, Tante Marthe se réveille, ses réflexes reviennent, « Cher ami ! », clame-t-elle avec un évident plaisir.

Ce qu'elle peut aimer ces simagrées ! Autrefois, j'étais bluffé, maintenant, cela m'agace. « Mon neveu Théo » dit à peine bonjour. « Mon neveu Théo » écoute célébrer ses mérites, ses camps de réfugiés, il a envie de mordre, Théo. On s'observe sans sourire. Le conseiller diplomatique a l'œil pétillant, du charme, une grande austérité, il va falloir faire gaffe. L'autre est de l'EDF, bonne gueule d'ingénieur, technique et sympathique. Et la dame est canon – méfiance, mon vieux. Du calme.

Le lobby attaque dès qu'on a décollé. Un réchauffement climatique par-ci, un coup de grisou par-là, trente morts en Chine dans une mine de charbon, vous avez vu ? Et notre malheureux protocole de Kyoto ! L'énergie nucléaire n'émet pas un gramme de CO_2, qu'on se le dise…

Le pire, c'est qu'ils ont raison. L'énergie nucléaire peut tuer par milliers, détruire la thyroïde, fabriquer des cancers en veux-tu en voilà, mais elle n'émet pas de gaz qui réchauffe. Si je veux être honnête, je dois garder en tête ce qu'ils vont me servir : le choix entre le danger de l'effet de serre et le danger de l'énergie nucléaire. Tchernobyl, trente mille morts, et combien de divisions pour le réchauffement climatique ? Incalculable. Morts par inondations, incendies, typhons, tempêtes, sécheresse, famine, combien en tout ? On ne sait pas.

Contrôle d'identité à l'entrée de la centrale. Badges. Présentation de l'ingénieur qui nous guide. Tout aussitôt, vestiaires. Une accorte personne toise chacun pour évaluer la taille – « Pour moi, un 46, peut-être un 48 », dit tout bas Tante Marthe, gênée. Muni de mon 42, j'emporte mon paquetage et j'entre dans une cabine. Tout ôter, sauf le slip et la montre. Je revêts ma combinaison blanche, j'enfile les chaussures dites de sécurité, je boucle le ceinturon où s'attache le masque en cas d'incident.

On ne plaisante pas avec le risque, ici ; on l'affiche. Ah ! Un premier piège. C'est à moi qu'on confie le boîtier de contrôle, le dosimètre, histoire de me montrer que je par-ti-cipe. Quelle blague ! D'avance, je sais que je n'en aurai pas besoin.

Nous voici dans un premier couloir, blancs fantômes croisant fantômes blancs. L'un d'eux est équipé d'un appareil photo... Tiens donc ! Si on voulait exploiter ces images, de quoi aurais-je l'air, moi, l'écolo de service ? Minute !

– Naturellement, vous n'avez pas le droit de publier une photo de moi sans autorisation, en vertu de la législation sur le...

– ... Droit à l'image, ronchonne le conseiller diplomatique. Naturellement !

En tout cas, le photographe ne nous lâche pas. Clic ! Dans les longs corridors vert d'eau. Clic ! En haut des escaliers où s'essouffle Tante Marthe en hissant ses kilos sur les marches d'acier. Clic ! Léger recueillement. Nous franchissons enfin la frontière, la vraie. Nous entrons dans les entrailles du monstre. Clic.

– Vous avez de la chance ! dit la jolie dame cool. On est en train de sortir les crayons d'un château !

Le lobby nous a expliqué ça dans l'avion.

Un crayon contient les pastilles d'oxyde d'uranium enrichi, et on l'appelle ainsi parce que ce long tuyau rigide de trois à quatre mètres reproduit la forme d'un crayon assez mince, à taille carrée. L'ensemble de ces deux cent soixante-quatre tubes assemblés forme un seul élément du réacteur nucléaire, qui en contient cent cinquante-sept. Le crayon contient le combustible nucléaire. Et c'est cela, la Bête, qui sort très lentement de son sac.

Le château. Invisible, énorme, planqué sous le béton.

Nous sommes séparés de la Bête par une vitre d'une épaisseur considérable. L'espace où sort la Bête est fauve, éclairé d'une lumière orange, je pense au docteur Faust, on joue avec le feu. Mon Dieu, comme ces crayons sont longs ! On n'en voit pas le bout. Je ne sais pas pourquoi, mais je retiens mon souffle. J'ai peur d'un accouchement, qui va perdre les eaux ? Que c'est lent ! Enfin, elle est sortie du château, la Bête.

Les pinces monstrueuses qui manipulent la Bête sont des bras qu'aucune main ne touche. Température derrière la vitre :

300 degrés. Une fièvre d'enfer, et pourtant, tout est calme. Les techniciens tripotent les boutons qui dirigent les pinces.

Fascinant. J'en oublie le danger mortel. Reprends-toi, Théo ! Dans quelques heures, les crayons seront plongés dans la piscine, où justement on nous fait entrer. Et qui m'attend sur la passerelle d'en face ? Le photographe. Clic !

L'immense lac turquoise qui s'étend sous nos pieds contient les réacteurs usés. Deux à trois ans d'immersion. On n'en voit que les sommets carrés formant un domino géant. Restent quelques places vides. À droite, un pont jaune vif permet de déplacer les crayons comme sur un jeu de taquin, pour caser un neuf, frais sorti du château. Et comme tout est prévu, les crayons sont montés sur caoutchouc, à cause des risques de séisme.

Séisme, dans le Cotentin ? Ils en font beaucoup, presque trop !

– Mais non, me répond la dame cool. Il y a eu un séisme de force 4 sur l'échelle de Richter à Nantes l'an dernier. Personne ne l'a senti, c'était un fait mineur, mais on ne peut pas courir ce risque-là. Imaginez le même séisme ici ! Les crayons glissant les uns contre les autres, s'entrechoquant, les moins refroidis laissant échapper leurs rayonnements…

– Et qu'avez-vous prévu dans ce cas ? dit négligemment Tante Marthe.

– Sur dix kilomètres à la ronde, nous distribuons à tout le monde des pastilles d'iode préventives, mais ça n'arrivera pas, à cause du caoutchouc qui protège des tremblements de terre. Vous savez, nous sommes les premiers à mesurer l'ampleur des risques radioactifs !

– Par exemple, il ne s'agirait pas de tomber dans la piscine ! ajoute le conseiller diplomatique en gloussant.

– Mais pas du tout ! dit l'ingénieur en chef, sa courte barbiche frémissante de colère. J'envoie très souvent des plongeurs dans la piscine ! Vous êtes protégé des radiations par quatre mètres d'eau, et l'ensemble de la piscine mesure neuf mètres. Que voulez-vous qu'il arrive aux plongeurs ? L'eau n'est pas irradiée, il ne manquerait plus que ça… On l'a déminéralisée pour éviter la moindre interférence. Elle serait parfaite pour un bain. Un peu chaude, peut-être, 35 degrés…

J'écoute, mais d'une oreille.

Le bleu de la piscine est d'une telle beauté qu'il me fait penser à Bozzie. Intense, lumineuse, parfaite pour un bain. Tant d'innocence ! La Bête qui dort dans l'eau turquoise n'est qu'assoupie. Je me penche, je renifle, pas d'odeur. La Bête est purifiée, elle ne sent rien. Soudain, j'ai envie de sentir la fumée du charbon de bois qui embaume l'Afrique en la déforestant.

À regret, j'abandonne le sommeil de la Bête. Je crois en avoir fini avec le pire quand on nous montre, à travers un hublot dans une lourde porte, le terrain de stockage, vaste hall anodin. Je vois que le dallage est marqué d'un assez joli dessin de pois rouges.

– C'est là, dit fièrement la jolie dame cool avec un geste large. Tous les déchets retraités sont dans cet espace.

– Vous n'allez pas nous faire entrer, tout de même ? demande Tante Marthe sans cacher son angoisse.

– Si ! réplique la jolie dame en poussant les battants. N'ayez pas peur !

Je respire un bon coup et j'entre en sifflotant. C'est un sol cimenté tout ce qu'il y a de banal, excepté les dessins de pois rouges.

Où sont les fûts de déchets ? Je les cherche du regard.

– Vous marchez dessus, dit-elle. Là où sont les logos rouges. Neuf mètres de containers de déchets nucléaires, presque toute la production des centrales nucléaires d'EDF.

Je lève sottement le pied. Pensez que je piétine les dépouilles de la Bête !

On m'explique à nouveau. On m'a déjà tout expliqué. On recommence.

Une fois la Bête sortie de la piscine, on la tronçonne. Puis, comme une vulgaire anguille en matelote, on la plonge dans l'acide nitrique, on isole le jus d'uranium et de plutonium, le tout sans attaquer les gaines.

Les gaines sont faites d'un alliage d'étain, de fer, de chrome, de nickel et de zirconium, qui s'appelle zyrcaloy – on dirait un nom d'agent secret. Mais justement, et c'est pour ça qu'on l'a choisi, Zyrcaloy 007 ne se laisse pas détruire par l'acide nitrique. Zyrcaloy survivra à la matelote de crayons.

Ensuite, on recycle. On traite le jus d'uranium et de plutonium.

Le plutonium, réduit en poudre, et qui ressemble à du café moulu, servira à faire le mox, un sous-produit combustible réutilisable.

Transformé en nitrates, l'uranium retourne à son enrichissement, en route pour un nouveau tour de piste, crayon, assemblage, fusion, piscine, etc. Que reste-t-il ?

Les déchets. On les appelle poliment « produits de fission de haute activité à vie longue » – une vie longue, je veux ! Trois siècles !

Ils représentent 3 % de l'ensemble à traiter. Et de quoi est-elle faite, cette merde de Bête ? Bouts de gaines, parcelles métalliques, embouts, morceaux si dangereux qu'on leur réserve un traitement d'importance. Dissous par l'acide nitrique, les déchets, stockés cinq ans dans des cuves en Inox, calcinés, réduits en cendres, mélangés à des granulés de verre, enfournés à plus de 1 000 degrés, vitrifiés, enrobés dans une pâte noire semblable à l'obsidienne…

On les enferme dans de l'acier inoxydable, on les enfonce dans ce cimetière de puits bétonnés que je foule aux pieds.

Morte, la Bête ? On n'en sait rien. Comme pour un cadavre donné à la science, les organes vitaux sont recyclés, greffés, c'est envisageable, mais le contenu de l'intestin de l'animal nucléaire, lui, est impérissable. Point de corruption. L'excrément de la Bête n'ira pas nourrir le fumier pour faire pousser les salades chez les maraîchers. Non, cette pâte obsidienne sera refroidie au bout de quarante ans. Puis enterrée sous des masses de terre sur laquelle l'herbe repoussera. Mais elle est toujours là, la crotte de la Bête, et on ne sait jamais…

Gêné, je sautille d'un pied sur l'autre, vite, sortons !

Tante Marthe papote avec le conseiller diplomatique. Dieu, qu'elle m'énerve ! Je la tire par le bras – « Tante Marthe, j'en ai assez, je pars » – et la voilà qui s'exclame : « Mon neveu a très peur ! » La garce.

Mais au moment où je cherche à partir… « Pas si vite ! Il faut passer par la décontamination ! »

Entrer dans la cabine quand la lumière est verte. Poser les pieds sur les marques au sol. Appuyer le dos. Enfoncer les poignets jusqu'à ce que les doigts rencontrent leur limite.

Se retourner. Appuyer la poitrine sur l'autre face. Attendre le feu vert, sortir. Vous n'avez rien. Pas la moindre parcelle d'irradiation sur vous. Vous pouvez vous déshabiller. Prière de jeter dans le panier votre combinaison et vos chaussures, qui seront traités en déchets.

– On dirait qu'on passe à la radiographie, dit Marthe.

– La moindre radio médicale qu'on vous fait est autrement dangereuse ! s'exclame l'ingénieur en chef. Savez-vous ce qu'est un sievert ?

– Une sorte d'oiseau ?

– L'unité de mesure du rayonnement ionisant sur les tissus vivants. Une seule radiographie du poumon vous coûte 0,7 millisievert. Combien croyez-vous en avoir encaissé ici ?

– Je ne sais pas, environ 7 ?

– Niveau 7 ? Vous êtes morte d'avance ! Sept est l'étalonnement de Tchernobyl. D'ici trois jours, la leucémie vous aura nettoyée… Non, madame. Ici, vous n'avez même pas reçu 0,001 millisievert. C'est ce que rejette annuellement – annuellement, madame ! – une centrale nucléaire française.

Vous voici convaincu, défait, déshabillé. Rhabillez-vous. N'oubliez rien. Vous cheminez à travers les couloirs, vous descendez les escaliers interminables, vous rendez votre badge, vous sortez à l'air libre. L'océan est tout proche, vous respirez à pleins poumons. Vous avez beau penser intensément aux émanations de la Bête, vous ne pouvez pas vous en empêcher.

Prévenant, le lobby a prévu de nous emmener déjeuner dans

une petite maison qui surplombe l'anse des Moulinets. Étrange ! J'ai failli venir y manifester deux ou trois fois avec les militants de Greenpeace, dont le bateau monte la garde au large de la côte océane.

D'en haut, je ne vois pas grand-chose : le toit d'une bâtisse soigneusement peinte en vert, un petit pont, une sorte de route qui s'enfonce dans la mer. Les couleurs sont superbes, la plage blanche à souhait, et la douceur des vertes collines donnerait du vague à l'âme à un vieux crocodile. Que c'est gentil, cette petite plage au bord de l'eau !

Radioactif, l'océan Atlantique. Greenpeace l'a mesuré : on y trouve de l'iode 129, du césium 137, du cobalt, de l'argent et de l'eau tritiée. 500 000 m^3 de fluides toxiques ! Ce n'est pas tellement la plage qui fait peine à voir, car elle est minuscule. Mais à qui fera-t-on croire qu'une fois franchi le premier kilomètre, la radioactivité de l'eau est retombée à un taux normal ? Ces gens se moquent de nous ! Il paraît que cela ne contamine pas les poissons. D'ailleurs, tenez, comme par hasard, on nous sert de la sole pour le repas. Intox et damnation !

Je ne vais pas tomber dans le panneau. Je l'avalerai, leur sole à la crème. J'ouvrirai la bouche pour manger et mâcher, pour le reste, museau ! Je n'ai pas l'intention de leur faire ce cadeau.

– Vous avez vu la plage ? Nous faire une telle histoire pour une parcelle de galets ! Admettez qu'elle est très petite ! me lance la dame cool.

Je ne moufte pas, j'avale et je mastique, sans même lever la tête. Le conseiller diplomatique plisse ses petits yeux vifs derrière ses lunettes d'écaille ; il a compris mon plan. Marthe aussi. Pour faire oublier mes silences, elle se lance dans un bavardage tout-terrain.

– Je remarque que vous ne fumez pas et que vous ne servez pas d'alcool à table. C'est admirable ! D'ailleurs, je suis sous le charme. À aucun moment je n'ai ressenti la moindre crainte. Tout est si parfaitement vérifié… Mais l'important, pour moi, n'était pas là. Je vais vous dire. J'ai trouvé votre usine d'une beauté ! À couper le souffle. Votre énergie est propre, les précautions sont prises, oh ! et puis flûte ! Je suis de la génération qui n'a pas peur du nucléaire. On a vu tellement pire !

Dans une seconde, elle va nous faire le coup des anciens combattants. Pile poil ! Et les bombardements et les maisons en feu, arrête, Marthe, s'il te plaît !

– Arrête, Tante Marthe, lui dis-je dans un murmure. Que tu aies survécu à une guerre mondiale ne te donne pas tous les droits. S'il te plaît !

– Dans ce cas, exprime-toi, me dit-elle à voix basse. Ton silence est d'une impolitesse ! Tu es désobligeant, Théo. Je te pose une question, tu y réponds, d'accord ?

D'accord.

– Alors, Théo ? dit-elle, impérieuse.

– Impressionnant, dis-je entre mes dents.

– Ah non ! tempête la jolie dame cool. Posez-nous des questions ! Ne restez pas muet ! Vous êtes tous ainsi, vous, les écologistes. Soupçonneux, et taiseux. Pas moyen de discuter calmement. Faites un effort !

– Très bien. Je trouve que vous en faites trop. C'est louche ! Qu'est-ce que vous cachez ? Pourquoi vous livrer à tant de démonstrations de sécurité ? Vous voulez rassurer à tout prix, je le vois. Si vous croyez que cela me rend confiant !

– C'est un peu fort ! tonne monsieur le conseiller. Dans le temps, les écologistes nous reprochaient de ne rien montrer, de gérer le nucléaire dans l'opacité complète. Ils avaient raison. Nous avons changé l'ombre en lumière, nous vous montrons tout, et la suspicion continue… Que faudrait-il faire pour vous convaincre, dites-moi ?

– Qu'appelez-vous « dans le temps » ?

– Vos parents n'étaient même pas en âge de procréer… bougonne-t-il. J'étais un jeune adulte quand la France est entrée dans l'ère du nucléaire. Ne croyez pas que ce soit sans raisons !

– Oh ça, j'en suis certain ! Les États sont des monstres froids capables d'avoir les meilleures raisons du monde !

Son regard vif s'éteint, il a l'air en pétard. Marthe, elle, n'hésite pas. Elle me lance une boulette de mie de pain à travers la table :

– Espèce de persifleur ignorant !

– Laissez, Marthe, j'ai l'habitude, reprend le conseiller. Vous permettez, Théo ? Nous allons faire ensemble un détour par l'histoire. Cela commence en... Tenez, je me souviens qu'à la fin des années soixante, au cours d'une réunion qui devait orienter le choix des types de centrales pour la France, la majorité des ingénieurs présents condamna les centrales alimentées au charbon au profit des centrales alimentées au fuel.

– Dans les années soixante, on a choisi le pétrole ? Eh bien, on n'avait pas le don de voyance, dites donc !

– Exactement ! Tout le potentiel hydroélectrique était déjà équipé, les barrages, l'usine marémotrice de la Rance était en vue et le nucléaire n'en était qu'à ses balbutiements. Il n'existait que deux centrales, l'usine de Marcoule – mais la production n'était que de 2 mégawatts, une misère – et la centrale de Chinon, la première, qui est aujourd'hui un musée... C'est dire ! Un de mes collègues – nous étions des gamins – posa une seule question. Que se passerait-il si l'on assistait à une brusque flambée des cours du pétrole due à une pénurie, pour une raison quelconque ? On lui a ri au nez ! Le pétrole était une énergie i-né-pui-sa-ble, il y en avait partout dans le monde, bref, mon jeune collègue diplomate s'est fait ridiculiser.

– C'est vrai qu'il y a du pétrole partout !

– Pas tant que vous croyez, mais ce n'est pas important. L'important, c'est que trois ans plus tard, l'hypothèse de notre jeune diplomate s'est vérifiée. Les pays arabes ont fait un blocus pour faire monter le prix du baril de pétrole. Ce fut le premier choc pétrolier, en 1973. L'inimaginable était bel et bien arrivé...

– Eh bien quoi ! On sait bien que l'Opep change régulièrement le cours du pétrole !

– Mais c'était la première fois que l'Opep résistait à ses acheteurs occidentaux ! Attention, je ne dis pas que les États pétroliers avaient tort. Simplement, nous sortions d'une ère colonialiste d'un seul coup, et sans avertissement. Le pétrole devint très onéreux. On lança un programme d'économies d'énergie, on éteignit les éclairages lumineux à Paris, au grand dam des touristes qui nous rapportent tant – je vous rappelle que c'est la première ressource du pays. Mettez-vous un instant dans la peau de l'État.

– J'aime pas trop…

– Je m'en doute. Pierre Messmer était Premier ministre. Vous êtes Pierre Messmer. Vous savez qu'en France, vous avez sous la main les meilleurs techniciens nucléaires et vous n'oubliez ni Pierre et Marie Curie ni Frédéric et Irène Joliot-Curie. La solution s'impose ! Un seul gramme d'uranium enrichi libère la même énergie que deux tonnes et demi de charbon. Croyez-vous que vous auriez hésité ?

– Oui ! À cause d'Hiroshima. Et puis madame Curie est morte à force d'avoir manipulé l'uranium, tout le monde le sait. Je n'oublie pas ça !

– Moi non plus, dit-il calmement. Cela ne vous empêche pas d'aller passer chaque année des radiographies des poumons. Vous allez être médecin, que je sache. Allez-vous décider de ne pas vous servir de la médecine nucléaire ? Jurez-moi que vous ne vous servirez pas de l'IRM pour faire un diagnostic ! Vous n'êtes pas sérieux, jeune homme. L'énergie nucléaire civile est formidablement utile à l'homme. C'était si évident qu'au moment de la décision, personne n'a songé à communiquer, comme vous dites aujourd'hui. La décision de passer à l'énergie nucléaire n'a soulevé aucune protestation en France. Et s'il y en a eu, à l'époque, l'État n'avait pas pour habitude de prendre en compte l'opinion publique.

– Vous l'avouez tranquillement !

– Très tranquillement, répond-il. Vous n'imaginez pas combien les mentalités ont changé. Prenons un exemple, voulez-vous ? Quand l'Algérie est devenue indépendante, en 1962, Ben Bella a signé un accord avec de Gaulle : jusqu'en 1966, la France continuerait ses essais nucléaires au Sahara, le temps d'aménager l'île de Mururoa, dans le Pacifique. L'un de mes oncles travaillait dans ce secteur-là. Il m'a souvent raconté qu'avant une explosion, la seule recommandation donnée au personnel consistait à porter des lunettes noires pour ne pas être aveuglé, et reculer d'un petit kilomètre.

– C'est tout ?

– C'est tout, jeune homme. À l'époque, on pensait qu'un essai nucléaire n'était pas plus dangereux qu'une éclipse de soleil. Et savez-vous le pire ? Ces grands plateaux de cuivre martelé, ces croix de Gabès que font les Touaregs et qu'on vend aux touristes sur les marchés d'Afrique, pendant des années, ont été fabriqués avec les débris des essais atomiques. Personne n'y prenait garde.

– Mais les touristes, alors ?

– Ils n'en savaient rien ! On reste stupéfait devant tant d'inconscience, sauf à comprendre que nous ne savions rien. Exactement rien, monsieur ! L'opacité régnait. Nous l'avons payée cher. Maintenant, nous montrons. Qu'est-ce qu'on pourrait bien vous cacher ?

– Que deviennent les combinaisons que nous avons portées ?

– Elles deviennent des déchets de type A, à vie courte, compactés et stockés en fûts métalliques, dit monsieur l'ingénieur EDF. J'ai bien dit « à vie courte ». S'agissant des déchets, j'aimerais vous donner quelques précisions. Chaque citoyen français produit en moyenne cent kilos de déchets toxiques par an, parmi lesquels on compte un seul petit kilo de déchets nucléaires. Et encore ! Là-dessus, seuls cinq grammes resteront radioactifs pendant des millions d'années…

– Et voilà ! Vous l'avez dit ! Vous insultez l'avenir pour des millions d'années, avec vos micro-millions d'ordures impérissables dans ce « petit kilo » et vos cinq grammes !

– Mais ces cinq grammes sont recyclés !

– Très bien. Passons aux déchets à vie longue. Combien pour ce kilo ?

– Très précisément 95 grammes. Ceux qui sont enterrés, sur lesquels vous avez marché. Convenez que ce n'est pas grand-chose !

– Que faites-vous des centrales que vous arrêtez ? Allez-vous dire aussi que ce n'est pas grand-chose ?

– Certainement pas ! Une centrale qu'on arrête, cela demande cinquante-quatre longues années. Quarante ans de fonctionnement d'une centrale nucléaire, et plus d'un demi-siècle pour la démanteler. Quatre ans pour l'arrêter, cinq ans pour enlever les installations, quarante-cinq ans pour laisser la radioactivité décroître naturellement. Ensuite, l'herbe repousse.

– Et voilà, conclut le conseiller diplomatique. Où est le problème ?

– Je vais vous le dire, monsieur le conseiller. Le problème, c'est l'état des centrales nucléaires dans l'ex-Europe de l'Est. Le problème, c'est le délabrement des sous-marins nucléaires russes. Le problème, c'est le contrôle des matières fissiles au Pakistan, ne me dites pas que vous n'en savez rien ! Est-ce que le nucléaire est une solution universelle ? Non. Le nucléaire fonctionne à la rigueur dans un pays qui n'est pas menacé de faillite, et encore ! Personne n'est à l'abri de la déglingue. Maintenant, imaginez ici de la déglingue, disons, dans cinquante ans, qu'est-ce qu'ils vont devenir, vos déchets ?

– Nous y avons pensé ! Nous avons créé l'Institut de protection et de sûreté nucléaire, qui est une instance indépendante française à vocation de coopération internationale.

– Et en cas de déglingue universelle, qu'est-ce qui se passe ? Le problème, c'est que vous prenez un pari dangereux sur l'avenir.

Il se tait, puis sort son téléphone portable, fouille dans son veston, y déniche un agenda électronique et me fixe d'un air moqueur.

– Et ça, vous trouvez que c'est inutile ? Je suis sûr que vous avez les mêmes outils sur vous. Écoutez, je ne vais pas nous enfermer dans une discussion sur le progrès, nous n'en sortirions pas. À ce que j'ai compris, vous avez travaillé dans des pays où les génocides se font à la machette, vous savez donc comment se met en branle une régression barbare. La vraie question du nucléaire ce n'est pas l'idolâtrie du progrès. La vraie question, c'est le risque de pénurie d'énergie.

Je repose ma fourchette sans terminer ma sole. Le bonhomme est railleur, mais honnête. Et je crois qu'il mérite une discussion au fond.

– Attention, François, intervient Tante Marthe. Théo va vous sortir ses éoliennes et ses panneaux solaires…

– Il aura raison, mais les éoliennes sont mal supportées par les populations, car elles sont bruyantes et inesthétiques – enfin, c'est l'avis de certains écologistes. Quant aux panneaux solaires, ils peuvent servir pour faire tourner les usines, la chaîne du froid et toutes sortes de choses, mais pas l'électricité quand il fait nuit.

– Ah bon ? s'étonne Tante Marthe. Pourquoi ?

– Parce que, ma chère amie, on ne sait pas encore stocker l'électricité. C'est très simple !

Ils m'énervent, ces deux-là ! Ils s'expriment trop bien, ils devisent, ils dissertent, « Ma chère amie » par-ci, « Jeune homme » par-là…

La jolie dame cool me reluque avec inquiétude. Elle le sent tellement bien qu'elle me fait un clin d'œil. Bon ! La plaisanterie a suffisamment duré.

– Vous me demandez de parler et je ne peux pas en placer une… Avec tout le respect que je vous dois, fermez-la !

Bouche bée, ils sont. À mon tour !

– Si vous prenez tant de précautions, c'est qu'elle est mortellement dangereuse, votre énergie. Trois accidents nucléaires en un demi-siècle, c'est énorme !

Et j'enchaîne la litanie par cœur.

28 mars 1979, réacteur n° 2 de la centrale nucléaire de Three Mile Island, en Pennsylvanie. Des techniciens parfaitement bien formés se gourent sur des données erronées et le cœur du réacteur se met à fondre. Il n'y a pas eu de morts, mais ce fut un miracle.

26 avril 1986, le réacteur n° 4 de la centrale de Tchernobyl se met à fondre, et explose en détruisant les deux mille tonnes de la dalle qui le protège ; 10 % de la radioactivité se dissémine

dans l'air. Trente mille morts, sans compter ceux qui s'apprêtent à mourir au fil des ans.

30 septembre 1999, dans une usine de retraitement de produits nucléaires, à Tokai-mura, au Japon, des techniciens se trompent de récipient, et la fission commence, inattendue. Deux morts.

Et l'on ne connaît pas le chiffre des morts inconnus, ces martyrs cachés des commencements du nucléaire.

– Que disaient vos ingénieurs en ce temps-là ? Que la fusion du cœur du réacteur était rigoureusement impossible ! Comment voulez-vous qu'on vous fasse confiance ? Trois fois, c'est arrivé. Vous ne pouvez rien garantir !

– C'est vrai, dit Monsieur EDF. Pour Three Mile Island et Tokai-mura, vous avez raison. Nous ne pourrons jamais arriver au risque zéro. Le plus perfectionniste des techniciens de haut niveau peut avoir une distraction au mauvais moment. Mais pour Tchernobyl, c'est une autre affaire. Vous savez, bien sûr, qu'il n'y avait aucune enceinte de sécurité ; chez nous, il y en a trois. Les trois enceintes sont : un, la gaine métallique autour des pastilles de combustible, deux, la cuve en Inox du réacteur et, surtout, trois, l'enceinte de béton qui manquait à Tchernobyl. Et puis, pour parvenir à ce sinistre, les techniciens ont violé je ne sais combien de règles de sécurité… Des fous !

– Je sais. D'autres peuvent devenir fous, non ?

– Mais pas malades, parce que le suivi médical est drôlement contrôlé ! Non, ce n'est pas le risque majeur. Le risque majeur, c'est celui de l'aviation. Lorsque vous prenez un avion, vous pouvez tomber sur un commando terroriste, un commandant de bord qui a trop bu, un orage, ou bien, comme le Concorde, buter sur un déchet qui traîne sur la piste d'envol… Est-ce que cela vous empêche de prendre l'avion ? Le train peut dérailler, la voiture, n'en parlons pas, le vélo se fait renverser, et…

– Je sais, lui dis-je avec impatience. Mais ce qui me paraît inadmissible, c'est qu'on en fasse une politique exclusive.

– Mais ce n'est pas le cas ! Savez-vous que chez nous, à EDF, nous travaillons énormément sur les énergies alternatives ? Nous cherchons un idéal d'équilibre entre le nucléaire, les éoliennes, les panneaux solaires et le gaz. Nous avons également avec le Mali un projet d'accession à l'énergie et aux services, que nous avons appelé ACCESS et qui consiste à mettre en place dans les villages déshérités l'électrification rurale. Comment ? Avec le photovoltaïque, l'éolien à petite échelle, la micro-hydraulique, pour éviter les émissions de carbone. S'il faut absolument des groupes électrogènes, on les associe avec des lampes de basse consommation, ce qui est toujours mieux pour réduire le carbone que la bougie, le charbon de bois ou, pire, le kérosène. Est-ce que ça vous va ?

– Vous rendez-vous compte de votre responsabilité quand vous faites venir par trains entiers des convois de déchets nucléaires ?

– Parlons-en ! explose le conseiller diplomatique. À votre avis, d'où viennent ces convois ? Ils viennent d'Allemagne, parce que le gouvernement allemand préfère nous expédier ses dangers plutôt que d'affronter ses militants écologistes ! Alors, c'est facile de décider qu'on va sortir du nucléaire, pendant qu'on envoie au voisin ses ordures !

– Justement ! Quand toute l'Europe sera sortie du nucléaire, il n'y aura plus de déchets dangereux. Nous sommes d'accord !

Je les ai coincés. Tante Marthe fixe la nappe avec intensité. Je crois que j'ai crié. Eh ! Qu'ils aillent se faire voir !

– Et en attendant, qu'est-ce qu'on en fait ? grommelle Monsieur EDF. On les flanque à la mer, comme on a osé le faire au début ?

Mine de rien, nous en sommes au dessert. Personne n'a encore mentionné l'effet de serre, pas davantage le danger du réchauffement climatique. Ces gens sont inouïs ! Tellement accrochés à leur défense du nucléaire qu'ils n'ont pas la vision globale de l'avenir…

– Moi, dit doucement Tante Marthe, je ne suis pas très calée sur l'énergie, mais j'ai compris une chose : une centrale nucléaire n'augmente pas du tout le réchauffement climatique. Oui ou non ?

Dans le mille !

– Je ne pensais pas en parler, dit son ami François. L'argument me semblait trop facile et Théo voulait discuter du nucléaire, alors…

– Alors vous me prenez vraiment pour un débile, lui dis-je. Tout le monde sait que, contrairement à votre machin mortel, le charbon lâche du gaz carbonique dans l'atmosphère…

– Toutes les énergies fossiles, et pas seulement le charbon. Et le pire, ce sont les mines allemandes de lignite, qui en lâchent bien davantage. Nous sommes devant un choix : ou bien les énergies fossiles, pétrole, charbon et gaz, qui réchauffent le climat, ou bien les énergies qui ne réchauffent pas l'air, dont le nucléaire fait partie.

– Et qui va décider ? dit Marthe.

Silence.

– Vous ne trouvez pas, Théo, que notre discussion est un luxe ? me demande François. Nous, les pays riches, nous avons les moyens de freiner le réchauffement climatique. Il serait criminel de ne pas s'en servir. Tant que les pays pauvres comporteront autant d'analphabètes, aucune formation technique n'est possible. Donc, aucune maintenance. Et encore ! La catastrophe de l'usine Union Carbide à Bhopal montre que l'alphabétisation de quelques-uns ne suffit pas. Le directeur indien de l'usine Carbide était un gestionnaire de très bon niveau. Seulement, on lui a demandé de serrer les dépenses, alors…

À la fin, l'épuisement, l'abandon des règles de sécurité, la nécessité du rentable, et que ça saute ! Le gaz cyanhydrique se répand dans les bidonvilles de Bhopal, tuant trente mille pauvres gens, les plus pauvres.

– Quand même, je me demande…

– Quoi encore, dit Tante Marthe aigrement.

– Pourquoi ne trouve-t-on pas d'autres moyens de stockage d'électricité que les piles à courte durée de vie ?

– Celui ou celle qui inventera le stockage de l'électricité aura le prix Nobel ! s'exclame François.

– En attendant, on n'a pas le choix, maugrée Monsieur EDF. Pour produire de l'électricité, il faut faire tourner des turbines. Et pour ça, il faut chauffer de l'eau, la mettre sous pression, la transformer en vapeur, qui active les turbines couplées avec un alternateur. C'est simple comme bonjour, on n'a rien trouvé de mieux !

– Vous savez, je crois qu'il faut partir pour Flamanville, coupe la jolie dame cool. Nous poursuivrons la discussion dans la voiture...

Tout ça, très organisé. En route vers une centrale bien propre... Il me vient à l'idée que le nucléaire se traite comme le sexe : *safe sex, safe* uranium, gigantesques préservatifs enfilés par des nains gantés sur des piles aux éjaculations mortelles...

– Joli paysage, commente François. Cette région a été épargnée par le remembrement, la plupart des haies ont été préservées. Vous devez apprécier, Théo.

– Le remembrement ? dis-je, complètement perdu.

– Ah ! Vous ne savez pas. Après la guerre, je ne sais quelle instance étatique décida un beau jour de remembrer les terres, pour en faire de grands champs à culture intensive. Il a fallu détruire les haies que vous voyez faire leur travail ici : elles retiennent les eaux de pluie, préservent les oiseaux et les insectes, et les champs sont petits. Ce fut une belle sottise.

Les vastes buissons d'hortensias couleur bleue défilent au rythme des maisons de pierre jaune. Les prairies sont d'un vert à défier l'Angleterre et les haies sont en place. C'est un très beau pays. À noter dans le grand livre de la refondation du monde : démembrer le remembrement.

Soudain, la mer est là et, avec elle, la centrale nucléaire de Flamanville. Et comme elle est ouverte aux touristes, les contrôles de sécurité sont légion. Laisser ses papiers d'identité au guichet, prendre son badge, qui contient une sorte de carte de crédit permettant de franchir d'innombrables portillons. Sortir la carte du badge, l'enfoncer dans le dispositif, taper le code secret qui vous a été remis au premier contrôle, attendre la petite lumière verte, vous pouvez passer. J'ai hérité du DO. Peut-être que la jolie dame cool a le RÉ, et Tante Marthe le MI ?

Les couloirs sont enjolivés de briquettes. On ne verra pas la piscine où font trempette les assemblages de combustible pendant un an, avant d'être transportés par containers pour immersion de trois ans à la centrale de retraitement des déchets de La Hague. Le réacteur est strictement inaccessible. Et les châteaux, alors ? On ne peut pas les voir ?

Chaque fois qu'un train de ces châteaux traverse l'Europe en venant d'Allemagne, nous nous mobilisons. Imaginez que l'un des containers se renverse, s'écrase, tombe du train, ou, pire, imaginez que ce foutu train déraille ! Qu'est-ce qui s'échappe, hein ? De l'eau radioactive et des crayons.

– Pour voir les châteaux, il faudra revenir en avril, me dit aimablement le directeur de la centrale. Quand on en sera à l'arrêt programmé. C'est le seul moment où l'on peut voir le cœur du réacteur, parce qu'on y change un tiers d'uranium. À propos, soyez gentil, monsieur, mettez votre casque.

– Pourquoi faire ? Pas de piscine, pas de réacteur en arrêt programmé, que reste-t-il ?

– La salle de contrôle, monsieur. L'un de nos ingénieurs vous y expliquera l'histoire de l'enrichissement de l'uranium. C'est un peu aride, mais si vous acceptez...

Ce n'est pas de refus.

Vingt fois, on me l'a racontée, vingt fois on s'est perdu en route. Il faut dire qu'ils s'y mettaient à trois pour m'éclairer, les copains de Bozzie, qui n'étaient pas des aigles. Un sacré cafouillage, U 235, U 238, nucléons, protons, neutrons... J'étais largué.

Heureusement que le type est patient. Et le voilà parti, depuis les commencements, à l'époque où l'uranium était décrit dans les dictionnaires comme un « métal blanc sans valeur ».

Aujourd'hui, le minerai d'uranium s'extrait dans des mines à ciel ouvert – ce qui prouverait son innocuité, l'homme ayant toujours reçu impunément une faible dose de rayonnement radioactif (je ne suis pas convaincu ; à cause d'une mine d'uranium dans le Limousin, on a mis une rivière en danger et les poissons sont morts). Mais, me dit le type, c'est une simple question de concentration, comme pour n'importe quel poison. Un minerai naturel est peu radioactif parce que les atomes radioactifs y sont mélangés avec d'autres substances, et donc dilués. Déversés dans un endroit confiné, des déchets industriels concentrés peuvent devenir du poison (une rivière n'étant pas un endroit confiné, je reste réticent). Bon ! dit le type. C'est votre droit.

Dans une tonne de minerai, on trouve un à trois kilos d'uranium naturel, qui va subir des séries de transformations (« Attention, dit le type, ça devient un peu compliqué »). À l'état naturel, l'uranium est un mélange de deux variétés différentes d'atomes (« On les appelle des isotopes », dit le type). Et ces deux isotopes n'ont pas les mêmes propriétés nucléaires : l'uranium 235 est beaucoup plus fissile que l'uranium 238.

Fissile ?

– Vous savez au moins ce qu'est l'énergie nucléaire de fission ? dit le type.

– Faites comme si je ne savais pas.

– Elle vient de la rupture de très nombreux noyaux atomiques qui libèrent, en se rompant, une formidable énergie, infiniment plus grande que l'énergie thermique. Et vous connaissez l'autre type d'énergie nucléaire ?

– La fusion ? Celle qu'on trouve dans les étoiles ?

– Et dans les bombes thermonucléaires, dit le type. On peut continuer.

Le problème, avec l'excellent uranium 235 si aisément fissile, c'est qu'il n'y en a guère.

– Heureusement ! dit le type. Sinon, la terre aurait explosé depuis longtemps.

Dans le minerai naturel, la proportion d'uranium 235 est d'un atome, contre cent quarante atomes d'uranium 238. Pour obtenir de l'énergie de fission, il faut augmenter la proportion d'uranium 235. Autrement dit, l'enrichir.

Une fois concassé, on dissout le minerai dans l'acide sulfurique et quelques autres substances chimiques et l'on obtient le *yellow cake*. C'est un gâteau jaune qui contient 75 % d'uranium. Il faut ensuite le transformer en hexafluorure d'uranium gazeux. Pourquoi à l'état de gaz ? Pour le faire passer à travers des parois percées de milliards de trous, en recommençant l'opération mille quatre cents fois de suite. Comme l'uranium 235 est plus léger que l'uranium 238, les molécules gazeuses s'enrichissent en uranium 235 un peu plus à chaque passage. On appelle cette opération la « séparation isotopique ».

Et crac ! Je suis largué.

– Pas de panique ! dit le type. D'abord, gardez bien en mémoire que l'uranium 238 est inutile, je dirais même plus, il est carrément gênant pour la fission de l'uranium 235. Ensuite, souvenez-vous que cette fission, comme celle du plutonium, dégage en se fendant en deux une énergie considérable, l'énergie de fission. Vu ?

On va dire que oui.

– Bien. Normalement, à l'état naturel, les neutrons issus d'une fission d'uranium 235 seront captés dans un noyau d'uranium 238, aboutissant à un noyau qui ne fissionne pas, et qu'on appelle uranium 239.

– Attendez. D'où sortent ces neutrons ?

– Avez-vous bien compris le principe de la chimie nucléaire ? Comme son nom l'indique – le terme de « nucléaire » est un adjectif formé à partir du mot « noyau », en latin *nucleus* – la chimie nucléaire travaille sur la structure du noyau de l'atome. Le noyau est constitué de deux particules, le proton, qui est stable, et le neutron, qui est instable à l'état isolé, mais qui peut devenir stable quand il est associé à des protons. On peut bombarder le noyau de l'atome, briser l'énergie de liaison entre le proton et le neutron et changer la proportion des neutrons dans le nouveau noyau qui en résulte. Seulement ce nouveau noyau obtenu par bombardement est instable : la radioactivité, c'est cette instabilité.

– Celle de la fission ?

– Alors là, pas du tout ! La radioactivité peut exister même lorsqu'on n'a pas bombardé les noyaux, c'est un processus spontané. La fission, elle, est provoquée par l'homme grâce au bombardement, et c'est elle qui dégage l'énergie dont nous avons besoin. Au lieu d'attendre que les noyaux se désintègrent spontanément, on va les obliger à se désintégrer de manière brutale et rapide. Pour cela, nous provoquons la séparation isotopique – obtenue à partir de l'hexafluorure d'uranium gazeux – et cette séparation va jusqu'à la bonne proportion pour obtenir la fission nucléaire : soit, dans une pastille de réacteur, un seul uranium 235 contre trente uranium 238.

– Et si on repartait de l'histoire ? dit François qui surgit à mes côtés. Pour ma part, je préfère.

– OK, dit le type. C'est en 1939 qu'a commencé l'épopée de la fission. À cette date, Frédéric Joliot-Curie, le Français, Enrico Fermi, l'Américain, et Otto Hahn, l'Allemand, ont commencé à travailler sur le destin des neutrons issus de la fission de l'uranium 235. Il s'agissait de leur éviter la capture par l'uranium 238 – et de finir dans le noyau 239, qui ne fissionne pas, car sans fission, rappelez-vous, pas d'énergie. Pour cela, il fallait les ralentir, et provoquer ensuite avec eux une nouvelle fission dans un des rares noyaux d'uranium 235 restants.

– Pourquoi les ralentir ?

– Pour empêcher que les neutrons soient capturés, plus précisément pour augmenter leur chance de provoquer la fission d'un autre uranium 235. Il se trouve que les noyaux fissiles d'uranium 235 sont plus sensibles aux neutrons lents qu'aux neutrons rapides. Pour avoir un choc, il faut donc ralentir.

– Comme si, en traversant lentement une route, on avait plus de chances d'être percuté par une voiture ?

– Euh… Oui, en quelque sorte, dit le type. C'est une drôle de comparaison, mais oui. De sorte qu'ainsi, de fission en fission, on fait fonctionner une réaction en chaîne. Le premier réacteur nucléaire fut construit en 1942 à Chicago, par Leo Szilard et

Enrico Fermi, avec des barres d'uranium et des blocs de graphite. Enfin, on n'en est plus là. Maintenant, à partir de l'uranium 238, si peu fissile mais tellement abondant, on produit des tonnes de plutonium, un matériau commode, extrêmement fissible, facilement séparé et purifié, et sans qu'il soit besoin de ralentisseur Bien plus simple en principe ! Une fois qu'on a séparé l'uranium, avec le plutonium on obtient un noyau constitué d'un seul isotope fissile, sans risque que les neutrons soient captés. Seulement la technique est difficile à maîtriser, c'était le principe du surgénérateur Superphénix, mais on l'a abandonné pour l'instant et…

– Il est temps de partir, dit la jolie dame cool.

– Pas question ! Je veux savoir d'où vient exactement le danger nucléaire.

– Il vient des fragments de fission de l'uranium, dit le type. Ils émettent des rayonnements dangereux. Il faut aussi se protéger contre la dispersion de matières radioactives. C'est le revers de la transmutation !

– Mais l'avion nous attend ! dit la dame.

– Une toute petite minute… Comment vous appelez-vous ?

– Gilles, dit le type si gentil, Gilles Pateau.

Je ne saurai rien des neutrons échappés, mais je crois que leur destin est de continuer à frapper d'autres noyaux d'uranium fissile, et ainsi de suite. Dans les secondes qui restent, Gilles Pateau veut me dire tout le reste, et ça donne un précipité verbal d'où il ressort qu'il faut absolument absorber les neutrons lors de la fission de l'uranium enrichi, sinon, c'est une bombe, un gros boum, dite « réaction globale », que la vitesse de ralentissement doit être de 2 km/h, que le fluide caloporteur récupère la chaleur de fission…

Trop tard. L'horaire nous tient et nous pressons le pas. La jolie dame cool consulte sa montre à tout instant, quant aux mecs, ils ont l'oreille collée à leur portable. « Mais oui, chérie, je rentre. Dans deux heures environ. »

Je suis un peu sonné. J'ai l'étrange impression de m'être fait avoir. M'a-t-on menti ? Non. Enfin, je ne crois pas. J'ai sûrement oublié de poser les vraies questions. Voyons, l'environnement ? Balisé. Au pied de la centrale, j'ai vu nicher les cormorans. Eaux souterraines vérifiées une fois par mois, herbages, lait pour la consommation humaine, une fois par mois, eau des fleuves et des mers, deux fois par mois, fruits, légumes, mousses, algues, une fois par an, tout est vérifié. Il paraît qu'on installe des ascenseurs pour poissons migrateurs, mais ça, j'irai voir de mes yeux.

La sécurité des déchets ?

– Il me reste une question, dis-je en brisant le silence. Vos containers de déchets, comment les testez-vous ?

– Vous n'allez pas le croire, rétorque la jolie dame cool. On les a fait tomber de neuf mètres de haut, on les a propulsés d'un mètre sur un pieu de quinze centimètres de diamètre, on les a fait chauffer à 800 degrés pendant une demi-heure, et on les a plongés huit heures sous quinze mètres d'eau. Entre autres.

– Autre chose, dis-je d'un ton rogue. J'imagine que de temps en temps, vous expédiez vos déchets dans un pays pauvre, non ?

– C'est interdit par la convention de Bâle, depuis 1994, grommelle François. Je sais que nous sommes des affreux, mais vous exagérez, Théo. Quittons le nucléaire civil. Est-ce qu'une seule bombe atomique a explosé depuis celle larguée sur la ville de Nagasaki en 1945 ? Non. Je ne vous dis pas qu'il faut relâcher la surveillance, je dis simplement qu'on y est arrivé.

– Ah non ! s'écrie ma tante. Non, vous ne pouvez pas dire ça, François. La France a fait ses derniers essais atomiques en 1995, l'Inde et le Pakistan en 1998. Ne dites pas que rien n'a explosé ! Et les bombes atomiques stockées par l'Inde, le Pakistan, Israël, et nous, les Français ? Et le jour où un islamiste détournera un coucou pour le précipiter sur une de vos centrales ? Vous avez sûrement pensé à ce savant pakistanais qui a donné les secrets nucléaires à des organisations terroristes !

– Autant je suis un fervent du nucléaire civil, dit François, autant je me méfie du militaire, j'avoue. Mais nos centrales et l'usine de La Hague sont bien gardées. Et vous me permettrez de ne pas dire comment.

– Secret défense ?

– Tout de même un peu !

– Mais vous, François, comment avez-vous réagi au moment d'Hiroshima ? dit Marthe. J'étais si gamine…

– Moi ? Oh ! c'est très simple. J'avais douze ans, on venait d'être libéré des nazis, on crevait de faim, on avait des tickets de rationnement, et la guerre mondiale continuait dans le Pacifique. Le jour d'Hiroshima, ce fameux jour de l'explosion de la première bombe atomique, figurez-vous que je n'en ai aucun souvenir. Pas davantage pour celle qui détruisit Nagasaki. L'empereur du Japon a rendu les armes, la Seconde Guerre mondiale était finie. C'est tout ce qu'on a retenu, à l'époque. Les morts, il y en avait des millions en Europe, alors, vous savez, c'est horrible, mais trois cent mille de plus ou de moins…

Fermez le ban. On a beau dire, il est fort, le lobby. Il donne des leçons d'histoire aux tout-petits.

L'espoir fait vivre

Il est six heures du soir et le soleil décline, on s'est dit au revoir, on ne s'est pas fâché, je les ai bien aimés, il faut le reconnaître. Tante Marthe avait raison, ses amis sont exquis, mais les amanites phalloïdes sont, paraît-il, exquises et elles tuent proprement ceux qui les consomment. J'exagère ? Je ne crois pas.

Entre prairies et hortensias, Marthe et moi on se paye un brin de promenade. Je pense aux gens d'ici, qui vivent de la Bête, à qui l'on distribue des pastilles d'iode en toute sécurité parce qu'on est en Europe, en Europe de l'Ouest, à l'ouest de l'Union, mais les autres ? Les irradiés de Tchernobyl ?

Je bute sur un caillou, je me casse la gueule, je me rattrape au bras de Marthe, c'était moins une, ma vieille, j'allais tomber. C'est le moment précis où je sais quoi penser. S'il faut s'engager dans une vie et une seule, l'écologie n'est pas mon premier choix.

Mon premier choix, c'est la lutte contre l'inégalité.

– Remarque, dit Marthe, pour une fois, je donne raison aux Verts. Si tu veux soigner les inégalités, il faut soigner l'environnement. L'eau d'abord.

– La répartition des richesses, tu veux dire !

– Eh bien oui, l'eau…

Je pense à l'iode nécessaire en cas d'accident nucléaire. Peut-on imaginer un monde sans danger ?

– Certainement pas, dit Marthe. Vivre est un risque en soi. Aucun principe de précaution ne t'empêchera de mourir quand l'heure est venue.

– Mais le principe de précaution est inscrit dans la charte de l'environnement !

– Voilà qu'on va mettre la précaution dans la Constitution française ! C'est un comble.

– Attends, Marthe. Pour une fois qu'un pays place la préservation de l'environnement dans ses droits et devoirs fondamentaux ! Pour une fois qu'on s'occupe des menaces qui pèsent sur les futures générations et sur les autres peuples, tu entends ? Les autres peuples, et tu n'es pas contente ?

– Si, mais l'article sur l'application du principe de précaution m'effare. Et la recherche ?

– D'abord, la recherche dispose d'un article pour elle seule, ensuite, le principe de précaution consiste à prendre des mesures provisoires, assorties de procédures d'évaluation des risques.

– C'est ça qui ne va pas. On va tuer le progrès !

– Le progrès aujourd'hui, ce n'est plus la même chose. Je vais te dire, Tante Marthe. Le progrès est gravement abîmé par la dégradation des ressources naturelles, ce n'est pas compliqué à comprendre !

– Non, admet-elle. Là-dessus, je suis d'accord. Mais je ne vois pas comment on peut entamer des recherches avec une épée de Damoclès suspendue au-dessus de son labo. Voilà qui brime la liberté de l'esprit !

– Cela demande simplement de faire attention aux effets pervers d'une découverte. La recherche servira l'environnement, c'est simple. Cela permet de limiter les risques…

– Très bonne idée, coupe-t-elle. Alors commence par toi. Arrête de flirter avec la mort !

Et Marthe prend le volant.

On roule vers Renate au Mont-Saint-Michel. On passe Pontorson. L'abbaye apparaît, lancée vers l'infini sur ses rocs de granit. Autrefois, la marée montait à la vitesse d'un cheval lancé sur l'océan, avalant les marcheurs imprudents, mais c'est fini tout ça, la légende. Une digue relie le Mont à la terre. Autrefois, il y avait des moines bénédictins, héritiers de ceux qui construisirent l'immense abbatiale et de leurs successeurs chassés par la Révolution française jusqu'aux années soixante du XXe siècle, mais c'est terminé, la vie monastique. Les moines ont quitté le Mont en 2001. Les touristes les ont remplacés. L'autrefois du Mont-Saint-Michel ne comporte plus d'êtres vivants.

Il y a de la brume sur la presqu'île et de grandes traînées roses dans un ciel mauve. Et qui est sur la digue, en trench blanc ? Ma belle à la natte rousse, ses yeux vert-orange. Ma femme à moi, Renate Stern. Baiser sur grand écran, *The End*, mes camarades.

Elle est juste à ma taille, parfaite, peau douce, voix caressante, la courbe de son dos est au creux de mes paumes, je l'enlève, je la porte comme une mariée, on est à Bénarès et rien n'est arrivé, sauf le bruit de la mer comme un grand coquillage, et l'absence des voix rauques qui parlent en hindi. Que Marthe se débrouille ! On n'est plus de ce monde.

Quand nous redescendons pour le dîner, il n'y a plus personne dans la salle à manger. Les lumières sont éteintes et on regarde l'heure. Bon sang ! Presque minuit ! Mais c'est qu'on crève de faim ! Alors on s'emmitoufle, on ressort, on cherche. Le touriste dort.

Reste une brasserie qui s'apprête à fermer, et à qui on mendie quelque chose à manger. Le type est bougon. « Ah, c'est terminé, messieurs-dames, on ne sert plus, il n'y a plus personne en cuisine. Comment ? Un peu de pain et de beurre ? Mais ça n'existe pas, monsieur. On ne fait pas les tartines à cette heure. Vous dites ? Vous êtes amoureux ? Je suis content pour vous, mais qu'est-ce que j'y peux ? Vous attendrez demain matin. Petit déjeuner complet à dix euros, viennoiseries, café ou thé, jus de fruit… »

– Qu'est-ce qui se passe, mon Loulou ? dit une voix de femme ensommeillée.

– C'est des gens qui voudraient des tartines beurrées ! crie le type.

– Des jeunes ?

– Des amoureux ! T'inquiète pas, ma biche, ils ne sont pas violents !

Des pas dans l'escalier, la porte s'ouvre, une tête apparaît. Une dame en robe de chambre, bouclée comme un marquis, nous examine de pied en cap d'un œil vif.

– Je vois ce que c'est, dit-elle en soupirant. On a oublié l'heure, hein ? Je m'en vais vous les faire, vos tartines. Ce sera quinze euros, service de nuit, allez ! Et le pain n'est pas frais.

On l'a dévoré dans la nuit, le pain rassis. C'est seulement quand on se recouche que je vois le doigt de Renate, rouge et gonflé.

– C'est rien, chuchote-t-elle. Mon pansement est tombé. Il doit être par terre, je vais en faire un propre, j'en ai d'autres dans mon sac, je me suis juste coupée au labo.

Au labo ! Mon sang n'a fait qu'un tour. Avec ce qu'elle tripote… J'ai désinfecté avec de l'alcool, je lui ai collé sur le doigt un pansement neuf, et j'ai fait une poupée avec de la gaze blanche, avec un bon gros nœud, et de grandes oreilles – en bonne biologiste, Renate a toujours une trousse de secours dans ses bagages.

J'ai bien essayé de savoir comment elle s'était fait cela, mais elle n'a rien dit. Ou presque. Un petit accident sans importance.

On a retrouvé Marthe le lendemain, Renate avait les yeux brillants. Marthe l'a trouvée un peu pâle, mais l'amour, les tartines, bref, on est heureux, on ne fait pas attention.

– Tout ça est bel et bon, mes enfants, dit Marthe, mais je vais vous laisser vous retrouver. J'ai à faire à Paris, tu vas être content, Théo, j'ai rendez-vous à l'hôpital pour passer des examens complets. Tu sais quoi ? Tu devrais profiter de l'occasion pour écrire ton rapport tranquillement. Tu es très en retard !

On ne s'est pas fait prier. J'ai loué une voiture, on a accompagné Tante Marthe dans le train pour Paris, et on s'est mis au travail. Renate, idéale. Ne me passe rien, juste comme il faut.

– Non ! Parce que si tu dis ça, mon Théo, tu justifies le nucléaire, alors ça, je ne veux pas. Tu sais qu'en Allemagne, on a décidé d'arrêter les centrales !

– Et le réchauffement climatique ?

– Tu ne dis pas un mot sur les économies d'énergie ! On peut réduire l'éclairage, se chauffer moins, mettre des pulls…

– Bricoles ! Cela ne suffira pas.

– Si tu cherches une réforme radicale, alors là, c'est certain, tu n'en trouveras pas. Mais le petit à petit, ça marche, tu sais, Théo. Une douche au lieu d'un bain, ça fait des litres d'eau qui s'économisent, un logement bien orienté, correctement isolé, c'est autant d'énergie en moins pour le chauffage en hiver. Si tout le monde éteignait l'électricité en sortant d'une pièce, si tout le monde se servait d'ampoules à basse consommation, si tu voulais bien éteindre ton ordinateur au lieu de le laisser en veille, quelles belles économies on ferait !

– D'accord, d'accord ! Et quand il fait 40 degrés à l'ombre, on se passe de climatiseur ? Tu as vu les effets d'une seule canicule sur de vieux organismes mal préparés ?

– Eh bien, on les prépare ! On leur apprend à s'hydrater ! On se sert de linges humides, on ne les laisse pas seuls ! C'est notre mal, Théo. On vit trop seul. On a désappris à vivre en famille. Et ne me parle pas de climatisation ! Dans les pays pauvres, elle sert à montrer qu'on est riche, dans les palais officiels, les hôtels, les villas de ceux qui ont du bien, et tu attrapes des congestions tant elle est froid…

– Froide, ma chérie. La climatisation, féminin, donc elle est froide.

– Si je me trompe sur l'adjectif, d'abord ça ne m'arrive pas souvent, ensuite, ce n'est pas important, Théo. La climatisation, il faut essayer de s'en passer, tiens, comme l'ancien président du Sénégal, celui qu'on surnomme « la Girafe » tellement il est grand, tu sais ? Quand il était président, il interdisait de mettre la climatisation en sa présence, c'est beau !

– Il avait sûrement peur de s'enrhumer !

– Peut-être que oui, peut-être que non, Théo. Il préférait s'acclimater à son pays. Toi, tu fais comme si l'humanité allait continuer à pouvoir vivre dans le luxe ! Il faut décroître. Pas d'un seul coup ! En s'efforçant. En partageant. Mais toi, tu veux choisir radicalement. Non, Théo !

Renate, ou petit à petit.

Quand je pense au radicalisme de Bozzie ! Un scorpion transparent s'agite dans mon ventre. Tant pis ! J'oublierai.

– Il faut du temps, dit Renate. Moi aussi j'ai des souvenirs.

Quelques semaines plus tard, on est en juillet, le printemps est passé, les roses sont fanées, on peut se baigner dans la Manche, les digitales fleurissent le long des haies, qui revoilà ?

Tante Marthe, une enveloppe à la main, un air couci-couça, mijotant une de ces surprises dont elle a l'habitude.

Elle viendrait tout exprès pour me dire que ses examens sont parfaits, qu'il n'y a plus aucune trace sur les radios des poumons, qu'elle veut me les montrer. Il faudrait que je la croie ?

– Accouche, Tante Marthe. Je te connais ! Tu as une idée en tête, alors, dis-la…

Finalement, elle accouche. Son idée ? Les Inuit. Quand elle m'en avait parlé la première fois, je l'avais rabrouée, efficacement, ma foi, elle s'était tue.

Les Inuit ! Mouflets dans les capuches, technique des igloos, grands tambours chamaniques, bœuf musqué sculpté dans la pierre à savon, bébés phoques dépecés sur la glace rougie, culottes en ours polaire, j'avais ma panoplie d'images et de dessins, à seize ans, j'avais lu le livre du géographe Jean Malaurie, *Les Derniers Rois de Thulé*, collection « Terre humaine », éditions Plon, un vieux bouquin qui m'avait plu.

Sauf un truc. Ça m'avait frappé. J'avais retenu les moyens qu'employaient les Inuit pour réguler leur démographie : on laisse les vieillards crever sur la banquise, et lorsqu'un homme meurt, on zigouille ceux de ses enfants qui tètent encore leur mère. J'ai beau avoir les idées larges, l'infanticide... Je ne vais pas en parler à Tante Marthe, on se fâcherait. Je m'y prends autrement. Je répète que tout le monde s'occupe des Inuit, qu'ils sont très à la mode, et que l'illustre géographe Jean Malaurie...

– Très romantique, dit Marthe. Un lyrisme superbe et tumultueux. Mais ce n'est pas pour rien qu'on s'occupe des Inuit. Connais-tu le nom de Knud Rasmussen ? Quand j'étais gamine, le nom de Rasmussen faisait partie de la poignée d'explorateurs qui enchantaient le monde, au même titre que les alpinistes aux orteils gelés qui grimpaient sur les Himalayas. Le goût de l'exploit, la souffrance, l'endurance ! Plus tard, j'ai lu Rasmussen. Il est né au Groenland, et a été élevé comme un petit Inuit...

Je lui dis que je m'en bats l'œil avec une patte de homard, que ses Inuit sont hors sujet, elle répond que non, que je n'y entends rien, et qu'ils compléteraient les Pygmées Bakola. En quoi ? Elle fait sa mystérieuse. La chasse, dit-elle. Comme si j'avais la moindre chance de chasser l'ours polaire sur les terres des Inuit ! Mais la chasse n'est pas ce qu'on croit, dit-elle. Elle est ré-gle-men-tée. Bon ! Ce n'est pas suffisant pour un tel déplacement. Et la banquise ? dit-elle.

– Quoi, la banquise ?

– Tu sais qu'à cause du réchauffement climatique, elle se fissure ?

Alors c'est la banquise, ce ne sont pas les Inuit !

– Les Inuit dont je parle ont obtenu l'autonomie après un long combat.

– Allez ! Tu veux rire ! Comme l'Inde, alors ?

– Non ! Je parle d'autonomie, et pas d'indépendance. Mais en parlant de l'Inde, tu ne crois pas si bien dire. Comme Martin Luther King et Nelson Mandela, le leader du combat pour la liberté des Inuit a choisi la non-violence. Est-ce que ce n'est pas l'une de tes valeurs ?

– Si, mais de quoi parles-tu ? Et de qui ?

J'apprends le nom de John Amagoalik, père de la liberté des Inuit du Canada. Je découvre l'histoire d'un héros, son passé.

Il habitait dans un petit village au bord de la baie d'Hudson, Inukjuak. En 1953 – l'enfant avait six ans – le gouvernement canadien embarque d'autorité un groupe de familles d'Inukjuak sur un brise-glace appelé *C. D. Howe*. On est en juillet, époque où les Inuit campent sous de simples tentes, qu'on leur demande d'emporter, mais en précisant bien qu'il ne faut pas se charger trop, et qu'ils trouveront sur place de quoi s'équiper.

– Sur place, avec juste une tente ? Ils vont au sud, alors ? Plus au chaud ?

Bien sûr que non ! En Haut Arctique, à l'extrême nord.

Le brise-glace *C. D. Howe* pratique un ramassage d'Inuit dans la baie d'Hudson, puis celle de Baffin, puis débarque de force une partie des familles sur une plage du Haut Arctique, à Craig Harbour, au-delà du cercle polaire. Les autres sont débarqués un peu plus loin, à Resolute Bay.

Au nord de Craig Harbour et de Resolute Bay, il n'y a plus rien. Il fait beaucoup plus froid, jusqu'à moins 90 degrés, la neige ne permet pas de construire des igloos, on est au mois d'août, l'hiver approche. Les Inuit d'Inukjuak n'ont que leurs tentes, et aucun équipement ne les attend. Ils n'ont pas de fusils, pas de lampes, ni vêtements, ni couvertures, ni chiens, ni traîneaux, ni couteaux pour découper la neige. Au mieux, pour se nourrir, ceux de Resolute Bay arrivent à piocher dans les ordures d'une base militaire installée à proximité. Ceux de Craig Harbour n'ont pas cette ressource.

– Donc ils tombent malades, c'est cela ? La tuberculose, j'imagine ?

La tuberculose. Toutes les familles sont touchées. Expédiés d'office à l'hôpital, des enfants perdent les traces de leurs parents, car il n'y a pas d'état civil. Les mères disparaissent sans que les médecins prennent la peine de prévenir leurs maris, les morts ne sont découverts que bien plus tard, c'est une histoire qui ne fait pas de bruit, une abomination bureaucratique décidée par des fonctionnaires blancs.

– Mais pourquoi, à la fin ?

– Tu ne vas pas me croire, Théo ! Il s'agissait de tenter une expérience, enfin, c'est ce que prétendait le gouvernement fédéral du Canada. On voulait rendre les Inuit à la pleine nature, sans aucune aide et, dans le même temps, on tuait leurs chiens de traîneaux pour les obliger à devenir des bons sédentaires, c'était agaçant, ces gens qui n'arrêtaient pas de se déplacer !

– Je vois. C'est le bon vieux racisme antinomade !

– Pire. Même les militaires de la base n'avaient pas le droit de rentrer en contact avec eux. Ah, vous êtes un peuple de chasseurs ? Eh bien débrouillez-vous ! Vous n'avez plus vos fusils ? Ça n'est pas notre affaire. Remontez à vos origines, réinventez !

– Qu'est-ce qu'ils chassaient, alors ?

– Le phoque, le morse, avec d'extrêmes difficultés. On avait oublié de prévenir les déportés que les précieux caribous qui fournissent les peaux les plus chaudes étaient strictement préservés par des quotas, et qu'il était interdit de chasser le bœuf musqué, tu sais, cette énorme bête à longs poils qui ressemble au yack de l'Himalaya. L'expérience décidée par les bureaucrates d'Ottawa faisait mourir de faim les pauvres gens.

– L'expérience, tu parles ! Qu'est-ce que ça cachait ?

– Une nécessité politique. Pour le gouvernement du Canada, il s'agissait de peupler à tout prix le Grand Nord à une époque où les Soviétiques et les Américains occupaient déjà une partie du cercle polaire. Tu vois ! Et qui pouvait-on envoyer pour habiter ces régions désolées ? Les Inuit, parce qu'ils avaient l'habitude. Simple comme bonjour !

– Je vois cela d'ici. Il a dû se trouver un gros malin pour se dire qu'on en profiterait pour tester les limites de la résistance humaine, et voilà comment on en vient au crime contre l'humanité.

– Il s'en est commis d'autres au début de la guerre froide, n'oublie jamais cela, Théo. Ces maudites années cinquante ! Les Anglais déportent en masse en Australie, l'apartheid entre Blancs et Blacks s'installe en Afrique du Sud…

– Et les Français ?

– Dans les années cinquante ? En 1947, le gouvernement français s'est rendu coupable de massacres de masse à Madagascar. Sans compter un crime de guerre, la tuerie de Thiaroye, au Sénégal. Des tirailleurs sénégalais qui n'avaient pas perçu leur solde se sont révoltés, l'armée française les a abattus froidement.

– Et on n'en parle pas !

– On qui, Théo ? Tes écolos purs et durs ? Je te parie qu'ils n'en savent rien.

– Mais si ! dit Renate. Vous vous trompez, madame Marthe ! En Allemagne, nous faisons très attention à ces choses-là. Il y a toujours quelqu'un qui sait et, quand il parle, le récit ne se perd jamais complètement. Moi, j'ai entendu parler du camp de Thiaroye, j'ai même vu un film de Sembène Ousmane, et, pour Madagascar, c'est la même chose. Il faut faire confiance au cinéma.

– Comment se fait-il que je ne le sache pas ? Je n'ai pas vu ces films !

– Parce que tu ne vis pas tout à fait chez nous ! Tu as choisi de vivre ailleurs, Théo.

– Mon petit doigt me dit que c'est fini, dit Marthe. Les voyages de Théo à l'étranger sont terminés.

Eh là ! On se calme, les filles !

– Dis donc, Marthe, plutôt que jouer à la Pythie, si tu revenais au Grand Nord ?

Le gouvernement fédéral changea de politique, et les déportés furent expédiés plein sud pour être intégrés dans la société canadienne. Écoles, éducation, bars, alcool, consommation, abondance, pléthore. Pour couronner le tout, on leur a inventé un état civil avec des noms de famille, catastrophe pour un peuple qui donne à ses petits le nom d'un grand-père ou d'un père disparu…

– L'état civil n'est pas une catastrophe ! N'exagère pas !

– Mais c'est une catastrophe quand le support des noms propres repose sur la réincarnation ! Il n'y a pas de nom de famille chez les Inuit. Il n'y a pas ce que nous appelons « nom propre ». Tiens, j'allais oublier le plus fort. Dès 1941, les bureaucrates du gouvernement canadien ont voulu identifier leurs sauvages du cercle polaire. Et qu'est-ce qu'ils ont fait ? Ils leur ont accroché un morceau de carton bouilli au cou, avec un numéro d'immatriculation. Des numéros, comme pour les déportés des camps d'extermination… Sur du carton bouilli ! Dans un pays de neige ! Évidemment, les numéros se sont perdus.

– Et les noms de famille ?

– Bah ! Mes amis inuit s'en servent avec humour. Ce sont des gens très gais, tu verras. Ça n'a pas empêché John Amagoalik, avec son prénom et son nom de famille imposés, de réclamer justice pour les déportés du Haut Arctique.

Il a subi l'exil sous la tente dans le froid invivable et, quelques années plus tard, l'école. Mais une fois intégré, comme autrefois Gandhi avait commencé son parcours en devenant avocat au barreau de Londres, l'ancien enfant déporté est devenu agent d'information régional de Baffin pour le gouvernement territorial des Territoires du Nord-Ouest canadien, et c'est là que tout a commencé.

John Amagoalik a demandé la restitution de leurs terres aux Inuit dans les années soixante-dix, et la création d'un territoire qui s'appellerait le Nunavut.

– Le Nunavut ! s'écrie Renate. La seule terre autonome sur le cercle polaire… Évidemment !

D'exigences en commissions, de comité en comité, l'ancien déporté s'est obstiné dans la lutte pour l'autonomie de son pays. Vingt ans de rang, sans relâche, sans violence. De l'argumentation, du raisonnement, l'usage du droit du Canada contre sa propre bureaucratie, exactement comme Gandhi luttant contre l'Anglais à l'aide du droit britannique. Peu à peu, les gouvernements cèdent. En 1993, la loi sur la création du Nunavut est ratifiée, et John Amagoalik devient le commissaire en chef de la commission d'établissement du Nunavut. Il écrit des rapports qui débouchent sur l'autonomie de ce pays, en avril 1999.

– Et sais-tu le plus beau ? dit Tante Marthe. Les rapports de John Amagoalik portaient tous le même titre : « La trace de nos pas sur la neige fraîche. » « *La trace de nos pas sur la neige fraîche 1* », « *La trace de nos pas sur la neige fraîche 2* »...

– Magnifique ! dit Renate. Quand on voit la trace de ses pas, c'est que personne n'est passé devant... La neige vierge ! Je serais toi, Théo chéri, j'irais.

– Je savais bien que je vous convaincrais, dit ma tante.

Eh ! Mais je n'ai rien dit, moi !

– Je croyais que tu avais choisi de t'intéresser aux modes de vie des peuples autochtones, reprend Marthe. Parce qu'ils savent mieux que nous rétablir la bonne distance avec les animaux et la nature. Non ?

– Peut-être, mais aller visiter les réserves en Amérique du Nord ? Si c'est pour constater que l'alcool y fait des ravages et que la culture s'est perdue...

– Le Nunavut n'est pas une réserve, et d'un ! crie Marthe. Et de deux, la culture ne s'est pas perdue, elle s'est adaptée. Nuance !

– Adaptée ? Je voudrais bien voir ça !

– Il ne tient qu'à toi, mon joli...

– Mais tu ne vas pas traîner tes malheureux poumons dans la neige !

– Au Nunavut en ce moment, c'est l'été. Je ne te dis pas qu'on va crever de chaleur, mais je te promets qu'on aura des moustiques...

– Pas les gros maringouins noirs qui font si mal... gémit Renate.

– Si ! Il faut ce qu'il faut. Mais il n'y a aucun danger pour mes poumons. Surtout pas en atterrissant dans la capitale ! C'est l'un des plus gros aéroports de la région.

Un aéroport maintenant ! Du bruit, de l'essence, des odeurs !

– Oui, un aéroport. Et la mer de Baffin, un paysage inouï, une façon de vivre qui apprend à se protéger, un nouveau pays riche en minerais, et ces terres, Théo, ces terres rendues à leurs propriétaires sans guerre, sans attentat ! De toutes les valeurs de ton écologie, la plus importante pour moi, c'est la paix...

C'est bon ! Renate me regarde d'un air suppliant. Je comprends que je n'ai pas le droit de refuser. Direction Montréal, changement d'avion, ligne intérieure pour Iqaluit, la capitale. Voyage de noces anticipé. Quand part-on ? D'ici une semaine. Pour combien de temps ? On verra.

*

* *

On y est. D'emblée, le bleu transparent de la mer.

Pas le bleu roi de la Côte d'Azur, pas le gris-bleu de l'Atlantique, pas le turquoise des mers du Sud, non. Bleu glacier aux reflets émeraude. C'est une mer impassible, à peine libérée pour l'été. Et les rives sont rouges, d'un beau rouge dru.

Pas la rousseur éclatante des érables d'automne, pas le rouge cramoisi de la fleur d'hibiscus, pas le rouge sang frais des guérisseurs d'Afrique, non, mais le rouge des lichens, violet teinté d'orange. La terre ? Une poussière terne, une ancienne boue qui se disperse sous les roues des 4×4, ou des grosses bagnoles américaines hautes sur pattes.

Pas de bitume. Des pistes, des empreintes de congères éternelles. Les maisons ? Ce sont des chalets de bois peint, vert Nil ou vieux rose, sur pilotis. Toits de tôle, escaliers de bois clair. Couleurs, couleurs éclatantes après le grand hiver, couleurs fraîches comme chair fraîche, le ciel a un appétit d'ogre. Et comme c'est l'été, on dirait un village pour grandes poupées, un dessin animé, il n'y manque que Mickey et Minnie en anorak avec leurs godasses blanches et leur gros œil. On n'est pas dans ce monde, on est ailleurs. Un brin d'arc-en-ciel au fond sur les collines fait le magicien d'Oz au-dessus de l'océan, les femmes ont leur bébé planqué dans la capuche, je n'y crois pas, je vais me réveiller. L'air est tiède, Renate ôte son gant de laine et serre ma main.

Il ne fait pas très froid, 10 à 15 degrés, on marche en soulevant la poussière sous nos pas. Il n'y a pas un seul flocon de neige, mais des traces au sommet des collines qui tombent sur l'océan. Les poteaux électriques ont l'air un peu penché qu'on voit dans les westerns, il n'y a pas un chat, mais on entend des chiens hurler dans le lointain.

Pas de ces jappements de pavillons de banlieue, non, de vrais hurlements, une meute de loups tenus en laisse. En chemin, on voit par les portes ouvertes du lino, des frigos, des tables en Formica et des télévisions. Quoi encore ? Des femmes qui tricotent, des enfants qui jouent avec des Game-boy, des mecs assis qui rêvent, des casseroles sur la cuisinière, un monde petit-bourgeois, mais où sont les tendresses recuites dans les igloos, la brutalité de la vie, les emportements, les colères, les tourbillons furieux des chamans, leurs yeux révulsés, les lames qui trouent leurs chairs sans faire couler le sang ?

– Cela me rappelle la France de mon enfance, dit Marthe. Dans les années soixante, l'intérieur des salles de fermes paysannes avait encore ce genre d'allure, avec linoléum, télé et bouilloire sur le feu. Que j'ai eu raison de venir !

– Égoïste ! Et mon chantier là-dedans ? Je veux voir des phoques !

– Ah, évidemment, si tu te crois au cinéma, on ne va pas y arriver, mon Théo…

– Chut, dit Renate. Je n'aime pas quand vous vous disputez.

Je la ferme. Tante Marthe nous guide vers le cœur de la ville, et soudain !

C'est sur une place de terre, au milieu de la boue. Un grand bâtiment très neuf, étincelant, en surfaces de verre poli comme de la glace, s'élance vers le ciel. Au centre de ce bloc réfléchissant l'azur, deux rainures géantes de bois jaune dessinent des arcs coupant l'élan du verre. On dirait des ailes parallèles, on dirait des rails dressés debout, qu'est-ce qu'on dirait encore ?

Un traîneau géant ! Du verre comme un glacier !

– Tu te trouves devant le Parlement du Nunavut, Théo. Nous sommes attendus. Monte les marches !

Il y a là deux femmes, une Blanche, l'autre pas.

L'autre est d'ici. Peau de cuivre, cheveux d'anthracite, une mèche luisante balaye sa figure, la gaieté plisse tout, paupières et fossettes, les pommettes n'ont jamais mieux mérité leur nom, pomme d'api, pomme rouge, sourcils arqués très noirs, larges lèvres boudeuses, œil rieur, sur quel continent sommes-nous arrivés ? Au nord-est de l'Inde, j'ai vu cet air de Chine et ces méplats très ronds, j'ai vu l'obstination à vivre dans le froid, les bandeaux de portage des femmes héroïques, leur regard scrutateur et vif, on est donc en Asie ? Ici, à l'extrême nordeste du nord de l'Amérique ? Dans un éblouissement vertigineux, je vois.

Pas à pas sur la glace marchent les premiers hommes venus de Mongolie, ils traversent les détroits et franchissent les mondes, ils sont d'Asie et plantent dans le Grand Nord les semences qui plus tard ont fleuri sur ce brin de pommier.

– Qu'est-ce qu'elle est jolie ! dit Renate avec un petit soupir. Quel âge tu lui donnes ?

Jeune. Vingt ans ? Quinze ans ? Elle est toute petite, et elle transpire un peu, il fait trop chaud pour elle sous ces 15 degrés, elle essuie la sueur qui coule de son front.

– Salut ! dit Marthe. Bonjour, Annick !

Le rameau de pommier recule timidement.

Annick, c'est l'autre, la Blanche, jeans, baskets, ciré jaune, joues roses et cheveux blonds. Elle secoue sa crinière de bouclettes et s'avance pour embrasser Tante Marthe qui lui tend les bras et ensuite tend l'index pour me désigner. C'est reparti ! Je me revois lorsque j'avais quinze ans, môme que ma précieuse tante présentait à ses vieux amis. Et qu'est-ce que je fais, là ? J'obtempère ?

J'empoigne Renate, je fonce sur la blonde et je lui tends la main.

– Bonjour ! Je me présente, Théo Fournay, vous savez, le neveu. Alors voilà, c'est moi, l'ancien malade, le petit garçon condamné pour leucémie, mais oui. Je suis sûr que Marthe vous a déjà baratinée. Au fait, j'en profite pour vous dire que je suis guéri et que j'ai vingt-six ans, toutes mes dents, bon pied bon œil, et vous ? Je vous présente Renate Stern, ma compagne, qui est allemande et biologiste. Et vous ?

– Théo ! s'indigne Marthe. Ce ne sont pas des manières, enfin. C'est très mal élevé !

Annick éclate de rire, en laissant voir la chaîne d'or à son cou. Elle rit très joliment, la copine de Marthe. On dirait une cascade dévalant les montagnes.

– Bonjour à tous les trois ! Laissez-moi vous présenter Aviaq, mon amie, chargée de relations publiques du Parlement. Elle va nous le faire visiter, et je vais l'aider.

– Vous êtes interprète ? dit gentiment Renate. Parlez-vous la langue des Inuit ?

– Non ! Je ne parle pas l'inuktitut, mais je connais suffisamment Aviaq pour m'en tirer. Je m'appelle Annick Cojean et je suis journaliste. Je suis déjà venue ici en reportage en 1998, un an exactement avant la proclamation de l'indépendance, et c'est ainsi que j'ai connu Aviaq. C'était une petite fille adorable !

– Le reportage d'Annick a été publié, dit Marthe. *Cap au Grand Nord.* C'est ce livre qui m'a donné envie de la connaître et…

– Et quand votre tante a une idée en tête ! dit Annick. Elle vivait au Brésil, elle m'a proposé de m'aider pour entrer en relations avec le mouvement des Sans-terre, j'ai connu Marthe à Recife, quelques petites années avant l'élection de Lula… Bref, elle m'a attrapée dans ses filets. Aviaq ? *Are you ready to proceed ?*

Aviaq est prête. Sa voix est un murmure, sa voix est un sourire. La porte du traîneau géant s'est ouverte. Renate et moi, nous entrons sur la pointe des pieds. Il règne là-dedans un silence léger, troublé de toussotements et de ruminations, comme dans une église ou dans un temple hindou. Je le sais, je le sens, il s'agit de sacré. L'enceinte parlementaire contient une trentaine de places, dont celles des élus, dix-neuf en tout et pour tout. J'aperçois des cabines d'interprètes, et une sorte d'autel, une pierre creuse remplie d'un liquide transparent.

– Les traducteurs sont là pour les langues de travail, dit Annick. L'inuktitut, l'anglais, mais aussi le français. Mais Aviaq, qui apprend le français, ne sait pas bien encore le parler. La lampe de pierre ? Montre-leur, Aviaq. Allume le *qulliq*.

Aviaq enflamme le liquide, minuscules flèches courtes d'une huile sans odeur, c'est de la graisse de phoque, en suivant le chemin de la fumée, je lève la tête et je comprends. Nous sommes dans un igloo, pas en neige, mais en bois. Le divin que l'on traite ici commence à se préciser : le groupe dans l'igloo, le consensus, la flamme de la lampe dans le noir de l'hiver.

– Nunavut, dit Aviaq. *Our land,* notre terre. *Inuk means a man, Inuit, several men. We have also a flag, Annick, can you help me ?*

– Aviaq veut parler du drapeau ! Regardez les couleurs, bleu et or : bleu, pour l'océan, or, pour les richesses du sol, avec, sur le côté, une étoile et au centre, le monument de pierre qui marque les lieux sacrés, l'*inuksuk.*

– On dirait un géant qui tend les bras, dit Renate.

– C'est vrai ! dit Annick. L'*inuksuk,* qui est fait pour guider dans la bruine d'hiver et les longues traversées, est un montage de pierres représentant un homme qui montre le chemin. C'est un très vieux symbole inuk, mais le Nunavut possède aussi des armoiries toutes neuves, voyez l'écusson, avec deux animaux debout. À droite, le narval, sur la banquise d'hiver, à gauche, le caribou, les pattes arrière posées sur les fleurs de l'été Les Blancs ont pris le nom de caribou à la langue algonquine, *kalibu, xalibu,* comme le mot « Eskimo », mangeur de viande crue, un mot très méprisant emprunté aux Indiens Cree. Il vaut mieux éviter de l'employer.

Le caribou dressé le long de l'écusson. Ses bois saluent la couronne des Windsor, tandis que de sa patte avant il caresse le dos invisible du ciel. Il y a du sexuel dans son entrejambe de cervidé, tandis que le narval, qui repose sur sa nageoire caudale, se contente de pointer sa corne dans le vide. Trouble enlacement d'animaux souverains régnant sur le Grand Nord autour d'une couronne d'Angleterre.

– Maintenant, le détail, dit Annick. Je vais vous montrer. Au sommet, la couronne de la monarchie britannique, puisque la fédération du Canada est membre du Commonwealth. Sous la couronne, vous devriez reconnaître la forme de l'igloo, qui symbolise l'Assemblée où nous sommes. Ensuite, il y a une sorte d'œuf partagé en deux : en haut, dans la partie sombre, vous voyez l'étoile polaire, qui sert de repère et de guide pour les longs voyages, mais aussi pour le conseil des sages, et en dessous de cette étoile, vous devriez distinguer cinq cercles dorés, qui représentent la position du soleil quand il est au-dessus et au-dessous de l'horizon. Et enfin, la devise…

– *Nunavut Sanginivut, Nunavut, our strength,* dit Aviaq.

Nunavut.

Superficie, 2 millions de km^2, c'est énorme. Population, 27 000 personnes dont 17 500 il y a sept ans, c'est très peu. Iqaluit, la capitale, comporte moins de 5 000 habitants – c'est la taille d'une petite ville en Europe, ou celle d'un village en Inde. Le chef du gouvernement et ses ministres – tous très jeunes – sont désignés par consensus, et les anciens ont une place de choix. Est-ce une démocratie ?

– Élections au suffrage universel ! dit Annick. En théorie, les membres du gouvernement sont élus par tous ceux qui résident dans le Territoire, qu'ils soient inuit ou non. En réalité, les députés ont été élus par les résidents, mais le premier gouvernement du Nunavut a été désigné par acclamations. Comment voudriez-vous passer de la chefferie traditionnelle à la démocratie de type occidental sans étapes ?

Au Canada, la Constitution reconnaît trois groupes d'autochtones, les Indiens, les Métis, les Inuit.

Autochtone est un mot que j'aime bien. Issu du grec, il signifie « venu de la terre même », on ne fait pas plus simple, et c'est mieux que « sauvage », que les Canadiens employèrent dans la fameuse « loi sur les sauvages », en 1786.

Et les Premières Nations ! Premiers parmi les égaux, c'est ainsi que, depuis 1980, on appelle les peuples indiens au Canada, et je sais même pourquoi ils ont un statut différent des Inuit, depuis 1973.

À cette date, le gouvernement du Canada a accepté deux types de revendications, les revendications globales et les revendications particulières.

Les revendications dites « particulières » valent pour les Indiens qui avaient signé des traités avec les conquérants occidentaux.

Et les revendications globales ? Ah ! C'est une tout autre affaire.

Les revendications qu'on appelle « globales » sont issues de régions où les droits de propriété des autochtones n'ont jamais fait l'objet de traités. En clair, ce sont les terres volées par les Blancs, et que, péniblement, on restitue aux Indiens.

Titres de propriété, droits de pêche, droits de piégeage, mesures d'indemnisation financière, et ce nom qui désigne les Premières Nations, « premiers parmi les égaux ».

– C'est impensable en France ! s'écrie Marthe. Premiers parmi les égaux ? Mais ça ne veut rien dire ! L'unité de la République ne l'admettrait jamais !

– Tu sais que tu vieillis, toi ? je lui balance. Tu bataillais pour la libération des peuples colonisés et maintenant, tu nous casses les pieds avec la République ?

– Oui, bon, je sais, tu as raison. Mais c'est compliqué ! Demande donc à Annick de parler des Métis, tu vas voir.

Définition de septembre 2002, émanant du Conseil national des Métis : « Métis désigne une personne qui s'identifie elle-même comme métis, appartient à la nation historique ancestrale des Métis, ne se confond pas avec les autres peuples aborigènes, et se voit reconnaître par la Nation Métis. » Un Métis canadien est donc une personne d'ascendance mixte Indien-Français,

Indien-Anglais et Indien-Écossais. Certains Métis affirment qu'ils sont le seul vrai peuple autochtone du Canada, puisqu'ils seraient les seuls qui ont engendré un nouveau groupe.

Maintenant, je sais pourquoi je suis écologiste. Protéger les espèces naturelles ne me suffira pas si je n'y ajoute pas la protection des peuples en danger. Pourquoi ? Ce n'est pas clair.

C'est même contradictoire. Protéger les peuples en danger, c'est les laisser tuer des animaux.

– Oh ! Alors je vais vous raconter une histoire, dit Annick. Pour mon reportage, j'avais pris contact avec le président de l'association des chasseurs d'un petit village d'ici, Pangnirtung. Ma peau blanche, déjà, n'était pas un bon signe. Mais lorsqu'il a découvert que j'étais française, savez-vous ce qu'il m'a balancé ? Brigitte Bardot.

– La vieille Brigitte Bardot ?

– Vous êtes trop jeune pour vous souvenir de la campagne qu'elle a lancée sur le massacre des bébés phoques ! C'était en 1983.

– Mais j'ai vu les photos ! Bardot avait raison. On n'a pas le droit de faire ça !

– Doucement, dit Annick. Qui nous avait donné le droit de massacrer les baleines pendant un bon siècle ? On en a tué trente mille, c'est énorme ! Les ressources alimentaires des Inuit dépendaient largement de la graisse de baleine. Les baleiniers d'Écosse ont-ils été punis ? Pas du tout. Est-ce qu'on avait le droit d'acheter les fourrures aux Inuit avant de décider qu'il était immoral de chasser l'ours et le phoque ? La Compagnie anglaise de la baie d'Hudson n'a pas été sanctionnée. Pourquoi avons-nous décidé, nous autres les puissants, d'établir des quotas sur tous les animaux dont se nourrissaient les Inuit ? Le bœuf musqué, la baleine, le morse… Restait le phoque. Viennent Brigitte Bardot, l'association Greenpeace, des stars qui lancent le boycott des fourrures, et vlan ! Toute l'économie des Inuit est par terre.

– Tuer des animaux protégés, tout de même !

– Ne criez pas comme ça ! dit Annick. Quand il s'agit des

phoques, Aviaq comprend très bien. Sortons d'ici. Le mieux, c'est qu'elle vous donne des explications.

On quitte le parlement du Nunavut, on déambule le long des rues, on suit les profonds sillons tracés par les motoneiges. Aux carrefours se dressent de drôles de bulles en préfabriqué, à forme de citrouille, des igloos ?

Non, des bars. Des jeunes entrent et sortent, désœuvrés. Il paraît que le taux de suicides est l'un des plus élevés du monde, comme dans la plupart des zones boréales, à cause du manque de luminosité pendant la longue nuit hivernale. Le manque de luminosité, cela se traite assez bien à l'hôpital avec des écrans allumés qu'on regarde le temps qu'il faut, mais au Nunavut, la nuit se conjugue avec la colonisation. Aux États-Unis, loin de l'hiver boréal, on trouve un taux de suicides élevé dans les réserves des Siouan, ceux qu'on appelle les Sioux, les plus persécutés d'Amérique du Nord.

La chasse est morte, voilà pourquoi.

Les jeunes générations d'Inuit du Nunavut deviendront certainement des techniciens, des cadres, mais la vie d'avant s'est perdue. Au point qu'au Groenland, possession danoise, on a ressuscité la chasse au phoque, en proportion réduite, pour les jeunes Inuit délinquants, dans le seul but de redonner du corps à leur initiation. Endurance, souffrance, exploit, comme dirait Tante Marthe. La chasse est morte, nos garçons n'ont plus goût à la vie, dit Aviaq, et ses yeux se mettent à briller. Colère, nostalgie, douleur, un peu tout ça…

J'ai honte de mes pensées de Blanc écologiste.

On plantait la tête du caribou dans la neige, les bois en évidence, pour montrer que la chasse était bonne. On versait un peu d'eau salée dans la bouche du phoque abattu avant de le découper sans en laisser une miette, on remettait ses ossements à la mer pieusement. On honorait la tête de l'ours mort, on respectait les règles de répartition des viandes selon les âges, au cours d'un repas funèbre d'allure anthropophage. Anthropophage, vraiment ?

– Presque, dit Marthe. Souviens-toi ! En mangeant l'animal pour survivre, on le révère comme un membre de la famille. On ne va pas revenir là-dessus ! Tu vois bien que, dans le cas des Inuit, l'interdit sur la chasse est une vraie tragédie !

– L'animal mangé cru, dit Aviaq.

À peine dépecé, chaud devant ! Tout cru.

Et alors, Théo ? N'es-tu pas convaincu qu'il n'existe pas de distance véritable entre espèces naturelles ? Je croyais que tu voulais rabattre le caquet de l'homme, le rabaisser au rang de la Nature… Il faut savoir, mon vieux !

– Fausse piste, Théo, dit Marthe. Avant de manger cru, l'Inuk découpe la chair et la répartit selon des règles strictes. C'est en quoi il est homme. Ne confonds pas !

– Elle a raison, dit Renate. Personne ne veut nier les lois de l'espèce humaine. Elles sont multiples, différentes, mais il y a une espèce humaine qui est notre appartenance. Simplement, nous avons appris à nous méfier.

– De qui ?

– Mais de nous-mêmes. Regarde l'histoire d'ici ! Un siècle, nous chassons la baleine, un autre, nous l'interdisons. Un temps, nous massacrons les phoques, un autre, nous l'interdisons. Sauf que le « nous » des puissants écrase au passage ceux qui chassaient les animaux polaires avec sagesse, selon leur propre raison.

Quatre nénettes contre moi, en faveur de la chasse !

Je suis tellement surpris que je manque un pas, butant contre une pierre, et je m'étale. Ça saigne sur ma tête. Où ça ? Une blessure au front. Le sang pisse sur le nez, je n'y vois plus. Et alors, ô délices, quatre nénettes me relèvent et me soignent, mouchoir de Tante Marthe, Kleenex d'Annick, pansement de Renate et le pouce d'Aviaq, solidement pressé sur mon écorchure. Mais non, ça ne fait pas mal. Oui, d'accord, le sang. Et pourquoi ne pas se répartir ma chair pendant que vous y êtes, les filles ?

L'émotion passée, on se dirige vers le petit musée d'Iqaluit. Simple maison de bois, quelques vitrines touchantes remplies d'ustensiles anciens pour la vie courante de jadis. Ce n'est pas le plus important.

Statuaire, art des Inuit. Sculptures. Minuscules, en os. Massives, en pierre à savon sombre et luisante. Harpons, flèches, couteaux à neige, cuillers en corne d'aurochs, dessins au stylo à bille, au crayon de couleur, à la mine de plomb, tous les supports montrent des êtres fantastiques, ailes de chair et queue cornue, des caribous qui dansent comme sur les armoiries, des hommes qui se transforment en animaux, un monde d'enchantements, la féerie des explorateurs.

L'œil fiévreux, le chaman sculpté dans l'ossement de morse lève ses pattes d'ours et tend ses mains d'humains, renversant un visage où souffle l'animal et tendant le tambour qui attrape les rêves.

De sa jolie voix fine, Annick m'explique l'origine des figurines en saponite. Dans l'ancienne vie, en hiver les Inuit passaient le temps en sculptant ces figures dans les dépouilles des animaux mangés, dents d'ours, défenses de morse, os de baleine travaillé par les vagues. Ça ne mangeait pas de pain, ça ne valait pas grand-chose, c'était l'époque où les Inuit adoraient écouter l'Écossais baleinier qui jouait de l'accordéon. Après des campagnes de pêche assassines, l'Écossais, ayant épuisé les baleines, s'en va, laissant son accordéon en souvenir.

Arrivent les ethnologues avec les militaires, dans les années cinquante. Les menus travaux de l'hiver des Inuit changent de fonction et de nature.

Le regard des Occidentaux fait le travail. Les petites sculptures sur ossements deviennent des œuvres d'art recherchées. Aujourd'hui, l'ivoire étant interdit, les Inuit sculptent dans la saponite des pièces énormes qui valent cher sur le marché de l'art, et qui s'exposent dans les galeries. Anonymes autrefois, les pièces sont signées, et la sculpture est l'une des ressources principales du pays. Il va sans dire que les artistes ne se contentent plus de l'hiver pour sculpter.

Et pendant ce temps-là, Renate et Marthe se disputent pour

savoir s'il s'agit d'art, ou non. Pitié ! Laissez-moi regarder tranquillement !

– Peut-être vaudrait-il mieux faire un peu d'histoire de l'art ? suggère Annick. Les spécialistes distinguent plusieurs périodes. D'abord la période paléo-eskimo, 1700 avant J.-C., ensuite la période qu'on appelle « historique », de 1770 à 1940, enfin, on arrive à l'aurore de l'art des Inuit, à partir de 1949. Ce n'est pas n'importe quelle date. 1949, c'est la date des installations militaires dans le Grand Nord canadien. Vous remarquerez qu'avant l'arrivée des Blancs, on n'est pas dans l'histoire, comme d'habitude quand il s'agit de peuples autochtones.

Que l'histoire commence avec les Blancs, j'ai toujours trouvé cela épouvantable. Qu'on parle d'art à compter de l'installation des bases militaires, c'est à rendre cinglé. Ce que je vois surtout, clair comme le jour, c'est comment les Inuit s'échappent en dessinant, s'échappent en sculptant, et s'il faut payer très cher la statue d'un bœuf musqué reposant sur le sol comme une prise de terre, parfait ! Qu'au moins nos marchands d'art servent à réparer les dégâts. C'est simpliste ? Je sais. Primaire ? C'est exprès. C'est la colère.

Renate s'inquiète, caresse le dos de ma main, je ronchonne, je m'écarte. Elle disparaît dans la pièce voisine et glisse sur ma paume un objet lisse et lourd. Cadeau.

C'est un petit ours qui danse, noir et vert, posant une patte énorme en équilibre et tendant un museau aimable sur le côté. « Il te ressemble, dit-elle. Toi quand tu fais la tête. Mais ses griffes sont rentrées, c'est un ours très gentil. Allez, danse, mon Théo ! »

Je craque. La tendresse de Renate me rend tout heureux, j'obtempère et me voilà qui lève une patte, puis une autre, dansant à faire trembler le sol de bois, et elle rit, ma re-née, je l'enlace, si fort et si serré que mon égratignure saigne sur sa joue fraîche, si j'avais su !

Calme. Trop tôt encore. Tiens-toi tranquille, Théo, tu n'es pas arrivé. Il te reste à te rendre où la vie t'attendait.

On a pris des sandwichs, des espèces de poissons fumé calés entre deux pains américains, de la bouffe mondiale achetée à l'hôtel, et on a déjeuné sur une plage lointaine, à l'endroit où se dressent encore les baraquements qui furent autrefois les bâtiments de la Compagnie anglaise des fourrures, celle de la baie d'Hudson.

Monument classé. Une allure western, de l'Occident tout cru. La roche qui fut pelée rougeoie sous le soleil, une barque tirée sur le sable tend son flanc vermillon, tout est rouge sauf la mer. Et voilà qu'une famille, père, mère et enfant, allume un feu de bois, dispose un trépied, installe une marmite, une fumée monte. On s'approche. C'est un pique-nique de viande de caribou.

Elle n'a l'air de rien, cette fumée. C'est l'unique moment où je suis reporté au temps hors de l'histoire, à l'avant des Inuit. C'est étrange, je ne suis plus dépaysé. Il me semble que, lorsque nous pique-niquons dans les champs en Europe, c'est ce que nous cherchons, nous aussi. L'avant de l'histoire, le champêtre, la fourmi et l'abeille dérangées, le chaume hirsute, et la fumée qui monte du feu de bois. Paysages impossibles, peinture ancienne, cinéma ! Il n'y a plus d'avant l'histoire, le soleil resplendit sur les lichens et la mer au cobalt s'aplatit sous le bleu, mais sur l'aéroport, les gros-porteurs décollent avec un bruit d'enfer.

En rentrant à l'hôtel, on a fait un détour pour aller voir les chiens. Comme on est en été, ils sont attachés au bout de longues chaînes à des piquets solides, sur un terrain où pousse un peu d'herbe. Sans traîneau et sans glace, ils sont chômeurs, les chiens, ces terribles huskies aux yeux bleus, poil de loup, blanc soyeux, noir profond, ils ont le ventre creux et ils se battent pour les quartiers de viande rouge qu'on jette sur le talus. On les a toujours éduqués à se battre, on les a élevés pour s'arracher la chair. Cruauté de la dévoration, cris furieux.

Un ruisseau coule au bas du terrain vague. Deux huskies agrippés l'un à l'autre y roulent en grondant, et la viande leur échappe, tombant dans le ruisseau. Babines, crocs mordants, langue noire, morsures, faim dévorante, hurlements. D'autres huskies, repus, dressent leurs oreilles et veillent. L'herbe sur le talus s'assombrit, le soleil disparaît dans la coulée des nuages, une traînée d'or éclaire les derniers chiens, les lumières électriques s'allument dans les maisons, une, deux étoiles au ciel brillent à peine car il n'y a pas de nuit, le corps de Renate a des reflets de perle et ses cheveux dénoués sont franchement mauves.

Tante Marthe m'a passé un vieil exemplaire du livre de Knud Rasmussen, l'explorateur danois élevé comme un Inuk, *Du Groenland au Pacifique, deux ans d'intimité avec des tribus d'esquimaux inconnus,* éditions Plon, 1929, photos sur papier très blanc, texte sur pages jaunies, 5e édition. Avant de m'endormir dans la nuit lumineuse, je m'y plonge. « Les premières neiges recouvrent déjà les cimes et nous avertissent du retour de la froide saison. L'air est vif et limpide ; pas un souffle ne ride les eaux du détroit de Bering où les glaçons glissent lentement, entraînés par le courant vers le nord. Un calme majestueux règne sur tout le paysage. Devant moi, tout est baigné dans la vive lumière du soleil et de la mer tranchant sur la tundra marécageuse et monotone qui s'étend à perte de vue derrière moi. »

J'y suis.

La famine n'était pas rare à cette époque. Il arrivait que les vieillards se pendent pour ne pas être un poids pour le groupe en danger. Il arrivait, dans certains endroits reculés des régions polaires, que les filles soient tuées, comme en Chine, comme en Inde.

Manilaq, soixante ans, mère de 12 enfants, a eu 8 filles, 4 garçons, 7 filles tuées, Sumanik, trente-trois ans, 7 enfants, 2 filles tuées, 2 vendues.

« Si vous saviez, ô étrangers, l'épouvante que nous éprouvons à certains moments, vous comprendriez pourquoi nous aimons les festins, le chant et la danse. »

Il arrivait aussi qu'on mange la chair humaine en cas de nécessité, quand c'était le seul moyen de la survie. Cela n'arrive plus. Il arrivait que les saumons plantés dans la neige en plein air ne soient plus suffisants pour nourrir les Inuit, et qu'à cause de tempêtes de neige continuelles, il n'y ait plus de phoques dans les trous de pêche. Il arriva, par la faute de la Compagnie anglaise de la baie d'Hudson qui recruta des Indiens pour la chose, qu'un massacre eut lieu en 1770 aux Bloody Falls, afin de dérober leur cuivre aux Inuit.

Le chef des Indiens s'appelait Manotabbee, et Samuel Hearne, le seul témoin blanc de l'affaire, vit qu'on plantait une pique dans la terre à travers le corps d'une fille. Le Blanc intercéda. La pique changea de place, et s'en vint se ficher dans le cœur. Les Indiens ne tuaient pas les Inuit, qui n'étaient pas des gens comme eux, les Indiens tuaient les Eskimos, des mangeurs de viande crue, autant dire des bêtes.

– À Ottawa, me dit Tante Marthe le lendemain matin, dans la salle de lecture du Parlement fédéral, il y a une fresque ancienne représentant un Eskimo très sympathique.

– Explicitement ?

– La légende est très claire ! « Eskimo », c'est écrit. Tout encapuchonné, en vert olive bordé de rouge, un chien de traîneau à ses pieds, l'Eskimo garde le nom donné par les Indiens, un nom pour Blancs. À côté, sur le mur, une petite fille aux cheveux blonds transporte paisiblement un seau, pendant que sa mère donne à manger aux poules. Ce n'est pas tout. Une femme casquée en toge antique brandit un ostensoir et un porte-flambeau à la flamme allumée, cela ne serait rien sans son titre… *The Spirit of the Printed Word.*

– L'esprit du mot imprimé ? dit Renate. C'est beau, non ?

– Je ne trouve pas ! dit Marthe. Et que la nuit s'étende sur les autochtones, qui ne savent pas lire les lettres imprimées ! Je voulais que tu comprennes cela, Théo.

– Mais c'est une autre époque, dit Renate.

– Pas si lointaine, dit Marthe. Je ne vois pas comment les peuples sans histoire nous pardonneraient de les avoir contraints à entrer dans l'Histoire à force de persécutions. Je crois que Théo a raison. La décolonisation commence à peine.

– Mais elle a commencé au XVIe siècle ! dit Renate.

– Il y a donc cinq siècles à réparer.

– L'intéressant, dit Annick, c'est qu'avant d'accéder au statut constitutionnel, les autochtones se considéraient comme peuples du quart-monde.

– Le quart-monde ? On dit cela en France pour les plus pauvres.

– Oui ! C'est la même idée. Quart-monde, ce sont les plus démunis des hommes. Sans pouvoir, exploités, colonisés au cœur des pays industrialisés, et même colonisés au sein des pays pauvres... Aujourd'hui, les peuples du quart-monde ont formé un groupe particulier. C'est-à-dire, en clair, un groupe qui rassemble les Aborigènes d'Australie, les Maoris de Nouvelle-Zélande, les Aïnous du Japon, les Saamis des pays scandinaves et les Amérindiens d'Amérique.

– D'Afrique, alors, personne ?

– Pas pour l'instant.

Pas l'ombre d'un Pygmée. Du continent indien, pas âme qui vive, alors que les « tribaux » se comptent par millions. Cette affaire ne fait que commencer. Les peuples du quart-monde ont le droit de vote, le droit d'apprendre à lire, ils sont dans notre histoire, ils y sont entrés par la force. Notre force. Et sans avoir le droit de chasser l'animal, alors que l'animal est leur alter ego.

Je trouve dans Rasmussen le mythe d'origine des Indiens et des Blancs. Il était une fois une jeune fille qui ne voulait pas se marier.

– Classique, dit Marthe. L'ayant trouvée dans les mythes des Indiens du Brésil, Lévi-Strauss l'appelle « la fille mal élevée ». En général, elle ne veut pas partager la bonne nourriture et, surtout, elle ne veut pas se laisser partager...

Pour la punir, son père l'emmène dans une île au milieu d'un lac, et la laisse avec son chien. Le chien couche avec la fille et l'épouse – c'est bien fait. La fille met au monde des tas de chiots. Repentant, leur grand-père, pour les empêcher de mourir, vient en kayak apporter de la viande à ses petits-fils chiens, mais quand ils deviennent grands, leur mère leur ordonne de culbuter le kayak pour que son père se noie. Les chiots obéissent. Leur grand-père meurt. C'est bien fait. Mais du coup, plus de viande ! Comment nourrir les petits sur une île au milieu d'un lac ?

La jeune mère découpe deux semelles dans ses bottes de peau. Sur l'une, elle place une partie de ses enfants chiens et leur dit d'aller se répandre dans le monde. La semelle transformée en canot emporte les chiens dans un pays où ils deviennent les Blancs. Et d'un.

L'autre semelle, chargée du reste des enfants chiens, dérive jusqu'au pays où ils deviennent Indiens, avec l'ordre de venger leur mère en tuant tous les Inuit rencontrés. Et de deux.

La rancœur de la fille mal élevée est terrible. De ses enfants mâtinés de chien, elle a fait des Blancs et des Indiens, qui tueront les Inuit pour la venger.

Nous avons flanqué par-dessus bord le fragile équilibre entre l'animal et l'homme. Nous protégeons la baleine, le phoque et le panda, et nous voilà contraints d'immoler par centaines de millions les civettes chinoises et les poulets porteurs de la grippe aviaire. Nous sauvegardons la chèvre himalayenne au détriment des marchands du Cachemire qui tissaient les châles *shatoosh*, si fins qu'ils passaient à travers une bague, nous les interdisons au nom de l'ONU, et nous laissons des armées d'enfants tuer leurs aînés en masse au Cambodge, au Sierra Leone, nos précieux petits d'hommes transformés en criminels de guerre…

– Ne fais pas le professeur de morale ! dit Renate. Si tu n'es pas content des écologistes, change-les ! Apprends-leur à respecter la chasse !

– Tu rêves ! Si j'écris cela dans mon rapport, je vais me faire lyncher !

– Et alors ? dit Marthe. De toute façon, tu as une contradiction à résoudre. Ou tu soignes les hommes, ou bien la Nature. Tu le sais très bien, Théo. Il faut choisir.

– Il n'y a pas de troisième voie, hein ? Tu fatigues, Tante Marthe. Tiens, regarde dans le livre de Rasmussen, page 198.

Voici deux formules magiques, qu'il faut chuchoter en nommant auparavant la personne qui les avait transmises. Elle s'appelait Qeqertuanaq. Si on ne se conforme pas à ces deux règles, les formules n'ont plus de pouvoir.

– Je ne vois pas où cela nous mène, dit Marthe, mais cela ne fera pas de mal. Vas-y.

– Je nomme la donatrice, j'appelle Qeqertuanaq. Maintenant, à voix basse. Formule pour faire venir les animaux de chasse : « Animal de la mer, viens et offre-toi de grand matin. Animal de la steppe, viens et offre-toi de grand matin. »

– Très bien, dit Marthe. Et l'autre ?

– C'est la mienne, celle que j'aime, pour les médecins du monde. Formule qui calme les hémorragies. « Voici le sang de la mère du petit moineau. Sèche-le. Voici le sang qui a coulé d'un morceau de bois. Sèche-le. » Tu sais quoi ?

– Non, mais tu vas nous le dire, dit Renate.

– Je conclurai mon rapport avec ça. D'abord, j'expliquerai les nouveaux droits de l'homme avec la formule de Lévi-Strauss, et je terminerai avec la mère du petit moineau. L'homme est un être vivant, il a des devoirs envers les espèces, il doit sécher le sang de la mère du moineau, et aussi le sang qui coule du morceau de bois. Ça aura de l'allure, vous ne trouvez pas ?

Que Renate était belle en ce matin d'été ! Sur ses cheveux, elle avait posé un petit chapeau cloche en taupé gris, c'était beau sur les boucles rousses. Pendant l'amour au clair de nuit, l'écorchure que j'avais au front s'était rouverte, au matin, elle saignait. Renate s'était levée. Elle avait fait le tour du lit, s'était agenouillée et elle avait léché le sang sur mon front. J'ai murmuré le plus doucement du monde à l'oreille de la femme que j'aimais la formule de la dame Qeqertuanaq. « Sèche-le. »

Récit de Tante Marthe

C'était un aéronef sans prétention, un coucou qui devait voler d'Iqaluit à Saint-Pierre-et-Miquelon en survolant le Labrador. De là, Renate devait prendre un avion de ligne et rejoindre l'Europe, Londres d'abord, puis Berlin.

Théo, Annick et moi, nous avions décidé d'aller à Ottawa, où Théo avait un rendez-vous savant à propos de la fonte des banquises. On resterait un ou deux jours, le temps pour Renate de retrouver son labo, et on l'aurait rejointe par vol direct. Leur amour était simple et la vie était simple, balisée comme j'aime, un moteur d'avion au décollage. Je me souviens avoir pensé cela, et que ma vie à moi s'était guérie. Un moteur bien huilé.

On ne l'a pas su tout de suite. En compagnie d'Annick, on a loué un hélicoptère et on a survolé la terre de Baffin dans la direction de Cape Dorset. Théo a tellement tanné le pilote qu'on a pu voler portes ouvertes pendant quelques secondes, en plein vent. Je me souviens de la joie de Théo levant le pouce en signe de victoire, avec, sur les oreilles, le casque antibruit. Je me souviens de la brume de poussière à l'atterrissage, et des femmes sculptant des baleines bleues dans la pierre à savon. Ce fut une belle journée vécue dans l'innocence. C'est au retour qu'on nous a dit. L'avion de Renate s'était écrasé sur l'aéroport de Saint-Pierre-et-Miquelon, aucun survivant.

Nous y sommes arrivés le lendemain, Théo, Annick et moi. Il n'a l'air de rien, cet aéroport à ras de roc, sur un tarmac tout près de l'océan. De là, je voyais une ville minuscule, un petit port, un clocher de campagne, des toits verts, des toits rouges ou bleu ciel et sur le tarmac, une grande agitation silencieuse. Des barrières et des bandes interdisant le site, et le fouillis de tôle, sans rien autour. Plus rien, déjà.

Les corps étaient dans la chapelle ardente devant le bâtiment du conseil général de Saint-Pierre-et-Miquelon, drapeau en berne. C'est là que Théo a retrouvé Renate enfermée dans un linceul opaque, à côté d'un cercueil ouvert. Il s'est agenouillé, il a tendu la main, il a effleuré la fermeture Éclair et il s'est relevé. Il n'avait pas dit un seul mot depuis la veille au soir.

J'ai très vite compris, je l'ai laissé avec Annick, je me suis dépêchée, j'ai foncé dans les bureaux de la sous-préfecture. Obtenir l'autorisation d'ouvrir le linceul de la morte semblait tout à fait exclu. Théo n'était ni concubin ni mari, il n'était pas pacsé, ni lui ni moi n'avions aucun lien de parenté avec Renate Stern, dont les parents, d'ailleurs, allaient arriver par le prochain vol en provenance de Montréal.

Arguments, palabres. J'ai montré des photos prises au Polaroid, Théo et Renate sur la digue du Mont-Saint-Michel, Théo et Renate devant le pique-nique de caribou sur la plage de la compagnie de la baie d'Hudson, le commandant de la gendarmerie venu tout exprès de Paris secouait la tête d'un air navré et disait non – « Non, madame, désolé, il faut attendre les parents. »

J'ai passé des coups de fil à Paris, j'ai fait intervenir des amis, le sous-préfet m'a reçue gentiment – « Impossible, madame Fournay, je regrette, vraiment, seuls les proches des défunts »…

Théo était sorti de la chapelle ardente et m'attendait entre des conifères et des pelouses. Quand il a vu ma tête, il m'a interrogé en silence, j'ai fait « non » de la tête et il a tourné de l'œil. Annick a essayé de l'empêcher de tomber, mais il lui a glissé d'entre les bras. Il n'a pas perdu connaissance très longtemps. Son grand corps de gamin secoué de sanglots secs, points serrés, tapant la terre de désespoir. Pas une larme, pas un mot. Mon pauvre Théo !

Je me suis énervée, j'ai forcé la porte du sous-préfet aimable et j'ai tellement crié que j'ai eu gain de cause.

Mais alors cinq minutes, sous surveillance discrète, et que personne n'en sache rien. « Vous dites, Renate Stern ? Ah oui. La petite rousse. Faites attention, madame. Le corps, enfin, ce qu'il en reste, n'est pas du tout préparé. Je ne suis pas sûr que ce soit une bonne idée, madame. Ah bon, vous êtes sûre ? Bien. Je vais dire au médecin de laisser voir la tête, c'est tout. En dessous, c'est terrible. Il vaut mieux éviter. Vous m'avez bien compris ? »

Le pire, à la sortie de la sous-préfecture, c'était de voir le visage de Théo illuminé de joie à l'idée qu'il pourrait enfin voir sa Renate morte.

Annick et moi nous avons maintenu Théo solidement lorsque le médecin a fait glisser la fermeture Éclair. On a eu de la chance. Elle était un peu tuméfiée mais très reconnaissable, bouche intacte maintenue par une mentonnière, et les yeux clos. Une large bande Velpeau lui entourait le cou jusqu'au bas du menton. Elle avait l'air d'une jeune nonne endormie.

D'un geste, Théo a fait signe au médecin d'ouvrir plus grand le sac de plastique blanc, le médecin a refusé comme prévu et j'ai serré Théo de toutes mes forces – « Non, Théo ». Bernique ! Théo a bousculé le type et a ouvert en grand. Quand j'y pense ! En dessous de la tête, il n'y avait plus rien. Un fouillis de papier bulle et de chiffons pour faire corps.

Théo a fourragé là-dedans à tâtons. Je l'ai entendu murmurer des choses incompréhensibles, il me semble l'avoir entendu dire « D'un coup d'un seul, bon, c'est mieux comme ça » ; ou encore, mais je n'en suis pas sûre, « C'est passé par l'arrière », d'un ton neutre, il était étonnamment calme, presque professionnel. Son esprit n'était plus là du tout. Il s'est accroupi près du linceul, il a bercé la tête un long moment, il a lissé les boucles ensanglantées, il l'a bien recoiffée et il l'a reposée dans le linceul. Il a dit : « C'est pas possible, mon Dieu, qu'est-ce qui m'arrive, il ne m'arrivera rien de pire dans la vie », il poussait des soupirs comme un gosse qui a trop sangloté, et des larmes coulaient, très peu, de grosses larmes. Il y avait des chaises et je tremblais si fort que le médecin m'a forcée à m'asseoir. Annick s'est placée derrière moi en plaquant ses mains sur mes épaules, je l'entendais parler, je ne sais plus ce qu'elle a dit. Les minutes ont passé, le médecin a touché le bras de Théo, c'était le signe, le temps était échu, il a fallu refermer ce foutu linceul, Renate a disparu. La fermeture Éclair s'est prise dans les cheveux et une mèche rousse est restée coincée. Vite, Annick a sorti de son sac à dos un couteau suisse, elle a déplié les ciseaux, coupé la mèche, qu'elle a mise dans les mains de Théo. Je n'oublierai jamais le chuintement de la fermeture éclair qui fermait le linceul opaque en plastique blanc.

– Elle n'a pas dû souffrir, a dit le médecin. La mort est venue vite.

Il nous a proposé du secours, des tranquillisants, une injection, peut-être ? Un cognac ? Théo n'écoutait pas.

Je l'ai poussé vers le grand soleil, il marchait comme une mécanique. On est allé prendre des chambres à l'hôtel, on aurait dit la Bretagne dans ma jeunesse, rideaux de cretonne, tableaux de chasse, lits jumeaux, et mon Théo s'est mis à pleurer pour de bon. Je crois que j'ai fini par m'endormir. Vers le milieu de l'après-midi, l'avion de Montréal s'est posé à Saint-Pierre-et-Miquelon. À cette heure-là, Renate était dans son cercueil, bien couverte sous un drap de satin blanc. Elle n'était pas mal arrangée lorsque ses parents l'ont vue.

Je crois que c'est à cet instant que je me suis souvenue de la drôle de phrase qui m'avait obsédée pendant ma pneumonie :

« Si j'étais Dieu, j'aurais pitié du cœur des hommes. » Je n'en connaissais toujours pas l'auteur, mais je savais au moins pourquoi elle m'attendait. Je ne pouvais plus rien pour Théo, rien de rien, il allait devoir passer son lac de feu, en ressortir brûlé et puis cicatriser.

Annick est repartie pour Paris, et nous sommes restés à Saint-Pierre le temps nécessaire pour aider monsieur et madame Stern à emmener Renate dans un cercueil plombé, papiers, procédures, direction Francfort-sur-le-Main, où elle rejoindrait ses ancêtres maternels au cimetière juif, dans le caveau familial.

Il faisait très beau le jour de l'enterrement, il y avait un monde fou dans les allées, la famille de Renate, les amis de Renate étaient venus de partout, tous les âges et toutes les nations, le rabbin a rappelé le sens du deuil juif, ni enfer ni paradis mais le cœur des vivants comme mémoire des morts, et Théo, quoique *goy*, a prononcé l'éloge de Renate à la demande de ses parents. Très bref, très simple, dans un allemand qu'il avait répété comme un forcené avec mon frère et ma belle-sœur, arrivés de Paris la veille. Il n'a buté sur aucun mot. Il n'a trébuché sur rien. Il y avait une tête qu'on allait enterrer, une étoile de David sur le drap de velours recouvrant le cercueil de Renate, et le *Kaddish* fut dit quand on la fit entrer dans le caveau. Les vivants avaient fait leur travail en bon ordre, et le soleil brillait de toutes ses forces.

À Paris, quand les portes automatiques s'ouvrirent après les douanes, une foule d'amis attendait mon Théo. Il s'est laissé étreindre, embrasser, caresser, il a disparu dans leurs bras. Fatou en pleurs était au premier rang, farouche, défendant son ami contre le monde entier, avec un air de défi incroyable – « Essaye voir, la douleur, de lui faire du mal ». À ses côtés, un punk coiffé d'une crête de Sioux violette tenait un chien en laisse, un énorme chow-chow roux à la langue bien noire. C'est le chien que Théo vit d'abord. Il a hésité trois secondes et puis ce fut fait. Fatou l'emmena avec le chow-chow et le punk, en silence.

Je me suis installée chez mon frère et j'ai attendu les nouvelles. De ce que nous savions, ma belle-sœur et moi, Théo travaillait chez lui à son rapport. Au téléphone, il exprimait le minimum vital – « Ça va ? Ça va. Tu écris ? À peu près. Mais tu n'es pas malade ? Non, la santé, ça va ». Nous mettions un point d'honneur à ne pas enfreindre les règles courtoises des salutations africaines, sans plus d'intonation : « Ça va ? ça va. » Il ne mettait pas le nez dehors et je me demandais qui s'occupait de lui. Fatou ? Pas tout le temps. Le punk, alors ?

Nous nous étions promis, croix de bois croix de fer, de ne pas le déranger chez lui. Fatou venait de temps en temps pour nous rassurer, « Pas d'inquiétude ! Ça va. On s'occupe de lui. » On ? C'était qui, ce « on » ? Elle éludait.

Pour me désennuyer, j'ai passé des coups de fil, consulté sur la Toile, accumulé la documentation, que je lui envoyais par la poste. Il lui resta trois mois, puis deux, puis quinze jours, une semaine. Un mois plus tard, il passa nous voir sans crier gare. Ce jour-là, quand il arriva, j'étais seule.

Il avait beaucoup décollé, il avait les yeux creux, ils les tenait baissés. Il ne m'a pas embrassée au début. Il a posé sur la table de la salle à manger les cent pages qu'il avait tapées, et s'est laissé tomber dans un fauteuil.

– Je ne l'ai pas fait tout seul, ce putain de texte, m'a-t-il dit. Fatou m'a aidé.

Sa voix s'est cassée, il s'est tu un moment. J'ai attendu.

– Je l'ai dédié à Renate, tu t'en doutes. Maintenant, ce concours, je m'en fiche. Avec ce qu'il y a dedans, de toute façon…

– Tu n'a pas pris parti contre le nucléaire ?

Ça m'avait échappé. Cette manie du dialogue ! Je me traitais de tous les noms quand il m'a répondu comme si de rien n'était.

– Le nucléaire ? Non. Comparé au désastre du monde ? Le nucléaire ne me paraît pas essentiel. Sur la chasse non plus, je ne suis pas dans la ligne. Je décris le pacte entre l'animal et l'homme, leurs liens indissociables dans la chasse, enfin bref. Vu la démagogie de cette fondation, je serais très étonné qu'ils me donnent une bourse, mais ça m'est bien égal.

– Et Fatou n'a rien dit ?

Il a vaguement souri.

– Et toi, Marthe ? Des nouvelles de ton cinglé de mari ?

Je n'en avais aucune. Je m'en passais très bien.

– Nous voilà veufs, ma vieille, a-t-il dit. Enfin, façon de parler.

– Il faut laisser passer le temps, Théo.

– Conneries ! Je veux le bourrer, le temps. Lui faire la peau ! Finir mes études, recommencer ! Soigner les gens d'ici, les démunis !

– Les gens d'ici, Théo ?

– Pourquoi j'irais partir au loin, chercher la mort ? Cette fois, elle m'a eue. J'ai bien assez à faire avec le quart-monde, il est planqué partout chez les riches, tu sais ? Panser le sang qui coule, suturer, c'est ça, arrêter les hémorragies, réparer tout partout, les gens, les arbres, les bêtes... Vivre avec les dents, le dévorer, le temps ! Plus souvent que je vais le laisser passer...

Ses yeux étincelaient, il était en colère, j'ai trouvé ça très bien.

– C'est tellement dur, tout ça, tellement injuste ! Pourquoi je suis en vie, dis-moi, Tante Marthe ? J'aurais pu prendre ce putain d'avion avec elle, il y a des jours où je me dis qu'elle m'a légué la vie en héritage, c'est ridicule, non ?

– Non, mon garçon. C'est plutôt un cadeau.

– Tu ne vas pas me dire comme tout le monde que je dois faire mon deuil ! Ces machins doucereux, ces trucs à la psy, je déteste ! J'ai mal, et je veux qu'on me foute la paix avec ça !

– Alors sois stoïcien, Théo. Tu te souviens ? Séparer les choses qui dépendent de nous et celles qui ne dépendent pas de nous. L'accident, enfin, le crash...

– Quand j'en parle, je dis l'épouvante, moi. Je dis qu'il y avait ma vie avant l'épouvante, et la vie de maintenant, après l'épouvante. On a vu le sang ensemble sur son cou. C'était comme un animal égorgé. On ne peut pas se raconter d'histoires !

– Fais courage, mon petit. C'est comme ça qu'on dit dans les campagnes. Tu vas t'en sortir.

Il s'est levé d'un bond, il nous a fait du thé, avec les gestes précis qu'il a toujours eus quand il s'applique.

– Bien sûr, j'en sortirai, disait-il en versant l'eau bouillante sur les feuilles de thé, évidemment, tu parles ! J'en ai vu d'autres, des trucs qui saignent, tu vois…

– Si tu laisses infuser ce thé plus longtemps, il sera trop amer. Enlève-moi cette passoire !

Il était imbuvable, ce thé. Trop fort, plein d'amertume. On l'a bu à petites gorgées, en se brûlant la langue. Ça nous a fait du bien. Il a pleuré. Sans retenue, en reniflant, en se mouchant dans un grand mouchoir à carreaux.

– À force, j'ai appris à sécher mes larmes, m'a-t-il dit quand il a eu fini. Ça doit être cela, devenir stoïcien. Sécher, ça dépend de moi. Au fait, ça me fait penser… Fatou est une grande fille maintenant. Elle a un colocataire, le punk avec le chien. Il s'appelle Sigismond.

– Le chow-chow ?

– Il m'a drôlement aidé, ce clebs. Il est resté couché sur mes pieds à me tenir au chaud quand je chialais, il me regardait avec ses yeux à la con, c'est fou comme il est généreux, ce type-là. Tout va bien, Tante Marthe ! Tout va bien !

Je n'en ai pas su davantage.

J'ai pris ses deux mains dans les miennes, je les ai embrassées, et lui, gêné, disait : « Ça va passer, Tante Marthe, t'occupe, laisse tomber », mais il n'a pas retiré ses mains. Non.

On a entendu la clef tourner dans la serrure, et ma belle-sœur est arrivée, Théo s'est repris, vite, on s'est séparés. Il était, comment dire ? Normalement en deuil, à la lisière du gouffre où il dansait depuis si longtemps. Il avait pris dix ans d'un coup.

Avant de repartir chez lui, il m'a montré comment s'achevait son rapport sur l'écologie. Il citait le texte de Claude Lévi-Strauss prononcé devant le Parlement français en 1976, et il développait la formulation des nouveaux droits de l'homme inventée par l'ethnologue français : « L'homme est un être vivant. »

La conclusion était très courte. En quelques lignes, il racontait la mort de Renate.

« Au cours de cette enquête, j'avais à mes côtés une femme que j'aimais. Elle s'appelait Renate Stern. Ce texte lui doit tout. Elle était d'Europe, comme moi, et biologiste. Nous nous sommes rencontrés à Bénarès, nous nous sommes épris l'un de l'autre, elle m'a suivi en Ouzbékistan, au bord de la mer d'Aral, elle m'a rejoint au Nunavut, et quand elle est partie loin de moi, c'était pour quelques jours, elle s'est envolée dans un avion, à Iqaluit. L'avion s'est écrasé à Saint-Pierre-et-Miquelon. Lorsque j'ai revu ma bien-aimée, ne restait que la tête, prise dans son linceul. Affirmer que l'homme est un être vivant est infiniment douloureux quand on pleure la femme qu'on a aimée, mais je persiste et signe, l'homme est un être vivant qui n'est plus, qui n'a jamais été maître et seigneur de la Nature.

Nous autres riches, nous ne connaissons plus cette vérité, que des milliers d'êtres vivants savent depuis des millénaires. La veille de la mort de Renate Stern, j'avais appris comment les chamans inuit guérissent les hémorragies. Lorsque je l'ai revue dans son linceul, le cou tranché de Renate ne saignait déjà plus, je ne pouvais plus rien pour elle, pas même épancher ce sang mort. Mais mes devoirs d'être vivant m'obligent à continuer ma vie en stoppant les hémorragies. »

Les dernières lignes étaient en capitales. C'était la formule magique de la dame Qeqertuanaq.

« Voici le sang qui a coulé d'un morceau de bois. Sèche-le.
Voici le sang de la mère du petit moineau. Sèche-le. »

Remerciements

L'auteur tient à remercier tous ceux qui ont inspiré ce roman, ainsi que ceux qui ont bien voulu contribuer à son achèvement.

Tout particulièrement Jérôme Bonnafont, pour son inépuisable patience et le flot d'informations dispensées sur de longues années, et Jacques Binsztok, le plus attentionné des directeurs littéraires.

Également, Jacqueline Laporte et René Cleitman pour leur amicale et durable présence.

Michaël Krüger, mon éditeur allemand, pour l'idée de ce roman, que nous avons eue ensemble à Londres en l'an 2000.

Jean-Marie Clément, directeur de recherches au CNRS, pour l'aide fournie en matière de génétique.

Gilles Henri, professeur à l'université Grenoble I (Joseph-Fourier), pour celle qu'il a bien voulu apporter en matière de chimie nucléaire.

Emmanuel Desveaux, directeur de l'enseignement et de la recherche au musée du Quai Branly.

Jean Malaurie, directeur de la collection « Terre Humaine » aux éditions Plon.

Bertrand Loiseau, consultant pour la Banque mondiale sur l'oléoduc Tchad-Cameroun.

Tobie Nathan, directeur de la délégation Afrique des Grands Lacs à l'Agence universitaire de la francophonie, en poste à Bujumbura à l'époque de la rédaction de ce livre.

Jean Malochet, libraire à Paris (Les Routes du voyage).

François Scheer, ambassadeur de France, et Jean-Pierre Bourdier, directeur de l'environnement à Électricité de France.

Claude Leblanc, Le Thoureil.

Annick Cojean.

Cécile Backès, Jérôme Clément, Geneviève Guicheney, Irène Frain, Alain Lasfargues et Danièle Sallenave.

Aux Éditions du Seuil, Anne de Cazanove, ainsi que Claude Cherki pour la relecture des parties scientifiques, et pour tout le travail accompli.

Et naturellement, A. L.

Table des matières détaillée

Du même auteur

ROMANS

Bildoungue ou la vie de Freud
Christian Bourgois, 1978

La Sultane
Grasset et Fasquelle, 1981

Le Maure de Venise
Grasset, 1983

Bleu Panique
Grasset, 1986

Adrienne Lecouvreur ou le Cœur transporté
Robert Laffont, 1991
« J'ai Lu », n° 3957

La Señora
Calmann-Lévy, 1992
et « Le Livre de poche », n° 9717

Pour l'amour de l'Inde
Flammarion, 1993
et « J'ai Lu », n° 3896

La Valse inachevée
Calmann-Lévy, 1994
et « Le Livre de poche », n° 13942

La Putain du diable
Flammarion, 1996
et « J'ai Lu », n° 4839

Le Roman du Taj Mahal
Noésis, 1997

Les Dames de l'Agave
Flammarion, « Kiosque », 1998

Le Voyage de Théo
Seuil, 1998
et « Points », n° P680

Martin et Hannah
Calmann-Lévy, 1999
et « Le Livre de poche », n° 14798

Afrique esclave
Noésis, 1999

Jésus au bûcher
Seuil, 2000

Cherche-Midi
Stock, 2000

Les Mille romans de Bénarès
Noésis, 2000

ESSAIS

Lévi-Strauss ou la Structure et le malheur
Seghers, 1re édition en 1970,
2e édition en 1974,
dernière édition entièrement remaniée
Le Livre de poche, « Biblio essais », en 1985

Le Pouvoir des mots
Mame, « Repères sciences humaines », 1974

Miroirs du sujet
10/18, série « Esthétiques », 1975

Les fils de Freud sont fatigués
Grasset, « Figures », 1978

L'Opéra ou la Défaite des femmes
Grasset, « Figures », 1979

Vies et légendes de Jacques Lacan
Grasset, « Figures », 1981
Le Livre de poche, « Biblio essais », 1983

Rêver chacun pour l'autre
essai sur la politique culturelle
Fayard, 1982

Le Goût du miel
Grasset, « Figures », 1987

Gandhi ou l'Athlète de la liberté
Gallimard, « Découvertes », 1989, 2e édition, 1990

La Syncope, philosophie du ravissement
Grasset, « Figures », 1990

La Pègre, la peste et les dieux
chroniques du Festival d'Avignon
Éditions théâtrales, 1991

Sissi, l'impératrice anarchiste
Gallimard, « Découvertes », 1992

Sollers, la fronde
Julliard, 1995

Les Révolutions de l'inconscient :
histoire et géographie des maladies de l'âme
La Martinière, 2001

Claude Lévi-Strauss
PUF, « Que sais-je ? », 2003

La Nuit et l'été :
rapport sur la culture à la télévision
Seuil/La Documentation française, 2003

POÉSIE

Growing an Indian Star
poèmes en anglais
Delhi, Vikas, 1991

EN COLLABORATION

L'Anthropologie : sciences des sociétés primitives ?
avec J. Copans, S. Tornay, M. Godelier
Denoël, « Le point de la question », 1971

Pour une critique marxiste de la théorie psychanalytique
avec Pierre Bruno et Lucien Sève
Éditions sociales, 1973, 2e édition, 1977

La Jeune Née
avec Hélène Cixous
10/18, 1975

La Psychanalyse
avec François Gantheret et Bernard Mérigot
Larousse, « Encyclopoche », 1976

Torero d'or
avec François Coupry
Hachette, 1981
nouvelle édition entièrement remaniée,
Robert Laffont, 1992

La Folle et le Saint
avec Sudhir Kahar
Éditions du Seuil, 1993

Le Féminin et le sacré
avec Julia Kristeva
Stock, 1998

Éprouver mais n'en rien savoir
(entretiens avec Edmond Blattchen)
Alice éditeur, 2000

La mère des masques : un Dogon raconte
avec Sékou Ogobara Dolo et Dominique-Antoine Grisoni
Seuil, 2002

Le Divan et le grigri
avec Tobie Nathan
Odile Jacob, 2002

NOTES

LE SANG DU MONDE

NOTES

LE SANG DU MONDE

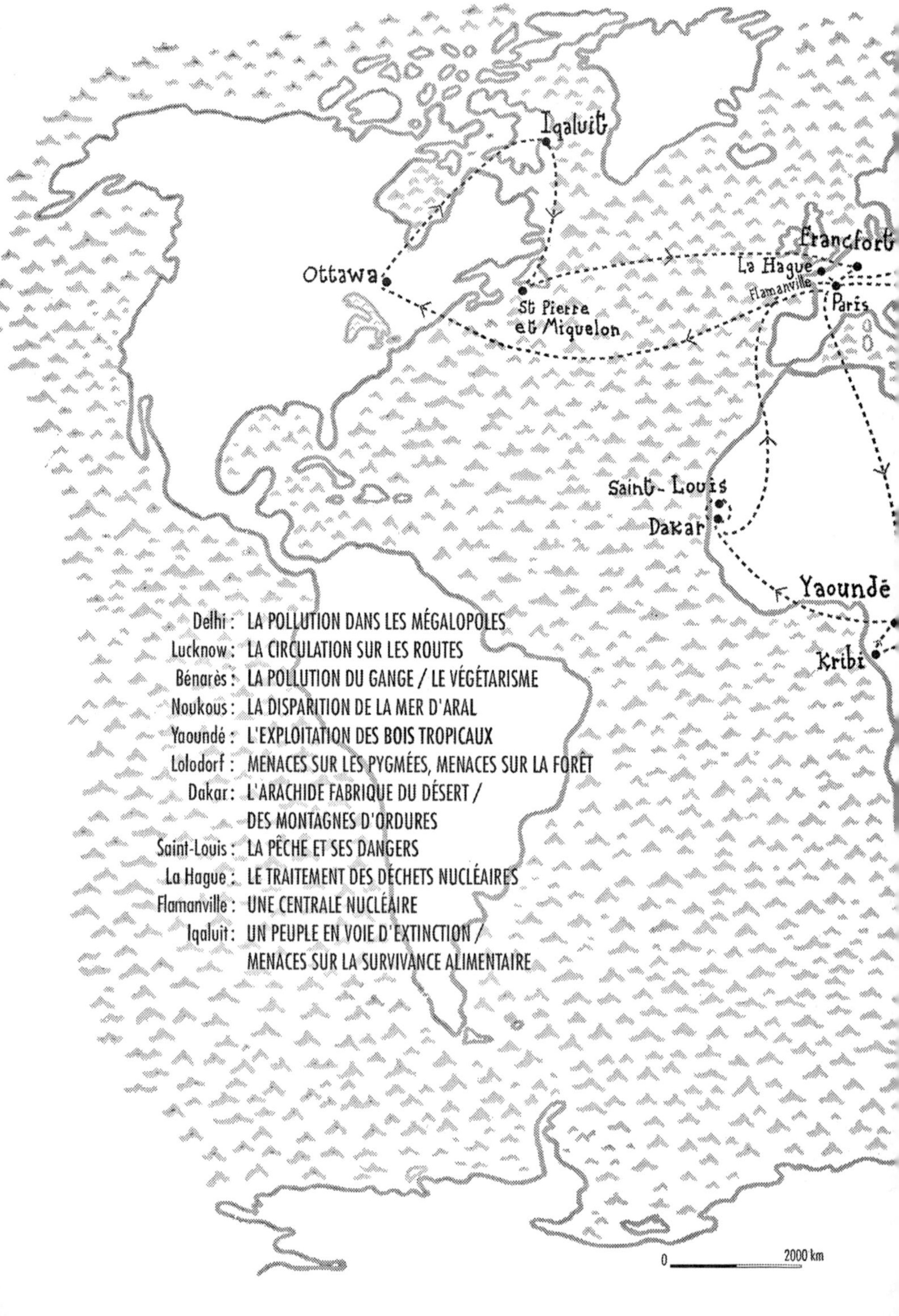
Iqaluit
Ottawa
St Pierre et Miquelon
Francfort
La Hague
Flamanville
Paris
Saint-Louis
Dakar
Yaoundé
Kribi
Delhi : LA POLLUTION DANS LES MÉGALOPOLES
Lucknow : LA CIRCULATION SUR LES ROUTES
Bénarès : LA POLLUTION DU GANGE / LE VÉGÉTARISME
Noukous : LA DISPARITION DE LA MER D'ARAL
Yaoundé : L'EXPLOITATION DES BOIS TROPICAUX
Lolodorf : MENACES SUR LES PYGMÉES, MENACES SUR LA FORÊT
Dakar : L'ARACHIDE FABRIQUE DU DÉSERT / DES MONTAGNES D'ORDURES
Saint-Louis : LA PÊCHE ET SES DANGERS
La Hague : LE TRAITEMENT DES DÉCHETS NUCLÉAIRES
Flamanville : UNE CENTRALE NUCLÉAIRE
Iqaluit : UN PEUPLE EN VOIE D'EXTINCTION / MENACES SUR LA SURVIVANCE ALIMENTAIRE
0
2000 km

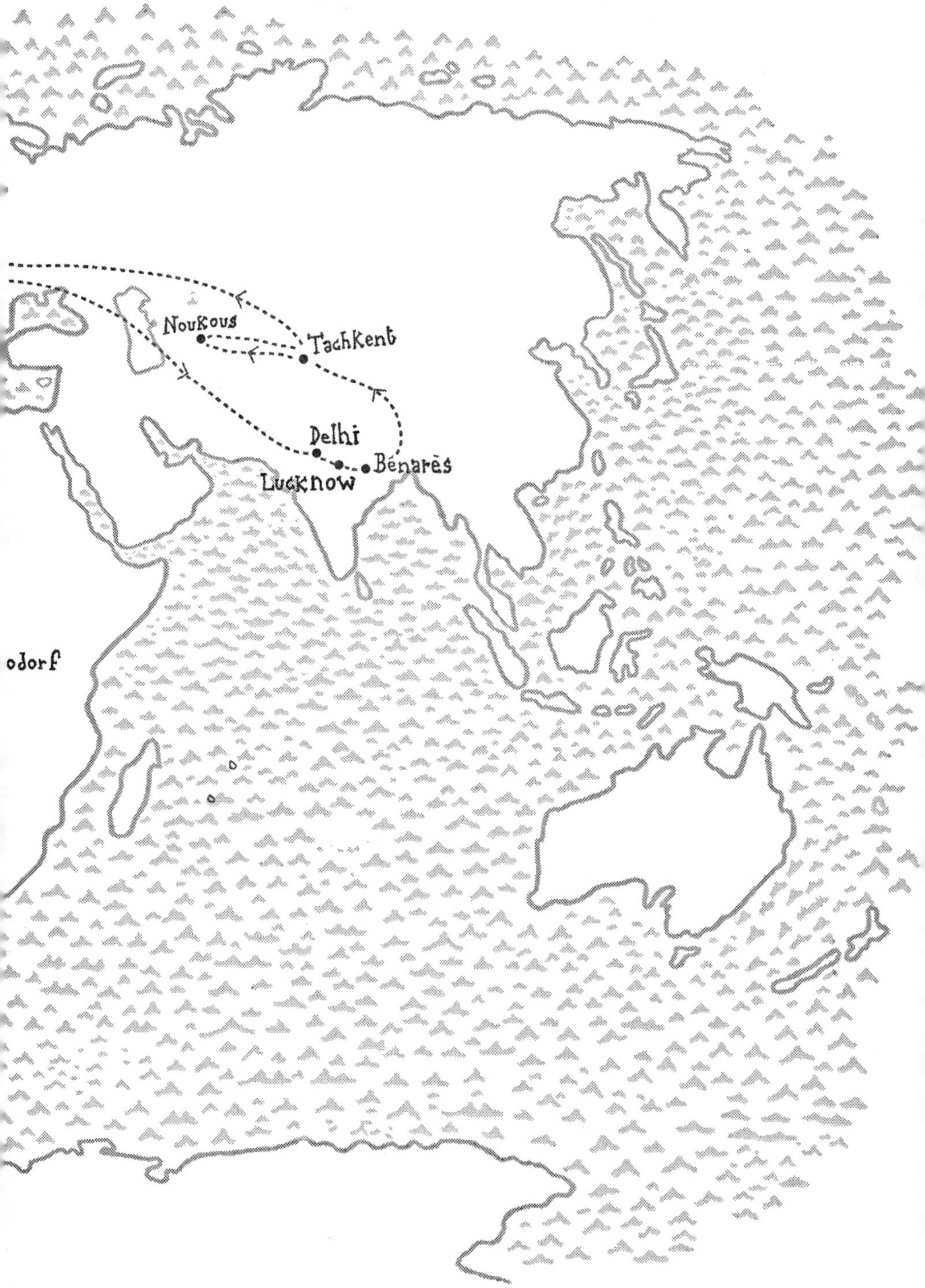

Noukous
Tachkent
Delhi
Bénarès
Lucknow
odorf

IMPRESSION : S.N. FIRMIN-DIDOT AU MESNIL-SUR-L'ESTRÉE
DÉPÔT LÉGAL : OCTOBRE 2004. N° 50075 (69240)
IMPRIMÉ EN FRANCE